WILD

Harlan Coben bij Boekerij:

Vals spel
Tegenwerking
Vermist
Ontwricht
Schijnbeweging
Schaduwleven
Laatste kans
Niemand vertellen
Spoorloos
Geen tweede kans
Momentopname
De onschuldigen
Eens beloofd
Geleende tijd
Houvast
Verloren
Verzoeking
Levenslijn
Blijf dichtbij
Schuilplaats (jeugdthriller)
Zes jaar
Nu of nooit (jeugdthriller)
Ik mis je
Gevonden (jeugdthriller)
De vreemde
De verbeelding
Naar huis
Laat niet los
De ontdekking
Wild

www.boekerij.nl

HARLAN COBEN

WILD

DERTIG JAAR GELEDEN WERD ER EEN KIND GEVONDEN IN HET BOS. NU MOET HIJ DE VERDWIJNING VAN EEN ANDER KIND OPLOSSEN

BOEKERIJ

ISBN 978-90-225-9003-4
ISBN 978-94-023-1488-5 (e-book)
NUR 330

Oorspronkelijke titel: *The Boy from the Woods*
Vertaling: Jan Pott
Omslagontwerp: DPS Design & Prepress Studio, Amsterdam
Omslagbeeld: Arcangel Images
Zetwerk: Mat-Zet bv, Huizen

Voor Ben Sevier
al twaalf boeken
redacteur en vriend
en we gaan door

Uit de North Jersey Gazette

18 april 1986

VERWILDERD KIND GEVONDEN IN DE BOSSEN

Raadsels omgeven de ontdekking van een ware 'Mowgli'

Westville, NJ – Het is een bizarre zaak, de vondst van een jongen van naar schatting zes tot acht jaar oud, met een warrige haardos, die zich helemaal alleen ophield in de bossen van Ramapo Mountains bij Westville, New Jersey. Des te meer omdat de autoriteiten geen flauw idee hebben wie de jongen is of zelfs maar hoe lang hij daar is geweest.

'Het is net als Mowgli in de film ***Jungle Book***,' aldus Oren Carmichael, hoofd van de politie in Westville.

De jongen – die Engels praat en verstaat, maar niet weet hoe hij heet – werd ontdekt door Don en Leslie Katz, wandelaars uit Clifton in New Jersey. 'We hoorden geritsel in de bosjes toen we de resten van onze picknick opruimden,' vertelt Don Katz. 'Ik was in eerste instantie bang dat het een beer was, maar ineens zagen we hem zomaar heel duidelijk wegrennen.'

Parkwachten en de lokale politie zetten een zoektocht op touw en vonden de sterk vermagerde jongen drie uur later, gekleed in dunne, versleten kleren, in een geïmproviseerd kampement. 'Op dit moment kunnen we nog geen uitspraken doen over hoe lang hij in de bossen is geweest of hoe hij daar terecht is gekomen,' verklaart Tony Aurigemma, hoofd Parkwachten New Jersey State. 'Hij kan zich geen ouders of andere volwassenen herinneren. We zijn in contact met andere instanties, maar tot dusverre is er geen melding van vermiste kinderen met zijn signalement en van zijn leeftijd.'

Het afgelopen jaar hebben wandelaars er meermaals melding van gemaakt dat ze een 'wolfskind' of een 'Kleine Tarzan' hadden gezien met het uiterlijk van de nu gevonden jongen, maar de meeste mensen beschouwden wat erover werd verteld als broodjeaapverhalen.

In de woorden van James Mignone, een wandelaar uit Morriston, New Jersey: 'Het lijkt wel of iemand hem heeft gebaard en daarna gewoon heeft achtergelaten in de wildernis.'

'Het is het meest raadselachtige geval van een overlever in het wild dat ik ooit van dichtbij heb gezien,' verklaart Tony Aurigemma. 'We weten werkelijk niet of die jongen daar een paar dagen, een paar weken of maanden, of verdorie, misschien wel jaren heeft doorgebracht.'

Iedereen die enige informatie kan verschaffen over de jongen wordt verzocht contact op te nemen met de politie in Westville.

'Iemand moet er meer van weten,' zegt hoofd van de politie Carmichael. 'Zo'n jongen verschijnt niet zomaar op wonderbaarlijke wijze uit de bossen.'

DEEL 1

1

23 APRIL 2020

Hoe houdt ze zich staande?

Hoe lukt het haar om dag in, dag uit die kwellingen te doorstaan?

Dag in, dag uit, de ene week na de andere, jaar in, jaar uit.

Ze zit in de grote hal van de school en staart voor zich uit met een lege blik, zonder met haar ogen te knipperen. Haar gezicht is als uit steen gebeiteld, een masker. Ze kijkt niet naar links en niet naar rechts. Ze zit roerloos.

Ze staart allen maar voor zich uit.

Ze wordt omringd door klasgenoten, Matthew staat er ook bij, maar ze kijkt niemand aan. Ze praat ook met niemand, al weerhoudt dat haar klasgenoten er niet van om tegen haar te praten. De jongens – Ryan, Crash (jazeker, zo heet hij echt), Trevor, Carter – schelden haar uit, fluisteren obscene praatjes in haar oor, maken smalende opmerkingen en lachen haar uit. Ze gooien dingen naar haar. Paperclips, elastiekjes, bolletjes snot uit hun neus. Ze kauwen op propjes papier en schieten de natte kledders op allerlei manieren op haar af.

Als zo'n kledder in haar haar blijft hangen, lachen ze nog harder.

Het meisje – ze heet Naomi – blijft roerloos zitten. Ze probeert de natte kledders papier niet uit haar haar te trekken. Ze staart alleen maar recht voor zich uit. Met droge ogen. Matthew kan zich nog herinneren dat ze in het verleden een paar keer tranen in haar ogen kreeg tijdens deze eindeloze, nooit ophoudende, dagelijkse marteling.

Maar nu niet meer.

Matthew kijkt toe. Hij doet niets.

Het valt de docenten, die zo langzamerhand zijn afgestompt, niet eens op dat er iets gebeurt. Met vermoeide stem roept er een: 'Oké, Crash, zo kan het wel weer', maar noch Crash, noch een van de anderen stoort zich daaraan.

Ondertussen ondergaat Naomi alles zonder te reageren.

Matthew vindt dat hij iets zou moeten doen om een einde te maken aan de pesterijen, maar hij doet niets. Niet meer, hij heeft het één keer geprobeerd.

Dat was niet goed afgelopen.

Matthew probeert zich te herinneren wanneer het allemaal fout ging voor Naomi. Op de basisschool was ze een opgewekt kind geweest. Hij herinnerde zich dat ze altijd glimlachte. Natuurlijk, haar kleren waren afdankertjes en ze waste haar haar niet vaak genoeg. Een paar van de meisjes hadden daar wel eens grappen over gemaakt, maar er was niets aan de hand geweest tot die dag dat ze bij juf Walsh in groep vier heftig moest overgeven. Een kwestie van projectielbraken, waarbij de natte bruine brokken van het linoleum omhoog spatten en op Kim Rogers en Taylor Russel terechtkwamen. Het stonk zo vreselijk, zo ranzig dat juf Walsh alle kinderen de klas uit had gestuurd. Buiten op het kickballveld knepen ze hun neuzen dicht en maakten ze geluiden die uitdrukking gaven aan hun walging.

Daarna was alles anders geworden voor Naomi.

Het had Matthew altijd verbaasd. Had ze zich die ochtend niet lekker gevoeld? Had haar vader – haar moeder was in die tijd al uit beeld – haar toch gewoon naar school gestuurd? Als Naomi die dag thuis was gebleven, was alles dan anders gegaan? Was dat ongelukkige voorval van dat overgeven het moment waarop alles voor haar veranderde, of was ze altijd al gedoemd dit duistere pad vol martelingen te gaan?

Een nieuwe kledder blijft steken in haar haar. Nieuwe scheldwoorden. Opnieuw wreed gejuich.

Naomi zit roerloos en wacht tot het ophoudt.

Tot het voorlopig ophoudt, misschien voor de rest van de dag. Ze moet weten dat het nooit echt zal ophouden. Vandaag niet, morgen niet. Het martelen houdt nooit lang op. Eindeloze marteling vult haar dagen.

Hoe houdt ze zich staande?

Er zijn dagen dat Matthew het ziet gebeuren en er iets aan wil doen.

Maar meestal niet. Ook op die dagen gaat het pesten door, het gebeurt zo onophoudelijk, het is zo gewoon dat het een soort ruis op de achtergrond wordt. Matthew was zich bewust geworden van iets vreselijks: je wordt immuun voor wreedheden. Het wordt normaal. Je accepteert het. Je haalt je schouders op en gaat over tot de orde van de dag.

Heeft Naomi het ook 'gewoon' geaccepteerd? Is zij er ook immuun voor geworden?

Matthew heeft geen idee. Ze zit er iedere dag, achter in de klas, voorin tijdens de studieles, helemaal alleen in een hoekje van de kantine in de pauzes.

Tot ze een week na deze dag vol pesterijen ineens afwezig is.

Naomi verdwijnt.

Matthew voelt de dringende behoefte te weten waarom.

2

'Die man hoort in de gevangenis, klaar uit,' zei de pedante hipster die als deskundige mocht bijzitten.

Live op tv maakte Hester Crimstein zich op om hem van repliek te dienen toen ze vanuit een ooghoek haar kleinzoon meende te zien. De schijnwerpers in de studio maakten het moeilijk om het goed te zien, maar het leek er verdomd veel op dat hij het was.

'Zozo, toe maar,' zei de gastheer van het praatprogramma, die ooit een soort frisse yup was geweest wiens belangrijkste gesprekstechniek bestond uit het verbaasd optrekken van zijn wenkbrauwen om vervolgens met een versteende uitdrukking te staren naar zijn gesprekspartner, alsof die een idioot was, hoe verstandig diens uitspraken ook waren. 'Wat vind jij daarvan, Hester?'

Matthews komst naar de studio – hij moest het wel zijn – had haar met stomheid geslagen.

'Hester?'

Het is niet zo handig om tijdens een uitzending te gaan mijmeren, dacht ze. Blijf erbij.

'Ik walg van je,' zei Hester.

'Pardon?'

'Je hoort me wel.' Ze richtte haar beruchte verzengende blik op de pedante hipster. 'Ik walg van je.'

Waarom is Matthew hier?

Haar kleinzoon had zich nooit onaangekondigd op haar werk vertoond – niet op haar kantoor, niet in een rechtszaal en niet in een studio.

'Zou je dat misschien willen toelichten?' vroeg gastheer Ooit Frisse Yup.

'Zeker,' zei Hester. Haar verzengende blik bleef op de hipster gericht. 'Jij haat Amerika.'

'Hè?'

'Echt,' ging Hester door. Ze hief beide handen in een vragend gebaar. 'Waarom sluiten we de rechtbanken niet? Wie heeft die nou nodig? We hebben de publieke opinie toch? Geen rechtszaken, geen jury, geen rechters meer. Laat de twitterende massa maar een oordeel vellen.'

De pedante hipster ging iets rechterop zitten. 'Dat heb ik niet gezegd.'

'Dat is precies wat jij zei.'

'Er is bewijs, Hester, een heel duidelijke video.'

'O jee, een video.' Ze wriemelde met haar vingers in de lucht alsof het over een spook ging. 'Nou ja, dan nogmaals, we hebben geen rechter en geen jury meer nodig. Waarom laten we jou niet, als zachtmoedige leider van de twitterende massa...'

'Ik ben geen...'

'Sst, ik ben aan het woord. O, sorry, ik ben je naam vergeten. In gedachten noem ik je steeds de pedante hipster, dus mag ik je Chad noemen?' De man deed zijn mond open, maar Hester was hem voor. 'Fantastisch. Goed, Chad, vertel eens, wat is een passende straf voor mijn cliënt? Wat denk je? Ik bedoel, omdat jij de uitspraak gaat doen: schuldig of onschuldig? Kun je meteen ook wel even de straf opleggen, toch?'

De hipster duwde zijn zware bril over zijn neusbrug omhoog. 'Mijn naam is Rick. En we hebben die video allemaal gezien. Jouw cliënt stompte die man in zijn gezicht.'

'Bedankt voor die scherpe analyse. Weet je wat echt zou helpen, Chad?'

'Rick.'

'Rick, Chad, maakt niet uit. Het zou echt helpen, het zou supergoed helpen als jij en je twitterende massa gewoon alle beslissingen voor ons zouden nemen. Stel je eens voor hoeveel tijd we dan zouden overhouden. We posten gewoon een video op social media en vellen het oordeel over schuld of onschuld aan de hand van de reacties. Duimpjes omhoog en duimpjes omlaag. Je hebt helemaal geen getuigen en verklaringen en bewijs meer nodig. Alleen nog rechter Rick Chad hierzo.'

De pedante hipster liep rood aan. 'We hebben allemaal gezien wat jouw cliënt die arme man heeft aangedaan.'

Ooit Frisse Yup sprong ertussen. 'We zullen voordat we verdergaan die video nog eens laten zien voor wie later heeft afgestemd.'

Hester stond op het punt te protesteren, maar de video was al talloze keren afgespeeld en zou ook nog talloze keren opnieuw worden afgespeeld. Protesten van haar kant zouden niet effectief zijn en zouden alleen maar de verdachtmakingen voeden dat haar cliënt Simon Greene, een financieel adviseur in goede doen, echt schuldig was.

En wat nog belangrijker was, het gaf haar een kans even met Matthew te praten zonder dat er een camera op haar gericht was.

De video – vier miljoen hits en dat werden er nog steeds meer – was opgenomen met de iPhone van een toerist in Central Park. De beelden lieten zien dat Hesters cliënt Simon Greene, uitgedost in een keurig maatpak met bijbehorende Hermès-das met perfecte windsorknoop, een vuist balde en die midden in het gezicht plantte van Aaron Corval, een slordig in versleten kleren gehulde drugsverslaafde.

Het bloed gutste uit Corvals neus.

De beelden hadden iets onweerstaanbaars dickensiaans: de Rijke, Bevoorrechte Stinkerd haalt zonder dat er enige aanleiding voor is uit naar de Arme Straatjongen.

Hester wrong zich in allerlei bochten om tussen de studiolampen door contact te zoeken met Matthew. Ze trad als deskundig jurist regelmatig op in nieuwsprogramma's en verzorgde op deze zelfde zender twee keer per week als 'beroemd strafpleiter' een eigen praatprogramma, dat *Crimstein en Criminelen* heette.

Haar kleinzoon stond in een donkere hoek. Ze zag dat hij in zijn handen wreef, net zoals zijn vader dat placht te doen, en ze voelde een pijnscheut in haar borst, zo hevig dat ze even naar adem snakte. Ze overwoog snel naar hem toe te lopen en hem te vragen wat hij kwam doen, maar de virale video was alweer afgelopen en hipster Rick Chad had het schuim op de lippen staan.

'Zie je dat?!' Kleine druppeltjes spuug spatten uit zijn mond en verdwenen in zijn baard. 'Glashelder. Jouw rijke cliënt valt zonder enige aanleiding een dakloze aan.'

'Je weet niet wat er aan die video is voorafgegaan.'

'Dat maakt geen verschil.'

'Zeker wel. Daarom hebben we een rechtssysteem, om te voorkomen dat zelfbenoemde rechtsbeschermers zoals jij niet op een onverantwoorde manier lynchpartijen kunnen organiseren waarbij onschuldige slachtoffers vallen.'

'Ho, ho, niemand heeft het hier over lynchpartijen gehad.'

'Zeker wel. Jij. Jij wilt mijn cliënt, een man zonder strafblad, vader van drie kinderen, per direct in de gevangenis. Geen rechtszaak, niets. Kom, kom, Rick Chad, laat de fascist in je vrij.' Hester sloeg met een vuist op het bureau van de gastheer, die daar zichtbaar van schrok, en zette een spreekkoor in. 'Sluit hem op! Sluit hem op!'

'Hou op.'

'Sluit hem op!'

De kreet werkte hem duidelijk op de zenuwen. Hij begon rood aan te lopen. 'Dat bedoelde ik absoluut niet. Je overdrijft.'

'Sluit hem op!'

'Hou daarmee op. Niemand zegt dat.'

Hester had een talent voor mimicry. Ze maakte er vaak gebruik van bij rechtszaken om de positie van de aanklager op een subtiele, zij het ietwat kinderachtige manier te ondermijnen. Nu bootste ze naar beste vermogen Rick Chad na en herhaalde de woorden die hij eerder had uitgesproken: '*Die man hoort in de gevangenis, klaar uit.*'

'Dat is een besluit dat in een rechtbank moet worden genomen,' zei hipster Rick Chad, 'maar als een man zich zo gedraagt, als hij op klaarlichte dag mensen in hun gezicht stompt, verdient hij het te worden geschorst en ontslagen.'

'Waarom? Omdat VegaDiëten-Diana en Pak-De-Vrouwtjes-69 dat op Twitter vinden? Jullie kennen de situatie niet. Jullie weten niet eens of die video echt is.'

Gastheer Ooit Frisse Yup trok veelbetekenend zijn wenkbrauwen op toen hij dat hoorde. 'Wil je beweren dat die video nep is?'

'Dat zou kunnen, zeker. Luister, ik heb eens een andere cliënt gehad. Een ex fotoshopte haar gezicht naast een dode giraffe en beweerde dat ze een jager was die het beest had doodgeschoten. Dat deed hij uit wraak. Kun je je voorstellen wat zij over zich heen kreeg aan haat en scheldpartijen?'

Het verhaal was niet echt – Hester had het verzonnen – maar het zóú echt kunnen zijn, en soms was dat voldoende.

'Waar is jouw cliënt Simon Greene nu?' wilde hipster Rick Chad weten.

'Wat heeft dat ermee te maken?'

'Hij is thuis, hè? Op borgtocht?'

'Hij is onschuldig. Het is een zachtaardig man, die van zijn kinderen...'

'En een rijk man.'

'Wil je nu ook het borgtochtsysteem afschaffen?'

'Een rijke, blanke man.'

'Luister, Rick Chad, ik weet dat jij helemaal "woke" en zo bent, zo met zo'n coole baard en die beanie – is dat een Kangol? – maar de manier waarop je huidskleur erbij sleurt en debiteert in gemakkelijke antwoorden is even verwerpelijk als de manier waarop de andere kant dat doet.'

'Ah, "beide kanten". Gaan we op die toer?'

'Nee, knul, het gaat niet om twee kanten, dus luister goed. Wat jij niet begrijpt van jezelf en die mensen die je zo haat? Jullie worden in een razend tempo één pot nat.'

'Keer het eens om,' zei Rick Chad. 'Als Simon Greene een arme zwarte sloeber was en Aaron Corval een rijke, blanke...'

'Ze zijn allebei blank. Laat de huidskleur erbuiten.'

'Het draait altijd om de huidskleur, maar goed. Als de man in vodden de rijke, blanke man in zijn keurige pak slaat, zou hij zich niet door Hester Crimstein kunnen laten verdedigen. Dan zat hij nu achter de tralies.'

Hmm, dacht Hester. Ze moest toegeven dat Rick Chad met die opmerking een punt had.

'Hester?' zei gastheer Ooit Frisse Yup.

Het programma liep tegen het einde, dus hief Hester haar handen en zei: 'Als Rick Chad beweert dat ik een geweldige advocaat ben, wie ben ik dan om te zeggen dat het niet zo is?'

Daarmee kreeg ze de lachers op haar hand.

'En daarmee zijn we aan het einde van dit gesprek gekomen. Na de reclame de nieuwste controverse rond presidentskandidaat Rusty Eggers, de hemelbestormer. Is Rusty een pragmaticus of is hij wreed? Is hij werkelijk de gevaarlijkste man in Amerika? Blijf kijken.'

Hester trok het oortje uit en maakte de microfoon los. Het reclameblok was al opgestart toen ze door de studio naar Matthew liep. Hij was al zo groot, alweer net als zijn vader. Opnieuw voelde ze een pijnscheut in haar borst.

'Je moeder...?' vroeg Hester.

'Ze is oké,' zei Matthew. 'Iedereen is oké.'

Hester kon er niets aan doen. Ze sloeg haar armen om de puber die zich waarschijnlijk dood schaamde, en drukte hem stevig tegen zich aan, ook al was ze nog geen een meter zestig en hij bijna een meter negentig. Steeds vaker herkende ze de vader in de zoon. Als klein jongetje had Matthew niet erg op zijn vader David geleken, toen die nog leefde, maar nu wel – zijn houding, zijn manier van lopen, dat handenwringen, de rimpel in zijn voorhoofd – het sloopte haar verdediging. Dat zou natuurlijk niet zo moeten zijn. Het zou haar juist een beetje moeten troosten om de vader te zien terugkeren in de zoon, alsof toch nog iets van David het auto-ongeluk had overleefd. Maar die spookachtige herinneringen aan het verleden scheurden de wonden weer wijd open, zelfs na al die jaren, en Hester vroeg zich af of die pijn waardevol was, of die pijn beter was dan niets voelen – of dat helemaal niets meer voelen of op een zekere dag zeggen dat je 'eroverheen was' niet de ergste vorm van verraad was.

Dus omhelsde ze haar kleinzoon en kneep ze haar ogen stijf dicht. De puber klopte haar op de rug, bijna alsof hij haar maar even liet begaan.

'Nana?' Zo noemde hij haar. Nana.

'Echt alles goed?'

'Echt, ik ben oké.'

Matthews huid was bruiner dan die van zijn vader. Zijn moeder Laila was zwart, zodat Matthew ook zwart was, of een gekleurde man, of wat dan ook. Leeftijd was geen excuus, maar Hester, die in de zeventig was, al zei ze tegen iedereen dat ze was opgehouden te tellen toen ze negenenzestig was – toe maar, maak maar een grapje, ze had ze allemaal al gehoord – vond het moeilijk om op de hoogte te blijven van de juiste terminologie als het om wezenlijke vragen als die van de huidskleur van de mens ging.

'Waar is je moeder?' vroeg Hester.

'Naar haar werk, denk ik.'

'Wat is er aan de hand?' vroeg Hester.

'Een meisje bij ons op school.'

'Wat is daarmee?'

'Ze is zoek, Nana. Ik wil dat je helpt.'

3

'Ze heet Naomi Pine,' zei Matthew.

Ze zaten op de achterbank van Hesters Cadillac Escalade. Matthew was met de trein gekomen, een uur vanaf Westville, en overgestapt op het Frank Lautenberg Station in Secaucus, maar het leek Hester makkelijker en slimmer om hem met de auto terug te brengen. Ze was er al een maand lang niet meer geweest, veel te lang, en op deze manier kon ze tegelijkertijd haar bezorgde kleinzoon helpen met zijn probleem en nog even op bezoek bij hem en zijn moeder.

'Nana?'

'Die Naomi,' zei Hester. Ze verdreef de idiote bespiegelingen uit haar gedachten. 'Is dat een vriendin van je?'

Matthew haalde zijn schouders op zoals alleen pubers dat kunnen. 'Ik ken haar al sinds we zes waren of zo.'

Geen direct antwoord, maar ze liet het gaan.

'Hoe lang is ze al zoek?'

'Een week of zo.'

Zes of zo, een week of zo. Hester werd er gek van – of zo, je weet wel – maar dit was niet het goede moment.

'Heb je haar gebeld?'

'Ik weet haar telefoonnummer niet.'

'Is de politie naar haar op zoek?'

De puber haalde zijn schouders op.

'Heb je met haar ouders gepraat?'

'Ze woont bij haar vader.'

'Heb je met haar vader gepraat?'

Hij trok een grimas alsof dat het belachelijkste was wat je je maar kon voorstellen.

'Dus hoe weet je dan of ze niet gewoon ziek is? Of op vakantie of zo?'

Geen antwoord.

'Waarom denk je dat ze zoek is?'

Matthew staarde alleen maar uit het raam. Tim, al jarenlang Hesters chauffeur, stuurde de Escalade over de afrit van Route 17 richting het centrum van Westville in New Jersey, minder dan vijftig kilometer van Manhattan. De Ramapo Mountains, in alle opzichten eigenlijk een deel van de Appalachen, maar dan met een eigen naam, kwamen op de achtergrond in beeld. De herinneringen borrelden op, zoals dat gaat. Ze deden pijn.

Iemand had Hester ooit eens verteld dat alle herinneringen pijn doen, en juist de goede herinneringen het meest. Nu ze ouder werd, moest Hester toegeven dat er veel waarheid in die opmerking school.

Hester en haar overleden echtgenoot Ira – het was nu zeven jaar geleden – hadden drie zonen grootgebracht in de 'voorstad in de bergen' zoals Westville zich liet noemen. Hun oudste zoon Jeffrey was tandarts in Los Angeles, ondertussen toe aan zijn vierde vrouw, een makelaar die Sandy heette. Sandy was de eerste die niet was begonnen als een onbehoorlijk veel jongere assistente in zijn praktijk. Hester hoopte maar dat dat een teken van vooruitgang was. Hun tweede zoon Eric werkte, net als zijn vader destijds, in de raadselachtige wereld van het geld – Hester had nooit begrepen wat haar man, en nu dus haar zoon, eigenlijk deed, anders dan hopen geld van A naar B schuiven om C mogelijk te maken. Eric en zijn vrouw Stacey hadden drie zoons, keurig om de twee jaar geboren, net als bij Hester en Ira indertijd. Het gezin was onlangs naar Raleigh in North Carolina verhuisd, want daar scheen het tegenwoordig allemaal te gebeuren.

Hun jongste zoon – en de waarheid moet gezegd, Hesters lieveling – was Matthews vader David geweest.

'Hoe laat komt je moeder thuis?' vroeg Hester aan Matthew.

Matthews moeder Laila werkte net als Hester voor een groot advocatenkantoor, al was Laila gespecialiseerd in familierecht. Ze had destijds in de zomermaanden stage gelopen bij Hester toen ze aan Columbia rechten studeerde. Langs die weg had ze Hesters zoon leren kennen.

Laila en David waren vrijwel meteen voor elkaar gevallen. Ze waren getrouwd en hadden een zoon gekregen die ze Matthew hadden gedoopt.

'Ik weet het niet,' zei Matthew. 'Moet ik haar een appje sturen?'

'Doe maar.'

'Nana?'

'Zeg het eens, jongen.'

'Je mag niets zeggen tegen mama.'

'Waarover?'

'Over Naomi.'

'Waarom niet?'

'Gewoon, daarom niet. Goed?'

'Oké.'

'Beloofd?'

'Hou op,' zei Hester een beetje scherp omdat ze het vervelend vond dat hij haar niet meteen op haar woord vertrouwde, maar ze bond meteen in en zei veel zachter: 'Ik beloof het. Natuurlijk beloof ik het.'

Matthew rommelde met zijn telefoon, terwijl Tim de vertrouwde bocht naar rechts maakte, daarna naar links en toen nog eens twee keer naar rechts, waarna ze een doodlopend straatje als uit een prentenboek in reden. Downing Lane. Voor hen lag het statige huis in blokhutstijl dat Hester en Ira tweeënveertig jaar geleden hadden laten bouwen. Het huis waarin ze Jeffrey, Eric en David hadden grootgebracht. Vijftien jaar geleden, toen de jongens groot waren, hadden Hester en Ira besloten dat het tijd was om weg te trekken uit Westville. Ze hielden van het huis in de voetheuvels van de Ramapo Mountains, Ira nog meer dan Hester, want, god, Ira was een buitenman, die van vissen hield en van zwerven door de bossen, en van al die andere dingen waarvan mannen die Ira Crimstein heetten niet zouden moeten houden. Maar het was tijd voor iets anders geworden. Steden als Westville zijn bedoeld om kinderen op te voeden. Je trouwt, trekt weg uit de grote stad, je krijgt een paar baby's, staat langs de lijn bij hun sportwedstrijden en zit op de tribune bij dansvoorstellingen, je raakt geëmotioneerd bij de uitreiking van hun diploma, ze gaan het huis uit, studeren, komen in het weekend thuis en slapen een gat in de dag. Daarna houdt zelfs dat op en blijf je met zijn tweeën achter en, zo lopen de levenscycli, wordt het tijd om alles achter je te laten, het huis te verkopen aan een jong stel dat net uit de grote stad is weggetrokken en dat van plan is om met een paar baby's iets nieuws op te bouwen.

Een stad als Westville heeft je niets te bieden als je ouder wordt – en daar is niets mis mee.

Dus verhuisden Ira en Hester. Ze vonden een appartement aan Riverside Drive in de Upper West Side van Manhattan met uitzicht op de Hudson River. Ze vonden het prachtig. Bijna dertig jaar lang hadden ze als forenzen met diezelfde trein gereisd die Matthew vandaag had genomen; destijds moest je nog in Hoboken overstappen. Maar toen ze ouder werden, ervoeren ze het als een verademing om 's morgen wat later wakker te kunnen worden en na een korte wandeling, of desnoods een ritje met de ondergrondse, aan het werk te gaan.

Hester en Ira genoten er volop van om in New York zélf te wonen.

Het oude huis in Downing Lane verkochten ze uiteindelijk aan hun zoon David en diens fantastische vrouw Laila, die net hun eerste kind Matthew hadden gekregen. Hester had gedacht dat het misschien lastig voor David zou zijn om te wonen in het huis waarin hij was opgegroeid, maar David had volgehouden dat het precies de juiste plek was om zijn eigen kinderen groot te brengen. Laila en hij renoveerden het huis volledig, drukten er hun eigen stempel op en veranderden het interieur zodanig dat Hester en Ira het bijna niet herkenden als ze op bezoek kwamen.

Matthew zat nog altijd naar zijn telefoon te staren. Hester tikte hem op zijn knie.

'Heb je iets gedaan?' vroeg ze.

'Wat?'

'Met Naomi.'

Hij schudde zijn hoofd. 'Ik heb niets gedaan. Dat is juist het probleem.'

Tim zette de Escalade stil op de oprit van haar oude huis. Het was nu geen kwestie meer van opborrelende herinneringen – de sluisdeuren gingen wagenwijd open. Tim zette de versnelling in de parkeerstand, draaide zich om en keek haar aan. Tim werkte nu al bijna twintig jaar voor haar, vanaf het moment dat hij van de Balkan was vertrokken naar Amerika. Hij wist wat ze op dit moment doormaakte. Ze gaf hem met een miniem knikje van haar hoofd te kennen dat het goed was.

Matthew had Tim al bedankt en was uitgestapt. Hester reikte naar de portiergreep, maar Tim schraapte zijn keel om haar tegen te houden. Hester rolde met haar ogen en wachtte tot Tim, een bonk van een kerel, zich van zijn stoel op zijn voeten had laten rollen en het portier voor haar opende. Het was een volstrekt overbodig gebaar, maar Tim voelde zich beledigd als Hester zelf haar portier openmaakte en ze vocht heel wat veldslagen uit in haar werk, dus dank je vriendelijk.

'Ik weet niet hoelang we blijven,' zei ze.

'Ik wacht,' zei hij met een accent dat nooit meer zou slijten.

Matthew had de voordeur al van slot gedaan, was naar binnen gelopen en had de deur op een kier laten staan. Hester wisselde nog een laatste blik met Tim, liep toen naar de voordeur over het pad met keitjes, dat zij en Ira drieëndertig jaar geleden in een weekend hadden gelegd, en stapte naar binnen. Ze deed de deur achter zich dicht.

'Matthew?'

'Ik ben in de keuken.'

Ze liep naar het achterhuis. De kolossale deur van de SubZero-koelkast – die had er destijds nog niet gestaan – stond open. Dat riep een nieuwe herinnering op aan Matthews vader toen die zo oud was, aan alle jongens destijds van die leeftijd, aan Jeffrey, Eric en David, altijd met hun hoofd in de koelkast. Er was nooit genoeg in huis. Ze aten als wandelende kliko's. Al het eten dat ze in huis haalde, was de volgende dag op.

'Heb je honger, Nana?'

'Nee, ik hoef niets.'

'Weet je het zeker?'

'Zeker weten. Vertel me eens wat er aan de hand is, Matthew.'

Zijn hoofd kwam tevoorschijn. 'Vind je het erg als ik eerst even iets te eten pak?'

'Als je wilt, gaan we uit eten.'

'Ik heb te veel huiswerk.'

'Oké, wat je maar wilt.'

Hester slenterde naar de woonkamer met de tv-hoek. Ze rook de geur van verbrand hout. Iemand had onlangs vuur gemaakt in de open haard. Dat was vreemd. Of eigenlijk misschien niet. Ze keek naar de salontafel.

Netjes. Te netjes, dacht ze.

Alle tijdschriften op keurige stapeltjes. Onderzetters keurig opgestapeld. Alles op zijn plek.

Hester fronste haar wenkbrauwen.

Terwijl Matthew een dubbele boterham zat te eten, sloop ze op haar tenen de trap op. Het waren natuurlijk haar zaken niet. David was al tien jaar dood. Laila verdiende gewoon een beetje geluk in haar leven. Hester had geen kwaad in de zin, maar ze kon zich ook niet inhouden.

Ze liep de slaapkamer in.

Ze wist dat David aan de andere kant van het bed had geslapen en Laila aan de kant bij de deur. Het kingsize bed was opgemaakt. Onberispelijk.

Te netjes, dacht ze opnieuw.

Ze kreeg een brok in de keel. Ze liep door de slaapkamer naar de badkamer. Even onberispelijk. Ze kon zich nog steeds niet inhouden en inspecteerde het kussen aan Davids kant.

Davids kant? Je zoon is er al tien jaar niet meer, Hester. Laat het met rust.

Het kostte haar een paar seconden, maar toen vond ze een lichtbruine haar op het kussen.

Een lange lichtbruine haar.

Laat het met rust, Hester.

Het slaapkamerraam bood uitzicht op de tuin en de bergen daarachter. Het gazon ging over in de helling en maakte langzamerhand plaats voor een paar bomen, gevolgd door nog meer bomen verderop en uiteindelijk een dik woud van bomen. Haar zoons hadden daar gespeeld. Ira had hen geholpen een boomhut te bouwen, en forten en Joost mocht weten wat nog meer. Ze maakten pistolen en messen van stokken. Ze speelden er verstoppertje.

Op een dag toen David zes was en voor zover ze wist alleen, had Hester hem met iemand horen praten in het bos. Toen ze hem ernaar had gevraagd, had hij verkrampt geantwoord: 'Ik was alleen aan het spelen.'

'Maar ik hoorde je praten met iemand.'

'O,' had haar jonge zoon gezegd. 'Dat was mijn onzichtbare vriend.'

Het was de enige keer geweest, had Hester altijd gedacht, dat David tegen haar had gelogen.

Beneden hoorde Hester de voordeur opengaan.

'Hé, mam,' hoorde ze Matthew zeggen.

'Waar is oma?'

'Hier,' zei hij. 'Eh, Nana?'

'Ik kom!'

Overvallen door paniek en met het gevoel dat ze een idioot was, glipte Hester de slaapkamer uit, naar de tweede badkamer die vanaf de overloop bereikbaar was. Ze sloot de deur, trok de wc door en zette zelfs even de kraan open om de juiste indruk te wekken. Toen liep ze naar de trap. Laila stond bij de onderste tree en keek omhoog.

‘Hoi,’ zei Hester.

‘Hoi.’

Laila was een plaatje. Dat viel niet te ontkennen. Ze schitterde in haar grijze pak, dat krap zat waar het mocht – in haar geval dus overal. Haar blouse was verfrissend wit, vooral afgetekend tegen haar donkere huid.

‘Alles goed?’ vroeg Laila.

‘O, zeker.’

Hester daalde de laatste treden van de trap af. De twee vrouwen omhelsden elkaar vluchtig.

‘Wat voert jou deze kant op, Hester?’

Matthew kwam de kamer in. ‘Nana helpt me bij een werkstuk voor school.’

‘O, echt? Waarover?’

‘De wet.’

Laila trok een grimas. ‘En dat kon je niet aan mij vragen?’

‘En, eh, ook over op tv zijn, je weet wel,’ vulde Matthew onhandig aan. Geen gladde leugenaar, dacht Hester, net zomin als zijn vader. ‘Eh, maar, eh... mam, daar bedoel ik niets mee, als beroemde advocaat, je-weet-wel.’

‘Ah, zoiets.’

Laila keek Hester aan. Hester haalde haar schouders op.

‘Oké dan,’ zei Laila.

Er kwam een herinnering boven bij Hester aan Davids begrafenis. Laila had aan het graf gestaan met Matthews hand in de hare. Met droge ogen. Ze huilde niet. Niet één keer die dag. Niet waar Hester bij was of wie dan ook. Later die avond namen Hester en Ira Matthew mee om een hamburger te gaan eten in Allendale. Hester was eerder teruggegaan naar huis. Ze was de achtertuin in gelopen, naar die plek waar ze David talloze keren het bos in had zien lopen op weg naar Wilde, en zelfs daar had ze boven de geluiden van de avondwind in de bomen het rauwe gejammer gehoord van Laila, alleen in haar slaapkamer. Ze huilde zo hartverscheurend, met zoveel pijn, dat Hester bang was geweest dat er iets in Laila gebroken was, wat niemand ooit nog zou kunnen helen.

Laila was niet hertrouwd. Als er andere mannen in haar leven waren geweest in de afgelopen tien jaar – er moesten veel, heel veel kandidaten zijn geweest – had ze er Hester niets over verteld.

Maar nu was er dit al te nette huis en die lange lichtbruine haar.

Laat het met rust, Hester.

Zonder waarschuwing reikte Hester met beide armen naar Laila en trok ze haar tegen zich aan.

'Hester?' zei Laila verrast.

Laat het met rust.

'Ik hou van je,' fluisterde Hester.

'En ik hou van jou.'

Hester kneep haar ogen dicht. Ze kon de tranen niet tegenhouden.

'Is alles goed met je?' vroeg Laila.

Hester herstelde zich, deed een stap achteruit en trok haar kleren recht. 'Heel goed.' Ze zocht in haar tas naar een tissue. 'Ik word alleen...'

'Ik weet het,' zei Laila zacht. Ze knikte.

Over de schouder van zijn moeder heen, zag Hester Matthew zijn hoofd schudden om haar eraan te herinneren dat ze niets zou zeggen.

'Ik moest maar weer eens naar huis,' zei Hester.

Ze kuste beiden en haastte zich de deur uit.

Tim stond bij de auto met het portier geopend. Hij droeg iedere dag naar zijn werk een zwart pak en een pet met een klep, ongeacht het weer en de seizoenen, ook al had Hester hem bezworen dat het niet hoefde en ook al zat het pak hem niet goed en paste de pet niet. Misschien kwam het door zijn massieve bouw. Misschien kwam het omdat hij een pistool droeg.

Terwijl ze zich op de achterbank liet zakken, keek ze nog een keer naar het huis. Matthew stond op de drempel naar haar te kijken. Het trof haar opnieuw: haar kleinzoon vroeg haar om te helpen.

Dat had hij nog nooit eerder gedaan. Hij had haar niet het hele verhaal verteld. Nog niet. Maar terwijl zij zwolg in haar eigen verdriet, in haar eigen ellende, naar dat gapende gat in haar leven staarde, hield ze zichzelf voor dat er in het leven van Matthew, die moest opgroeien zonder vader, die moest opgroeien zonder die heel speciale vader, die zachtaardige, vriendelijke man in wie het beste van Hester en vooral Ira bij elkaar was gekomen, dat er in dat leven een gat gaapte dat veel groter en afschrikwekkender was. Hester was ervan overtuigd dat Ira was geveld door een hartaanval omdat hij de pijn van het verliezen van zijn zoon bij dat ongeluk nooit meer te boven was gekomen.

Tim kroop weer achter het stuur.

'Heb je gehoord wat Matthew zei?' vroeg Hester.

'Ja.'

'Wat denk je?'

Tim haalde zijn schouders op. 'Hij verbergt iets.'

Hester reageerde niet.

'Dus, terug naar de stad?' vroeg Tim.

'Nog niet,' zei Hester. 'Ik wil eerst naar het politiebureau, hier in Westville.'

4

‘Kijk eens wie we daar hebben. Hester Crimstein in mijn speelgoedpolitiebureautje.’

Oren Carmichael, hoofd van de politie in Westville, wees haar een stoel in zijn kantoor. Hij was bijna zeventig, bijna zover om met pensioen te gaan, maar was geen sikkepit veranderd en nog altijd een krachtpatser van de bovenste plank.

‘Goed je weer eens te zien, Oren.’

‘Je ziet er goed uit.’

‘Jij ook.’ Grijzend haar deed mannen goed, dacht Hester. Het was niet eerlijk. ‘Hoe gaat het met Cheryl?’

‘Die is vertrokken.’

‘Echt?’

‘Yep.’

‘Ik heb altijd al gedacht dat Cheryl dom was.’

‘O ja?’

‘Ik bedoel er niets mee.’

‘Geeft niet.’

‘Ze was bloedmooi,’ voegde Hester eraan toe.

‘Ja.’

‘Maar dom. Ben ik nu harteloos?’

‘Cheryl zou zeggen van wel, denk ik.’

‘Het interesseert me niet wat zij denkt.’

‘Mij ook niet.’ Oren Carmichaels glimlach lichtte de hele ruimte op. ‘Dit is leuk, dit tik-takgesprek.’

‘Ja, toch?’

‘Maar om de een of andere reden heb ik het idee dat je hier niet bent gekomen om te genieten van mijn snedigheid.’

‘Misschien wel.’ Hester leunde achterover. ‘Hoe noemen de jongelui dat tegenwoordig als ze meer dan één ding tegelijk doen?’

‘Multitasking.’

‘Precies.’ Ze sloeg haar ene been over het andere. ‘Misschien ben ik dat wel aan het doen.’

Hester had kunnen zeggen dat ze viel op mannen in uniform, maar dat is zo’n cliché. Toch, Oren Carmichael zag er heel aantrekkelijk uit in dat uniform.

‘Kun je je de vorige keer nog herinneren dat je hier was?’ vroeg Oren.

Hester glimlachte. ‘Jeffrey.’

‘Hij gooide eieren naar auto’s van het viaduct.’

‘Mooie tijden,’ zei Hester. ‘Waarom heb je toen niet mij maar Ira gebeld om Jeffrey op te halen?’

‘Voor Ira was ik niet bang.’

‘Voor mij wel?’

‘Toen wel.’ Oren Carmichael wipte zijn stoel achterover op twee poten. ‘Ga je me nog vertellen waarvoor je gekomen bent, of gaan we door met keuvelen?’

‘Denk je dat we er beter in worden als we langer doorgaan?’

‘Dat geouwehoer? Erger dan het is, kan het niet worden.’

Vierendertig jaar geleden had Oren deel uitgemaakt van de groep mannen die het wolfskind in de bossen had gevonden. Iedereen, ook Hester, had destijds gedacht dat het raadsel wel snel opgelost zou zijn, maar er had zich nooit iemand voor Wilde gemeld. Niemand was er ooit achter gekomen wie hem had achtergelaten in de bossen of hoe hij daar terechtgekomen was. Niemand was er ooit achter gekomen hoelang de kleine jongen daar alleen was geweest of hoe hij zich in leven had weten te houden.

Nog steeds, ook na al deze jaren, wist niemand wie Wilde in hemelsnaam werkelijk was.

Ze overwoog om Oren naar Wilde te vragen, om weer even op de hoogte te zijn, en om het als een opstapje te gebruiken naar de rest.

Maar Wilde was haar zaak niet meer.

Ze moest dat met rust laten en dus sprong ze maar onvervaard in het diepe.

'Naomi Pine. Weet je wie dat is?'

Oren Carmichael vouwde zijn handen en legde ze plat op zijn buik. 'Denk je dat ik alle meisjes ken die hier in de stad naar de highschool gaan?'

'Hoe weet jij dat ze een meisje is dat naar de highschool gaat?' vroeg Hester.

'Je bent nog steeds zo scherp als een scheermes. Laten we zeggen dat ik haar ken.'

Hester wist niet precies hoe ze het aan de orde moest stellen, maar opnieuw was het maar het beste om haar kaarten open op tafel te gooien. 'Ik heb uit betrouwbare bron dat ze zoek is.'

'Betrouwbare bron?'

Oké, bijna alle kaarten. Jezus, Oren was een knappe man. 'Ja.'

'Hm, is jouw kleinzoon niet net zo oud als Naomi?'

'Laten we net doen of dat toevallig is.'

'Dat is trouwens een goede jongen. Matthew, bedoel ik.'

Hester zei niets.

'Ik ben nog altijd coach van het basketbalteam,' ging Oren door. 'Matthew werkt hard en hij is net zo strijdlustig als...'

Hij sloot zijn mond voordat het woord David over zijn lippen glipte. Beiden bleven doodstil zitten. Heel even zoog de stilte iets uit het vertrek.

'Sorry,' zei Oren.

'Hoeft niet.'

‘Weer net doen alsof?’

‘Nee,’ zei Hester zacht. ‘Dat nooit. Niet als het over David gaat.’

Oren was die nacht als hoofd van de politie op de plaats van het ongeluk geweest.

‘Om je vraag te beantwoorden,’ zei Oren. ‘Nee, er is mij niets van bekend dat Naomi zoek is.’

‘Niemand heeft aangifte gedaan of iets dergelijks?’

‘Nee, waarom?’

‘Ze is al een week niet op school geweest.’

‘En?’

‘Zou je misschien een belletje willen plegen?’

‘Maak je je zorgen?’

‘Dat is te zwaar uitgedrukt. Laten we zeggen dat het mijn gemoedsrust ten goede zou komen.’

Oren krabde aan zijn kin. ‘Is er iets wat ik moet weten?’

‘Behalve mijn telefoonnummer?’

‘Hester.’

‘Nee, niets. Ik doe dit omdat het me gevraagd is.’

Oren fronste zijn wenkbrauwen. ‘Oké, ik zal eens bellen.’

‘Fantastisch.’

Hij keek haar aan. Zij keek hem aan.

‘Ik vermoed dat het niet je bedoeling is dat ik dat later doe en je daarna opbel met het resultaat?’ zei Oren.

‘Hoezo? Heb je het druk op het moment?’

Hij zuchtte. Hij belde naar Naomi’s huis. Daar werd niet opgenomen. Daarna belde hij de spijbelambtenaar van de school. De spijbelambtenaar zette hem in de wacht. Toen ze weer aan de lijn kwam, zei ze: ‘Tot dusverre is alle absentie gedekt.’

‘Heb je met een van de ouders gepraat?’

‘Ik niet, maar iemand van de administratie.’

‘Wat zeiden de ouders?’

‘Er staat alleen dat er een geldig excuus is voor de absentie.’

'Verder niets?'

'Waarom? Wilt u dat ik bij haar thuis ga kijken?'

Oren keek over de telefoon naar Hester. Hester schudde haar hoofd.

'Nee, dank u, ik vink alleen even het formulier af. Valt er verder nog iets over haar te vertellen?'

'Alleen maar dat ze dit jaar over zal moeten doen, of een paar herexamens zal krijgen. Ze is dit half jaar erg vaak absent geweest.'

'Dank u.'

Oren beëindigde het gesprek.

'Dank je,' zei Hester.

'Geen dank.'

Ze dacht na. 'Ik snap dat je Matthew kent,' zei ze langzaam. 'Via mij. Via David. Het basketbalteam.'

Oren zei niets.

'En ik weet dat je heel actief bent in de gemeenschap. Dat is heel goed van je.'

'Maar je vraagt je af waarvan ik Naomi ken.'

'Ja.'

'Dat had ik waarschijnlijk meteen moeten vertellen.'

'Ik luister.'

'Herinner je je de film *The Breakfast Club*?' vroeg Oren.

'Nee.'

Oren keek verbaasd. 'Heb je die nooit gezien?'

'Nee.'

'Echt? Mijn kinderen zaten er de hele tijd naar te kijken, ook al was het allemaal voor hun tijd.'

'Is die film belangrijk?'

'Herinner je je de actrice Ally Sheedy?'

Ze onderdrukte een zucht. 'Nee.'

'Geeft niet. In de film speelt Ally Sheedy het zwarte schaap op school en dat doet me aan Naomi denken. Er is een scène waarin ze even uit haar schulp kruipt en zegt dat de thuissituatie niet optimaal is.'

'En dat is Naomi?'

Oren knikte. 'Het zou niet de eerste keer zijn dat ze weggelopen is. Haar vader – maar dit is vertrouwelijk – is al drie keer aangehouden voor rijden onder invloed.'

'Tekenen van misbruik?'

'Nee, ik geloof niet dat dat het is. Eerder verwaarlozing. Naomi's moeder is vijf of tien jaar geleden vertrokken. Dat is moeilijk te zeggen. Haar vader maakt lange dagen in de stad. Ik denk dat hij het niet aankan om in zijn eentje een dochter op te voeden.'

'Oké,' zei Hester. 'Bedankt dat je me dat hebt verteld.'

'Ik loop even met je mee naar de deur.'

Toen ze bij de buitendeur waren aangekomen, keerden ze zich naar elkaar toe. Hester voelde dat ze begon te blozen. Blozen, nota bene. Kennelijk ben je daar nooit te oud voor.

'En, ga je me nog vertellen wat Matthew jou over Naomi heeft verteld?' vroeg Oren.

'Niets.'

'Alsjeblieft, Hester, laten we net doen of ik een goed opgeleide politieman ben die dit werk al veertig jaar doet. Jij komt toevallig even langs op kantoor en vraagt naar een meisje dat het moeilijk heeft en dat toevallig een klasgenoot is van je kleinzoon. De speurneus in mij vraagt zich af waarom en concludeert dat Matthew iets tegen jou moet hebben gezegd.'

Hester stond op het punt om te ontkennen, maar dat zou het niet beter maken. 'Niet officieel, maar Matthew heeft me inderdaad gevraagd ernaar te kijken.'

'Waarom?'

'Dat weet ik niet.'

Oren wachtte.

'Echt niet.'

'Oké dan maar.'

'Hij lijkt zich zorgen om haar te maken.'

'Zorgen?'

'Nogmaals: dat weet ik niet, maar als je het niet erg vindt, ga ik me er een beetje in verdiepen.'

Oren fronste zijn wenkbrauwen. 'Hoe?'

'Ik denk dat ik er even langs rij en met haar vader ga praten. Is dat goed?'

'Zou het iets uitmaken als ik nee zei?'

'Nee. En nee, ik denk niet dat het iets om het lijf heeft.'

'Maar?'

'Maar Matthew heeft me nog nooit eerder iets gevraagd. Begrijp je?'

'Ik geloof het wel, ja,' zei hij. 'Als je nog iets ontdekt terwijl je je erin verdiept...'

'Dan bel ik je meteen, dat beloof ik.' Hester haalde een visitekaartje uit haar tas en gaf het aan Oren. 'Dat is mijn mobiele nummer.'

'Wil je dat van mij ook?'

'Dat hoeft niet.'

Hij hield zijn ogen op het kaartje gericht. 'Maar je zei toch net dat je me zou bellen?'

Ze voelde haar hart in haar borstkas kloppen. Leeftijd is iets geks. Als je hart op die manier begint te kloppen, ben je weer helemaal terug op school.

'Oren?'

'Ja?'

'Ik weet dat we modern en zo moeten zijn.'

'Juist.'

'Maar ik denk nog steeds dat de jongen het meisje moet bellen.'

Hij hield haar kaartje omhoog. 'En laat ik nu toevallig jouw telefoonnummer hebben.'

'Klein wereldje.'

'Hou je taai, Hester.'

'Alleen hoofdzaken,' zei Tim. Hij reikte Hester over de rugleuning een paar vellen papier aan. 'De rest komt zo.'

Ze hadden een printer in de kofferbak die was aangesloten op een laptop in het dashboardkastje. Soms downloadden Hesters assistenten materiaal naar haar telefoon, maar Hester gaf er de voorkeur aan om van papier te lezen dat je vast kon houden. Ze maakte graag aantekeningen in de marge en onderstreepte belangrijke passages.

Ouderwets. Of misschien gewoon ouderdom.

'Heb je het adres van Naomi Pine?' vroeg ze.

'Dat heb ik.'

'Hoe ver is het hiervandaan?'

Tim keek op het scherm van het navigatieapparaat. 'Vier kilometer, zes minuten.'

'Oké, gaan.'

Ze las de aantekeningen vluchtig door. Naomi Pine, zestien jaar oud. Ouders gescheiden. De vader heette Bernard, de moeder Pia. Vader had de voogdij – alleen, wat op zich interessant was. Moeder had alle ouderlijke rechten opgegeven. Ongewoon, om het zacht uit te drukken.

Het huis was oud en verwaarloosd. De verf was ooit wit geweest, maar nu eerder crèmekleurig, neigend naar bruin. Achter de ramen hingen zware dichtgetrokken gordijnen. Voor sommige ramen waren gebroken luiken dichtgeklapt.

'Wat denk je?' vroeg Hester aan Tim.

Tim trok een grimas. 'Het ziet er net zo uit als de safehouses in mijn geboorteland, en de huizen waarin ze dissidenten martelen.'

'Blijf hier op me wachten.'

Een rode Audi A6 in pico bello conditie stond op de oprit. Het ding was waarschijnlijk meer waard dan het huis. Toen ze dichterbij kwam, zag Hester dat het huis ooit was gebouwd als een statig victoriaans pand. Er liep een veranda omheen en er waren fraaie, zij het nu vervallen kroonlijsten aangebracht. Het huis was ongetwijfeld een 'Painted Lady' geweest, al was er nauwelijks nog verf te bekennen en behoorde alle vrouwelijke charme die er ooit kon zijn geweest al heel lang tot het verleden.

Hester klopte op de voordeur. Er gebeurde niets. Ze klopte nog een paar keer.

Een mannenstem klonk uiteindelijk. 'Zet maar bij de deur neer, wat het ook is.'

'Meneer Pine?'

'Ik heb het druk. Als ik ervoor moet tekenen...'

'Meneer Pine, ik kom niet om een bestelling af te leveren.'

'Wie ben je?'

De woorden liepen een beetje in elkaar over. Hij had de deur nog steeds niet opengemaakt.

'Ik heet Hester Crimstein.'

'Wie?'

'Hester...'

Eindelijk ging de deur open.

'Meneer Pine?'

'Waar ken ik jou van?' vroeg hij.

'U kent mij niet.'

'Jawel, ik ken jou wel. Je bent op tv of zo.'

'Klopt. Mijn naam is Hester Crimstein.'

'Wacht eens...' Bernard Pine knipte met zijn vingers en wees naar haar. 'Jij bent die advocaat die altijd in het nieuws is, toch?'

'Klopt.'

'Ik wist het wel.' Hij stommelde een halve stap achteruit, ineens achterdochtig. 'Wacht, wat moet je van me?'

'Ik kom voor uw dochter.'

Zijn ogen sperden zich iets verder open.

'Naomi,' voegde Hester eraan toe.

'Ik weet wel hoe mijn dochter heet,' zei hij een beetje snauwerig. 'Wat moet je met haar?'

'Ze heeft de school verzuimd.'

'Nou en? Ben jij spijbelambtenaar?'

'Nee.'

'Wat heeft mijn dochter dan met jou te maken? Wat moet je van mij?'

Hij vertoonde in alle opzichten de trekken van een man die net was thuisgekomen van een dag hard werken. Er lag een donkergrijs waas op zijn kaken en hij had roodomrande ogen. Hij had zijn jasje uitgetrokken en de mouwen van zijn shirt opgerold. Hij had zijn stropdas losgetrokken. Hester durfde er rustig iets onder te verwedden dat er al een glas met deze of gene representant van de spiritualiën was ingeschonken.

'Kan ik Naomi even spreken?'

'Waarom?'

'Ik...' Hester toverde haar legendarische ontwapenende glimlach op haar gezicht. 'Luister, ik heb geen kwade bedoelingen. Ik kom hier niet in een of andere juridische hoedanigheid.'

'Waarom dan wel?'

'Ik weet dat dit nogal ongewoon is, maar gaat het goed met Naomi?'

'Ik begrijp het niet – wat heb jij met mijn dochter te maken?'

'Niets. Ik kom me niet met uw zaken bemoeien.' Hester probeerde het van alle kanten te bekijken en besloot het maar zo persoonlijk en waarheidsgetrouw mogelijk te houden. 'Naomi zit bij mijn kleinzoon Matthew op school. Misschien heeft ze zijn naam wel eens laten vallen?'

Pine perste zijn lippen op elkaar. 'Waarom ben jij hier?'

'Ik... Matthew en ik willen graag weten of alles goed gaat met haar.'

'Het gaat goed met haar.'

Hij begon de deur dicht te doen.

'Kan ik haar even spreken?'

'Meen je dat?'

'Ik weet dat ze niet op school is geweest.'

'Nou en?'

Genoeg vriendelijkheid. Ze legde iets van staal in haar stem. 'Waar is Naomi, meneer Pine?'

'Met welk recht...'

'Geen enkel recht,' zei Hester. 'Niets. Nul komma nul, maar een vriend van Naomi maakt zich zorgen over haar.'

'Een vriend?' Pine maakte een snuivend geluid. 'Jouw kleinzoon is een vriend van Naomi?'

Hester wist niet zo goed wat ze moest denken van Pine's toon. 'Ik vraag alleen maar of ik haar even mag zien.'

'Ze is er niet.'

'Waar is ze dan wel?'

'Daar heb jij niets mee te maken.'

Ze legde nu nog iets meer staal in haar stem. 'Je zei dat je me op tv had gezien.'

'Nou en?'

'Dan weet je waarschijnlijk dat je me maar beter te vriend kunt houden.'

Ze keek hem woest aan. Hij deed een stap achteruit.

'Naomi is op bezoek bij haar moeder.' Hij greep de deurkruk steviger vast. 'En weet je, mevrouw de beroemde advocaat? Jij en jouw kleinzoon moeten mijn dochter met rust laten. En nu van mijn erf af.'

Hij sloeg de deur dicht. En toen, alsof hij wilde benadrukken dat er verder niet te praten viel, schoof hij met een luide klik de grendel ervoor.

Tim stond op het trottoir te wachten en opende het portier toen ze kwam aanlopen.

'Klootzak,' mompelde Hester.

Het begon laat te worden. De avond was gevallen. Er was, vooral hier, zo dicht bij de bergen, vrijwel geen straatverlichting. Ze kon vandaag verder niets doen om de kwestie Naomi Pine op te helderen.

Tim zette zich achter het stuur en startte de motor. 'Ik denk dat we zo langzamerhand terug moeten naar de stad,' zei hij. 'Je show begint over twee uur.'

Hij keek haar aan in de achteruitkijkspiegel en wachtte op een reactie.

'Hoelang is het geleden dat we bij Wilde zijn geweest?' vroeg Hester.

'In september zes jaar.'

Het zou haar moeten verbazen hoeveel tijd er was verstreken. Het zou haar moeten verbazen dat Tim jaar en dag zo snel wist te noemen.

Dat zou eigenlijk moeten, maar het verbaasde haar niet.
'Denk je dat je het weggetje nog steeds kunt vinden?'
'Zo laat 's avonds?' Tim dacht erover na. 'Ja, ik denk het wel.'
'Nou, kom op, dan gaan we.'
'Kun je hem niet bellen?'
'Ik geloof niet dat hij een telefoon heeft.'
'Misschien is hij verkast.'
'Nee,' zei Hester.
'Misschien is hij niet thuis.'
'Tim.'
Hij zette de versnellingspook in Drive. 'We gaan al.'

5

Tim vond de afslag toen hij voor de derde keer Halifax Road afreed. Het smalle weggetje was bijna geheel overgroeid zodat het aanvoelde alsof ze dwars door enorm struikgewas reden. De begroeiing zwiepte over het dak van de auto als de sliertige sponzen bij de autowasstraat. Een paar honderd meter naar het zuiden lag het Split Rock Sweetwater Prayer Camp van de... hoe lieten die lui zich tegenwoordig noemen? Ramapough Lenape Nation of het Bergvolk van Ramapough Mountain, of Ramapough Mountain Indianen, of gewoon Ramapoughs; lui met een schimmige afstamming die volgens sommigen direct terugging naar de inheemse bevolking van deze streken, maar die misschien ook wel een mix was van inheemse stammen en de Hessen die in de Onafhankelijkheidsoorlog hadden gevochten, en misschien waren het zelfs wel weggelopen slaven die zich voor de Burgeroorlog schuil hadden gehouden bij de oude Lenape-stammen. Hoe dan ook, de Ramapoughs – Hester hield het in gedachten graag een beetje eenvoudig – vormden tegenwoordig een uitstervende stam die een teruggetrokken leven leidde.

Vierendertig jaar geleden, toen de kleine jongen die nu Wilde heette, een kilometer daarvandaan gevonden was, vermoedden velen – en dat deden velen nog steeds – dat hij op de een of andere manier banden had met de Ramapoughs. Niemand wist er natuurlijk het fijne van, maar als je anders bent, en arm en teruggetrokken leeft, komen de legenden vanzelf. Misschien had een vrouw van de stam een kind in het bos achtergelaten dat buiten het huwelijk was verwekt, of bij een of ander imbeciel ritueel, of misschien was het kind het bos in gestuurd, misschien was het zelf verdwaald en was de stam nu bang om hem op te eisen. Allemaal flauwekul natuurlijk.

De zon was allang onder. De bomen flankeerden het smalle weggetje niet zozeer, ze sloten het in, de takken bogen over de weg heen naar elkaar toe als de armen van kinderen die Witte Zwanen, Zwarte Zwanen speelden. Het was donker. Hester vermoedde dat ze de eerste sensor waren gepasseerd toen ze het weggetje op draaiden en al gaande waarschijnlijk nog twee of drie. Toen ze het einde van het weggetje bereikten, keerde Tim de auto, zodat ze klaar stonden om terug te rijden.

Het bleef stil in het bos, er klonk geen enkel geluid. De koplampen van de auto zorgden voor het enige licht.

'En nu?' vroeg Tim.

'Wacht in de auto.'

'Je kunt niet alleen die duisternis in.'

'O nee?' Beiden reikten ze naar hun portiergreep, maar Hester hield Tim tegen met een vastberaden: 'Blijf zitten.'

Ze stapte de auto uit, de stille nacht in en sloot het portier achter zich.

De kinderartsen die Wilde destijds hadden onderzocht, hadden zijn leeftijd op zes tot acht jaar oud geschat. Hij kon praten. Hij had geleerd hoe dat moest, beweerde hij, door zijn 'geheime' vriendschap met Hesters zoon David, en meer direct door in te breken in huizen en eindeloze uren tv te kijken. Hij had zich in leven gehouden met wat hij in de warmere seizoenen op het land en in de bossen vond, met wat hij uit vuilnisbakken haalde en uit de afvalbakken bij parken, maar vooral ook met wat hij uit de koelkasten en voorraadkasten roofde van zomerhuizen waar hij naar binnen glipte – dat wil zeggen: inbrak.

Hij kon zich geen ander leven herinneren.

Geen ouders. Geen familie. Geen contact met andere mensen dan David.

Er was echter wel één herinnering die steeds terugkwam. De herinnering achtervolgde eerst de jongen, en nu de man. Hij kon er 's nachts niet van slapen of schrok midden in de nacht badend in het zweet wakker. De herinnering dook in flarden en fragmentarische beelden op, er zat geen duidelijk verhaal in: een donker huis, mahoniehouten vloeren, een rode balustrade, het portret van een man met een snor, en gekrijs, gegil.

'Wat voor gegil?' had Hester het jongetje gevraagd.

'Vreselijk gegil.'

'Ja, dat begrijp ik, maar ik bedoel, was het een man die gilde? Of een vrouw? Wie hoor je gillen in je herinnering?'

Daar had Wilde over nagedacht. 'Mezelf,' had hij haar verteld. 'Ik hoor mezelf gillen.'

Hester sloeg haar armen over elkaar, leunde tegen de auto en wachtte. Het duurde niet lang.

'Hester.'

Toen Wilde in het schijnsel van de koplampen stapte, vulde Hesters gemoed zich plotseling tot aan de rand met emoties. Ze had geen idee waardoor dat kwam. Het was gewoon zo'n dag en toen ze de beste vriend van haar zoon zag – de laatste die David in levenden lijve had gezien – werd het haar domweg te veel.

'Hoi, Wilde.'

Wilde was een genie. Dat wist ze. Hoe kon dat? Een kind wordt voorgevormd geboren. Dat leerde je als ouder – je kind is wie het is en wat het is, en als ouder overschat je in hoge mate wat je daaraan nog kunt veranderen. Een goede vriendin had eens een vergelijking gemaakt tussen een ouder en een automonteur – je kunt de auto repareren, je kunt hem onderhouden, je kunt hem op de weg houden, maar je kunt hem niet wezenlijk veranderen. Als een coupé voor reparaties je garage in rijdt, komt hij er niet weer uit als een SUV.

Met kinderen was het net zo.

Dus voor een deel was het niets anders dan dat: Wilde was voorgeprogrammeerd als genie.

Maar de experts beweren ook dat de ontwikkeling in de eerste levensjaren enorm belangrijk is, en dat de hersenen van een kind voor ongeveer negentig procent zijn uitontwikkeld tegen de tijd dat het vijf is. En stel je dan de situatie van Wilde eens voor toen hij vijf was. Stel je eens voor wat hem heeft gestimuleerd, wat hij heeft ervaren, waaraan hij is blootgesteld, als hij werkelijk als klein kind voor zichzelf moest zorgen, zijn eten bij elkaar moest scharrelen, zichzelf moest troosten en verdedigen.

Wat zou zoiets doen met de hersenen van een kind?

Wilde glimlachte naar haar. Hij was een prachtige man met zijn door de zon gebruinde huid, zijn massieve bouw, met die armen waarop de spieren als staalkabels het flanel van de opgerolde mouwen strakgespannen hielden, met zijn versleten spijkerbroek, de ongepoetste bergschoenen en zijn lange haar.

Zijn heel erg lange lichtbruine haar.

Even lang en lichtbruin als de haar die ze op het kussen van Laila's bed had gevonden.

Ze maakte er meteen werk van. 'Hoe zit dat tussen jou en Laila?'

Hij zei niets.

'Probeer het niet te ontkennen.'

'Dat doe ik ook niet.'

'Nou dan?'

'Ze heeft behoeften,' zei Wilde.

'Echt?' zei Hester. '"Ze heeft behoeften"? Dus jij, eh... speelt de rol van barmhartige Samaritaan?'

Hij deed een stap in haar richting. 'Hester?'

'Wat?'

'Ze kan niet opnieuw liefhebben.'

Net op het moment dat ze dacht dat ze niet nog meer pijn kon voelen, veroorzaakten zijn woorden een explosie in haar hart.

'Misschien ooit op een dag in de toekomst,' zei Wilde. 'Maar niet nu, ze mist David nog te veel.'

Hester keek hem aan en voelde wat zich dan ook in haar had opgebouwd – woede, pijn, stompzinnigheid, verlangen – wegvloeien.

'Voor haar ben ik veilig,' zei Wilde.

'Voor jou is er niets veranderd?'

'Niets,' zei hij.

Ze wist niet wat ze daarvan moest vinden. Aanvankelijk had iedereen gedacht dat ze de identiteit van de jongen wel snel zouden achterhalen. Daarom hadden de Crimsteins Wilde – de naam die ze hem in de kranten hadden gegeven was blijven hangen – eerst in huis gehouden. Na verloop van tijd plaatste jeugdzorg hem bij de Brewers, een liefdevol pleeggezin in Westville. Hij ging naar school en blonk uit in zo ongeveer alles wat op zijn pad kwam, maar hij bleef ook een buitenbeentje. Hij hield van zijn pleegouders, -broers en -zussen zo goed en zo kwaad als hij kon – de Brewers adopteerden hem zelfs officieel – maar uiteindelijk kon hij het alleen zijn niet missen. De enige met wie Wilde werkelijk een band had opgebouwd, was David geweest. Aan anderen, vooral volwassenen, kon hij zich niet binden. Gooi alle problemen die een normaal mens rondom verlating kan ervaren op een hoop en vermenigvuldig dat met tien.

Er waren vrouwen in zijn leven geweest, veel vrouwen, maar het werden nooit blijvende relaties.

'Kom je daarvoor?' vroeg Wilde. 'Om naar Laila te vragen?'

'Voor een deel.'

'En voor de rest?'

'Je petekind.'

Ze zag hem bijna letterlijk zijn oren spitsen. 'Wat is er met hem?'

'Matthew heeft me gevraagd te helpen zoeken naar een vriendin van hem.'

'Hoe heet ze?'

'Naomi Pine.'

'En waarom heeft hij jou gevraagd?'

'Dat weet ik niet, maar ik denk dat Matthew problemen heeft.'

Wilde liep in de richting van de auto. ‘Rijdt Tim nog steeds voor je?’

‘Ja.’

‘Ik was net van plan om die kant op te lopen. Geef me maar een lift, dan kun je het me onderweg vertellen.’

‘Dus het is een avontuurtje?’ Hester en Wilde zaten op de achterbank van de Escalade.

‘Laila zou nooit een avontuurtje kunnen zijn. Dat weet je.’

Hester wist het. ‘Blijf je dan de hele nacht?’

‘Nee, nooit.’

Hij was dus inderdaad geen sikkepit veranderd. ‘En dat vindt Laila goed?’

Wilde reageerde met een tegenvraag. ‘Hoe ben je erachter gekomen?’

‘Achter dat van Laila en jou?’

‘Ja.’

‘Het huis was te netjes opgeruimd.’

Wilde reageerde niet.

‘Dat vind jij nogal belangrijk,’ zei ze. Dat was een eufemisme. Hester had geen verstand van de officiële diagnose, maar Wilde leed aan wat een leek een dwangneurose noemt. ‘En Laila totaal niet.’

‘Aha.’

‘En toen vond ik een lange lichtbruine haar op Davids kussen.’

‘Het is Davids kussen niet.’

‘Dat weet ik.’

‘Heb je lopen snuffelen in haar slaapkamer?’

‘Dat had ik niet moeten doen.’

‘Inderdaad.’

‘Het spijt me. Het is gewoon gek. Dat snap je hopelijk wel?’

Wilde knikte. ‘Dat snap ik.’

‘Ik wil dat Laila gelukkig is. Ik wil dat jij gelukkig bent.’

Ze wilde eraan toevoegen dat David dat ook zou willen, maar dat kon ze niet. Kennelijk voelde Wilde aan dat ze zich ongemakkelijk voelde, want hij sneed een ander onderwerp aan.

‘Maar vertel eens wat er met Matthew aan de hand is,’ zei hij.

Ze bracht hem op de hoogte van de kwestie met Naomi Pine. Hij keek haar aan met die priemende blauwe ogen met gouden vlokken. Hij zat roerloos naar haar te luisteren. Sommigen hadden hem spottend Tarzan genoemd, misschien deden ze dat nog steeds. Grappig genoeg was die bijnaam maar al te passend als je zijn bouw, de donkere tint van zijn huid en zijn lange haar in ogenschouw nam. Alsof Wilde zijn best deed om die rol te spelen.

Toen ze uitgesproken was, vroeg hij: ‘Heb je dit aan Laila verteld?’

Ze schudde haar hoofd. ‘Dat mocht ik niet van Matthew.’

‘Maar je vertelt het mij wel.’

‘Hij heeft niets over jou gezegd.’

Wilde begon bijna te glimlachen. ‘Heel aardig bedacht.’

‘Dat is een beroepsdeformatie. Zo ben ik nu eenmaal.’

Wilde staarde uit het raam.

‘Wat is er?’

‘Laila en Matthew zijn best close,’ zei Wilde. ‘Waarom zou hij niet willen dat zij het wist?’

‘Dat vraag ik me ook af.’

Ze zaten zwijgend naast elkaar.

Op zijn achttiende was Wilde naar West Point gegaan, waar hij met allerlei prijzen was afgestudeerd. De hele Crimstein-clan – Hester, Ira en de drie jongens – hadden drie kwartier in de auto gezeten om naar de United States Military Academy te rijden en de diploma-uitreiking bij te wonen. Daarna had Wilde in het buitenland gediend, meestal bij een of andere speciale eenheid. Het lukte Hester maar niet om te onthouden hoe die eenheid heette. Het was allemaal geheim, en zelfs nu, jaren later, wilde of mocht Wilde er niet over praten. Topgeheim. Maar het was hetzelfde oude liedje als zo vaak, wat Wilde daar dan ook had gezien, wat hij ook had meegemaakt of wat hij er was kwijtgeraakt, de oorlog had hem het laatste zetje gegeven, of misschien had de oorlog in zijn geval wel spoken uit het verleden wakker geschud. Wie zal het zeggen?

Toen hij werd ontslagen uit militaire dienst en terugkeerde naar Westville, liet hij alle schijn varen en deed hij geen pogingen meer deel te nemen aan het 'normale' gemeenschapsleven. Hij ging als een soort privédetective werken bij het bedrijfje CRAW van zijn pleegzuster Rola, maar dat was geen groot succes. Hij kocht een kleine caravan-achtige behuizing die het begrip 'minimalisme' naar een heel nieuw niveau tilde en verdween ermee naar de beboste voetheuvels van de Ramapo Mountains. Zo nu en dan verplaatste hij zijn onderkomen een beetje, maar hij bleef altijd zo dicht in de buurt van de weg dat ze hem konden aanroepen. Hester begreep de technische details niet van het systeem dat Wilde ervan op de hoogte bracht dat er bezoekers waren, ze wist alleen dat het iets te maken had met bewegingsmelders, sensoren en nachtcamera's.

'En waarom vertel je mij dit allemaal?' vroeg Wilde.

'Ik kan hier niet voortdurend zijn,' zei ze. 'Ik moet naar de rechtbank in de stad. Ik moet regelmatig op tv, allerlei verplichtingen, dat soort dingen.'

'Oké.'

'En wie kan er nu beter iemand opsporen die zoek is dan jij?'

'Juist.'

'En toen lag die haar op dat kussen.'

'Ik snap het.'

'Ik ben er te weinig voor Matthew geweest,' zei Hester.

'Het gaat goed met hem.'

'Behalve dat hij denkt dat een meisje dat al een tijdje niet naar school gaat in gevaar is.'

'Behalve dat,' beaamde Wilde.

Toen Tim afsloeg, de doodlopende straat in waar Laila en Matthew woonden, zagen Hester en Wilde beiden Matthew van het huis weglopen. Hij liep als een puber – met gebogen hoofd en de schouders opgetrokken, sloffend, zijn handen diep in de zakken van zijn spijkerbroek gestoken. Hij had witte AirPods in zijn oren en kreeg hen pas in de gaten toen Tim hem bijna de weg afsneed met de auto. Matthew trok een Air-Pod uit een oor.

Hester stapte als eerste uit.

'Heb je Naomi gevonden?' vroeg Matthew.

Toen hij Wilde bij het andere portier zag uitstappen, reageerde hij verontwaardigd. 'Wel, verd...'

'Ik heb het hem verteld,' zei Hester. 'Hij houdt zijn mond.'

Matthew keerde zich weer naar zijn oma. 'Heb je Naomi gevonden?'

'Ik heb met haar vader gesproken. Hij zei dat alles goed met haar gaat, dat ze op bezoek is bij haar moeder.'

'Maar heb je met haar gepraat?'

'Met haar moeder?'

'Met Naomi.'

'Nog niet, nee.'

'Dus misschien liegt haar vader,' zei Matthew.

Hester keek naar Wilde.

Wilde liep naar hen toe. 'Waarom denk je dat, Matthew?'

Matthews ogen schoten alle kanten op. Hij vermeed het uit alle macht hen aan te kijken. 'Zou je, eh, alsjeblieft willen uitzoeken of er echt niets aan de hand is?'

Het was Wilde die nog een stap dichter bij Matthew kwam staan, niet Hester. 'Matthew, kijk me aan.'

'Dat doe ik.'

Dat deed hij niet.

'Heb jij problemen?' vroeg Wilde.

'Wat? Nee.'

Hester bemoeide zich er niet mee. De omgang van Wilde met Matthew vormde een van de belangrijkste redenen waarom ze zich zorgen maakte over die nieuwe relatie tussen Wilde en Laila. Het ging niet om de herinnering aan David en de pijn dat hij er niet meer was, of in ieder geval niet alleen daarom. Wilde was Matthews peetvader. Toen David overleed, was Wilde er geweest. Hij had acte de présence gegeven, hij was een rol in het leven van Matthew gaan spelen. Niet als vader of stiefvader of iets dergelijks, maar hij was bereikbaar, meer als een soort zorgzame oom, en Hester en Laila waren er dankbaar voor, want hoe seksistisch het ook mocht klinken, ze geloofden nog altijd dat Matthew een mannelijk rolmodel nodig had.

Wat zou de verhouding tussen Wilde en Laila betekenen voor Matthew?

Die jongen was niet dom. Als Hester in een paar minuten de situatie doorzag, moest Matthew er ook weet van hebben. Dus wat vond de jongen ervan dat zijn peetvader zo nu en dan in bed kroop bij zijn moeder? Wat voor effect zou het op Matthew hebben als, eh, het vuur zou doven? Waren Laila en Wilde volwassen genoeg om ervoor te zorgen dat een eventueel verbreken van de relatie niet ten koste zou gaan van Matthew? Of waren ze veel te naïef?

Matthew was tegenwoordig langer dan Wilde. Wanneer was dat gebeurd? Wilde legde een hand op Matthews schouder en zei: 'Praat met me, Matthew.'

'Ik ben op weg naar een feestje.'

'Oké.'

'Bij Crash thuis. Ryan, Trevor, Darla, Trish… Ze komen allemaal.'

Wilde wachtte.

'De laatste tijd pesten ze haar veel meer. Naomi.' Matthew sloot zijn ogen. 'Heel gemeen.'

'Wie pesten haar?' vroeg Hester.

'De incrowd.'

'Jij ook?'

Hij keek naar de grond voor zijn voeten.

'Matthew?' zei Wilde.

Matthews stem klonk zacht toen hij uiteindelijk antwoord gaf. 'Nee…' Hij aarzelde. Ze wachtten. 'Maar ik heb het wel laten gebeuren. Ik heb niets gedaan. Dat had ik wel moeten doen. Crash en Trevor en Darla hebben een heel gemene streek met haar uitgehaald. En nu… nu is ze weg. Daarom ga ik naar dat feestje bij Crash. Om te kijken of ik iets te weten kan komen.'

'Een gemene streek?' vroeg Hester.

'Meer weet ik niet.'

Er passeerde een auto met een puber achter het stuur. Een tweede puber zat op de passagiersstoel. De bestuurder toeterde.

'Ik moet weg,' zei Matthew. 'Alsjeblieft... Blijf zoeken. Goed?'

'Ik laat een van mijn mensen Naomi's moeder opsporen,' zei Hester. 'Ik zal met haar praten.'

Matthew knikte. 'Bedankt.'

'Zijn er nog andere mensen met wie we zouden moeten praten, Matthew? Vrienden van Naomi misschien?'

'Ze heeft geen vrienden.'

'Een docent? Een familielid?'

Matthew knipte met zijn vingers. 'Mevrouw O'Brien.'

'Ava O'Brien?' vroeg Wilde.

Matthew knikte. 'Ze is onderwijsassistent bij de creatieve vakken of zo.'

'En jij denkt...' vroeg Hester.

De bestuurder toeterde een tweede keer. Hester legde hem met een woedende blik het zwijgen op.

'Ik moet echt weg. Ik hoop dat ik iets te weten kom op dat feestje.'

'Zoals wat?' vroeg Hester.

Maar Matthew gaf geen antwoord. Hij stapte in de wachtende auto. Wilde en Hester keken de auto na toen die wegreed.

'Ken jij die mevrouw O'Brien?' vroeg Hester.

'Ja.'

'Moet ik vragen waarvan?'

Wilde zei niets.

'Dat dacht ik al. Wil zij met je praten, denk je?'

'Ja.'

'Goed zo.' Toen de auto om de hoek uit het zicht was verdwenen, vroeg Hester: 'Wat denk jij?'

'Ik denk dat Matthew ons niet alles vertelt.'

'Misschien belt Naomi's moeder me. Misschien laat zij me met Naomi praten.'

'Misschien,' zei Wilde.

'Maar jij denkt van niet.'

'Nee, ik denk het niet.'

Ze keerden zich beiden om en tuurden naar de doodlopende straat, naar het huis van de Crimsteins.

'Ik moet terug naar de stad voor mijn tv-show,' zei Hester.

'Oké.'

'Ik heb nu geen tijd om dit met Laila te tackelen.'

'Dat is waarschijnlijk ook maar beter,' zei Wilde. 'Ga je show maar doen. Ik ga met Laila praten en daarna met Ava O'Brien.'

Hester gaf Wilde een visitekaartje met haar mobiele nummer. 'Hou me op de hoogte, Wilde.'

'En omgekeerd, Hester.'

6

Toen Laila de voordeur opendeed, vroeg ze: 'Wat is er aan de hand?'

'Niets.'

'Waarom sta je dan bij de voordeur?'

Wilde kwam altijd langs de achterdeur. Altijd. Hij kwam uit de heuvels door de bossen achter het huis. Dat had hij al gedaan vanaf het moment dat David hem naar binnen smokkelde toen ze beiden nog klein waren.

'Nou?'

Laila bezat een passie en een energie die haar schoonheid tot iets stralends, iets levendigs maakten. Je kon er onmogelijk niet door gegrepen worden.

'Ik kan niet blijven eten,' zei hij.

'O.'

'Sorry, er is iets tussengekomen.'

'Je hoeft je niet te verontschuldigen.'

'Als je wilt, kan ik later nog komen.'

Laila bestudeerde zijn gezicht. Hij wilde haar alles over Matthew vertellen en de toestand met Naomi, maar alles tegen elkaar afwegend besloot hij dat het vertrouwen dat zijn petekind in hem stelde toch belangrijker was dan open kaart spelen met zijn moeder. In ieder geval nu, vandaag. Dat voelde niet lekker, maar Laila zou het begrijpen.

Misschien.

'Ik moet morgen toch al vroeg op,' zei Laila.

'Ik snap het.'

'En Matthew heeft een feestje vanavond. Ik weet niet hoe laat hij thuiskomt.'

Wilde deed haar zo voorzichtig mogelijk na toen hij zei: 'Je hoeft je niet te verontschuldigen.'

Laila glimlachte. 'Ach, wat kan het mij ook schelen. Kom maar terug als het lukt.'

'Het kan best laat worden.'

'Kan me niet schelen,' zei ze. 'Maar je hebt me nog steeds niet verteld waarom je langs de voordeur kwam.'

'Ik kwam Matthew tegen op straat.'

Dat was niet gelogen.

'Wat zei hij?'

'Dat hij op weg was naar een feestje bij iemand die Crash heet.'

'Crash Maynard,' zei ze.

'Die Maynard?'

'Die Maynard van Maynard Manor, het landhuis. De zoon van Dash.'

'Dash heeft een zoon die Crash heet?'

'Zijn vader was dol op de film *Bill Durham*, denk ik. Niet te geloven, hè?'

Hij haalde zijn schouders op. 'Als je zelf Wilde heet...'

'Touché.'

De avond was gevallen. De krekels zongen hun nooit eindigende slaaplied, zijn troost. 'Ik moet gaan.'

'Wacht.' Laila stopte haar hand in de zak van haar spijkerbroek. 'Speel vanavond maar even niet de stoere man uit de bergen.'

Ze gooide hem haar sleutelbos toe. 'Neem mijn auto maar.'

Hij ving de sleutels op. 'Bedankt.'

'Geen dank.'

‘Misschien kom ik snel terug.’

‘Ik ben thuis, Wilde.’

Laila deed de deur dicht.

Acht maanden eerder, toen Wilde Ava O’Brien had leren kennen, woonde ze bij Route 17 in een uitgebreid appartementencomplex, uitgevoerd in saaie grijze en beige tinten. Toen ze die avond een beetje wankelend hun weg zochten onder aan en uit floepende straatlantaarns, had Ava hem verteld dat al die appartementen zoveel op elkaar leken, dat ze regelmatig haar sleutel in het verkeerde slot stak.

Wilde had geen last van dergelijke desoriëntatie. Hij wist nog precies waar hij moest zijn.

Na de eerste keer kloppen werd er niet gereageerd. Wilde wist hoe het appartement was ingedeeld. Hij keek naar het raam rechts. Het licht was aan, maar dat betekende niet veel. Hij keek of hij schaduwen zag bewegen. Niets.

Hij klopte opnieuw.

Schuifelende voeten, daarna bleef het even stil. Het was nu bijna negen uur ’s avonds. Ava O’Brien stond waarschijnlijk door het spionnetje te loeren. Wilde bleef stil staan wachten. Even later hoorde hij de ketting schuiven. De deurkruk bewoog.

‘Wilde?’

Ava droeg een ruime badjas. Hij kende die badjas. Hij had hem zelfs gedragen.

‘Mag ik even binnenkomen?’ vroeg hij.

Hij probeerde van haar gezicht te lezen of ze blij was of juist niet om hem te zien, ook al zou het niets aan de situatie veranderen. Haar uitdrukking was evenwel niet eenduidig. Ze was misschien verrast, misschien ook wel een beetje blij. Maar er was ook iets anders, iets in de uitdrukking op haar gezicht wat hij niet zo gauw kon thuisbrengen.

‘Nu?’

Hij deed geen moeite de vraag te beantwoorden.

Ava boog zich naar hem toe, keek hem aan en zei: 'Ik ben niet alleen, Wilde.'

Ah, nu werd het hem duidelijk.

Haar uitdrukking verzachtte. 'Ach, Wilde,' zei ze veel te liefdevol. 'Waarom nu net vanavond?'

Misschien had hij niet moeten komen. Misschien had hij dit aan Hester over moeten laten.

'Het gaat om Naomi Pine,' zei hij.

Ava was plotseling een en al oor. Ze wierp een blik over haar schouder, stapte naar buiten op de stoep en trok de deur achter zich dicht.

'Wat is er met Naomi?' vroeg ze. 'Is er iets aan de hand?'

'Ze is zoek.'

'Hoe bedoel je, ze is zoek?'

'Zij is toch een van jouw leerlingen?'

'Min of meer.'

'Hoe bedoel je, min of meer?'

'Wat bedoel jij met "ze is zoek"?'

'Is het je opgevallen dat ze absent is?'

'Ik nam aan dat ze ziek was.' Ava trok de badjas strakker om zich heen. 'Ik begrijp het niet. Waarom ben jij in Naomi geïnteresseerd?'

'Ik probeer haar te vinden.'

'Waarom?' Toen hij niet meteen antwoordde, vroeg ze: 'Heb je bij haar vader geïnformeerd?'

'Mijn collega.' Dat was gemakkelijker dan proberen de rol van Hester uit te leggen.

'En?'

'Hij beweert dat Naomi bij haar moeder is.'

'Zei hij dat?'

'Ja.'

Nu keek Ava werkelijk bezorgd. 'Naomi's moeder speelt al een hele tijd geen rol meer in haar leven.'

'Dat hebben wij ook gehoord.'

'Hoe ben je bij mij terechtgekomen?'

'Via een bron die beweert dat jij goede banden met haar onderhoudt.' Dat was opnieuw gemakkelijker dan uitleggen.

'Ik begrijp het nog steeds niet. Waarom zoek je Naomi? Heeft iemand je ingehuurd?'

'Nee, dit is een vriendendienst.'

'Voor wie?'

'Dat kan ik je niet vertellen. Heb je enig idee waar ze is?'

De deur achter Ava ging open. Een grote man met een superlange baard stond op de drempel. Hij keek eerst naar Ava, toen naar Wilde. 'Hoi,' zei hij.

'Hoi,' zei Wilde.

De man keek terug naar Ava. 'Ik denk dat ik maar weer vertrek.'

'Dat hoeft niet,' zei Wilde. 'Dit duurt maar even.'

De bebaarde man keek Ava nog iets langer aan. Toen knikte hij, alsof hij op haar gezicht iets had gelezen dat een antwoord was op een onuitgesproken vraag. 'Andere keer?' vroeg hij.

'Zeker,' zei ze.

Hij kuste haar op haar wang, gaf Wilde een klap op zijn schouder en huppelde de trap af. Hij gleed achter het stuur van zijn GMC Terrain, reed achteruit uit het parkeervak en wuifde ten afscheid. Wilde keerde zich weer naar Ava en maakte aanstalten zijn excuses aan te bieden. Ze wuifde het weg.

'Kom binnen.'

Wilde zat op dezelfde bank waar Ava en hij elkaar voor het eerst hadden gezoend. Hij keek snel de kamer rond. Er was niet veel veranderd sinds die keer dat hij hier drie dagen met haar had doorgebracht. Aan een van de wanden hingen twee schilderijen, een heel klein beetje uit het lood. Het ene was een aquarel van iets wat een getormenteerd gelaat leek, het andere een olieverfschilderij van Houvenkopf Mountain, niet ver daarvandaan.

‘Heb jij die schilderijen gemaakt?’ vroeg hij.

Ze schudde haar hoofd. ‘Leerlingen.’

Dat dacht hij al. Ze hing niet graag haar eigen werk op. *Te persoonlijk*, had ze gezegd toen hij ernaar had gevraagd. *Daar zit te veel van mezelf in. Dan ziet iedereen meteen wat me mankeert.*

‘Toevallig een van de twee van Naomi?’

‘Nee,’ zei Ava. ‘Maar toe maar, doe het maar.’

‘Doe maar wat?’

Ze maakte een gebaar naar de schilderijen. ‘Hang ze maar recht. Ik weet hoe kregel je daarvan wordt.’

’s Nachts, als Ava sliep, maakte Wilde rondjes door het huis, soms gewapend met een waterpas, om alle schilderijen perfect haaks te hangen. Het was een van de redenen waarom hij blij was dat hij in zijn eigen onderkomen niets aan de muren had hangen.

Terwijl Wilde de beide schilderijen recht hing, ging zij in de stoel zitten die het verst van hem weg stond. ‘Je moet me vertellen waarom je haar zoekt.’

‘Nee, dat moet ik niet.’

‘Pardon?’

Hij hield op te prutsen met de aquarel. ‘We hebben geen tijd om dingen uit te leggen. Vertrouw je me, Ava?’

‘Zou ik je moeten vertrouwen?’ Misschien klonk haar stem iets scherper dan eerder. Hij wist het niet. Maar ze vervolgde met: ‘Ja, Wilde, ik vertrouw je.’

‘Vertel me eens over Naomi wat je van haar weet.’

‘Ik weet niet waar ze is, als je dat bedoelt.’

‘Maar ze is een van jouw leerlingen?’

‘Dat wordt ze.’

‘Hoe bedoel je?’

‘Ik heb haar aangespoord om zich in te schrijven voor aquarelleren in het volgende semester. Dan wordt ze een van mijn leerlingen.’

‘Maar je kent haar al.’

'Ja.'

'Waarvan?'

'Ik draai drie dagen in de week mee in de kantine. Door de bezuinigingen hebben ze veel te weinig personeel.' Ze boog zich naar hem toe. 'Jij hebt toch ook op die highschool gezeten?'

'Ja.'

'Dit zul je niet geloven, maar toen wij tweeën, eh... bij elkaar waren,' ze keek even naar het plafond alsof ze hoopte dat daar geschreven stond hoe je dit onder woorden moest brengen, 'had ik geen idee wie jij was. Ik bedoel, je verleden.'

'Dat weet ik.'

'Hoezo?'

'Dat merk ik altijd meteen.'

'Dan gaan mensen je anders behandelen, hè? Geeft niet, het is niet belangrijk. Ik neem aan dat je daar een buitenbeentje was.'

'Tot op zekere hoogte.'

'Tot op zekere hoogte,' herhaalde ze, 'omdat je sterk en aantrekkelijk en waarschijnlijk heel atletisch bent. Dat is Naomi allemaal niet. Zij is dat éne kind, Wilde. Dat ene kind dat altijd en overal door iedereen meteen wordt gepest en overal buiten staat. Op de een of andere manier – en dat klinkt vreselijk – is er iets waardoor ze dat zelf oproept, waarmee ze het voor de pestkoppen makkelijker maakt. Iets in de menselijke natuur waar niemand over wil praten. In iedereen zit iets wat ervan geniet om ernaar te kijken. Alsof ze het verdient. En dat geldt niet alleen voor leerlingen. De andere docenten gniffelen een beetje. Ik zal niet zeggen dat ze er echt plezier in hebben, maar ze doen niets om er een einde aan te maken.'

'Maar jij wel.'

'Ik probeer het. Daar wordt het vaak juist erger van. Ik weet dat het zwak is, maar toen ik partij voor haar trok, heeft dat, nou ja, zeg maar, niets geholpen. Dus nu doe ik net of ze problemen veroorzaakt – misschien dat dat haar reputatie bij de andere leerlingen opvijzelt of zo – en als straf verbied ik haar dan de toegang tot de kantine. Dan laat ik haar naar een tekenlokaal gaan. Soms als ik klaar ben in de kantine, ga ik bij haar zitten. Ik heb niet het idee dat het haar met de rest van de leerlingen heeft geholpen, maar op zijn minst…'

'Ja?'

'Ze is er op zijn minst even tussenuit. Een paar minuten rust op zo'n hele schooldag.' Ava knipperende een traan weg. 'Als Naomi zoek is, is ze waarschijnlijk weggelopen.'

'Waarom denk je dat?'

'Omdat haar leven een hel is.'

'Thuis ook?'

'Ik weet niet of je dat ook een hel moet noemen, maar erg geweldig is het niet. Wist je dat Naomi een geadopteerd kind is?'

Wilde schudde zijn hoofd.

'Ze praat er meer over dan een geadopteerd kind zou moeten doen.'

'Op wat voor manier?'

'Ze fantaseert bijvoorbeeld dat ze wordt gered door haar echte ouders. Haar adoptieouders moesten allerlei testen afleggen en gesprekken voeren, en toen ze daardoorheen kwamen, kregen ze een kind toegewezen – Naomi – maar vrijwel vanaf het begin kon de moeder het niet aan. Niet te geloven, hè? Alsof Naomi een pakketje was dat met de post was bezorgd, maar niet beviel. Hoe dan ook, de moeder stortte in. Of beweerde in ieder geval zoiets. Ze liet Naomi en de vader in de steek.'

'Weet jij waar de moeder nu is?'

'O, ze is geheel "hersteld".' Ava harkte met haar vingers aanhalingstekens in de lucht. 'Ze is opnieuw getrouwd, nu met een rijke kerel. Naomi zegt dat ze ergens in een luxe stadsvilla aan Park Avenue woont.'

'Heeft Naomi je de laatste tijd nog iets verteld? Iets wat zou kunnen helpen?'

'Nee,' zei Ava. 'Alhoewel, nu je dat zo vraagt…'

'Wat?'

'Het leek een beetje beter met haar te gaan. Ze was iets ontspannener. Rustig.'

Wilde zei niets, maar dit beviel hem totaal niet.

'Nu ben jij aan de beurt, Wilde. Waarom al die vragen?'

'Iemand maakt zich zorgen om haar.'

'Wie?'

'Dat kan ik niet zeggen.'

'Matthew Crimstein.'

Hij zei niets.

'Dat zei ik, Wilde, ik wist niet wie je was toen we elkaar leerden kennen.'

'Maar nu weet je dat wel.'

'Ja.' Haar ogen vulden zich plotseling met tranen. Hij reikte naar haar en nam haar handen in de zijne. Ze trok haar handen terug. Hij liet haar begaan. 'Wilde?'

'Ja?'

'Je moet haar vinden.'

Wilde liep terug naar de parkeerplaats van het complex. Hij reed de BMW van Laila naar een vuilcontainer twintig meter verderop. Hester had gelijk. Laila was een slons. Een prachtige slons. Ze hield zichzelf onberispelijk netjes en schoon en fris, maar dat gold niet voor de wereld waarin ze leefde. De achterbank van de BMW lag bezaaid met lege koffiebekers en snoepverpakkingen.

Wilde zette de versnelling in de parkeerstand en mestte de auto uit. Hij had geen smetvrees, maar hij constateerde toch verheugd dat Laila een desinfecterende lotion in haar dashboardkastje had. Hij keek naar het appartement van Ava. Zou ze die grote kerel met zijn nog veel grotere baard nog terugbellen? Hoogst twijfelachtig.

Hij had geen spijt van de tijd die hij met Ava had doorgebracht. In het geheel niet. Integendeel, er was een steek door hem heen gegaan toen hij haar weerzag, iets wat je misschien wel… verlangen zou moeten noemen? Misschien was het een kwestie van rationalisatie of een soort verontschuldiging, maar het feit dat hij geen binding kon aangaan op lange termijn betekende nog niet dat hij nieuwe ervaringen met mensen die hij leerde kennen niet op waarde wist te schatten. Het was nooit zijn bedoeling mensen pijn te doen, maar misschien was het nog veel erger om ze minzaam te behandelen of om ze af te poeieren met een paar lullige opmerkingen. Hij had zich aangewend om volstrekt eerlijk te zijn, er geen doekjes om te winden, om valse gevoelens geen kans te geven.

Wilde sliep in de openlucht. Zelfs in die nachten.

Hij kon niet goed uitleggen waarom, dus legde hij soms een briefje neer voordat hij er voor een paar uur tussenuit kneep naar de bossen, om tegen de ochtend weer terug te keren. Wilde kon de slaap niet vatten als er iemand bij hem was.

Zo eenvoudig was het.

In de openlucht droomde hij vaak over zijn moeder.

Of misschien was het zijn moeder helemaal niet. Misschien was het een andere vrouw in dat huis met de rode balustrade. Hij wist het niet. In die droom was zijn moeder – laten we haar voorlopig maar zo noemen – een prachtige vrouw met kastanjebruin haar, smaragdgroene ogen en een engelachtige stem. Zag zijn moeder er echt zo uit? Het beeld was te mooi om waar te zijn, misschien was het inderdaad meer een droombeeld dan werkelijkheid. Misschien had hij het verzonnen, of gezien op tv.

Het geheugen stelt vaak eisen waaraan je niet kunt voldoen. Het geheugen hapert omdat alle gaten moeten worden opgevuld.

Zijn telefoon ging. Het was Hester.

'Heb je met Ava O'Brien gesproken?' vroeg ze.

'Ja.'

'Ben je niet trots op me omdat ik niet probeer uit te vissen waarvan je haar kent?'

'Je bent een schoolvoorbeeld van discretie.'

'En wat zei ze?'

Wilde bracht haar op de hoogte. Toen hij uitgesproken was, zei Hester: 'Dat over Naomi, dat ze zo kalm leek, dat is niet goed.'

'Ik weet het,' zei Wilde.

Als mensen besluiten een einde aan hun leven te maken, daalt er vaak een zekere rust over hen neer. Het besluit is genomen. Alsof er een gewicht van hun schouders gevallen is.

'Ik heb nieuws,' zei Hester. 'En het is geen goed nieuws.'

Wilde wachtte.

'Haar moeder heeft me teruggebeld. Ze heeft geen idee waar Naomi is.'

'Dus de vader liegt,' zei Wilde.

'Misschien.'

Of de man nu wel of niet had gelogen, het leek Wilde een goed idee om hem een bezoek te brengen.

Op de achtergrond werd er naar Hester geroepen. Er was enige consternatie.

'Is er iets?' vroeg hij.

'De uitzending begint zo,' zei Hester. 'Wilde?'

'Ja.'

'We moeten snel iets doen, vind je ook niet?'

'Er kan nog steeds niets aan de hand zijn.'

'Is dat je intuïtie?'

'Ik doe niets met mijn intuïtie,' zei Wilde. 'Ik reageer op de feiten.'

'Gelul.' Even bleef het stil. 'Maken de feiten zich zorgen over dit meisje?'

'Over dit meisje,' beaamde Wilde. 'En over Matthew.'

Opnieuw consternatie op de achtergrond.

'Ik moet ophangen, Wilde. We spreken elkaar snel weer.'

Ze beëindigde het gesprek.

Hester zat achter het bureau op een met leer beklede stoel die iets te hoog voor haar was. Ze kon met haar tenen net de vloer raken. De autocue was ingeschakeld en stond klaar om te draaien. Lori, de styliste, verrichtte nog een paar laatste noodzakelijke handelingen die bestonden uit het met twee vingers hier en daar aan plukjes haar trekken, terwijl Bryan, de visagist, nog even een vlekje wegwerkte. De rode, digitale klok, die sterk deed denken aan de timer van een tijdbom in een tv-film, gaf aan dat er minder dan twee minuten te gaan waren.

Haar copresentator speelde met zijn telefoon. Hester sloot haar ogen even, voelde de haren van de make-upborstel die haar wang streelden en de vingers die zacht aan haar haren plukten. Het had een merkwaardig kalmerend effect.

Toen haar telefoon trilde, deed ze met een zucht haar ogen open en wuifde ze Lori en Bryan weg. Onder normale omstandigheden zou ze zo vlak voor de uitzending niet opnemen, maar ze zag dat het haar kleinzoon was.

'Matthew?'

'Heb je haar al gevonden?'

Zijn stem klonk urgent. Hij sprak zacht.

'Waarom fluister je? Waar ben je?'

'Bij Crash thuis. Heb je met Naomi's moeder gesproken?'

'Ja.'

'Wat zei zij?'

'Ze weet niet waar Naomi is.'

Haar kleinzoon maakte een geluid dat klonk als gekreun.

'Matthew, wat hou je voor ons verborgen?'

'Het maakt niet uit.'

'Jawel.'

Zijn stem was nu stuurs. 'Alsjeblieft, vergeet maar dat ik het gevraagd heb, oké?'

'Nee, dat is niet oké.'

'Tien seconden!' riep een van de studiomedewerkers.

Haar copresentator stak zijn telefoon in zijn zak en rechtte zijn rug. Hij keek naar Hester, zag dat ze haar telefoon nog aan haar oor had en zei: 'Eh, Hester? Jij doet de intro.'

De producer hield zijn hand omhoog met vijf gespreide vingers. Nog vijf seconden. Hij trok zijn duim in om aan te geven dat het er nog maar vier waren.

'Ik bel je terug,' zei Hester.

Ze legde de telefoon voor zich op het bureau op het moment dat de producer zijn wijsvinger achter zijn duim verstopte.

Drie seconden lijkt misschien maar heel weinig tijd. In de wereld van de tv is het dat niet. Hester had nog tijd om haar productieassistent Allison Grant aan te kijken en te knikken. Allison had nog genoeg tijd om een grimas te trekken en terug te knikken om aan te geven dat ze gehoor zou geven aan het verzoek van Hester, maar tegen haar zin.

Hester had zich erop voorbereid. Soms moest je kalm aan doen en rustig onderzoeken, soms moest je zaken versnellen en in werking zetten.

Het was tijd voor dat laatste.

De producer trok zijn laatste vinger in en wees naar Hester.

'Goedenavond,' zei Hester. 'Welkom bij deze aflevering van *Crimstein en Criminelen*. Ons belangrijkste onderwerp is vanavond – hoe kan het ook anders – presidentskandidaat Rusty Eggers, de hemelbestormer, en de controverses rondom zijn campagne.'

Dat was wat de autocue haar dicteerde. Wat er volgde stond nergens genoteerd.

Hester haalde diep adem. *Wie A zegt...*

'Maar eerst belangrijk nieuws dat ons zojuist heeft bereikt,' zei Hester.

De copresentator fronste zijn wenkbrauwen en keek haar aan.

Matthew was bang. Dat kon Hester maar niet uit haar hoofd zetten. Matthew was bang en hij had haar om hulp gevraagd. Dan moest ze toch domweg doen wat ze kon?

Een foto van Naomi Pine vulde de tv-schermen in het hele land. Het was de enige foto die Allison Grant had kunnen vinden en dat had haar nogal wat tijd gekost. Ze had niets kunnen vinden op social media, wat vandaag de dag heel vreemd was, maar Allison, die haar werk verstond als geen ander, had de website boven water gehaald van de schoolfotograaf die de officiële portretten voor Sweet Water Highschool schoot. Toen Allison eenmaal had beloofd dat ze het watermerk met zijn logo niet van de foto zou verwijderen, had hij ermee ingestemd dat ze de foto op het scherm zouden laten zien.

'Er is een meisje zoek in Westville, New Jersey, en we hebben uw hulp nodig om haar te vinden.'

Op het parkeerterrein bij het appartementencomplex waar Ava woonde, overpeinsde Wilde wat hij nu nog kon doen. Eerlijk gezegd erg weinig als je erover nadacht. Het was laat, dus het lag voor de hand om maar gewoon terug te rijden naar Laila, zachtjes de trap op te sluipen naar de slaapkamer waar ze op hem zou liggen wachten en...

Precies.

Had hij nog andere opties? Om niets uit te sluiten, appte hij Matthew: *Waar ben jij?*

Bij Crash Maynard thuis, tikte Matthew terug.

Laila had hem eerder die avond verteld dat Matthew naar een feestje was, maar hij wist niet of zij mocht weten dat dat bij Crash Maynard was.

Is Naomi daar ook? tikte Wilde.

Nee.

Wilde dacht even na over hoe hij verder moest gaan, maar hij zag dat Matthew een bericht tikte.

Shit.

Wat?

Er gaat iets fout hier.

Wilde's duimen waren minder snel dan hij zou willen, maar hij slaagde er uiteindelijk in *Wat dan?* te tikken.

Geen reactie.

Hallo? tikte Wilde.

De utopische nabije toekomst van optie één – Laila daar in die slaapkamer, warm onder het dekbed, verdiept in instructies en akten van beschuldiging – stond hem zo helder voor ogen dat hij haar warme lichaam bijna kon ruiken.

Matthew?

Geen reactie. Het utopische visioen verdampte en de resten vermengden zich met nachtnevelen.

Verdomme.

Wilde reed de weg op in de richting van Maynard Manor.

7

Matthew bevond zich in het enorme landhuis van de Maynards op de heuvel.

Het interieur van het landhuis oogde oud en had iets gotisch met marmeren zuilen. Het deed Matthew denken aan die bekakte golfclub waar zijn oma hem mee naartoe had genomen omdat een van haar cliënten een of andere prijs had gewonnen. Hij kon zich herinneren dat Hester het daar op zijn zachtst gezegd niet aangenaam had gevonden. Ze dronk wijn met kleine teugjes – te veel wijn, zo bleek – en haar ogen vernauwden zich tot spleetjes. Ze loerde door de ruimte met gefronste wenkbrauwen en mompelde iets over kak en inteelt en bevoorrechting. Toen hij haar had gevraagd wat er aan de hand was, had Hester haar kleinzoon van top tot teen bekeken en gezegd: 'Jij bent half Joods, half zwart – je zou om twee redenen worden geweigerd bij deze club.' Toen een dame op leeftijd met sneeuwwitte in haarlak gebeitelde krullen haar met tut-tut probeerde tot stilte te manen, had Hester haar ondubbelzinnig duidelijk gemaakt waar haar aarsgat voor diende.

Dat was Matthews oma. Nana ging geen enkel conflict uit de weg als ze stampij kon maken.

Het was gênant, maar ook troostrijk. Gênant, dat sprak natuurlijk voor zich. Troostrijk, omdat Matthew wist dat zijn grootmoeder altijd achter hem stond. Dat leed geen enkele twijfel. Het maakte niet uit dat ze maar een klein opdondertje was en ook niet dat ze al in de zeventig was. Voor hem was Nana superman.

Er waren iets meer dan tien pubers op wat de ouders steevast een 'feestje' bleven noemen, maar wat neerkwam op rondhangen in Crash' 'souterrain' – Crash' ouders noemden het niet graag de 'kelder' – en het was een van de coolste plekken waar Matthew ooit geweest was. Van buiten mocht het er dan allemaal heel traditioneel uitzien, binnen was het supergeavanceerd. De homecinema had meer weg van een volwassen bioscoopzaal met een digitalsoundsystem en meer dan veertig zitplaatsen. Voor de zaal stonden een kersenhouten bar en een originele popcornmachine. In de gangen hingen posters van oude films en de tv-show van Crash' vader. De speelhal was een kopie van de Silverball, het beroemde flipperkastenpaleis op de Ashbury Park Boardwalk. Aan het einde van een van de gangen was een wijnkelder met eikenhouten vaten. Een andere gang ging over in een ondergrondse tunnel naar een basketbalveld met wedstrijdafmetingen, een kopie – er waren nogal wat kopieën – van de speelvloer van de Knicks op Madison Square Garden.

Er was nooit iemand te vinden in die basketbalhal. Er was nooit iemand in het flipperkastenparadijs. Er was nooit iemand die nu eens zin in een leuke film had in de homecinema. Al was Matthew er zelf niet zo vaak bij. Hij had eigenlijk nooit deel uitgemaakt van de coole kliek, maar hij had de laatste tijd weer een plekje veroverd. En om eerlijk te zijn vond hij het geweldig hier, met hen. Ze deden altijd de meest fantastische dingen, zoals bijvoorbeeld toen Crash zijn verjaardag had gevierd op Manhattan. Crash' vader had limousines gehuurd om hen naar een enorm gebouw te rijden dat ooit een bank had gehuisvest. Alle jongens werden over een rode loper naar de ingang 'geëscorteerd' door dames die hadden meegedaan aan Dash Maynards realityshow *Hot Models in Lingerie*. Een beroemde tv-ster had gedraaid als dj, en toen die Crash had aangekondigd als 'mijn beste vriend en onze jarige job', was Crash naar binnen gereden op een wit paard, een echt paard. Achter hem aan kwam zijn vader in een rode Tesla die hij zijn zoon als verjaardagscadeautje had gegeven.

Dit keer hadden de meesten een plekje gezocht in de 'gewone' tv-kamer, waar een 98-inch Samsung K4 Ultra HD aan de muur hing. Crash en Kyle speelden *Madden NFL*, een American footballgame. De rest – Luke, Mason, Kaitlin, Darla, Ryan en natuurlijk Sutton, altijd Sutton – hing ontspannen op dure zitzakken, die verspreid door het vertrek lagen alsof een enorme reus ze daar had neergekwakt vanuit de lucht. De meesten waren stoned. Caleb en Brianna waren vertrokken naar een kamer aan het einde van een van de gangen om hun kersverse bijzondere vriendschap naar een nieuw niveau te tillen.

Het was donker in de tv-kamer. Alleen het blauwe licht van de tv en dat van de schermpjes van mobiele telefoons verlichtte spookachtig de gezichten van Matthews klasgenoten. Sutton zat helemaal rechts, heel ongebruikelijk in haar eentje. Matthew wilde van die gelegenheid gebruikmaken en zon op een excuus om bij haar in de buurt te komen. Hij was al sinds groep zeven verliefd op Sutton – met haar bijna bovennatuurlijke uitstraling, haar blonde haar, die smetteloze huid en een glimlach die je deed smelten – al werd zijn liefde niet beantwoord. Desondanks bleef ze altijd aardig en vriendelijk, en wist ze jongens als Matthew op precies de juiste afstand te houden.

Op het grote scherm gooide Crash' quarterback een diepe pass die resulteerde in een touchdown. Crash sprong overeind, riep 'Boem!' naar Kyle en maakte een klein vreugdedansje, wat bij de anderen die zich met hun telefoons bemoeiden een slap lachje ontlokte. Crash keek om zich heen alsof hij eigenlijk wel een iets betere reactie had verwacht, maar dat gebeurde niet.

Niet die avond in ieder geval.

Er hing een vage geur van angst of wanhoop in de tv-kamer.

'Hebben we nog meer vreterij nodig?' vroeg Crash.

Niemand reageerde.

'Hé, wie doet er mee?'

Crash had genoeg aan halfhartig gemompel. Hij drukte op een knop van de intercom. Een vrouwenstem met een Mexicaans accent reageerde: 'Ja, meneer Crash?'

'Kun je ons wat nachos en quesadillas brengen, Rosa?'

'Natuurlijk, meneer Crash.'

'En kun je er nog wat van die zelfgemaakte guacamole bij doen?'

'Natuurlijk, meneer Crash.'

Op het scherm deed Kyle de aftrap. Luke en Mason dronken bier. Kaitlin en Ryan deelden een joint. Darla gaf zich over aan de nieuwste dampsensaties van Juul. Het vertrek was ooit de rookkamer van Crash' vader geweest en ze hadden er een of andere installatie ingebouwd waardoor je de rook niet kon ruiken. Kaitlin gaf Sutton een e-sigaret. Ze pakte die aan, maar nam geen trek.

'Man, die guacamole van Rosa is heerlijk.'

'Toch?'

Crash en Kyle wisselden een high-five uit en iemand, misschien was het Mason, begon te lachen. Luke lachte mee en daarna Kaitlin, en uiteindelijk zo ongeveer iedereen, behalve Matthew en Sutton. Matthew had geen idee waarom ze allemaal lachten – om die guacamole van Rosa? – maar het klonk allemaal vreselijk nep, alsof ze veel te veel hun best deden om normaal te lijken.

'Heeft ze zich al gemeld in de app?' vroeg Mason.

Doodse stilte.

'Ik vroeg alleen...'

'Nog niets,' onderbrak Crash hem. 'Ik heb een app die updates meldt.'

Doodse stilte.

Matthew glipte de tv-kamer uit, naar de wijnkelder waar hij alleen kon zijn. Toen hij de deur achter zich had dichtgetrokken, zette hij zich op een vat met het opschrift MAYNARDS WIJNEN – inderdaad, ze bezaten ook wijngaarden – en belde hij zijn grootmoeder.

'Matthew?'

'Heb je haar al gevonden?'

‘Waarom fluister je? Waar ben je?’

‘Bij Crash thuis. Heb je met Naomi’s moeder gesproken?’

‘Ja.’

Matthew voelde zijn hart in zijn keel kloppen. ‘Wat zei zij?’

‘Ze weet niet waar Naomi is.’

Hij sloot zijn ogen en kreunde.

‘Matthew, wat hou je voor ons verborgen?’

‘Het maakt niet uit.’

‘Jawel.’

Maar hij kon niets zeggen. Nu nog niet. ‘Alsjeblieft, vergeet maar dat ik het gevraagd heb, oké?’

‘Nee, dat is niet oké.’

Op de achtergrond hoorde hij iemand roepen. ‘Tien seconden!’

Daarna hoorde hij iemand iets mompelen, maar hij kon niet verstaan wat.

‘Ik bel je terug,’ zei Hester voordat ze het gesprek beëindigde.

Toen hij de telefoon bij zijn oor weghaalde, hoorde hij een bekende stem. ‘Hé.’

Hij keerde zich om naar de deur van de wijnkelder. Het was Sutton. Ze knipperde met haar ogen om ze aan het relatief heldere licht hier, na het duister van de tv-kamer, te laten wennen.

‘Hé,’ zei hij.

Sutton had een fles bier in haar hand. ‘Wil jij ook?’

Hij schudde zijn hoofd, bang dat Sutton het vies zou vinden om uit dezelfde fles te drinken als hij. Gedeelde bacteriën en zo. Aan de andere kant, zij had hem toch gevraagd of hij wilde?

Sutton keek de wijnkelder rond alsof ze die nog niet eerder had gezien, ook al hoorde ze bij de kliek. Al haar hele leven.

‘Wat doe je hier?’ vroeg ze.

Matthew haalde zijn schouders op. ‘Weet ik niet.’

‘Volgens mij ben je uit je doen vanavond.’

Het verbaasde hem dat zoiets Sutton opviel.

Hij haalde opnieuw zijn schouders op. Tsjongejonge, hij wist echt wel hoe je vrouwen het hof moest maken.

'Er is niets met haar aan de hand, weet je,' zei Sutton.

Gewoon, zomaar.

'Matthew?'

'Weet jij waar ze is?'

'Nee, maar...' Nu haalde zij haar schouders op.

Zijn telefoon zoemde. Hij keek op het scherm. Het was Wilde.

Waar ben jij?

Bij Crash Maynard thuis, tikte Matthew snel terug.

Is Naomi daar ook?

Nee.

Sutton liep naar hem toe. 'Ze maken zich een beetje zorgen over je.'

'Wie?'

'Crash, Kyle, de anderen.' Ze keek hem aan met die helderblauwe ogen. 'Ik ook.'

'Niks aan de hand.'

Nu zoemde haar telefoon. Toen ze las wat er op het scherm stond, werden haar ogen groot. 'O, mijn god!'

'Wat is er?'

Ze keek hem aan met die verrukkelijke ogen. 'Heb jij...?'

Hij hoorde gestommel in de gang.

Shit, tikte hij.

Wat? tikte Wilde.

Crash stormde de wijnkelder in op het moment dat Matthew het bericht *Er gaat iets fout hier* verzond.

Kyle volgde Crash op de voet. Ze hadden allebei hun mobiele telefoon in de hand. Crash rende zo hard op Matthew af dat die in een reflex zijn beide handen hief om klappen af te weren. Crash bleef abrupt vlak voor hem staan, stak zijn handen in de lucht om zich over te geven en glimlachte.

Een veel te gladde glimlach. Matthew voelde zijn maag in een knoop samentrekken.

Crash maakte een geluid dat geruststellend bedoeld moest zijn, maar langs Matthews rug glibberde als een giftige slang. 'Even kalm aan.'

Crash Maynard was een knappe jongen, van de buitenkant althans – golvend lang haar, een getormenteerde blik alsof hij lid was van een boyband, slank en gehuld in kleren volgens de laatste trend. Als je een beetje beter keek, zag je dat Crash niets bijzonders was, op geen enkele manier eigenlijk. Hester had ooit eens een grap gemaakt over een rijk meisje dat haar een goede date leek voor Matthew: 'Ze is prachtig als ze op haar geld staat.'

Crash droeg altijd een grote zilveren doodskopring. Het was een belachelijk gezicht, zo'n kolossaal ding om zijn smalle vinger.

Nog altijd met diezelfde gladde glimlach om zijn lippen, hield Crash zijn telefoon omhoog zodat Matthew op het scherm kon kijken. 'Zou je dit even willen uitleggen?'

Hij tikte op het scherm met de geringde vinger. De doodskop leek naar Matthew te knipogen. Op het scherm begon een video te lopen, beelden met het intro van het nieuws. Daarna kwam Matthews grootmoeder in beeld.

'Maar eerst belangrijk nieuws dat ons zojuist heeft bereikt...'

Op het scherm werd een foto van Naomi getoond.

'Er is een meisje zoek in Westville, New Jersey, en we hebben uw hulp nodig om haar te vinden. Naomi Pine wordt al meer dan een week vermist. Ze is nog nergens gesignaleerd en er is ook nog geen losgeld geëist, maar vrienden zijn bezorgd en denken dat de tiener in gevaar kan zijn...'

O, nee...

Het voelde alsof er een steen in Matthews maag lag. Hij had er geen moment bij stilgestaan dat Nana de zaak voor de camera zou brengen.

Of had hij dat stiekem misschien wel gehoopt? Het verbaasde hem niet dat het nieuws zich zo snel – volgens een timer in de hoek van het scherm in minder dan twee minuten – had verspreid onder zijn vrienden. Zo ging dat tegenwoordig. Misschien had iemand een nieuws-alert ingesteld voor Naomi Pine, of misschien hadden iemands ouders het gezien en meteen een whatsappje naar zoon of dochter gestuurd. *Zit dat meisje bij jou op school?!?!* Misschien volgde iemand CNN op Twitter of zo, want zo ging dat nu eenmaal tegenwoordig. Zo snel verspreidde nieuws zich.

Crash vertrok geen spier. Hij glimlachte. 'Dat is toch jouw oma?'

'Ja, maar…'

Crash gebaarde met de hand met de doodskopring. 'Ga door.'

Matthew zei niets.

Crash' stem klonk spottend. 'Heb jij iets tegen oma gezegd?'

'Wat?' Matthew probeerde beledigd te kijken. 'Nee, natuurlijk niet.'

Nog altijd glimlachend – een glimlach die zo langzamerhand verdacht veel begon te lijken op die van de doodskopring – deed Crash een stap naar voren en legde beide handen op Matthews schouders. Vervolgens stootte hij zonder de geringste waarschuwing zijn knie omhoog, recht in Matthews kruis. Om de klap extra hard aan te laten komen rukte hij Matthews schouders omlaag.

De klap tilde Matthew op zijn tenen.

De pijn kwam direct, witheet, alomvattend. Tranen vulden zijn ogen. Zijn hele lichaam hield op te functioneren. Zijn knieën knikten, hij viel op de vloer. De pijn kroop door zijn maag omhoog en verlamde zijn longen. Matthew trok zijn knieën tegen zijn borst en krulde zich op tot een foetale bal.

Crash bukte zich zodat zijn mond vlak bij Matthews oor was. 'Denk je dat ik stom ben?'

Matthews wang drukte tegen de vloerplank. Hij kon nog steeds niet ademen. Het voelde alsof er iets onherroepelijk stuk was gegaan in zijn lichaam, alsof het nooit meer geheeld kon worden.

'Je bent met Luke en Mason meegereden hiernaartoe. Zij zeiden dat je met je oma stond te praten toen ze je ophaalden.'

Haal adem, zei Matthew tegen zichzelf. Probeer adem te halen.

'Wat heb je haar verteld, Matthew?'

Hij knarste met zijn tanden en slaagde erin zijn ogen open te doen. Kyle stond bij de deur op de uitkijk. Sutton was als sneeuw voor de zon verdwenen. Had zij hem erin geluisd? Zou ze dat echt... Nee. Sutton had niets geweten van wat er even later op tv werd uitgezonden. En ze zou toch ook niet...

'Matthew?'

Hij keek omhoog. De pijn golfde nog altijd op en neer door zijn lichaam.

'We kunnen je koud maken zonder dat er een haan naar kraait. Dat weet je wel, hè?'

Matthew bleef roerloos liggen.

Crash balde zijn vuist en liet hem de zilveren doodskop zien. 'Wat heb je je oma verteld?'

8

Twee verdiepingen hoger zaten Dash Maynard en zijn vrouw Delia in een rond torentje op de westvleugel van het landhuis in Bourgondisch rode leren oorfauteuils bij een te grote openhaard waarin keramische blokken hout van de witte berk lagen waarop vrolijke gasvlammetjes dansten. Dit vertrek in een aanbouw die ze drie jaar daarvoor hadden gerealiseerd, was hun 'Beauty-and-the-Beast-bibliotheek'. Langs alle wanden stonden eikenhouten boekenkasten van de vloer tot het plafond met een rolladder die aan een koperen stang hing.

Dash Maynard las een biografie van Teddy Roosevelt. Hij was verzot op geschiedenis. Dat was hij altijd al geweest, al was hij er absoluut niet in geïnteresseerd om er zelf deel van uit te maken. Nee, dank u wel. Hij was begonnen als maker van bekroonde documentaires en had bijvoorbeeld een Emmy gekregen voor een snijdende korte documentaire voor de publieke omroep over het bloedbad van Nanking in 1937. Dash hield van de research die nodig was en het filmen op locatie, maar zijn grote kracht lag in de redactiekamer, waar hij van eindeloze uren opnamen een boeiend verhaal wist te maken. Zijn roem was tot grote hoogten gestegen door zijn beroemde, maar ook beruchte praatprogramma voor zelfhulp, *The Rusty Show* en, daarna, een heel nieuw format dat ze in het wereldje 'game-ality' waren gaan noemen – een gezochte samenvoeging van 'game' en 'realityshow'. Doorslaande successen.

Delia Reese Maynard, hoofd van de subfaculteit politicologie van Reston College, een eindje verderop, las werkstukken van studenten. Dash keek graag naar haar als ze daarmee bezig was – de gefronste wenkbrauwen, de strakgetrokken lippen, het trage knikken als ze een passage las waarmee ze instemde. Afgelopen zomer hadden Dash en Delia – DD, zoals sommigen hen jolig betitelden – gevierd dat ze vijfentwintig jaar getrouwd waren door hun zoon Crash van zestien en hun veertienjarige tweelingdochters Kiera en Kara mee te nemen voor een tocht met hun eigen jacht op de Baltische Zee. Overdag lagen ze voor anker in afgelegen baaien bij eilandjes om te zwemmen, te spelen met de jetski's en wakeboards. 's Middags en 's avonds bezochten ze steden als Sint Petersburg en Stockholm en Riga. Het was een fantastische reis geweest.

Dash dacht terug aan die tijd, die heerlijke vakantie met het gezin, ver weg van dit verdomde kloteland, als de stilte voor de storm.

Zij waren mensen die het goed hadden. Dat wist hij. Mensen plaatsten hen graag in de categorie 'Hollywood-elite', maar Dash was geboren en getogen in een bescheiden huis dat drie gezinnen huisvestte in de wijk Bedford-Stuyvesant in Brooklyn. Zijn beide ouders hadden lesgegeven op het Hunter College in Manhattan. Dash was genoemd naar de lievelingsauteur van zijn vader, Dashiell Hammett. Delia en hij hadden elkaar gevonden – werkelijk gevonden – in hun liefde voor oude detectives toen ze allebei in de bakken met werk van Raymond Chandler, Agatha Christie, Ngaio Marsh en natuurlijk Dashiell Hammett van een tweedehands boekwinkel stonden te snuffelen, in Washington DC. In die tijd konden de twee amper betaalde stagiaires die op Capitol Hill werkten zich geen eerste drukken veroorloven. Nu bevond zich in deze bibliotheek een van de grootste verzamelingen eerste drukken van de hele wereld.

Soms zit het mee, soms zit het tegen.

Het productiebedrijf van Dash had tien jaar geleden een show opgezet die draaide om celebrity's die zich vermomden als 'gewone' Amerikanen en op die manier een half jaar 'gewoon' tussen hen in woonden. Een doorslaand succes op primetime. Sinds die tijd hadden Dash en Delia pogingen ondernomen om een goede balans te vinden tussen roem en geld aan de ene kant, en de waarden en normen van gezin en studie aan de andere kant. Een kwestie van continu herbezinnen en ijken.

Ze leken er heel aardig in geslaagd een evenwicht te vinden. Zeker, Crash was een beetje verwend en Kiera was zo nu en dan een beetje depressief, maar dat scheen er tegenwoordig allemaal bij te horen. Als stel hadden ze het niet beter kunnen treffen dan met z'n beiden. Daarom betekenden avonden als deze, waarop hun zoon beneden een klein feestje gaf terwijl zij als ouders hierboven genoten van elkaars aanwezigheid, zoveel voor hen.

Dash hield ervan. Hij ging er van harte in kopje onder. Hij wilde niets liever dan de rest van zijn leven zo doorbrengen.

Het mocht alleen niet zo zijn.

Er werd op de deur geklopt. Gavin Chambers, voormalig kolonel bij de mariniers, nu werkzaam in de alsmaar uitdijende particuliere beveiligingssector, liep de kamer in voordat Dash de kans had gekregen om 'Kom binnen' te zeggen. Chambers had nog altijd het uiterlijk van de marinier – gemillimeterd haar, kaarsrechte houding, een stalen blik in de ogen.

'Wat is er?' vroeg Dash.

Chambers keek naar Delia, alsof het misschien beter zou zijn als de dame het vertrek zou verlaten. Dash fronste zijn wenkbrauwen. Delia verroerde zich niet.

'Zeg het maar,' zei Dash.

'Er was zojuist een item op tv,' zei Chambers. 'Ze zeggen dat er een meisje zoek is. Ze heet Naomi Pine.'

Dash keek Delia aan. Delia haalde haar schouders op.

'Nou, en?'

'Naomi zit bij Crash op school. Ze zitten voor sommige vakken bij elkaar in de klas.'

'Ik begrijp nog steeds niet...'

'Ze heeft contact gehad met jullie zoon. Vooral via WhatsApp. Bovendien, de journalist die het bracht op tv? Dat is Hester Crimstein. Haar kleinzoon Matthew is beneden bij Crash.'

Delia legde de werkstukken op het bijzettafeltje naast haar stoel. 'Ik begrijp nog steeds niet wat dat met ons te maken heeft, kolonel.'

'Ik ook niet...' zei Chambers.

'Dus?'

'... op dit moment.' En toen herhaalde hij de hele zin nog eens als om het te benadrukken: 'Ik ook niet op dit moment.' Hij stond in de houding en staarde strak voor zich uit. 'Maar met alle respect, ik geloof niet in toeval, zeker nu niet.'

'Wat vind je dat we moeten doen?'

'Ik denk dat we met jullie zoon moeten praten en uitzoeken in welke relatie hij staat tot Naomi...' Zijn telefoon zoemde. Hij klapte het met een hoekige zwaai tegen zijn oor, bijna alsof hij een meerdere salueerde. 'Ja?'

Na drie seconden schoof Chambers de telefoon in zijn zak.

'Blijf in dit vertrek,' zei hij. 'Er is iets gebeurd.'

Terwijl Wilde met hoge snelheid onderweg was naar Maynard Manor – man, wat een pompeuze naam voor een huis – hoopte hij maar steeds dat zijn telefoon zou zoemen met een nieuwe whatsapp van Matthew.

Dat gebeurde niet.

Het laatste bericht van Matthew drong zich steeds maar weer aan hem op: *Er gaat iets fout hier.*

Wilde vertrouwde dan weliswaar niet op zijn intuïtie – dat had hij Hester immers verteld – maar toen hij de oprit naar het landhuis op draaide, voelde hij intuïtief dat hij die whatsapp niet in de wind moest slaan.

Er gaat iets fout hier.

Maynard Manor lag boven op een heuvel op een terrein van twaalf hectare dat door de inheemse bevolking van Ramapough werd geclaimd als hun land. Er waren stallen voor een tiental paarden, een hindernisbaan, een zwembad en een tennisbaan en wie weet wat allemaal nog meer. Het centrale bouwwerk was een enorm neo-georgiaans pand dat was gebouwd door een oliebaron in de roerige jaren twintig van de vorige eeuw. De onderhoudskosten van het enorme huis waren zo hoog dat het gedurende bijna een kwart eeuw in verval was geraakt, tot Dash Maynard, tv-producent van formaat en eigenaar van een kabeltv-station, en zijn vrouw Delia zich erover hadden ontfermd. Ze hadden het landhuis in oude luister hersteld en er nog het een en ander aan toegevoegd.

Achter het barokke hek dat Wilde tot stilstand dwong, was het nog bijna een halve kilometer tegen de heuvel op naar het huis. Wilde zag in de verte enig licht, maar dat was dan ook alles. Hij drukte op de bel van de intercom en keek ondertussen op zijn telefoon, in de hoop dat het zoemen hem was ontgaan.

Geen nieuws van Matthew.

Hij tikte een nieuw bericht: *Ik ben bij het hek.*

'Kan ik iets voor u doen?' vroeg de intercom.

Wilde pakte zijn rijbewijs en hield het omhoog voor de camera.

'Ik kom voor Matthew Crimstein.'

Stilte.

'Matthew is een vriend van Crash.'

'In welke relatie staat u tot hem?'

'Tot Matthew?'

'Ja.'

Vreemde vraag. 'Ik ben zijn peetvader.'

'En wat is het doel van uw bezoek?'

'Ik kom hem ophalen.'

'Hij is aangekomen in de wagen van Mason Perdue. Ons is te kennen gegeven dat hij ook weer met hem zal vertrekken.'

'De plannen zijn veranderd.'

Stilte.

'Hallo?' zei Wilde.
'Een moment, alstublieft.'
De tijd verstreek.
Wilde drukte opnieuw op de bel van de intercom.
Geen reactie.
Hij drukte op de knop en hield die ingedrukt.
Niets.
Hij inspecteerde het hek op elektriciteitsdraden, maar vond ze niet. Het hek was niet voorzien van een elektrocutie-installatie. Een goede zaak. Het hek was hoog, de ijzeren staven eindigden in scherpe punten, maar dat mocht geen probleem zijn. Er waren natuurlijk camera's, waarschijnlijk een heleboel, maar dat interesseerde hem evenmin. Hij wilde eigenlijk zelfs graag worden gezien.
Wilde zette de versnelling in de parkeerstand en stapte uit. Hij bestudeerde het hek. Drieënhalve meter hoog, schatte hij. Tralies vijftien centimeter uit elkaar. Hij zou het hek moeten tackelen waar beide helften op elkaar aansloten. Meer houvast. Aanloop, omhoog en erover. Wilde had zijn hele leven geklommen – bergen, bomen, rotsen, muren. Als kind, als volwassene en als soldaat. Dit hek, zelfs met al die punten, zou hem niet tegenhouden.
Hij deed twee grote stappen naar het hek toen hij de stem uit de intercom hoorde zeggen: 'Halt. Niet...'
De rest ontging hem.
Wilde sprong, zijn voet maakte contact met het midden van een van de ijzeren tralies en hij trok zich omhoog terwijl hij zich met zijn voeten tegen de tralies afzette, alsof hij omhoog rende. Hij greep met beide handen de bovenste stang, trok zijn benen op, draaide om zijn as, liet met de linkerhand de tralie los en wierp zijn voeten over het hek. De zolen van zijn schoenen raakten de tralies aan de andere kant en remden zijn val af. Hij liet het hek met beide handen los en liet zich op de grond vallen op het moment dat twee auto's met hoge snelheid zijn kant op kwamen.
Niet één, maar twee.

Dat leek overdreven.

Misschien wel niet. Dash Maynard was de afgelopen tijd veel in het nieuws geweest. Het gerucht ging – een gerucht dat hij stelselmatig ontkende – dat hij alles op tape zette als mensen in zijn programma's optraden, zelfs de gesprekken die in de kleedkamers werden gevoerd. Het gerucht ging bovendien dat met die tapes tal van celebrity's en politici ten val zouden kunnen worden gebracht, en wel heel in het bijzonder de voormalige zelfhulpgoeroe en huidige senator Rusty Eggers, tiran in de dop, kandidaat voor het presidentschap van de Verenigde Staten die terrein won in de peilingen.

De twee mannen van links, grote kerels, kwamen op hem af met opgezwollen borstkas, ietwat slingerende armen en een door te veel testosteron beneveld brein. De ene droeg een hoodie. De andere had blond geverfde dreadlocks en droeg een jasje dat hem niet heel erg best paste.

Dat het jasje hem niet heel erg best paste, merkte Wilde op, kwam omdat er een schouderholster onder zijn linkeroksel zat.

Wilde had meer dan genoeg mannen van dit kaliber meegemaakt. Ze zouden, afgezien van dat pistool, geen enkel probleem vormen. Hij zette zich schrap, overwoog de mogelijkheden, maar de man die uit de auto rechts stapte – gemillimeterd haar, de houding van een Pruisische cavalerieofficier, een ware ijzervreter – stak zijn hand op en hield de mannen tegen. Hij had duidelijk de leiding.

'Hé, hallo,' riep hij naar Wilde. 'Fraaie bokkensprong.'

'Bedankt.'

'Doe ons een lol en zorg dat we voortdurend je handen kunnen zien.'

'Ik ben niet gewapend.'

'We kunnen je niet verder laten gaan.'

'Ik ben helemaal niet geïnteresseerd in verder gaan,' zei Wilde. 'Ik kom alleen mijn petekind halen. Matthew Crimstein.'

'Dat begrijp ik. Maar wij hebben beleidslijnen.'

'Beleidslijnen?'

'Alle minderjarigen die hier vanavond zijn, moesten aangeven hoe ze weer zouden vertrekken,' zei de man, een en al redelijkheid. 'We hebben heel duidelijk uitgelegd dat niemand het terrein mag betreden die niet specifiek is uitgenodigd of grondig nagetrokken. Matthew Crimstein is gearriveerd samen met Mason Perdue. Matthew heeft ons verteld dat hij ook weer met Mason zou vertrekken. En nu verschijn jij onaangekondigd aan de poort...'

Hij spreidde zijn handen, niet langer een en al redelijkheid, maar de redelijkheid zelve. 'Snap je ons probleem?'

'Neem maar contact op met Matthew.'

'Ons beleid schrijft voor dat we bijeenkomsten met een sociaal karakter niet verstoren.'

'Dat is wel heel veel beleid,' zei Wilde.

'Dat maakt het gemakkelijker om orde op zaken te stellen.'

'Ik wil mijn petekind zien.'

'Ik ben bang dat dat op dit moment niet mogelijk is.' Het hek achter de man zwaaide open. 'Ik ga je nu vragen om te vertrekken.'

'Ja... maar dat gaat niet gebeuren.'

Misschien glimlachte de ijzervreter.

'Ik ga het je nog één keer vragen.'

'Matthew heeft me geappt dat ik hem op moest halen. Dus dat ga ik doen.'

'Als je gewoon naar de andere kant van het hek...'

'Nogmaals, dat gaat niet gebeuren.'

De grote kerels links hadden moeite met het brutale gedrag van Wilde. Ze fronsten hun buitenproportionele wenkbrauwen. Dreadlocks keek verlangend naar de ijzervreter, in de hoop dat ze toestemming zouden krijgen de kennismaking naar een hoger plan te tillen.

'Je bent hier niet legaal, Wilde.' Het noemen van zijn naam bracht Wilde even van zijn stuk, maar niet langer dan een fractie van een seconde. Hij had zijn rijbewijs omhooggehouden voor de camera. 'Jij bent niet de vader van de jongen, is het wel?'

De ijzervreter glimlachte. Hij wist het antwoord, en hij wist meer dan alleen dat Wilde Matthews peetvader was. Dat betekende dat hij op de een of andere manier met het verleden bekend was.

'Om precies te zijn heb je je wederrechtelijk toegang tot het terrein verschaft door over het hek te klimmen.'

Ze deden alle drie een stap in zijn richting. Wilde keek recht voor zich uit, naar de man die de leiding had, maar vanuit een ooghoek zag hij dat Dreadlocks iets dichterbij schoof, alsof hij een soort onzichtbare ninja was. Wilde hield zijn ogen strak op de ijzervreter gericht.

'We zouden in ons recht staan als we de bedreiging die je vormt met gepast geweld zouden beantwoorden.'

Daar stonden ze, vier man op het randje van die afgrond zoals zovelen in de geschiedenis van de mensheid. Eén verkeerde beweging en ze tuimelden in een diepe kloof van bloederig geweld. Wilde schatte in dat ze nog steeds zouden proberen dat te voorkomen, dat ze een groot incident zouden willen voorkomen waar misschien de media op af zouden komen om iets op te rakelen wat maar het beste zonder ophef kon worden opgelost. Maar je kon nooit weten. Dat was het nu juist met die rand van de afgrond. Daar was het glibberig. Zelfs de best doordachte plannen kunnen de mist in gaan.

Het was niet belangrijk of het om goede of kwade bedoelingen ging. Het ging erom dat de mens zelden de gevolgen van zijn handelen onder ogen ziet.

De mens was in veel gevallen gewoon hartstikke dom.

Ineens werd alles anders.

In eerste instantie was Wilde de enige die het opmerkte. Een paar seconden lang was hij de enige die het opmerkte. Twee, drie seconden, hooguit. Daarna zou het voordeel – hij hoopte tenminste maar dat het hem voordeel zou opleveren – vervliegen.

Wilde onderging wat hij de Verstoring was gaan noemen.

Sommigen zouden het misschien een voorteken of een voorgevoel noemen, of een zesde zintuig, iets wat zijn toch al sterk ontwikkelde overlevingsdrang een extra, bijna bovennatuurlijke lading gaf. Maar dat was het niet. Niet echt. In de loop van duizenden jaren heeft de mensheid zich aangepast aan de omstandigheden. Navigatie met gps is daar een mooi recent voorbeeld van. Uit onderzoek is gebleken dat delen van ons brein – de hippocampus, waarmee we navigeren, en de prefrontale cortex, die wordt geassocieerd met ons vermogen tot plannen – veranderen en misschien zelfs wel bezig zijn af te sterven, omdat we zijn gaan vertrouwen op navigatie met gps. Dat is een ontwikkeling van een paar jaar. Maar kijk eens naar de hele geschiedenis van de mensheid, naar de tijd dat we in grotten en in bossen leefden en figuurlijk gesproken met één oog open sliepen, zonder bescherming, de primitieve overlevingsdrang op volle toeren actief, en vergelijk dat eens met wat ervan overgebleven is toen we huizen gingen bouwen en deuren op slot gingen doen en ons beschaafd gingen gedragen. Dat was iets wat Wilde niet had meegekregen. Al vanaf het moment dat hij zich iets kon herinneren was hij opgegroeid in een wereld waarin al die primitieve eigenschappen zijn gedrag bepaalden. Hij begreep zelfs voordat hij het zelfs maar onder woorden zou kunnen brengen dat roofdieren elk moment kunnen toeslaan. Hij had er zijn zintuigen op getraind om elk signaal van de Verstoring op te vangen.

Je ziet dat nog steeds in het wild bij dieren met een uiterst verfijnd gehoor of zicht; ze vluchten voordat het gevaar te dichtbij komt. Wilde beschikte ook over dat vermogen.

En dus had hij het geluid gehoord. De anderen niet. Nog niet.

Het was niet meer dan geritsel. Niet meer dan dat, maar iemand rende naar hen toe. Waarschijnlijk zelfs meerdere mensen. Iemand verkeerde in gevaar en rende voor zijn leven. Iemand anders achtervolgde hem.

Zonder zijn ogen ook maar een fractie af te wenden van de ijzervreter, glipte Wilde iets dichter naar Dreadlocks. Hij wilde zo dicht mogelijk bij de man staan.

'Help,' schreeuwde iemand nog geen seconde later.

Matthew.

Dat was het moment waarop Wilde niet langer zijn intuïtie en primitieve instincten moest volgen, maar moest handelen zoals hij had geleerd. Instinctmatig wilde hij naar zijn petekind rennen. Dat zou de natuurlijke reactie zijn, maar Wilde had zich schrap gezet. Die schreeuw, die van achter de ijzervreter kwam, van ergens halverwege de heuvel naar het huis, zorgde ervoor dat de drie mannen omkeken. Ook dat was een voorspelbare, natuurlijke reactie. Als je niet wist dat zoiets stond te gebeuren, kon je niet anders dan zo reageren.

Dat gold ook voor Dreadlocks. Hij keek over zijn schouder en verloor Wilde uit het oog.

Meer had Wilde niet nodig. Wat volgde, speelde zich in een seconde af. Wilde tolde om zijn as met zijn elleboog omhoog en raakte Dreadlocks tegen zijn slaap. Tegelijkertijd, en voordat Dreadlocks onderuit kon gaan, schoof Wilde zijn rechterhand onder diens jasje. Zijn vingers sloten zich om de greep van het pistool in de schouderholster.

Tegen de tijd dat Matthew een tweede keer om hulp schreeuwde, lag Dreadlocks op de grond, had Wilde het pistool in de aanslag en bewoog de loop heen en weer om de drie mannen onder schot te houden.

'Eén keer verkeerd ademhalen en je bent dood,' zei Wilde.

Liggend op de grond kreunde Dreadlocks een keer, om vervolgens op Wilde af te duiken. Wilde schopte hem tegen zijn hoofd. Het kletsende geluid van iemand die hard over de oprit rende kwam dichterbij. Even gebeurde er niets en waren de vier gevangen als in een tableau vivant. Toen kwam Matthew een bocht om. Het had er alle schijn van dat hij voor zijn leven rende om te ontsnappen aan twee jongens die hem op de hielen zaten.

Matthew kwam bijna struikelend tot stilstand. Verbaasd nam hij het schouwspel op. De beide andere jongens bleven ook staan.

'Ga door het hek,' zei Wilde tegen Matthew. 'Ga in de auto zitten.'

'Maar...'

'Doen.'

'We speelden alleen maar een spelletje,' zei een van de jongens. 'Kom op, Matthew, vertel het hem. Vertel hem dat het maar een spel was.'

Zonder zijn handen te laten zakken, ging de ijzervreter voor de jongen staan die had gesproken. 'Blijf achter me, Crash.'

'Het is maar een spelletje,' zei Crash.

'Een spelletje,' zei Wilde.

'Ja... het heet spookuurdoodskop.' Hij wees naar de doodskopring om zijn vinger. 'Het is een soort tikkertje, maar dan 's nachts. Toch, Matthew?'

Matthew verroerde geen vin. Over zijn ogen lag een waas van tranen. In de verte hoorde Wilde een auto starten. Versterkingen.

'Matthew, in de auto, nu!'

Matthew herpakte zich en sprintte door het hek. Achteruit lopend, met het pistool op de drie mannen gericht, volgde Wilde hem. Hij hield zijn ogen op de ijzervreter. Die had de leiding. De anderen zouden niets doen zonder zijn teken. De ijzervreter knikte, alsof hij wilde zeggen: het is goed, maak dat je wegkomt, we zullen je niet tegenhouden.

Tien seconden later scheurde Wilde weg met Matthew naast zich.

9

Hester zat op de achterbank van haar limo en zag de oproepen binnenkomen. Dat had ze ook verwacht. Je kunt niet zomaar een bom laten vallen, zoals dit verhaal over een meisje dat zoek was, en verwachten dat die niet zal afgaan. In feite was het precies wat ze hoopte, dat iemand uit zijn schulp zou kruipen, of iets zou doen, of een fout zou maken, zodat ze zouden weten wat er echt was gebeurd. Op dat moment, als je alle voors en tegens tegen elkaar afwoog, leek het Hester het waarschijnlijkste dat Naomi was weggelopen en aan zelfmoord dacht. Hester wilde niet alleen maar koud en analytisch zijn, maar als het er al van gekomen was, kon niemand daar nog iets aan veranderen. Maar als Naomi pillen had geslikt, of zich de polsen had doorgesneden, of als ze ergens op de leuning van een hoge brug stond, was er nog een kans dat ze te redden viel.

Al mocht je natuurlijk niet uitsluiten dat Hesters bemoeienis haar nu juist het laatste zetje zou geven. Je moest nu eenmaal met alle mogelijkheden rekening houden. Misschien zou Naomi in paniek raken, of als ze ergens werd vastgehouden, zouden de kidnappers misschien bang worden en geweld gebruiken. Hester begreep welke risico's er waren, maar ze was er de vrouw niet naar om stil te zitten en af te wachten.

De eerste oproep die ze beantwoordde, was afkomstig van HOOFD POLITIE WESTVILLE. Dat moet Oren zijn, dacht ze.

'Dat was snel,' zei ze.

'Hè?'

'Ik bedoel, ik voel me gevleid, Oren, maar een volgende keer moet je even een paar dagen wachten. Je komt zo een beetje wanhopig over.'

'Eh, ik ben ook een beetje wanhopig. Waar was dat item op tv in vredesnaam voor nodig, Hester?'

'Heb je het gezien? Wat leuk dat je naar mijn programma kijkt.'

'Kom ik over alsof ik in de stemming ben?'

'Er klopt iets niet in de zaak van die vermiste Naomi,' zei Hester.

'Dan moet je met mij komen praten.'

'Dat heb ik gedaan, weet je nog?'

'Ik weet het. Wat is er veranderd?'

'Haar vader zei dat ze bij haar moeder was. De moeder zegt dat het niet zo is. Een van haar leerkrachten...'

'Wacht, je hebt met een van haar leerkrachten gepraat?'

'Tekenleraar of mentor of zoiets, dat ben ik vergeten. Ava-nog-iets.'

'Waar heb je de tijd vandaan gehaald om met haar te praten?'

Dit ging lastiger worden. 'Ik niet. Wilde.'

Stilte.

'Oren?'

'Wilde? Heb je Wilde hierbij betrokken?'

'Luister, Oren, waarschijnlijk had ik het jou moeten vertellen voordat ik het in de uitzending stopte...'

'Waarschijnlijk?'

'... maar ik heb er echt een slecht gevoel bij. Ik vind dat je er mensen op moet zetten.'

Stilte.

'Oren?'

'Matthew heeft jou hiertoe aangezet,' zei Oren. 'Waarom?'

Nu was het Hesters beurt om te zwijgen.

'Wat jouw kleinzoon dan ook verbergt, het wordt nu tijd dat hij ermee voor de dag komt. Dat weet jij ook.'

Terwijl ze met grote snelheid wegreden van Maynard Manor, vroeg Wilde: 'Wat is er gebeurd?'

'Precies wat Crash zei.' Matthew hapte nog altijd naar adem. 'We speelden een spel.'

'Ga je tegen me liegen?'

Matthew vocht tegen zijn tranen. 'Je mag niets tegen mama zeggen.'

'Dat ben ik ook niet van plan.'

'Goed.'

'Want dat ga jij doen.'

'Nooit niet. Ik vertel het jou, maar zij mag het niet weten.'

'Het spijt me, maar dat gaat niet werken.'

'Dan vertel ik jou ook niets.'

'Jawel, Matthew, dat doe je wel. Je gaat mij vertellen wat er is gebeurd, en daarna ga je het je moeder vertellen.'

Matthew liet zijn hoofd hangen.

'Matthew?'

'Oké.'

'Dus wat is er gebeurd.'

'Wist jij dat Nana dat van plan was?'

'Wat heeft ze gedaan?'

'Ze heeft in haar programma een item over Naomi uitgezonden op tv. Ze heeft aan de hele wereld verteld dat ze wordt vermist.'

Wilde had zich daadwerkelijk afgevraagd of dat Hesters volgende stap zou zijn. Hester had zich zorgen gemaakt over een gebrek aan nieuwe aanknopingspunten. En er was voor Hester niets wat effectiever was dan het aan de orde stellen in haar programma op tv.

'Wat heeft ze gezegd?'

'Ik heb het niet zelf gezien,' zei Matthew. 'Maar Crash en Kyle en de anderen wel.'

'En toen raakten ze van streek?'

Matthew begon met zijn ogen te knipperen.

'Matthew?'

'Crash gaf me een knietje.' Een paar tranen drupten over Matthews wangen.

Wilde voelde dat hij zijn handen om het stuur kneep.

'Ze wilden weten wat ik tegen Nana had gezegd. Toen ik de kans kreeg, ben ik weggerend.'

'Gaat het nu weer?'

'Ja...'

'Moet ik je naar een dokter brengen?'

'Nee, het zal wel even een beetje pijn blijven doen, denk ik.'

'Waarschijnlijk wel. Heeft Crash iets te maken met Naomi?'

'Ik weet het niet. Het is...'

'Wat?'

'Je mag het aan niemand vertellen, goed? Over Naomi, bedoel ik. Over vanavond.'

'Daar hebben we het al over gehad, Matthew.'

'Ik zal erover nadenken hoe ik het aan mama moet vertellen, maar dat doe ik morgen, goed? Vanavond wil ik nog niets zeggen.'

Toen hij de doodlopende straat in draaide waar Matthew woonde, hoorde Wilde het korte loeien van een sirene, terwijl hij even werd verblind door het felle zwaailicht van een patrouillewagen in zijn achteruitkijkspiegel. Een stem uit een luidspreker beval hem te stoppen. Het was nog minder dan tweehonderd meter naar Matthews huis, dus Wilde zwaaide met zijn arm uit het raam dat hij naar het huis wilde rijden om daar te stoppen. Opnieuw loeide de sirene. De patrouillewagen kwam langszij.

Dezelfde stem – de vertrouwde stem van Oren Carmichael, die ze allebei kenden – klonk opnieuw uit de luidspreker: 'Nu meteen!'

Tot Wilde's verbazing sneed Carmichael hen de weg af met de patrouillewagen. Wilde stopte langs de stoeprand. Oren gooide zijn portier open en beende naar hen toe.

'Jezus, Oren,' zei Wilde door het open portierraam, 'je weet dat we aan het eind van de straat moeten zijn.'

Oren trok een wenkbrauw op. 'We?'

Fout, dacht Wilde. 'Ik bedoel Matthew, deze auto. Je begrijpt wel wat ik bedoel.'

Oren keek in de wagen. Hij knikte naar Matthew. 'Dag, meneer Carmichael,' zei Matthew.

'Waar kom jij vandaan, jongen?'

'Maynard Manor,' zei Wilde.

'Waarom was je daar?'

'Waarom vraag je dat?' vroeg Wilde.

Oren negeerde hem. 'Matthew?'

'Ik was op een feestje,' zei Matthew.

Oren bestudeerde Matthews gezicht. 'Je ziet er niet goed uit, Matthew.'

'Er is niets aan de hand.'

'Zeker weten?'

Wilde wist niet goed of ze Oren nu wel of niet op de hoogte moesten brengen van wat er bij Maynard Manor was gebeurd, maar voordat hij de kans kreeg iets te zeggen, zei Matthew: 'Er is niets aan de hand, meneer Carmichael. We speelden spookuurdoodskop.'

'Wat?'

'Het is een soort tikkertje. Buiten, rennen. Daarom zie ik er zo uit.'

Oren Carmichael fronste zijn wenkbrauwen. Hij keek Wilde aan, maar gaf geen sjoege. 'Waarom heeft je grootmoeder gevraagd om uit te kijken naar Naomi Pine?' vroeg hij onverhoeds aan Matthew.

Ah, dacht Wilde, dat verklaart waarom we hier zo werden klemgezet. Oren wilde Matthew spreken zonder zijn moeder en grootmoeder in de buurt, twee deskundige advocaten die maar al te goed wisten hoe je ontwijkend moest antwoorden op lastige vragen.

'Geen antwoord geven,' zei Wilde.

Dat vond Oren niet leuk. 'Wat?'

'Ik zeg tegen hem dat hij geen antwoord moet geven.'

'Jij hebt hier juridisch niets te vertellen, Wilde.'

'Zoiets heb ik al eerder gehoord vanavond, maar ik sta niet toe dat je hem ondervraagt zonder dat zijn moeder erbij is.'

'Ik weet niet waar Naomi is,' flapte Matthew eruit. 'Dat is echt zo.'

'Waarom heeft je oma dan gevraagd om naar haar uit te kijken?'

'Ik maak me gewoon zorgen over haar, oké? Ze komt al een tijdje niet op school en ze...'

'En wat?'

'Matthew, geen woord meer,' zei Wilde.

'Ze pesten haar. Dat wou ik zeggen.'

'Hoor jij daar ook bij, Matthew?'

Wilde stak een hand omhoog. 'Oké, genoeg. Dit gesprek is nu afgelopen.'

'Om de dooie dood...'

Wilde startte de motor.

'Zet meteen die motor af,' snauwde Oren.

'Beschuldig je ons ergens van?'

'Nee.'

'Dan rijden wij door. Je kunt achter ons aanrijden naar Matthews huis, als je dat wilt.'

Maar Oren reed niet achter hen aan.

Toen Wilde Laila's oprit op draaide, ging de voordeur open. Het was buiten donker, maar tegen het licht dat naar buiten straalde, zag Wilde haar silhouet in de deuropening. Ze hield een hand op en wuifde aarzelend. Toen Matthew en Wilde dichterbij kwamen, zag Wilde dat ze haar mobiele telefoon in haar hand hield.

'Er is telefoon voor je,' zei ze tegen Wilde. 'Op mijn telefoon.'

Hij knikte. Ze gaf hem het toestel. Hij hield het bij zijn oor.

'Alles kits?'

De ijzervreter. Het verbaasde Wilde niet. Natuurlijk hadden ze het kenteken gezien. Lui die beschikten over zulke ruime middelen als zij, hadden er geen enkele moeite mee om te achterhalen op wiens naam dat geregistreerd stond, welk adres erbij hoorde en welke telefoonnummers, zowel vast als mobiel. Laila was de eigenaar van de auto, daarom belden ze haar.

'Ik denk het wel,' zei Wilde.

'Misschien heeft Crash zich misdragen.'

'Hm.'

'Maar de jongen staat onder zware druk. We hopen dat je dat zult begrijpen.'

'Er is een meisje zoek,' zei Wilde.

'Daar weet hij niets van.'

'Waarom staat hij dan onder zoveel druk?'

'Andere zaken.'

'Kan ik vragen hoe je heet?' vroeg Wilde.

'Waarom?'

'Omdat je weet wie ik ben.'

Even bleef het stil. 'Gavin Chambers.'

'Chambers Security? Kolonel Chambers?'

'Met pensioen. Ja.'

Zo, dacht Wilde. Maynard nam geen halve maatregelen als het op beveiliging aankwam. Hij was geneigd om even weg te lopen, zodat Laila het gesprek niet kon volgen, maar hij zag aan de blik in haar ogen dat het daar niet beter van zou worden.

'Weet je wat Crash met Matthew heeft gedaan, kolonel?'

Laila sperde haar ogen wijd open toen ze hem dat hoorde vragen.

'Er hangen beveiligingscamera's in de kelders,' antwoordde Chambers.

'Dus je hebt het gezien?'

'Ja. Het spijt me te moeten zeggen dat er iets is misgegaan met de tape met die beelden. Ze zijn per ongeluk gewist. Je weet hoe dat gaat.'

'Ik weet het.'

'Wil je onze excuses accepteren?'

'Ik ben niet aangevallen.'

'Wil je onze excuses dan alsjeblieft doorgeven aan Matthew?'

Wilde zei niets.

'Het is mijn werk om de Maynards te beschermen, Wilde. Er staat veel meer op het spel dan een ruzie tussen een paar pubers.'

'Zoals?'

Daarop reageerde Chambers niet. 'Ik weet dat je heel goed bent in wat je doet, maar dat ben ik ook. Ik beschik bovendien over ruime middelen. Als er een conflict tussen ons beiden ontstaat, zal dat waarschijnlijk verkeerd aflopen. Het kan ten koste gaan van onschuldige omstanders. *Collateral damage*. Ben ik duidelijk genoeg?'

Wilde keek naar Laila en Matthew. Collateral damage.

'Ik ben niet zo'n fan van dreigementen, kolonel.'

'Geen van beiden willen we de rest van ons leven steeds maar over onze schouder blijven kijken, is het wel?'

'Nee.'

'Daarom steek ik mijn hand uit om vriendschap te sluiten.'

'Vriendschap lijkt me een beetje sterk aangezet.'

'Dat ben ik met je eens. Misschien is een *détente* meer op zijn plaats – om het eens in het Frans te zeggen. Hou dat pistool overigens maar. We hebben er nog genoeg. Een goedenavond verder, Wilde.'

Hij beëindigde het gesprek.

'Wat was dat in hemelsnaam allemaal?' vroeg Laila.

Wilde gaf haar de telefoon terug. Zijn hersenen werkten razendsnel om de ontstane situatie in kaart te brengen. De onmiddellijke dreiging – de dreiging waar hij het meest voor bevreesd was – was dat die lui van Maynard hen achterna zouden komen, maar die dreiging leek nu afgewend. Matthew was thuis en hij was veilig. Dus richtte Wilde zijn aandacht weer op Naomi.

Naomi's vader had Hester verteld dat Naomi bij haar moeder was. Dat was een leugen en dus lag het voor de hand om verder onderzoek bij de vader thuis te beginnen.

'Had dat telefoontje iets met Naomi Pine te maken?' vroeg Laila.

Matthew kreunde even zacht. 'Dus jij weet daar ook van?'

'Iedereen weet daarvan. Nadat jouw oma het op tv heeft gebracht, heeft de school meteen een verklaring afgegeven. Alle online forums voor ouders staan in lichterlaaie. Willen jullie me alsjeblieft even vertellen wat er aan de hand is?'

'Dat doet Matthew,' zei Wilde. Hij gaf haar de autosleutels. 'Ik moet weg.'

'Wacht, waar ga je heen?'

Het zou te veel tijd kosten om het uit te leggen. 'Ik zal proberen om nog langs te komen, als dat goed is.'

'Wilde?'

'Matthew legt het uit.'

Hij keerde zich om en verdween in de bossen.

10

Er bestaat een door de psycholoog Anders Ericsson geïntroduceerde theorie, die daarna door Malcolm Gladwell populair is gemaakt, die behelst dat je op elk terrein een expert kunt worden met tienduizend uur oefening. Wilde geloofde er niets van, maar hij begreep hoe aantrekkelijk dergelijke simplistische, bemoedigende boodschappen waren.

Hij rende nu door het bos. Zijn ogen waren ondertussen aan de duisternis gewend. Theorieën zoals die van Ericsson lieten zaken als intensiteit en verinnerlijking buiten beschouwing. Wilde rende al langer door de bossen dan hij zich kon herinneren. Alleen. Zich aanpassend. In een overlevingsstand. Dat was geen oefening. Dat was het leven zelf. De ervaringen zetten zich vast in je spieren. Het was overleven. Natuurlijk, hoeveel uren ermee gemoeid waren, telde ook. Maar de intensiteit waarmee was veel belangrijker. Probeer je in te denken dat je geen keuze hebt. Een beetje door het bos hardlopen, voor de lol of omdat je vader dat nu eenmaal leuk vindt, is heel iets anders dan aan alle kanten de dreiging om je heen voelen, het is heel iets anders dan de noodzaak de bossen tot in detail te kunnen lezen omdat ze anders je dood worden. Dat valt niet na te bootsen. Je kunt een experiment doen met een blinddoek om te ervaren hoe het is om blind te zijn, maar nee, dat is toch heel iets anders dan echt blind zijn. Je kunt die blinddoek altijd weer afdoen. Het is vrijwillig, het is een gecontroleerd experiment, het is veilig. Er zijn sportcoaches die tegen de jongens zeggen dat ze moeten spelen of hun leven ervan afhangt. Dat klinkt als prachtig advies om de motivatie op te krikken, maar als je leven er niet van afhangt – en dat doet het niet – verbleekt de intensiteit bij wat die zou zijn als er echt iets op het spel staat.

De beste atleten? In hun hoofd gaat het om leven of dood – kun je je voorstellen hoe het zou zijn als er echt iets op het spel stond.

Dat was Wilde in de bossen.

Toen hij dichter bij het huis kwam waar de vader van Naomi Pine woonde, ontdekte hij een patrouillewagen en drie bestelbusjes van lokale tv-zenders. Het was geen hectisch gebeuren – dit was nu niet bepaald de grootste gebeurtenis van het jaar of zo – maar de pers had kennelijk de smaak te pakken gekregen na het item van Hester en de politie had hun vervolgens gevraagd hun uitrusting niet pal voor het huis neer te zetten, maar iets verderop. Wilde zag Oren Carmichael bij de voordeur van het huis in gesprek met een man die wel de vader van Naomi Pine moest zijn, Bernard Pine. De laatste leek van streek, niet vanwege zijn vermiste dochter, maar vanwege de inbreuk op zijn rust door de politie en de pers. Hij maakte woeste gebaren, terwijl Carmichael precies het tegenovergestelde deed en sussende gebaren maakte om hem te kalmeren.

Wilde's telefoon zoemde om aan te geven dat hij een app ontving. Het was van Ava O'Brien: *Heb je Naomi gevonden?*

Hij neigde ernaar niet te reageren, maar dat voelde niet goed. *Nog niet.*

Het duurde maar even voordat Ava een volgend bericht stuurde: *Kom vanavond langs. Ik doe de deur niet op slot.*

Meteen gevolgd door een tweede bericht: *Ik mis je, Wilde.*

Hij stopte de telefoon in zijn zak zonder te reageren. De boodschap zou Ava niet ontgaan, ook al vond hij het lafhartig om die op deze manier over te brengen.

Wilde sloop het bos uit. Hij liep voorovergebogen naar de voortuin van de buren. Niemand zag hem. Naomi's vader sprak nog een paar laatste woorden tegen Oren en sloeg toen met een knal de deur dicht. Een paar seconden bleef Oren Carmichael roerloos staan, alsof hij verwachtte dat de deur weer zou opengaan. Toen dat niet gebeurde, keerde hij zich om en liep hij naar zijn wagen. Daar werd hij opgewacht door een tweede politieman, veel jonger dan hijzelf.

'Hou de pers op afstand,' zei Carmichael.

'Goed, chef. Gaan we naar binnen?'

Oren Carmichael fronste zijn wenkbrauwen. 'Naar binnen?'

'U weet wel, om een huiszoeking te doen.'

'De vader zegt dat ze veilig is.'

'Maar die mevrouw op tv...'

'Wat ze op tv zeggen is geen bewijsmateriaal,' snauwde Carmichael. 'Hou de pers op afstand.'

'Ja, chef.'

Toen de agent uit het zicht verdween, achtte Wilde de kust veilig. Hij rechtte zijn rug en liep naar de auto. Omdat hij al genoeg situaties had meegemaakt waarbij de vingers jeukten om een trekker over te halen, riep hij op het moment dat hij meende dat Carmichael hem zou kunnen horen: 'Oren?'

Carmichael draaide zich om en fronste zijn wenkbrauwen toen hij Wilde zag. 'Wilde? Wat doe jij hier?'

'Wat heeft de vader over Naomi gezegd?'

'Dat is niet jouw zaak, is het wel?'

'Je weet toch dat hij tegen Hester heeft gelogen?'

Oren Carmichael zuchtte. 'Waarom heeft Hester jou hier in hemelsnaam bij betrokken.'

'De vader heeft Hester verteld dat Naomi bij haar moeder is.'

'En misschien is ze dat inderdaad.'

'Heeft hij dat net tegen je gezegd?'

'Hij zei dat ze veilig is en hij heeft me gevraagd haar privacy te respecteren.'

'En ga je dat doen?'

'Geen van beide ouders heeft aangifte gedaan van vermissing.'

'Dus?'

'Dus is het bijna middernacht. Wil je dat ik die deur intrap?'

'Naomi zou in gevaar kunnen zijn.'

'En nu denk je dat haar vader haar vermoord heeft of iets dergelijks?'

Wilde reageerde niet.

'Precies,' zei Oren, die er duidelijk genoeg van had. 'Dat meisje is al eerder van huis weggelopen. Weet je wat ik denk? Ik denk dat ze dat nu weer doet.'

'Misschien is het iets ergers.'

Oren stapte in zijn auto. 'Als dat zo is, zullen we er uiteindelijk wel achter komen.' Hij keek schuin omhoog vanuit de patrouillewagen. 'Ga naar huis, Wilde.'

Hij reed weg toen Wilde naar de bosrand liep. Achter de eerste boom bleef hij staan en trok hij een dun zwart masker over zijn hoofd. Alleen zijn ogen bleven zichtbaar. Hij had het altijd bij zich. Er waren zo langzamerhand meer beveiligingscamera's op de wereld dan mensen. Zo leek het tenminste. Je kon er maar beter op voorbereid zijn. En dus was Wilde, die geobsedeerd was door privacy in deze wereld zonder privacy, er altijd op voorbereid.

Toen Orens patrouillewagen niet meer te zien was, maakte Wilde een omtrekkende beweging om achter het huis van Naomi Pine te komen. Er brandde licht in de keuken, in een slaapkamer op de bovenverdieping en in de kelder. Toen hij nog klein was, had hij in talloze zomerhuizen en blokhutten ingebroken. Hij had geleerd om ze geruisloos te verkennen, ze van alle kanten te inspecteren, ook de oprit, zich op de hoogte te stellen van de buitenverlichting en erachter te komen of er iemand thuis was. Voor de inbraak zocht hij eerst naar deuren en ramen die niet op slot waren (het zal je verbazen dat het vaak niet ingewikkelder was dan dat) en pas daarna naar andere manieren om binnen te komen. Als de sloten te zwaar waren of het alarm te gecompliceerd, ging de jonge Wilde op zoek naar een ander huis. Zelfs als klein kind al was hij er een meester in om geen sporen van zijn aanwezigheid achter te laten. Als hij in een bed had geslapen, zorgde hij er de volgende ochtend voor dat hij het weer opmaakte. Als hij zich ter plekke van de voedselvoorraad bediende, of voedsel meenam, nam hij slechts bescheiden porties, zodat het de eigenaren niet zou opvallen dat er iets ontbrak.

Had iemand hem dat allemaal geleerd toen hij nog zo klein was dat hij er geen herinneringen aan had? Of waren dat door instincten in het leven geroepen vaardigheden? Hij wist het niet, maar als puntje bij paaltje komt, is de mens een dier, en een dier doet wat het moet doen om te overleven.

Waarschijnlijk was het zo eenvoudig.

De telefoon zoemde in zijn broekzak. Het was een door hem zelf ontworpen wegwerptoestel. Hij gebruikte alleen die toestellen en nooit langer dan een week of twee. 's Nachts zette hij het toestel uit. Hij hield het niet bij zich – hij wist dat je een telefoon kunt traceren, zelfs als hij uit staat – maar liet het meestal achter in een naast de weg begraven stalen kistje.

Het was Hester. 'Ben je bij Laila?'

'Nee.'

'Waar ben je dan?'

'Ik verken het huis waar Naomi Pine woont.'

'Heb je een plan?'

'Ja.'

'Vertel.'

'Jij wilt niet weten wat ik van plan ben,' zei hij.

Wilde beëindigde het gesprek en sloop dichter naar het huis toe. Bij veel huizen waren tegenwoordig buitenlampen met bewegingsmelders geïnstalleerd. Als dat hier ook zo was, zou hij zich domweg omdraaien en terugrennen naar de bossen. Dan zou er niets aan de hand zijn. Maar er floepte geen buitenlicht aan. Heel goed. Hij drukte zich tegen de buitenmuur. Hoe dichter hij bij de muur bleef, des te kleiner was de kans dat iemand hem zou zien.

Hij loerde door het keukenraam. Naomi's vader Bernard Pine zat aan de keukentafel met zijn telefoon te prutsen. Hij oogde nerveus. Wilde maakte een rondje om het huis en loerde naar binnen door alle ramen op de begane grond. Hij zag verder niemand. Overal was het even stil.

Wilde bukte zich en keek door de kelderramen. Voor alle ramen waren rolgordijnen omlaaggetrokken. Verduisteringsgordijnen. Slechts op één plek was een smalle kier waardoor licht naar buiten scheen.

Was er iemand beneden in die kelder?

Het kostte hem weinig moeite om naar de overstek van de bovenverdieping te klimmen. Hij vroeg zich weliswaar bezorgd af of de constructie zijn gewicht zou kunnen dragen, maar besloot het toch te wagen. Op de overloop scheen licht vanuit wat de slaapkamer van de vader leek. Wilde klauterde naar het raam op de hoek aan de achterkant, zette zijn handen als een kommetje tegen het glas en tuurde naar binnen.

Het enige licht in de kamer kwam van het beeldscherm van een computer waarop een patroon van dansende lijnen te zien was dat diende als screensaver. De muren waren leeg. Er hingen geen posters van zoetgevooisde hartenbrekende zangers of popgroepen. Ook voor het overige ontbraken alle puberclichés, op het lage bed vol knuffelbeesten na. Het waren er tientallen, misschien wel honderden, in alle groottes en kleuren, vooral veel beren, maar ook giraffen en apen en pinguïns en olifanten. Je kon je moeilijk voorstellen dat Naomi tussen al dat beestenspul zelf ook nog een plekje zou kunnen vinden. Het kon niet anders of ze moest er gewoon tussenin springen en zich een plek veroveren zoals een puppy in een nest jonge honden.

Naomi was enig kind, dus was Wilde er vrij zeker van dat dit haar slaapkamer was.

Het raam was vergrendeld met een raamboom. Standaardbeveiliging voor een raam op een bovenverdieping. De doorsnee inbreker klimt niet langs de muren omhoog om in te breken, maar Wilde was geen doorsnee inbreker. Hij haalde een kaart van celluloid uit zijn portemonnee. Beter dan een pinpas of creditcard. Flexibeler. Hij schoof hem tussen het raam en het kozijn door en duwde de hendel opzij om het raam te ontgrendelen. Het kon niet eenvoudiger. Vijf seconden later stond hij binnen.

En nu?

Een vluchtige inspectie van de klerenkast leverde een roze rugzak van het merk Fjällräven Kånken op, op de bovenste plank. Kleren waren netjes opgehangen, er waren geen lege klerenhangers. Of dat iets moest betekenen? Geen idee. De rugzak was leeg. Zou ze die niet hebben meegenomen als ze was weggelopen? Zouden er dan geen kleren ontbreken?

Geen overtuigende aanwijzingen, maar niettemin interessant.

Ooit was er een tijd geweest dat het zin zou hebben gehad om in de laden van een bureau, of onder het hoofdkussen of zelfs onder de matras te zoeken naar een dagboek, maar vandaag de dag verstopten pubers hun geheimen in techniek. Je zou natuurlijk een telefoon moeten doorzoeken, en dat gold niet alleen voor de jeugd van tegenwoordig, maar net zo goed voor volwassenen. De mensheid heeft elke schijn van privacy laten varen en uitgeleverd aan die apparatuur ten behoeve van, ja, van wat eigenlijk? Gemakzucht waarschijnlijk. Elektronische vriendschappen, altijd nog beter dan helemaal geen vriendschappen.

Maar dat was niets voor hem, al kon je nu ook weer niet beweren dat hij zo sterk was in echte vriendschappen.

Had de politie geprobeerd om Naomi's verblijfplaats te achterhalen door haar telefoon te pingen?

Misschien. Waarschijnlijk. Hoe dan ook, hij zou Hester vragen het te controleren.

Naomi's desktop stond aan. Hij verschoof de muis en was bang dat de computer beveiligd zou zijn met een wachtwoord, maar het scherm kwam zonder meer tot leven. Hij opende haar webbrowser en startte haar e-mailprogramma, waarvan gebruikersnaam en wachtwoord voor het gemak op de computer waren opgeslagen. Voor haar gebruikersnaam had ze de naam van een plaatselijke soulgroep aan haar eigen naam gekoppeld. Een beetje triest misschien. Hij wreef zich bijna in de handen dat hij zo gemakkelijk in haar e-mail kon komen en hoopte dat hij een goudader had aangeboord. Dat bleek niet het geval. De e-mail had niet onschuldiger kunnen zijn. Opdrachten voor huiswerk, reclame voor universiteiten, kortingsbonnen en aanbiedingen van The Gap en Target en winkels met namen die Wilde onbekend voorkwamen, zoals Forever21 en PacSun. Tieners communiceerden met tekstberichten, zo wist hij van Matthew, of gebruikten een app die ouders buiten de deur hield. Ze communiceerden niet via e-mail.

Hij hield even op met zoeken en luisterde een tijdje. Niets. Niemand kwam de trap op naar boven. Hij schoof de cursor over het scherm omhoog en klikte op de knop voor de browsergeschiedenis. Hij hoopte maar dat Naomi haar browsergeschiedenis niet onlangs nog had gewist.

De lijst werd weergegeven.

Ze had op eBay gezocht naar knuffels. Er waren koppelingen naar forums en Reddits met het verzamelen van knuffels als onderwerp. Wilde wierp een blik op de verzameling achter zich op het bed. De knuffels waren min of meer zorgvuldig gerangschikt. Meerdere beesten staarden hem aan. Hij liet het even door zijn gedachten gaan, hoe dit meisje, dat op school dag in, dag uit werd gepest, zich na schooltijd naar huis had gehaast en was weggevlucht van de beschimpingen en bespottingen, en zich had verstopt in deze eenzame, zelf gecreëerde beestenboel.

Die gedachten vervulden hem met woede.

Ze was haar hele leven gepest en vernederd. Als iemand nog iets verder ging, als iemand net die stap zette waardoor zij zich gedwongen voelde wanhopige…

Hij onderdrukte de gedachte en concentreerde zich weer op wat hem te doen stond. Hij droeg nog altijd het masker. Mocht Bernard Pine toevallig de trap op lopen en hem betrappen, wat niet erg waarschijnlijk was, dan zou Wilde langs hem naar beneden stormen en het huis uit rennen. Er zou geen enkel aanknopingspunt zijn om hem te identificeren. Lengte en gewicht? Een meter tachtig, drieëntachtig kilo. Daar konden ze niets mee.

Bingo! Prijs.

Naomi had gezocht op klasgenoten. Een stuk of zes, zeven, maar twee namen vielen meteen op. De ene was Matthew. De andere was Crash Maynard. Het waren snelle, oppervlakkige zoekopdrachten geweest naar Matthew en zijn klasgenoten. Had dat iets te betekenen? Of deden pubers dat voortdurend? Je komt iemand tegen die je niet kent en gaat online naar hem op zoek. Natuurlijk kende Naomi haar klasgenoten al jaren. Ze was samen met hen opgegroeid, ze had bij hen op school gezeten, ze was door hen gepest en te kijk gezet.

Dus waarom nu?

Hij liet zijn ogen over de rest van de zoekopdrachten gaan. Er was weinig opvallends tussen, met uitzondering misschien van een zoekopdracht die uit twee woorden bestond, onmiddellijk gevolgd door een tweede van drie woorden:

challenge game
challenge game missing

Hij concentreerde zich op het woord *missing. Vermist.*

Hij klikte op de koppelingen. Hij begon te lezen. De moed zonk hem in de schoenen. Hij was misschien halverwege toen hij opschrok door een geluid.

Voetstappen.

Niet dichtbij. Geen voetstappen die zijn kant op kwamen. Dat maakte het vreemd. Er was niemand anders in huis dan Bernard Pine en die was in de keuken. Maar de voetstappen kwamen niet uit de keuken. Nu hij erover nadacht, realiseerde hij zich dat hij alle tijd die hij al in het huis had doorgebracht, geen enkel geluid van beneden had gehoord.

De voetstappen klonken gedempt. Ze kwamen wel uit het huis, maar...

Wilde sloot de browser af en sloop door de kamer de overloop op. Hij keek langs de trap naar beneden. De voetstappen klonken luider. Wilde hoorde nu ook een stem. Het klonk als Bernard Pine. Tegen wie praatte hij? Wilde kon niet verstaan wat er werd gezegd. Hij sloop dichter naar de trap om beter te kunnen luisteren.

De deur onderaan de trap vloog open.

De deur naar de kelder.

Wilde sprong achteruit. De stem klonk nu helder en was gemakkelijk te verstaan.

'Het was goddomme in het nieuws! En die vrouw is hier ook geweest. Hoe bedoel je, wie? Die advocaat van tv, die vrouw die erover begon op tv.'

Bernard Pine deed de kelderdeur achter zich dicht.

'De politie was hier net. Ja, de chef zelf, Carmichael, stond voor de deur. Waarschijnlijk staan ze nog steeds...'

Wilde stond met zijn rug tegen de muur gedrukt, maar waagde het een keer te kijken. Bernard Pine stond met een mobiele telefoon in zijn ene hand bij het raam en duwde met zijn andere hand het gordijn opzij om naar buiten te kijken, naar de straat.

'Ik zie ze nu niet, nee. Maar ik kan niet... Ik bedoel, Carmichael staat misschien wel om de hoek te gluren. Er stonden ook busjes van tv-zenders... Waarschijnlijk houden ze ons in de gaten.'

Ons? dacht Wilde.

Tenzij Pine zichzelf koninklijk achtte, betekende 'ons' meer dan één persoon. Maar Wilde had het huis verkend en niet meer gezien dan één persoon. Bernard Pine. Als er nog iemand anders was, kon die maar op één plaats zijn.

De kelder.

'Ja, Larry, ik weet dat je hebt gezegd dat ik dit niet moest doen, maar ik vond dat ik geen keuze had. Ik wil niet gepakt worden. Dat is het enige waar het nu om gaat.'

Pine haastte zich ineens naar de trap. Wilde stond nog altijd op de overloop met zijn rug tegen de muur. Pine nam de trap met twee treden tegelijk. Wilde vertrouwde op zijn reflexen, dook Naomi's kamer in en rolde naar een hoek. Pine passeerde hem op de overloop zonder ook maar een enkele blik in de kamer van zijn dochter te werpen.

De kelder, dacht Wilde.

Hij wachtte niet lang. Meteen nadat Pine de kamer voorbij was en zijn eigen slaapkamer in gelopen was, kwam Wilde uit Naomi's kamer tevoorschijn. Hij sloop op de bal van zijn voeten – niet op de tenen, met de tenen maak je lawaai – de trap af. Hij draaide naar rechts, naar de kelderdeur. Hij probeerde de deurkruk.

Hij deed stil de kelderdeur open, stapte over de drempel en sloot de deur weer achter zich.

Onderaan de trap zag hij een flauw licht. Wilde kon kiezen. Hij kon voorzichtig de trap afdalen en naar wat hij dan ook maar zou aantreffen sluipen. Maar hij kon ook domweg de trap aflopen.

Hij koos voor het laatste.

Hij trok het masker van zijn hoofd en liep de trap af zonder iets te verbergen. Hij haastte zich niet en hij talmde niet. Onderaan de trap keerde hij zich naar het licht.

Naomi deed haar mond open.

'Niet gillen,' zei Wilde. 'Ik kom je helpen.'

11

De kelder was goedkoop afgewerkt. De betonwanden waren beplakt met vinylbehang met een houtprint. De bank was een tweedehands slaapbank die nu was uitgeklapt tot een smal tweepersoonsbed.

Een leger van knuffels bezette elke vierkante centimeter van het bed.

Naomi Pine zat op de armleuning met afhangende schouders en keek omlaag, zodat haar haar als een kralengordijn voor haar gezicht hing. Ze was niet mager, wat in hedendaagse termen neerkwam op overgewicht, maar daar had Wilde geen verstand van. Ze was niet mooi, maar ook niet lelijk, en hoewel je natuurlijk altijd moet zeggen dat het uiterlijk er niet toe doet, was het tegenovergestelde waar. In de echte wereld telt het hoe je eruitziet, zeker in de wereld van de puberteit. Dus keek Wilde naar haar, naar haar hele wezen, en het liet hem niet onberoerd. Eerlijk gezegd, als hij een objectief oordeel moest geven, wat natuurlijk niet zo gemakkelijk was, want misschien werd hij wel beïnvloed door wat hij van haar verleden wist, vond hij dat Naomi Pine vooral op hem overkwam als een gemakkelijk doelwit. Dat was wat ze uitstraalde. Er zijn mensen die er dom uitzien, of sterk, of wreed of zwak of dapper, of wat dan ook. Naomi zag eruit alsof ze permanent een beetje in elkaar kromp, alsof ze aan één stuk door aan de wereld vroeg om haar niet te hard te slaan, wat gold als een uitnodiging om alle remmen los te gooien.

'Ik ken jou,' zei Naomi. 'Jij bent het wolfskind.'

Niet echt honderd procent correct. Of misschien niet up-to-date.

'Jij heet toch Wilde?'

'Ja.'

'Je bent onze boeman, wist je dat?'

Wilde zei niets.

'Zeg maar, dat ouders tegen hun kinderen zeggen dat ze niet in het bos moeten gaan spelen omdat ze dan worden gepakt door de wilde, of zo. En wanneer kinderen elkaar spookverhalen vertellen om elkaar bang te maken, dan gaan die verhalen zeg maar altijd over jou.'

'Fantastisch,' zei Wilde. 'Ben jij bang voor mij?'

'Nee.'

'Waarom niet?'

'Ik voel me verwant met buitenstaanders,' zei ze.

Hij probeerde te glimlachen. 'Ik ook.'

'Heb je ooit *Spaar de spotvogel* gelezen?' vroeg ze hem.

'Ja.'

'Jij bent net als Boo Radley.'

'Dan ben jij zeker net als Scout.'

'Ja, precies.' Naomi rolde met haar ogen en het sneed hem opnieuw door de ziel.

'Wie is Larry? Ik hoorde je vader net aan de telefoon.'

'Dat is mijn oom die in Chicago woont.' Naomi liet haar hoofd weer zakken. 'Ga je het zeggen?'

'Nee.'

'Dus je gaat gewoon weer weg?'

'Als je dat wilt.' Wilde deed een paar passen in haar richting en probeerde zijn stem zo zacht te laten klinken als hij maar kon. 'De *Challenge*,' zei hij.

Naomi keek op. 'Hoe weet jij dat?'

Hij had het gezien op haar computer, maar hij herinnerde zich ook dat hij er een paar jaar eerder een artikel over had gelezen in de krant.

Toen hadden ze het de *48-Hour-Challenge* genoemd. Het bestaan ervan was later als een broodjeaapverhaal bestempeld. Het was een wreed soort online game. Pubers doken onder zodat hun ouders in paniek raakten en dachten dat hun kind was gekidnapt – of erger. Hoe langer je zoek was, des te meer punten scoorde je.

'Dat is niet belangrijk,' zei Wilde. 'Deed jij een Challenge?'

'Ik begrijp het nog steeds niet. Waarom ben jij hier?'

'Ik was naar jou op zoek.'

'Waarom?'

Hij aarzelde. Ach, waarom ook niet, dacht hij. 'Matthew Crimstein.'

Misschien glimlachte ze. 'Tuurlijk.'

'Tuurlijk wat?'

'Hij voelt zich waarschijnlijk schuldig. Zeg maar dat dat niet hoeft.'

'Oké.'

'Hij wil er ook gewoon bij horen.'

Wilde hoorde gestommel boven zijn hoofd. Ongetwijfeld Naomi's vader. 'Wat is er gebeurd, Naomi?'

'Lees jij wel eens zelfhulpboeken?'

'Nee.'

'Ik wel. De hele tijd. Mijn leven...' Ze viel stil, slikte en schudde haar hoofd. 'Hoe dan ook. Ze hebben het er altijd over dat je kleine dingetjes moet veranderen. Die zelfhulpboeken. Dat heb ik geprobeerd. Dat werkt niet. Ze hebben nog steeds allemaal een hekel aan me. Weet je hoe dat voelt? Dat je iedere dag alles in je in opstand voelt komen, dat alles in je in de knoop raakt, omdat je bang bent om naar school te gaan?'

'Nee,' zei Wilde. 'Maar dat moet klote zijn.'

Dat antwoord beviel haar. 'Inderdaad. Heel erg. Maar ik wil niet dat je medelijden met me krijgt, oké?'

'Oké.'

'Beloofd?'

Hij legde zijn rechterhand op zijn hart.

'Hoe dan ook,' zei Naomi. 'Ik besloot om ervoor te gaan.'

'Waarvoor?'

'Verandering.' Haar gezicht begon te stralen. 'Alles anders. Eén grote stap, één keer iets heel groots, zodat ik mijn verleden als loser kwijt zou raken en opnieuw kon beginnen. Snap je dat?'

Wilde zei niets.

'Dus, ja... Ik heb de Challenge gedaan. Ik ben verdwenen. In het begin heb ik me in de bossen verstopt.' Ze slaagde erin te glimlachen. 'Ik was helemaal niet bang voor jou.'

Hij glimlachte op zijn beurt naar haar.

'Dat heb ik twee dagen volgehouden.'

'Was het zwaar?'

'Nee, ik vond het wel leuk eigenlijk. Daar in mijn eentje. Dat begrijp je misschien wel.'

'Ja.'

'Shit, jij begrijpt het natuurlijk beter dan wie ook,' zei ze. 'Het was alsof ik ontsnapt was, een opluchting. Maar mijn vader, nou ja, hij weet ook niet hoe hij ermee... Met mij, zeg maar, omdat ik een loser ben...'

'Jij bent geen loser.'

Naomi keek hem aan met een blik die duidelijk maakte dat hij haar als een klein kind behandelde en dat dat haar teleurstelde. Hij stak verontschuldigend een hand op.

'Hoe dan ook, het is niet zijn schuld. Dit allemaal. Maar hij maakt het ook niet beter, snap je wat ik bedoel?'

'Ik geloof het wel.'

'Dus toen ik twee dagen weg was, begon hij whatsappjes te sturen. Dat hij naar de politie zou gaan, maar dat hoort dus bij de game. Maar bovendien... Ik was bang dat hij te veel zou gaan drinken. Hoe dan ook, dat wilde ik niet. Dus ben ik weer naar huis gegaan, ook al wist ik dat achtenveertig uur niet genoeg was. En toen heb ik mijn vader verteld wat ik aan het doen was.'

Wilde hoorde nu voetstappen boven zijn hoofd. Hij draaide zich niet om en maakte zich geen zorgen. 'En toen is je vader je gaan helpen?'

'Hij snapte het meteen. Hij vindt ook dat ik een loser ben.' Naomi stak afwerend een hand op. 'Niet zeggen.'

'Oké.'

'Ik wil er, zeg maar, alleen maar bij horen. Indruk op ze maken.'

'Met ze bedoel je Crash Maynard?'

'Crash, Kyle, Sutton, allemaal.'

Het lag Wilde op de lippen om een preekje te houden over hoe onverstandig het was om te proberen indruk te maken op pestkoppen en dat je juist nooit moest proberen erbij te horen, dat je jezelf moest zijn, dat je moest vasthouden aan je principes en dat je je moest verzetten tegen pesterij – maar dat had Naomi natuurlijk allemaal al heel vaak gehoord en ze zou alleen maar vinden dat hij haar als een klein kind behandelde. Naomi wist beter wat er allemaal speelde dan hij ooit zou begrijpen. Ze had er van dag tot dag middenin gestaan. Hij niet. Ze had gehoopt dat ze haar 'cool' zouden vinden als ze de Challenge deed, en wie weet, misschien was het haar gelukt. Misschien zouden Crash en consorten onder de indruk zijn als ze weer opdook. Misschien zou dan alles anders worden voor haar.

Wie was hij eigenlijk om haar te vertellen dat het niet zou werken?

'Mijn vader kwam op het idee. Dat ik me hier in de kelder kon verstoppen. Dan zou hij net doen alsof hij zich zorgen maakte.'

'Maar toen kwam de politie echt opdagen.'

'Precies. Daar hadden we niet op gerekend. En hij kan niet zeggen wat er echt aan de hand is. Stel je eens voor als het uitkomt – wat hij heeft gedaan, wat ik heb gedaan. Ik bedoel, ze maken me af op school. Dus hij wordt nu helemaal gek.'

De kelderdeur ging open. Bernard Pine stond bovenaan de trap. 'Naomi?'

'Het is oké, pap.'

'Met wie praat je, schatje?'

Naomi glimlachte nu breed. 'Met een vriend.'

Wilde knikte. Hij wilde vragen of hij iets zou kunnen doen, maar hij wist het antwoord al. Hij liep naar de keldertrap.

Bernard Pine zette grote ogen op toen hij Wilde zag. 'Wel godver, wie...'

'Ik zou net weer vertrekken,' zei Wilde.

'Hoe ben jij...?'

'Het is oké, pap,' zei Naomi.

Wilde liep de trap op. Toen hij langs Bernard Pine liep, stak hij zijn hand uit. Pine nam de handdruk aan. Wilde gaf hem een visitekaartje. Geen naam, alleen een telefoonnummer.

'Als ik kan helpen...' zei Wilde.

Pine wierp een blik naar de ramen aan de straatkant. 'De politie kan je misschien zien.'

Wilde schudde zijn hoofd en liep in de richting van de achterdeur. Hij had zijn masker in de hand. 'Dat zal niet gebeuren.'

Een minuut later hadden de bossen Wilde weer opgeslokt.

Op weg naar Laila belde Wilde Hester.

'Met Naomi is alles oké.'

Hij vertelde het verhaal.

Toen hij uitgesproken was, riep Hester: 'Neem je me in de maling?'

'Het is goed nieuws, zou ik denken,' zei hij. 'Ze is veilig.'

'O, fantastisch, heel fijn, ze is veilig, falderalderiere. Maar misschien is het je ontgaan dat ik net op tv heb verteld dat er een puber wordt vermist. En jij vertelt me nu dat ze gewoon thuis in de kelder zit. Dat maakt mij compleet belachelijk.'

'Ah,' zei Wilde.

'Ah?'

'Meer kan ik er niet van zeggen. Ah.'

'Terwijl mijn reputatie naar de kloten is. Voortaan moet ik het dus enkel van mijn aantrekkelijke uiterlijk hebben.'

'Het komt wel weer goed, Hester.'

Ze zuchtte. 'Ja... ik weet het. Ga je nu naar Laila?'

'Ja.'

'En dan vertel je het aan Matthew?'

'Ik ga hem genoeg vertellen om hem gerust te stellen.'

'En daarna ga je naar bed met Laila?'

Hij reageerde niet.

'Sorry,' zei ze.

'Ga maar lekker slapen, Hester.'

'Jij ook, Wilde.'

De dag daarop was Naomi terug op school. Ze hoopte dat ze haar niet te veel vragen zouden stellen. Maar dat gebeurde wel. Haar verhaal stortte al snel in en de waarheid – dat ze 'vals had gespeeld' bij de 48-Hour-Challenge – kwam aan het licht.

Het schoolleven van Naomi was voor die tijd een hel geweest. Nu werd het een hel verheven tot de tiende macht.

Een week later was Naomi opnieuw zoek.

Iedereen ging ervan uit dat ze was weggelopen.

Nog vier dagen later werd een afgesneden vinger gevonden.

DEEL 2

12

EEN WEEK LATER

Een auto draaide zijn geheime weggetje op.

Dat wist Wilde, omdat hij een rubberen draad met een sensor over het pad had gelegd – een constructie die bij veel tankstations een bel doet rinkelen als er een klant is. Heel ouderwets maar in die omgeving veel effectiever dan bewegingsmelders die reageerden op allerlei dieren; het alarm zou dan de hele dag door afgaan. De sensor in de rubberdraad reageerde alleen op iets zwaars als een auto.

Hij had naar het kleine scherm van zijn computer zitten staren, waarop de tekst van een e-mailbericht werd weergegeven met als onderwerp de schreeuwerige tekst 'HET RESULTAAT VAN UW DNA-ONDERZOEK IS BEKEND!', toen het alarm de melding op zijn scherm zette dat er iemand in aantocht was. Wilde had zitten dubben of hij op de link in de e-mail moest klikken of slapende honden met rust moest laten, net zo goed als hij in een eerder stadium had zitten dubben of hij sowieso een verwantschapsonderzoek moest doen, of hij wel deze weg naar een ongetwijfeld duistere toekomst in wilde slaan. Uiteindelijk had hij zijn DNA onder pseudoniem opgestuurd. Dat leek hem wel veilig. Hij hoefde natuurlijk niet naar de resultaten te kijken. Hij kon ze ook lekker achter die link laten zitten.

Er waren genoeg mensen die zich afvroegen waarom Wilde zo lang had gewacht, waarom hij die voor de hand liggende stap nog niet had gezet. Nu er bedrijven waren als 23andMe en Ancestry-dot-com die continu adverteerden dat ze honderden, zo niet duizenden klanten weer in contact hadden gebracht met verloren gewaande familieleden, zou je toch verwachten dat Wilde aan de hand van wat wangslijm ook zijn eigen verborgen geschiedenis zou proberen te achterhalen? Op het eerste gezicht zou je natuurlijk 'ja' zeggen, maar toen hij er langer over nadacht, toen hij het van alle kanten bekeek, was Wilde er niet meer zo zeker van dat hij dat wel wilde.

Moest hij, een man die ervan hield om zich af te zonderen, een man die werkelijk geen band kon opbouwen met de meeste mensen, de deur openzetten voor vreemden die hem konden claimen als bloedverwant en van hem verwachten dat hij ze zou toelaten in zijn leven?

Wilde hij dat?

Wat kon kennis van zijn verleden hem eigenlijk voor goeds brengen?

De rubberdraad stelde de rest van het geavanceerde alarmeringssysteem in werking. Meestal, in elk geval tot een paar jaar geleden, was het een vergissing als een auto zijn pad op draaide. Op het verkeerde moment afgeslagen. Wilde had, specifiek met dergelijke vergissingen in gedachten, meteen na het begin van het pad een stuk bos gekapt om automobilisten de mogelijkheid te geven om te keren en terug te rijden naar de weg. Nu de vegetatie echter veel wilder was geworden, was het begin van het pad vanaf de weg bijna niet meer te zien, zodat nog maar zelden iemand zich vergiste.

Toch gebeurde het nog wel. Dat zou ook nu het geval kunnen zijn.

Toen echter de tweede en daarna de derde bewegingsmelder alarm sloegen, was het duidelijk dat deze auto niet van plan was om te keren. Dat betekende dat iemand op zoek was naar hem.

Wilde woonde in een Ecocapsule, een op maat gemaakt eivormig onderkomen. De Ecocapsule was een tiny house, een ecologisch verantwoorde compacte caravan – zij het zonder wielen – ontwikkeld door een vriend uit Slowakije die hij had leren kennen toen hij in de Golf was gelegerd. De constructie had nog het meeste weg van een enorm dinosaurusei, al had Wilde zijn exemplaar met vijf kleuren matte verf gecamoufleerd om hem verborgen te houden. Het totaal aan woonruimte was gering, niet meer dan zesenhalve vierkante meter in één ruimte, maar daarin was alles ondergebracht wat Wilde nodig had. Een minikeukentje met een kookplaat en een klein koelkastje, een volwaardige badkamer met waterbesparende kraan en douchekop en een verbrandingstoilet dat uitwerpselen tot as reduceerde. Al het meubilair was geïntegreerd – tafel, kasten, bergruimte, een opklapbed, bruikbaar als een- of tweepersoonsbed – allemaal gemaakt van lichtgewicht sandwichpanelen met honingraatstructuren, afgewerkt met een essenhouten fineer. De eivormige buitenwand bestond uit geïsoleerde lagen glasvezel over een stalen frame.

De Ecocapsule was – geen enkele reden om daar doekjes om te winden – supercool.

Ongetwijfeld zouden er mensen zijn die Wilde zouden wegzetten als een eco-freak of een extremist. Dat was hij beslist niet. De capsule bood hem privacy en veiligheid en was volledig zelfvoorzienend. Op het dak lagen zonnepanelen, en als hij meer elektriciteit nodig had, kon hij een kleine windturbine op het dak inschakelen. De eivorm maakte het gemakkelijk om regenwater op te vangen, maar mocht er een gebrek aan water ontstaan tijdens een periode van droogte, dan kon Wilde water tanken uit elke denkbare bron – meer, rivier, tuinslang, enzovoort. Het water werd gezuiverd met behulp van filters die werkten volgens het principe van omgekeerde osmose, en ultraviolet licht, waarna het bruikbaar was als drinkwater. De opslagtank en de boiler waren toereikend voor één bewoner, al gaf Wilde grif toe dat hij intens kon genieten van de jet-douchekop en schier onbeperkte voorraad warm water bij Laila thuis.

Er was geen wasmachine, geen droger, geen magnetron en geen tv in de Ecocapsule. Wilde miste ze niet. Zijn enige elektronische behoefte bestond uit een laptop en een telefoon. Beide kon hij zonder moeite opladen. Er waren geen thermostaten, geen lichtschakelaars – al die functies werden overgenomen door de smarthome-app.

Het was bovendien eenvoudig om de capsule op een aanhangwagen te zetten en te verplaatsen, iets wat Wilde om de paar weken of maanden deed, ook al betrof het soms een verplaatsing van maar een paar honderd meter. Waarschijnlijk was het overdreven om zijn huis zo vaak te verplaatsen, maar als het te lang op dezelfde plaats bleef, kreeg Wilde het gevoel dat de capsule (en dus hij zelf misschien ook?) wortel zou schieten.

Dat vond hij een verontrustende gedachte.

Op dit moment stond Wilde bij de vleugeldeur van de capsule, geplaagd door gedachten aan het DNA-onderzoek. De sensoren en camera's van zijn beveiligingssysteem, stuk voor stuk gevoed met zonne-energie, verzorgden een livestream van beelden naar zijn beeldscherm. Hij zag de auto – een rode Audi A6 – stoppen. Het portier aan de bestuurderskant ging open. Een man tuimelde min of meer naar buiten en moest moeite doen om zich op te richten en zijn evenwicht te vinden. Wilde herkende hem. Ze hadden elkaar één keer eerder ontmoet.

Bernard Pine, de vader van Naomi.

'Wilde?'

Wilde hoorde hem dankzij de microfoons die hij daar had geïnstalleerd. Hij was nog te ver weg om hem zonder elektronische versterking te horen. Hij haastte zich over het pad naar de weg, een afstand van bijna een halve kilometer. In de capsule had hij een pistool – een standaard Beretta M9 zoals ze die in het leger gebruikten – maar het leek hem niet nodig dat mee te nemen. Hij hield niet van wapens en hij was een matige schutter. Hij was die avond bij Maynard Manor, toen hij Dreadlocks zijn pistool afhandig had gemaakt, maar al te blij geweest dat hij het wapen niet had hoeven gebruiken, niet zozeer omdat hij er moeite mee had om iemand te verwonden, maar omdat je zijn vaardigheid met wapens op zijn minst bedenkelijk moest noemen.

Wilde naderde Pine geruisloos van achteren.

'Wat is er?'

Pine schrok en keerde zich snel om. Wilde vroeg zich af hoe Pine te weten was gekomen waar hij hem moest zoeken, maar eigenlijk was dat nu ook weer niet een groot geheim. Als je Wilde nodig had, ging je naar deze plek. Dat wisten de mensen.

'Ik heb je hulp nodig,' zei Pine.

Wilde wachtte.

'Ze is weer zoek,' zei Pine. 'Naomi, bedoel ik. Dit keer is ze niet weggelopen.'

'Heb je de politie ingelicht?'

'Ja.'

'En?'

Pine rolde met zijn ogen. 'Wat denk je?'

Ze dachten natuurlijk dat ze weer eens was weggelopen. Die zo rampzalig verlopen Challenge, waarbij ze was betrapt op valsspelen, had de pestkoppen op school alleen maar aangemoedigd haar nog erger te grazen te nemen. Naomi was nog neerslachtiger geworden. De politie was vanzelfsprekend terughoudend omdat ze al eerder voor vals alarm had gezorgd.

'Ik wil je betalen,' zei Pine. 'Ik heb gehoord...' Hij viel stil.

'Wat heb je gehoord?'

'Dat jij dit soort werk doet, dat je een soort superdetective bent geweest.'

Dat was nogal overdreven. Wilde was de W geweest van het beveiligingsbedrijf CRAW, met als specialiteit beveiliging en bescherming in het buitenland. Vanwege zijn uitzonderlijke status – en omdat niemand ooit zelfs ook maar een geboorteakte van hem zou kunnen vinden – deed hij de zaken die het gevoeligst waren en maximale geheimhouding vereisten. Toen hij genoeg geld had verdiend, was hij met het dagelijkse werk gestopt, al was hij wel een stille partner gebleven van CRAW, die 'officieel' werkzaamheden verrichtte in de schimmige wereld van de consulting.

'Ze is niet weggelopen,' herhaalde Pine.

Hij sprak moeizaam. Hij straalde honderd procent 'even een borrel na het werk' uit. Bloeddoorlopen ogen, een kreukelig shirt, losgetrokken stropdas.

'Waarom denk je dat?'

Daar dacht Pine even over na. 'Zou je overtuigd zijn als ik zeg dat een vader zoiets gewoon weet?'

'In het geheel niet.'

'Ze is ontvoerd.'

'Door?'

'Ik heb geen idee.'

'Is er iets wat erop zou kunnen wijzen dat ze je voor de gek houdt?'

'Zij mij voor de gek houden?' Pine fronste zijn wenkbrauwen. 'Meen je dat?'

'Zijn er aanwijzingen dat ze is ontvoerd?'

'Ik heb het tegendeel van aanwijzingen.'

'Hoe bedoel je?'

Bernard Pine spreidde zijn vingers en glimlachte gluiperig. 'Nou, ze is immers niet hier, of wel?'

'Ik geloof niet dat ik je kan helpen.'

'Omdat ik niet kan bewijzen dat ze ontvoerd is?'

Pine deed een wankele stap in de richting van Wilde, alsof hij hem wilde aanvallen. Wilde deed op zijn beurt een stap achteruit. Pine hervond zijn evenwicht en stak verontschuldigend een hand op. 'Luister, Wilde, of hoe ze je ook maar mogen noemen, laten we er eens op jouw manier naar kijken. Laten we zeggen dat Naomi is weggelopen. Als dat zo is, is ze daar ergens helemaal alleen.' Hij spreidde beide armen en draaide om zijn as, kennelijk om aan te geven dat ze ergens in deze bossen zou kunnen zijn. 'Die neanderthalers bij haar op school hebben haar het leven zo zuur gemaakt dat ze nu doodsbang is en... en... iemand moet haar vinden.'

Het kostte Wilde moeite om het toe te geven, maar dat was een steekhoudend verhaal.

'Wil je me helpen? Nee wacht, niet mij. Je hebt Naomi ontmoet. Ik kon zien dat jullie een klik hadden. Wil je Naomi helpen?'

Wilde hield zijn hand op. 'Geef me je autosleutels.'

'Hè?'

'Ik breng je naar huis. Onderweg kun je me alles vertellen wat je weet.'

13

Hester probeerde zich te concentreren, maar ze voelde zich even wispelturig als een verliefde bakvis.

De gast in haar praatprogramma *Crimstein en Criminelen* was de beroemde activist annex advocaat Saul Strauss. Het onderwerp van het gesprek was, zoals zo ongeveer in alle praatprogramma's van dat moment, de verkiezingscampagne van de hemelbestormende presidentskandidaat Rusty Eggers, de zelfhulpgoeroe die niet van de tv te slaan was, de man met het nogal schimmige verleden.

Maar terwijl ze het reclameblok aankondigde, was ze in gedachten bij het bericht dat ze net had ontvangen van Oren Carmichael: *Ik weet dat je uitzending zo begint, maar kan ik naar je toe komen om met je te praten als die is afgelopen?*

Ze had impulsief – man, ze was veel te oud voor dit soort lichtzinnige onzin – met ja geantwoord en dat ze zou doorgeven dat ze hem bij de receptie moesten doorlaten en dat hij welkom was wanneer hij maar wilde komen. Ze had aan het einde van het bericht bijna nog zo'n emoji toegevoegd, zo'n hartje of een smiley, maar een laatste restje gezond verstand had haar daarvan weerhouden.

Maar toch.

Na de reclame introduceerde Hester haar gast via de autocue: zoon van een traditionele Republikeinse senator uit Vermont, gediend in het leger, afgestudeerd aan Brown University, gedoceerd aan de faculteit Rechten van Columbia University en nu onvermoeibaar voorvechter van de rechten van de vertrapten, de minderbedeelden, het milieu, dierenrechten... kortom, iemand die geen benadeelde medemens kon tegenkomen zonder zich met hart en ziel voor hem in te zetten.

'Voor alle duidelijkheid,' zei Hester – ze ging recht op haar doel af – 'je klaagt de makers van *The Rusty Show* aan, maar Rusty Eggers zelf niet. Klopt dat?'

Hester schatte dat Saul Strauss net in de zestig was. Hij vertoonde alle stereotiepe kenmerken van iemand die aan de universiteit doceerde in een van de niet exacte wetenschappen – lang, grijs haar in een paardenstaart op zijn rug, een chic katoenen overhemd onder een sportief donkeroranje colbertje inclusief elleboogstukken, een gezichtsbeharing die het midden hield tussen die van Amish en wat trendy was, een leesbril die op zijn borst bungelde aan een kettinkje om zijn nek – maar ongeacht hoe hij zijn best deed het te verbergen, onder de vermomming herkende Hester de stalen gehardheid van een marinier.

'Precies. Ik vertegenwoordig een van de sponsoren van *The Rusty Show* die zich er terecht op beroept dat hem beloften zijn gedaan die niet worden waargemaakt.'

'Welke sponsor?'

Strauss' kolenschoppen van handen lagen voor hem op de tafel, vingers als rookworsten. De vorige keer dat Hester hem in haar programma had ontvangen, had ze even een hand op zijn onderarm gelegd. Die had aangevoeld als een blok marmer.

'We hebben de rechter gevraagd om vooralsnog de naam van mijn cliënt niet vrij te geven.'

'Maar de aanklacht is fraude?'

'Ja.'

'Leg dat eens uit.'

'Kort samengevat zijn we van mening dat *The Rusty Show* mijn cliënt en andere adverteerders heeft benadeeld door opzettelijk informatie achter te houden die schadelijk kan zijn voor hun merknaam.'

'Wat voor informatie?'

'Dat is vooralsnog onduidelijk.'

'Maar hoe kun je dan een rechtszaak beginnen?'

'Mijn cliënt heeft in goed vertrouwen de naam van het bedrijf geassocieerd met Rusty Eggers en diens show. We zijn van mening dat zowel de tv-zender als Dash Maynard toen...'

'Dash Maynard is de producent van *The Rusty Show*?'

Saul Strauss grinnikte. 'O, Dash Maynard is veel meer. Rusty en hij zijn vrienden van vroeger. Maynard heeft de show gecreëerd en hij heeft de nepfiguur gecreëerd die wij nu kennen als Rusty Eggers.'

Ze overwoog in te gaan op de omschrijving 'nepfiguur', maar bedacht dat dat later nog wel kon. 'Oké, mooi, maar ik begrijp de aanklacht nog steeds niet.'

'Dash Maynard heeft informatie die belastend is voor Rusty Eggers...'

'En hoe weet jij dat?'

'... en door die belastende informatie achter te houden, ondanks alle geheimhoudingsovereenkomsten die zijn getekend, wist Dash Maynard dat hij reclame verkocht voor een show die elk moment kon exploderen en de merknaam van mijn cliënt schade kon berokkenen.'

'Maar dat is niet gebeurd.'

'Nog niet, nee.'

'*The Rusty Show* wordt zelfs niet meer uitgezonden. Rusty Eggers is nu een van de grote kanshebbers om de volgende president van de Verenigde Staten te worden.'

'Precies, daar gaat het om. Nu hij zich kandidaat heeft gesteld voor het presidentschap, gaat iedereen des te dieper graven. Als de belastende tapes van Dash Maynard worden vrijgegeven...'

'Wacht even, heb je enig bewijs dat die tapes bestaan?'

‘… zal het bedrijf van mijn cliënt ernstige en mogelijk onherstelbare schade oplopen.’

‘Omdat het *The Rusty Show* heeft gesponsord?’

‘Natuurlijk.’

‘Dus kortom, je stapt naar de rechter vanwege fraude die niet is gepleegd en waarvan je niet kunt aantonen dat die is gebaseerd op iets waarvan je het bestaan niet kent, en waarvan je niet weet, als dat wel het geval mocht zijn, op welke manier het je cliënt zou schaden, áls het je cliënt al zou schaden. Dat is het wel zo ongeveer?’

Dat viel bij Strauss niet in goede aarde. ‘Nee, dat…’

‘Saul?’

‘Ja?’

Hester boog zich naar hem toe. ‘Deze rechtszaak is flauwekul.’

Strauss schraapte zijn keel. Hij balde zijn vuisten. ‘De rechter heeft de zaak ontvankelijk verklaard.’

‘Maar dat zal niet lang duren. Dat weten we allebei. Kunnen we even eerlijk zijn? Even onder ons? Dit is een onnozele rechtszaak die alleen is bedoeld om aandacht te trekken en Dash Maynard onder druk te zetten om tapes vrij te geven die Rusty Eggers in verlegenheid zouden kunnen brengen met als gevolg een ontspoorde campagne.’

‘Nee, nee, dat is absoluut niet het geval.’

‘Steun jij Rusty Eggers?’

‘Wat? Nee.’

‘Inderdaad.’ De oneliner waar Hester op aanstuurde, verscheen op de autocue. ‘Jij hebt gezegd: “Rusty Eggers moet koste wat het kost worden tegengehouden. Hij is een ontspoorde nihilist die onvoorstelbare rampen over ons af kan roepen. Hij aast erop de wereldorde omver te werpen, ook als dat miljoenen levens kost.”’ Hester keerde zich naar Strauss. ‘Dat heb jij toch gezegd?’

‘Ja.’

‘En geloof je dat ook?’

‘Jij niet?’

Hester was niet van plan zich daarin mee te laten slepen. 'En dus vind jij dat Dash Maynard als hij iets heeft wat belastend kan zijn voor Rusty Eggers, dat openbaar moet maken.'

'Natuurlijk moet dat,' zei Strauss alsof niets op de wereld meer voor de hand lag dan dat. 'We brengen onze stem uit op een man die de machtigste positie op aarde krijgt. Dat vereist absolute transparantie voor alles wat met de kandidaten te maken heeft.'

'En dat is eigenlijk waar het om draait bij die rechtszaak.'

'Transparantie is belangrijk, Hester. Vind je ook niet?'

'Zeker. Maar weet je wat ik nog veel belangrijker vind? De constitutie. De rechtsstaat.'

'Dus verdedig je Rusty Eggers en Dash Maynard?'

'Ik verdedig de rechtsstaat.'

'Ik wil niet overdrijven...'

'Te laat.'

'... maar als een man als Hitler aan de macht komt...'

'O, Saul, begin daar niet mee. Alsjeblieft.'

'Waarom niet?'

'Niet doen. Niet in mijn programma.'

Saul Strauss keek in de camera en sprak de kijker toe. 'Dash Maynard heeft misschien tapes die de loop van de geschiedenis kunnen veranderen.'

'Goed, zolang je maar niet overdreven over wilt komen,' zei Hester. Ze rolde met haar ogen. 'Hoe weet je trouwens dat die tapes bestaan?'

Strauss schraapte zijn keel. 'We, eh... hebben bronnen.'

'Zoals?'

'Arnie Poplin, om er maar een te noemen.'

'Arnie Poplin?' Hester kon de sceptische toon niet onderdrukken. 'Is Arnie Poplin jouw bron?'

'Een van de bronnen, ja.' Strauss schraapte opnieuw zijn keel. 'Hij is een directe getuige...'

'Even voor de kijkers die niet weten wie Arnie Poplin is: een celebrity die de idiootste complottheorieën verkondigt en die als deelnemer te zien was in *The Rusty Show*.'

'Die omschrijving is misleidend.'

'Arnie Poplin beweerde toch dat de inlichtingendiensten achter 11 september zaten?'

'Dat is niet relevant.'

'Diezelfde Arnie Poplin belt iedere week de producer van dit programma om zich te laten uitnodigen, zodat hij nieuwe lachwekkende complotten de wereld in kan slingeren over UFO's en condenssporen. Echt? Arnie Poplin?'

'Met alle respect...'

'Dat is nooit een goed begin voor een nieuwe zin, Saul.'

'... ik geloof dat jij niet inziet hoe gevaarlijk de campagne van Rusty Eggers is. Het is onze plicht die tapes aan het licht te brengen en onze democratie te redden.'

'Zoek dan naar een legale manier om die tapes boven water te halen, anders is er niet veel democratie meer over om te redden.'

'Daar ben ik mee bezig.'

'Met die armzalige fraudezaak?'

'Ik kan beginnen iemand aan te pakken met een parkeerboete,' zei Strauss, 'en als ik hem vervolgens veroordeeld kan krijgen voor een moord, dan moet het maar op die manier.'

'Wow, het vergt wel enige hersengymnastiek om dat te volgen, maar het illustreert een denkwijze die Rusty Eggers en jij kennelijk gemeen hebben.'

'Pardon?'

'Het doel heiligt de middelen. Het verhaal is al zo oud als de mensheid. Misschien moeten jullie met z'n tweeën een eigen land oprichten?' Strauss' gezicht begon rood aan te lopen, maar voordat hij een tegenaanval kon plaatsen, keerde Hester zich naar de camera met de boodschap: 'We zijn zo bij u terug.'

Een studiomedewerker riep dat de camera was stopgezet.

Saul Strauss was een ongelukkig man. 'Jezus, Hester, waar was dat voor nodig?'

'Arnie Poplin? Meen je dat echt?' Ze schudde haar hoofd en las haar whatsappjes. Er was er een van Oren, die twee minuten eerder was verzonden: *Onderweg naar boven.*

'Ik moet weg, Saul.'

'God, heb je zelf wel gehoord wat je zei? Je vergeleek me met Rusty Eggers.'

'Die rechtszaak is flauwekul.'

Saul Strauss legde een hand op haar arm. 'Eggers houdt niet op, Hester. De verwoesting, de herrie, het nihilisme. Dat snap jij toch ook? Hij is in feite uit op anarchie. Hij probeert alles af te breken wat jou en mij dierbaar is.'

'Ik moet weg, Saul.'

Hester maakte de microfoon los van haar revers. Alison Grant wachtte haar op buiten de opnameruimte. Hester probeerde nonchalance uit te stralen.

'Heb ik bezoek?' vroeg ze.

'Bedoel je dat reusachtige lekkernijtje in dat politie-uniform?'

Hester kon zich niet inhouden. 'Lekker ding, hè?'

'Fijn vooruitzicht dat er op die leeftijd nog steeds bikkels rondlopen.'

Hester kneep zogenaamd beledigd haar ogen toe. 'Waar is hij?'

'Ik heb hem in de *green room* gestopt.'

Iedere studio heeft een green room waar de gasten kunnen wachten tot ze aan de beurt zijn in de tv-show waaraan ze deelnemen. Om de een of andere merkwaardige reden zijn ze nooit groen.

'Hoe zie ik eruit?' vroeg Hester.

Allison inspecteerde haar zo minutieus dat Hester bang was dat ze uiteindelijk ook nog haar gebit zou controleren alsof Hester een paard was dat te koop werd aangeboden. 'Slim.'

'Wat?'

‘Om hem uit te nodigen net nadat je op de buis bent geweest. Make-up en haar allemaal tiptop in orde.’

‘Ja?’ Hester streek haar rok glad en liep de gang in. De wanden van de green room waren volgeplakt met posters waarop de koppen van bekende presentatoren waren afgebeeld. Hester hing er ook tussen, een foto van drie jaar geleden, en profil geschoten, de armen over elkaar geslagen, een vastberaden blik in de ogen. Toen ze de green room binnenkwam, stond Oren met zijn rug naar de deur naar die poster te kijken.

‘Wat vind je ervan?’ vroeg Hester.

Zonder zich om te draaien zei Oren: ‘Je bent nu opwindender.’

‘Opwindender?’

Hij haalde zijn schouders op. ‘Liever of mooier past niet zo goed bij jou, Hester, denk ik.’

‘Oké, ik accepteer opwindender, maar je maakt me wel een beetje bang.’

Oren keerde zich om en glimlachte. Het was een schitterende glimlach. Ze voelde hem tot in haar tenen.

‘Leuk om je te zien,’ zei hij.

‘Ook leuk om jou te zien,’ zei Hester. ‘En het spijt me van die toestand met Naomi.’

‘Gedane zaken,’ zei Oren. ‘Uiteindelijk heeft het jou meer in verlegenheid gebracht dan mij, denk ik.’

Dat was een waarheid als een koe. Toen duidelijk werd dat Naomi niet meer dan een kwajongensstreek had uitgehaald, was Hester online door het slijk gehaald. Haar vijanden – iedereen die actief is op social media heeft vijanden – verkneukelden zich over haar fout. Toen ze twee dagen later commentaar leverde op een controversieel vonnis van een rechtbank in Californië over een verkiezingsuitslag, sloeg een tiental Twitter-idioten (zo noemde Hester ze) terug met: *Was zij niet degene die de noodtoestand wilde uitroepen voor een kwajongensstreek?* Zo ging het nu van ‘beide kanten’ (een term waar ze een bloedhekel aan had): vecht elk legitiem argument aan met iets wat degene die het argument op tafel legt in het verleden, maakt niet uit hoe lang geleden, bij het verkeerde eind had. Alsof alleen perfectie het overwegen waard was.

'Ze is weer weggelopen,' zei Oren.

'Naomi?'

'Ja, haar vader kwam naar me toe. Hij houdt bij hoog en bij laag vol dat er meer aan de hand is.'

'Wat ga je doen?'

'Wat kan ik doen? Ik heb mijn mannen op de hoogte gebracht, dus als een van hen haar ziet, melden ze het. Maar het heeft er alle schijn van dat ze is weggelopen.'

'Ik neem aan dat ze enorm onder druk stond.'

'Ja, daarover maak ik me ook zorgen.'

Er spookten Hester nog steeds vragen door het hoofd over die hele toestand met Naomi – vooral waarom Matthew zo zijn best had gedaan om haar erbij te betrekken – maar toen het een tijdje geleden voorbij was, had Matthew zijn schouders opgehaald en gedaan alsof het allemaal niet meer was geweest dan wat vage zorgen over een klasgenoot.

'En wat brengt jou dan hiernaartoe?'

'Het lijkt erop dat er genoeg tijd verstreken is.'

'Pardon?'

'Je zei dat ik niet te snel moest bellen. Dan zou ik een beetje wanhopig overkomen.'

'Dat is zo.'

'En omdat ik een beetje ouderwets ben, vond ik dat ik je maar op de ouderwetse manier mee uit moest vragen.'

'O.'

'Persoonlijk.'

'O.'

'Omdat niemand tegenwoordig nog een telefoontoestel met een kiesschijf heeft.'

'O.'

Hij glimlachte opnieuw. 'Dit gaat fantastisch.'

‘Moet ik nu weer “O” zeggen?’

‘Ik hoor liever of je een keertje met mij uit eten wilt.’

‘Nu zou ik waarschijnlijk heel onverschillig moeten doen. Zoiets als: dan moet ik even in mijn agenda kijken.’

‘O,’ zei Oren.

‘Ja, Oren. Ik wil heel graag met jou uit eten.’

‘Wat dacht je van morgen?’

‘Morgen is goed.’

‘Zeven uur?’

‘Ik zal een tafel reserveren,’ zei ze.

‘Moet ik een stropdas dragen?’

‘Nee.’

‘Goed.’

‘Goed.’

Stilte.

Hij deed een stap naar voren alsof hij haar in zijn armen wilde sluiten, maar bedacht zich. Hij maakte een halfhartig wuivend gebaar en zei: ‘Nou, tot morgen dan.’

Ze keek hem na toen hij langs haar heen naar de deur liep en uit het zicht verdween.

Yep, dacht Hester, die zich in moest houden om geen vreugdesprongetje te maken en met haar hakken tegen elkaar te klappen. Reusachtig lekkernijtje.

14

Rusty Eggers zette de tv uit met een iets te dramatisch gebaar en liet de afstandsbediening op de witte bank vallen.

'Het is maar een onbenullige rechtszaak om een beetje te pesten.'

Gavin Chambers knikte. Ze hadden samen naar het interview van Hester Crimstein met Saul Strauss gekeken in het met chroom en witte kleuren ingerichte, gestroomlijnde penthouse van Rusty. De buitenwanden van het penthouse op deze woontoren waren geheel van glas, wat een adembenemend uitzicht bood op de skyline van Manhattan, te meer omdat de woontoren niet op Manhattan zelf stond, niet midden tussen de andere torens, maar in Hoboken, New Jersey, op een afstandje. New Yorkers aan de Hudson hebben het aantrekkelijke uitzicht op New Jersey, inwoners van New Jersey aan de andere kant van diezelfde Hudson hebben het niet te beschrijven zo mooie uitzicht op New York. Nu, in het donker, met al die fonkelende lichtjes weerspiegeld in het water van de Hudson, had de rivier veel weg van een zwarte lap fluweel met diamanten.

'Een rechter seponeert de zaak voordat die goed en wel op gang komt,' zei Rusty. Hij sprak met veel zelfvertrouwen. Rusty sprak altijd met veel zelfvertrouwen.

'Je hebt vast gelijk,' zei Gavin Chambers.

'Ik vond Hester Crimstein goed in dat interview,' zei Rusty Eggers.

'Dat was ze zeker.'

'Integer. Ze stelde die flauwekul van hem aan de kaak.'

'Ja.'

'Maar hij geeft niet gemakkelijk op, hè?'

'Saul Strauss?' Gavin Chambers schudde zijn hoofd. 'Die geeft niet op.'

'Jij kent hem, toch?'

'Ja.'

'Jullie hebben samen in het leger gezeten.'

Bij de marine. In een vorig leven. Gavin had Strauss altijd bewonderd. Saul was een taaie, dappere kerel – en had het over vrijwel alles bij het verkeerde eind.

'Hoelang is het geleden dat je hem voor het laatst hebt gesproken?'

'Heel lang.'

'Maar toch,' zei Rusty. 'Er moet nog een band zijn. Overgebleven van die tijd dat jullie in het buitenland zaten.'

Gavin reageerde niet.

'Denk je dat jij met hem zou kunnen praten?'

'Praten?'

'Om hem zover te krijgen dat hij het bijltje erbij neergooit.'

Gavin Chambers had Saul Strauss gezien als iemand die betrokken was op een teerhartige, geitenwollensokkenachtige, ecologisch verantwoorde, zweverige manier, maar meer en meer had de retoriek van Saul Strauss en zijn gelijken een hysterische toon aangenomen, vooral als het om Rusty Eggers ging.

'Geen schijn van kans,' zei Gavin.

'Dus Strauss is een fanaticus?'

Zowel Gavin Chambers als Saul Strauss waren kinderen uit een politiek gemengd gezin – een conservatieve vader, een vooruitstrevende moeder. Gavin aardde naar zijn vader, terwijl Saul een echt moederskindje was. Er was een tijd geweest dat ze in heftige debatten verwikkeld konden raken, waarbij Gavin Saul beschuldigde van naïviteit en teerhartigheid, en Saul Gavin veel te analytisch en darwinistisch noemde. Die betrekkelijk aangename conversaties leken nu eeuwen geleden.

'Hij is een zeloot,' zei Gavin.

'Dat meende ik al te zien,' zei Rusty.

'Oké.'

'In bepaalde opzichten zijn wij hetzelfde, jouw vriend Saul en ik. We geloven allebei dat het huidige systeem rigide is. We geloven allebei dat het systeem het Amerikaanse volk in de kou heeft laten staan. We geloven allebei dat de enige oplossing is om het oude systeem eerst overhoop te gooien.'

Rusty Eggers staarde uit het raam naar het uitzicht. Hij was door en door een jongen uit New Jersey, onder armoedige omstandigheden geboren in het onbuigzame district Newark als zoon van een Oekraïense vader en een Jamaicaanse moeder. Hij had op de jongensschool St. Benedicts Prep gezeten op de Martin Luther King Boulevard, midden in de stad, en had een beurs verdiend voor een volledige studie aan Princeton University. Dat alles bij elkaar was voor hem genoeg reden om in zijn eigen thuisstaat te blijven wonen en niet de rivier over te trekken. Hij hield natuurlijk van het uitzicht. Met treinen en veerboten kon hij binnen een half uur in het centrum van de stad of Wall Street zijn. New Jersey vormde ook voor een groot deel zijn reputatie – de drie S'en placht hij te zeggen – een scheutje Springsteen, een scheutje Sinatra en een scheutje Soprano's. Rusty kwam een beetje onbehouwen, maar niettemin lief op de mensen over, een stadsmens waar je niet bang voor hoefde te zijn, een grote teddybeer met een weelderige bos roestkleurig haar – vandaar zijn bijnaam. Zijn huid was licht genoeg om voor een blanke door te gaan, maar tegelijkertijd zwart genoeg om de racisten achter zich te krijgen die daarmee konden aantonen dat ze niet werkelijk racistisch waren.

Gavin Chambers wist ook dat Rusty Eggers briljant was. Hij was enig kind in een hecht gezin en studeerde af in filosofie en politicologie aan Princeton. Hij had de eerste stap op weg naar zijn fortuin gezet met het ontwikkelen van een bordspel rond persoonlijke opvattingen en triviale feitjes, dat hij PolitiGuess had genoemd. Het leven leek één grote plezierto cht voor Rusty tot de chauffeur van een truck met oplegger, die te veel amfetaminen had geslikt om aan de eisen van een belachelijk rooster te voldoen, door de vangrail schoot op de New Jersey Turnpike en frontaal op de auto knalde waarin het gezin Eggers zat. Rusty's vader en moeder waren op slag dood. Rusty was zwaargewond en verbleef twee maanden in een ziekenhuisbed. Rusty had die avond achter het stuur gezeten en hield dus begrijpelijkerwijs schuldgevoelens aan het ongeluk over, ook al had hij niets kunnen doen om het te voorkomen. Hij raakte op drift. Hij raakte verslaafd aan pijnstillers en leed aan depressies. Hij was er een tijdje beroerd aan toe.

Drie afgrijselijke jaren.

Hoewel sommigen beweren dat hij die duistere periode in zijn leven nooit helemaal te boven is gekomen, verrees Rusty Eggers uiteindelijk dankzij de hulp van zijn oude vrienden Dash en Delia Maynard als een feniks uit de as, tot op de dag van vandaag een beetje mank. Rusty beweerde zoals zovelen voor hem dat hij zichzelf aan de haren uit het moeras had getrokken, maar de eerlijkheid gebiedt te zeggen dat het de Maynards waren die uit alle macht hadden staan trekken. Gesteund door Dash groeide Rusty Eggers uit tot de betrouwbaarste zelfhulpgoeroe op tv. Twee jaar eerder had hij, meeliftend op die roem, bij verkiezingen voor de senaat zijn tegenstander verpletterend verslagen en had hij zijn zetel als een 'volstrekt onafhankelijke' senator (zijn eigen woorden) ingenomen.

Zijn motto: *Liever een partijtje in het weekend dan een partij in de politiek.*

En nu dong hij net als alle andere politici die als een komeet omhooggeschoten, van Obama tot Trump, zonder op zijn beurt te wachten, met goede vooruitzichten naar het presidentschap van de Verenigde Staten.

Met zijn rug naar Gavin gekeerd, nog altijd uit het raam starend, vroeg hij: 'Hoe gaat het met ze?'

Met 'ze' bedoelde hij de Maynards.

'Oké. Misschien een beetje gestrest.'

'Daar draagt jouw aanwezigheid waarschijnlijk wel het een en ander aan bij.'

De inrichting van Rusty's appartement was bewust spaarzaam gehouden, geen goud, geen marmer, alleen wit en minimalisme. Het ging om het uitzicht, die ramen van vloer tot plafond.

'Ik waardeer het dat je dit voor me doet, Gavin.'

'Ik breng het in rekening.'

'Ja, maar ik weet dat je zelf geen veldwerk meer doet.'

'Toch wel,' zei Gavin, 'zij het zelden. Senator?'

Rusty fronste zijn wenkbrauwen. 'We kennen elkaar al zo lang dat je me niet zo officieel meer hoeft aan te spreken.'

'Ik doe het liever wel.'

'Zoals je wilt, kolonel,' antwoordde Rusty met een mager glimlachje.

'Je weet dat ik niet alleen dit bedrijf run, maar ook advocaat ben.'

'Dat weet ik.'

'Ik oefen dat beroep niet zo vaak uit,' zei Gavin, 'maar ik ben toegelaten tot de balie zodat alles wat jij of een andere cliënt me vertelt onder mijn zwijgplicht valt.'

'Ik vertrouw je sowieso, dat weet je.'

'Toch geniet je die extra bescherming, jurídische bescherming. Dat moet je niet vergeten. Ik ben je vertrouwde vriend, zeker, maar juridisch gezien ben ik verplicht mijn mond te houden over alles wat je me vertelt.'

Rusty Eggers draaide zich om met een glimlachje om zijn lippen. 'Je weet al dat ik je straks in mijn kabinet wil.'

'Daar gaat dit niet om.'

'Nationale veiligheidsadviseur, misschien minister van Defensie.'

Het maakte niet uit hoezeer hij probeerde niet opgewonden te raken bij dat vooruitzicht – Gavin Chambers, gepensioneerd kolonel bij de mariniers, was nog altijd een mens. Het idee mee te regeren in een kabinet maakte hem duizelig. 'Ik ben verguld met je vertrouwen in mij.'

'Je verdient het.'

'Senator? Laat mij je helpen.'

'Dat doe je al.'

'Het punt is, ik heb geruchten gehoord...'

'Precies, geruchten,' zei Rusty. 'Meer is het niet.'

'Waarom moet ik dan de Maynards beveiligen?'

Rusty draaide zich naar hem toe. 'Ben je bekend met het hoefijzermodel in de politiek?'

'Wat is daarmee?'

'De meeste mensen denken als het om politiek gaat, dat rechts en links op een lijn liggen, rechts helemaal aan het ene uiteinde, links aan het andere uiteinde. Tegengestelde polen, ver van elkaar verwijderd. Mensen die het hoefijzermodel hanteren zien die rechte lijn als een in de vorm van een hoefijzer gebogen lijn. Zodra je een beweging naar extreemlinks of extreemrechts maakt, buigt de lijn terug naar het midden. De extreme vleugels liggen veel dichter bij elkaar dan de gematigde fracties. Er zijn zelfs mensen die liever spreken van een cirkel waarbij de lijn links en rechts zo ver terugbuigt dat extreemlinks en extreemrechts bijna niet van elkaar te onderscheiden zijn. In beide gevallen tirannie.'

'Senator?'

'Ja?'

'Ik heb ook politicologie gestudeerd.'

'Dan begrijp je wat ik probeer te doen.' Rusty deed een stap in de richting van Gavin Chambers en trok een grimas toen hij zijn gewicht naar zijn manke been verplaatste. 'De meeste Amerikanen zitten in het politieke midden. De meesten zitten iets links of iets rechts van het midden. Die mensen interesseren me niet, die zijn pragmatisch. Ze veranderen van gedachten. De kiezers denken altijd dat een president dat politieke midden moet aanspreken. Min of meer de helft van het land is links en de andere helft rechts, dus moet je het in het midden zoeken. Dat doe ik niet.'

'Ik begrijp niet wat dat met de Maynards te maken heeft,' zei Gavin.

'Ik ben de volgende stap in onze van woede vervulde, door social media geobsedeerde politieke cultuur. Zo je wilt de finale stap. Het einde van de status quo.'

Het vuur glom in Rusty's ogen, de glimlach straalde. Er was verder niemand in het vertrek, maar Gavin hoorde miljoenen juichen.

'Wat ik wil duidelijk maken is dat mijn vijanden zich door niets zullen laten tegenhouden. Als zij denken dat mijn goede vrienden Dash en Delia ook maar íéts hebben wat tegen me zou kunnen worden gebruikt, zullen ze zelfs geweld gebruiken om het in handen te krijgen.'

'Dus je doet dit alleen om je vrienden in bescherming te nemen?'

'Vind je dat moeilijk te geloven?'

Gavin trok een scheef gezicht en hield het topje van zijn wijsvinger dicht bij het topje van zijn duim om aan te geven dat hij het misschien inderdaad een ietsiepietsie moeilijk te geloven vond.

Rusty lachte. Een daverende lach. Een lach vol charme. Een ontwapenende lach. 'Ik ken Delia al sinds we samen studeerden aan Princeton, wist je dat?'

Natuurlijk wist Gavin dat. Hij kende de legende. Rusty en Delia hadden in het derde jaar van hun studie een relatie. Daar kwam een einde aan toen ze in de zomervakantie als stagiaires op Capitol Hill werkten voor de Democraten. Delia viel voor een van de andere stagiaires en trouwde met hem. Dat was Dash Maynard, maker van documentaires. En zo hadden Dash en Rusty elkaar leren kennen – in Washington DC, als stagiaires voor de Democraten.

Daar was het allemaal begonnen.

'De Maynards weten meer over me dan wie ook,' zei Rusty.

'Zoals?'

'O, geen ijzingwekkende zaken. Ze hebben niets wat je echte vuiligheid zou kunnen noemen, maar Dash zette in die tijd alles op tape. Alles.

Achter de schermen. Privé onderonsjes, noem maar op. Er zijn geen verborgen misdaden, maar ik bedoel, met zoveel materiaal moet er wel iets zijn wat mijn tegenstanders zouden kunnen gebruiken, denk je ook niet? Een scène waarin ik net even niet vriendelijk genoeg was naar een gast, of een medewerker afsnauwde, of misschien wel mijn hand op de elleboog van een vrouw legde, dat soort dingen.'

'En specifiek?'

'Ik kan zo niets bedenken.'

Gavin geloofde hem niet.

'Houd ze nog een paar weken in de gaten. Dan is dit allemaal voorbij.'

15

Toen Bernard Pine zijn voordeur openmaakte, wachtte Wilde niet tot hij toestemming zou krijgen. Hij liep meteen naar de trap.

'Hé, wacht eens even. Wat is de bedoeling?'

Wilde reageerde niet. Hij liep de trap op. Bernard Pine volgde hem. Prima. Wilde liep de slaapkamer van Naomi binnen en knipte het licht aan.

'Wat zoek je?' vroeg Pine.

'Jij wilt toch dat ik je help?'

'Ja.'

Wilde staarde naar het bed van Naomi, naar alle knuffelbeesten op het bed. 'Heeft Naomi een lievelingsknuffel?'

'Wat?'

'Een lievelingsknuffel.'

'Hoe moet ik dat weten?'

Wilde deed de kast open en keek op de plank.

'Haar rugzak,' zei hij tegen Pine.

'Wat?'

'Toen ik hier de vorige keer was...'

'Hé, wanneer ben jij verdomme in de slaapkamer van mijn dochter geweest?'

Was Wilde bereid om daarop te reageren? Afgaande op de verbijstering op het gelaat van Pine, verbijstering die een vijandig trekje begon te krijgen, kon hij er niet onderuit. 'Op de dag dat jij en ik elkaar voor het eerst zijn tegengekomen.'

'Maar dat was in de kelder.'

'Daarvoor was ik hier in haar slaapkamer.'

'Met mijn dochter?'

'Wat? Nee, alleen. Dat weet je, want zij was in de kelder.'

Pine schudde zijn hoofd, alsof hij probeerde het van spinnenwebben te bevrijden. 'Ik begrijp het niet. Hoe ben je in haar slaapkamer gekomen?'

'Dat is nu niet echt belangrijk. Wat wel belangrijk is, is dat Naomi's rugzak weg is.'

Wilde wees naar de plank. Pine volgde met zijn ogen het gebaar, zag de lege plank en haalde zijn schouders op. 'Die ligt waarschijnlijk op school. In haar locker. Ik heb zo vaak gezien dat ze hem meenam. Eigenlijk iedere dag.'

'Welke kleur?'

'Zwart, denk ik. Misschien donkerblauw.'

'Ik heb het over de roze rugzak die ze hier op die plank bewaarde.'

Opnieuw keek Pine verbijsterd. 'Hoe kun jij weten… Heb je in haar kast zitten snuffelen?'

'Ja.'

'Waarom?'

Wilde probeerde niet te laten blijken dat hij ongeduldig werd. 'Omdat ik haar zocht. Net als nu.'

'Ik weet helemaal niets van een roze rugzak.'

Wilde inspecteerde de kast nauwkeuriger. De roze rugzak van het merk Fjällräven Kånken die hij op de bovenste plank had zien liggen, was echt weg. Hij bekeek de klerenhangers. Toen hij de vorige keer in deze kamer was, waren alle hangers in gebruik. Nu waren er vier waar niets aan hing. Er lagen bovendien drie andere hangers slordig op de vloer van de kast, alsof Naomi er in alle haast kleren af had getrokken.

De voor de hand liggende conclusie was dat ze die kleren in de roze rugzak had gestopt.

Wilde liet zijn ogen over de knuffels op het bed gaan. Hij sloot even zijn ogen en probeerde het beeld van het bed op te roepen in zijn herinnering zoals hij het de vorige keer had gezien, in de hoop te kunnen bepalen of er nu een knuffel miste. Maar eigenlijk had dat geen zin. Als er nu knuffels ontbraken, zou dat misschien bevestigen dat Naomi uit eigen vrije wil was weggelopen. Maar had hij daarvoor nog meer bewijs nodig?

'Ze is weggelopen,' zei Wilde tegen Pine.

'Dat weet je niet.'

'Meneer Pine?'

'Ik heb liever dat je Bernie zegt.'

'Wat hou je achter, Bernie?'

'Ik geloof dat ik je niet begrijp.'

'Je weet meer dan je vertelt.'

Pine wreef met zijn hand over zijn kin. Wilde probeerde zich een beeld van de man te vormen, maar niets was erg duidelijk. Was hij een liefhebbende, maar boze vader? Of was er meer? De man straalde heel duidelijk iets uit wat Wilde niet vertrouwde. Vormde Pine een gevaar of kwamen al deze bedenkingen voort uit de cynische inborst van Wilde?

'Naomi heeft me gisteren deze whatsapp gestuurd.'

Pine gaf Wilde zijn telefoon. Het bericht bestond uit twee korte zinnen: *Maak je geen zorgen. Ik ben veilig.*

'Ik weet wat je denkt,' zei Pine.

Dat nam de laatste twijfel weg. Rugzak en kleren weg. Geen aanwijzingen of sporen die op een ontvoering wezen. Geen eisen, geen losgeld. Niets van dat alles. Tel daar de andere factoren bij op – het toegenomen pesten, haar verleden als wegloopster, de mislukte Challenge – duidelijk.

De conclusie lag voor de hand.

'Er is nog iets wat je moet weten,' zei Pine.

Wilde keek hem aan.

'Iemand heeft haar pijn gedaan.' Er blonken tranen in zijn ogen. 'En dan bedoel ik niet het gebruikelijke pesten.'

'Wat dan wel?'

'Iemand heeft haar geslagen.'

Het werd stil in de slaapkamer van Naomi.

'Dat moet je uitleggen,' zei Wilde.

Het kostte Pine moeite om zijn evenwicht terug te vinden. Hij staarde naar zijn hand. Om zijn ringvinger droeg hij een schoolring met een bruinrode granaat die hij begon rond te draaien. 'Toen ik de dag voordat ze verdween thuiskwam van mijn werk, hield ze een zak bevroren erwten tegen haar oog. De volgende ochtend had ze een blauw oog.'

'Heb je haar ernaar gevraagd?'

'Natuurlijk.'

Wilde wachtte. Bernard Pine begon op een duimnagel te kauwen.

'Ze zei dat ze tegen de deur aan gelopen was.'

'En dat geloofde jij?'

'Natuurlijk geloofde ik dat niet,' snauwde Pine. 'Maar meer wilde ze niet zeggen. Heb je wel eens geprobeerd een puber aan het praten te krijgen? Er komt niets uit. Ze zei dat ze niets mankeerde en ze ging naar haar kamer.'

'Ben je later nog bij haar gaan kijken?'

'Jij hebt geen kinderen, hè, Wilde?'

Dat moest je kennelijk als een ontkennend antwoord beschouwen, dacht Wilde.

'Het hangt allemaal samen,' zei Pine.

'Wat?'

'Die Challenge, die anderen die haar pesten en het feit dat ze is verdwenen. Iets klopt er niet.' Hij hield zijn hoofd scheef en keek Wilde aan alsof hij hem nu pas voor het eerst zag. 'Waarom was jij zo geïnteresseerd in mijn dochter?'

Wilde reageerde niet.

'Kende jij Naomi eigenlijk al voor die avond?'

'Nee.'

'En toch heb je bij mij ingebroken om haar te zoeken. Een meisje dat je niet eens kende. Wie doet zoiets?'

Dat was het moment dat Pine een revolver trok.

Wilde aarzelde niet. Op het moment dat hij zich realiseerde wat er gebeurde, was hij al in actie gekomen. Dat verwacht niemand die een revolver heeft. Niet meteen. Van de beide mannen in die slaapkamer was er één met een grondige training in gevechten van man tegen man. Dat gold niet voor Pine, die de beginnersfout had gemaakt om een revolver te trekken terwijl hij dicht bij Wilde stond. Wilde deed een snelle stap naar voren en greep met zijn ene hand de revolver. Met de zijkant van de andere hand maakte hij een klassieke hakkende beweging zonder al te veel kracht tegen de keel van zijn tegenstander. Als je daar te veel kracht in stopt, veroorzaak je onherstelbare schade. Wilde wilde hem slechts even de adem benemen, een kokhalsreactie oproepen, een reflex die hem de revolver zou doen vergeten en hem naar zijn keel zou doen grijpen.

Het werkte.

Pine wankelde achteruit, greep met één hand naar zijn keel en wapperde met de andere een soort gebaar van overgave. Het wapen dat Wilde in zijn hand hield, voelde erg licht. Hij klapte de cilinder open en keek.

Geen kogels.

Pine had zijn stem terug. 'Ik wilde je alleen bang maken.'

Idioot, dacht Wilde, maar hij zei niets.

'Dat begrijp je toch wel? Je breekt bij me in, je hebt iets met mijn dochter – jij, de excentriekeling die in zijn eentje in de bossen woont. Ik bedoel, wat zou jij doen, als je in mijn schoenen stond?'

'Ik weet niet waar je dochter is.'

'Leg mij dan eens uit wie jou erbij heeft gehaald om haar te zoeken, toen met die Challenge?'

Wilde was niet van plan hem dat te vertellen, maar als je even afstand nam en er objectief naar keek, had Pine wel een interessante vraag aangeroerd. Matthew had het immers allemaal nooit uit de doeken gedaan.

'Geef me je telefoon,' zei Wilde.

'Wat? Waarom?'

Wilde hield alleen zijn hand op. Pine gaf hem de telefoon. Wilde tikte op het pictogram van WhatsApp en riep het bericht op van Naomi: *Maak je geen zorgen ik ben veilig.* Hij scrolde omhoog om eerdere conversatie tussen de twee te zoeken, maar vond niets.

'Wat?' zei Pine.

Vader en dochter hadden geen andere berichten uitgewisseld.

'Wat is er gebeurd met de rest van jullie berichten?'

'Hè?'

'Ik neem aan dat dit niet de eerste keer was dat Naomi je appte.'

'Nee, natuurlijk niet. Hé, wat doe je?'

Wilde scrolde door het logboek met telefoongesprekken. Inderdaad, Pine had met Naomi gebeld, maar niet vaak. De laatste keer was meer dan een maand geleden.

'Waar is de rest van de berichten van jullie tweeën?'

'Wat? Dat weet ik niet. Die moeten er gewoon zijn.'

'Maar ze zijn er niet.'

Pine haalde zijn schouders op. 'Kan iemand die wissen?'

Dat kan en die iemand is de eigenaar van de telefoon.

'Waarom heb je de berichten met je eigen dochter gewist?'

'Dat heb ik niet gedaan. Misschien heeft Naomi ze gewist.'

Onwaarschijnlijk.

Wilde begon te tikken.

'Wat doe je?' vroeg Pine.

Wilde negeerde hem. Hij tikte: *Hé Naomi, Wilde hier.*

Ze kon niet weten of hij dat werkelijk was. Misschien was het wel haar vader, die onder valse voorwendselen probeerde contact te maken.

Je boeman.

Dat zou alleen zij snappen.

Ik gebruik de telefoon van je vader. Hij maakt zich zorgen. Ik ook. Laat me weten dat alles goed is.

Wilde gaf haar het nummer van zijn huidige wegwerptoestel en vroeg haar te appen of te bellen. Toen gooide hij de telefoon terug naar Pine. De revolver stak hij in zijn zak.

Het werd tijd om met Matthew te praten. Hij liep naar de deur.

'Help je me?' vroeg Pine.

Wilde hield niet in. 'Ik help Naomi.'

16

Meteen toen hij buiten op straat stond, keek Wilde op de wegwerptelefoon in de hoop dat Naomi snel had gereageerd.

Geen bericht.

Als Naomi alleen maar was weggelopen, zou ze dan niet meteen reageren? Misschien hield hij zichzelf voor de gek, maar het leek hem dat ze dat wel zou doen. Er was toen in de kelder een soort zielsverwantschap tussen hen beiden ontstaan. Twee buitenstaanders die elkaar begrepen, maar nogmaals, misschien was dat allemaal projectie van zijn kant en was er eigenlijk helemaal niets.

Hij appte Matthew: *Ben je thuis?*

Vrijwel meteen kwam het antwoord: *Ya.*

Bezwaar als ik langskom?

Matthew reageerde met een opgestoken duim.

Wilde belde Hester terwijl hij de bossen in liep.

'Spreek,' zei Hester.

'Wat?'

'Niks, zo neemt een vriend van me de telefoon op. Dat vind ik grappig. Wat is er aan de hand?'

'Naomi Pine is weer zoek.'

'Dat heb ik gehoord.'

'Hoe?'

Ze schraapte haar keel. 'Dat heeft Oren me verteld.' Haar stem klonk een beetje raar.

'Wat zei hij?'

'Dat haar vader naar hem toe was gekomen en dat hij enorme stampij maakte, maar dat ze waarschijnlijk weer is weggelopen.'

'Haar vader is ook bij mij geweest.'

'Wat denk je?' vroeg Hester.

'Dat ze in haar eentje is weggelopen.'

Hij vertelde haar over de ontbrekende kleren, de rugzak en de aan haar vader gerichte app dat hij zich geen zorgen moest maken.

'Die app telt niet,' zei Hester. 'Als iemand haar heeft ontvoerd, kan die van alles appen met haar telefoon.'

'Klopt.'

'Maar die kleren in combinatie met haar verleden wekken de suggestie dat ze is weggelopen.'

'Klopt.'

'Hoe dan ook – en ik weet niet hoe ik dit subtiel moet zeggen…'

'Nooit je sterke punt geweest, Hester.'

'… het is onze zaak niet meer. Tenzij jij het geld nodig hebt.'

'Nee, dat heb ik niet nodig.'

'Dus?'

'Dus twee dingen,' zei Wilde.

'Laat me eens raden,' zei Hester. 'Ding één: jij hebt Naomi ontmoet. Je mocht haar. Je wilt haar helpen, ook al is ze weggelopen. Je maakt je zorgen over haar.'

'Ja.'

'En ding twee?'

'Je weet wat ding twee is, Hester.'

Ze zuchtte. 'Matthew.'

'Hij heeft ons de eerste keer niet alles verteld. Dat hebben we gelaten zoals het was toen Naomi weer opdook. Haar vader zei dat ze een blauw oog had, alsof iemand haar had geslagen.'

‘O, kom op, je wilt toch niet beweren dat Matthew…’

‘Natuurlijk niet, maar ik geloof evenmin dat hij ons het hele verhaal heeft verteld.’

‘En je mag het meisje.’

Wilde dacht even na. ‘Ja, en ze is alleen. Ze heeft niemand.’

‘Die lerares met wie je het bed deelde…’

Wilde fronste zijn wenkbrauwen. ‘Het bed deelde?’

‘Heb je liever dat ik zeg *met wie je lag te krikken*?’

‘Beter dan het bed delen,’ zei Wilde. ‘Ik kan het bij Ava navragen, maar als puntje bij paaltje komt, is zij niet meer dan een leerkracht, geen familie of vriendin.’

‘Wat ben je dan van plan?’

‘Ik ga met Matthew praten.’

‘Nu? Ik zou hem niet te dicht op de huid zitten.’

‘Dat zal ik niet doen. Heb jij contacten bij het telecombedrijf?’

‘Misschien,’ zei Hester.

‘Kun je de telefoon van Naomi pingen? Uitzoeken waar die is?’

‘Ik kan het proberen.’

‘Je kunt Oren ook vragen om het voor je te doen,’ zei Wilde. ‘Nadat je het bed met hem hebt gedeeld.’

‘Grappig.’

Wilde stopte de telefoon in zijn zak. Het was nooit stil in het bos. Er waren dagen dat die stilteloze rust zijn gedachten en intuïtie naar een hoger niveau tilde, al was het in principe anders voor hem. Het was niet zozeer dat hij van de bossen genoot – hij had de bossen nodig. Hij raakte de draad niet kwijt als hij naar ‘de grote stad’ moest of zoiets. Soms vond hij de veranderingen aantrekkelijk. Maar hier was hij thuis. Als hij te lang wegbleef uit de bossen – als hij niet lange perioden kon doorbrengen in de rust tussen de bomen – voelde hij zich als een vis op het droge.

Dat klonk verdacht veel als zen-gelul. Misschien was het dat ook wel.

Matthew wachtte Wilde op in de keuken.

'Mam is niet thuis,' zei Matthew.

Dat wist Wilde. Laila had hem verteld dat ze pas laat thuis zou komen. 'Naomi is weer zoek.'

Matthew reageerde niet.

'Was je dat al opgevallen? Op school of zo?'

'Ja...'

'En?'

Matthew haalde zijn schouders op. 'Ze zal wel weer zijn weggelopen, dacht ik. De vorige week was het vreselijk. Ik dacht dat ze er domweg even tussenuit moest.'

'De vorige keer maakte je je heel veel zorgen.'

'En dat bleek uiteindelijk niets te zijn.'

'Waarom maakte je je toen zoveel zorgen?'

Matthew schuifelde met zijn voeten. 'Dat heb ik je verteld.'

'Je kreeg lucht van die Challenge?'

'Precies.'

'Juist, daar geloof ik geen snars van, Matthew.'

Matthew zette grote ogen op. 'Beweer je dat ik lieg?'

'Misschien verzwijg je iets, op die manier dus, ja.'

Matthew schudde zijn hoofd en wendde voor diep beledigd te zijn. 'Het is niets,' zei hij toen.

'Vertel het me toch maar.'

'Ik voel me niet prettig...'

'Dan voel je je maar niet prettig,' zei Wilde.

'Hé, je bent mijn vader niet, weet je?'

'Echt?' Wilde staarde Matthew aan. 'Wil je het op die manier spelen?'

Matthew boog het hoofd. Zijn stem klonk zacht. 'Sorry.'

Wilde wachtte.

'Ik heb haar pijn gedaan.'

Wilde voelde dat zijn hart sneller ging kloppen, maar hij zei niets.

'Er was een dansavond. Een soort feest.'

'Wanneer?'

'Twee maanden geleden.'

Matthew viel stil.

Na een tijdje zei Wilde: 'Waar was dat feest?'

'Bij Crash Maynard. Het was geen echt feest, meer een soort schoolfeest. Een paar jaar geleden is een stel leerlingen dronken geworden op een schoolfeest en daarom mogen we die niet meer in de gymzaal houden. Toen hebben de Maynards hun ruimte aangeboden. De hele klas was er.'

'Naomi ook?'

'De hele klas, ja...' Matthew staarde naar de vloer.

Wilde sloeg zijn armen over elkaar. 'Ga door.'

'Naomi had een knuffel meegenomen. Een pinguïn. Voor haar had dat beest een therapeutische waarde of zo. Ik weet het niet. Ze deed er geen rare dingen mee of zo. Het was klein. Ze hield hem in haar tasje. Maar ze liet hem aan een paar van de meisjes zien en die begonnen erover te giechelen. Hoe dan ook, Crash ging naar haar toe en begon met haar te praten. Hij deed heel aardig tegen haar en liet haar die stomme doodskopring zien. Als hij dat doet gaat er iets gebeuren. Hoe dan ook, hij deed het alleen maar om haar af te leiden. Ze was helemaal in de wolken en ze straalde... en toen kwamen er twee andere jongens aan en die gingen er met haar tasje vandoor. Ze gilde en rende achter ze aan naar de bossen achter het huis. Iedereen lachte.'

Matthew viel stil.

'Jij ook?'

'Ja... maar ik vond het niet grappig.'

'Maar je was erbij en zag het gebeuren.'

'Ik stond te praten met Sutton Holmes.'

Sutton Holmes. Wilde en Matthew hadden niet vaak onderonsjes als mannen onder elkaar, maar Wilde wist van Matthews verliefdheid. De enige die ooit in Wilde's Ecocapsule was geweest, was Matthew. Als de jongen ertussenuit moest, nam Wilde hem mee naar de capsule. De openlucht, het kamperen, het een-zijn met de natuur, hoe je het maar wilde noemen, het had iets dat het gemakkelijker maakte om te praten.

'Het was ondertussen donker,' zei Matthew. 'De Maynards hadden van die mobiele verlichting gehuurd die je ook wel bij sportwedstrijden ziet. De helft van wie er waren had een heupfles met wodka of andere sterkedrank die ze mixten met het zoete spul dat de Maynards uitdeelden. Maar ik zat naar de bossen te kijken. Ik zat te wachten tot Naomi terug zou komen. Het duurde vijf minuten, misschien wel tien. Toen kwam Kyle uit het bos. Hij hield iets in zijn hand. Eerst kon ik niet zien wat het was, maar toen hij dichterbij kwam,' Matthew sloot zijn ogen, 'bleek het de kop van die pinguïn te zijn. Alleen de kop. En de vulling hing eruit.'

De moed zakte Wilde in de schoenen.

'Iedereen juichte.'

Wilde probeerde niet verbitterd te klinken. 'En jij?'

'Wil je dit horen of niet?'

Matthew had gelijk. Dat kwam later allemaal nog wel. Matthew oogde nu als een heel klein jongetje. Wilde herinnerde zichzelf eraan dat Matthew het kleine jongetje was dat zijn vader bij een auto-ongeluk was kwijtgeraakt. Hij had alleen maar geprobeerd erbij te horen, iets wat Wilde nooit helemaal begreep, omdat hij zelf precies het tegenovergestelde wilde.

'Ik was zelf tegen die tijd ook behoorlijk van de wereld.'

'Van de wereld als in...?'

'Dronken.'

'Had je ook geblowd?'

'Nee, geen drugs, maar ik had wel veel gedronken. Ik weet wel dat dat nooit een excuus is voor wat er gebeurt, maar ik denk dat het belangrijk is. Ik stommelde maar wat rond en op een gegeven moment, toen het steeds maar later werd, drong het tot me door dat niemand naar huis ging. Een van de ouders had in de gaten gekregen dat er een heleboel dronken waren en toen hadden ze bedacht dat het waarschijnlijk maar het veiligst zou zijn om ons eerst weer een beetje nuchter te laten worden.'

Niet onverstandig, dacht Wilde.

'Dus ik zie dat Crash een aansteker uit zijn zak haalt en daarmee die pinguïn van Naomi in de fik steekt. Gewoon, zomaar, met een grote grijns op zijn smoel. Hij keek om zich heen, want ik denk dat hij wilde zien hoe Naomi zou reageren, en toen besefte ik dat ze niet meer teruggekomen was toen ze de bossen in was gerend, achter die jongens aan die haar tasje hadden afgepakt.'

Matthew pakte een appel en slenterde naar de woonkamer. Wilde volgde hem.

'Wat gebeurde er toen, Matthew?'

Matthew staarde naar de appel, die hij in zijn gekromde hand hield. Wilde vroeg zich af of hij niet eigenlijk die pinguïn voor zich zag. 'Ik wou dat ik kon uitleggen hoe ik me voelde.'

'Probeer het eens.'

'Down, depressief. Sutton was nu bij Crash. Er waren allerlei stelletjes die verdwenen. Ik voelde me gewoon, ik weet het niet, alsof ik er niet bij hoorde, ik was kwaad en ik voelde me stom en ik was dronken en zo... en dus ging ik haar zoeken. Naomi. In het donker. Maar dankzij jou kan ik in het donker mijn weg vinden in de bossen. Op een gegeven moment struikelde ik en klapte ik met mijn gezicht tegen een boom. Ik werd duizelig. Mijn lip bloedde. En toen vond ik haar. Ze zat op een rotsblok. Ik zag haar van opzij, en zo in het maanlicht zag ze er echt heel mooi uit. Ik liep naar haar toe. Ze draaide zich niet om, ook al moest ze me wel hebben gehoord. Ze huilde niet. Ze had droge ogen. Ik vroeg haar of alles goed was. Ze zei: "Het was maar een stomme knuffel." En het leek alsof ze het echt meende. Alsof het haar echt niets kon schelen. Ik kwam nog een beetje dichterbij. Ik was zo dronken dat ik bijna niet kon staan, dus ik liet me naast haar op dat rotsblok vallen. Het was vlak bij die beek achter het huis van de Maynards. Waarschijnlijk moet je dat ruisen van het water mooi vinden, maar weet je wat ik toen dacht?'

'Nee.'

'Ik moest ervan naar de wc. Dus ik verontschuldigde me en verschool me achter de eerste de beste boom en knoopte mijn broek open... Nou, goed, ik maakte mijn gulp weer dicht, liep weer terug en ging weer naast haar zitten. We begonnen te praten. Dat was prettig. Ik ken Naomi al mijn hele leven, maar ik geloof niet dat we ooit eerder met elkaar hebben gepraat, niet op die manier in ieder geval. Bovendien was ik dronken en was dat gekabbel van die beek nu heel rustgevend, en de maan scheen en er ging van alles door me heen. Ik had er geen idee van hoe laat het was. In de verte zag ik dat ze de verlichting uitdeden. Dus op een gegeven moment kuste ik haar, of misschien kuste zij mij. Maakt niet uit, we wilden het allebei. Ik wil niet dat je iets anders gaat denken. Zij wilde het absoluut ook. We zoenden. En ik weet gewoon niet hoe ik het moet omschrijven. Op de een of andere manier was ik er helemaal in, snap je? Ik bedoel, voor het grootste deel. Ik weet niet of ik haar aardig vond. Ik geloof dat dat niet eens belangrijk was. Ik kan het niet beter uitleggen.'

Pubers, dacht Wilde. Een jongen en een meisje op een feestje. Je kunt er wat van vinden, maar het verhaal is zo oud als de wereld.

'Wil je iets vreselijks horen?'

Wilde knikte.

'We werden een beetje wilder. Ze had haar hand op mijn been en zo. En ergens dacht ik, ja... fantastisch. Maar ergens dacht ik ook, wow, je zit te vrijen met de grootste loser van de hele school.' Matthew stopte met praten, stak een hand op en schudde zijn hoofd. 'Ik vertel het helemaal verkeerd. Maar het maakt ook niet uit, want op dat moment, toen zij haar hand op mijn been had en ik mijn hand onder haar shirt werd er ineens een spotlight op ons gericht. We schrokken ons rot. Ik hoorde ze hard lachen. Het was moeilijk te horen wie het waren, maar Crash en Ryan waren er in ieder geval bij... en toen rende Naomi weg. Als een konijn. Ze sprong overeind en rende weg. Ik zag niets. Die schijnwerper scheen me nog steeds in de ogen. Ik hield mijn hand boven mijn ogen om iets te kunnen zien. Iedereen stond te lachen en ze jouwden me allemaal uit omdat ik met háár was. Ik stond met mijn ogen te knipperen en voelde dat ik zou gaan huilen. Ik wilde wel door de grond zakken, weet je? Ik had het gevoel dat ik er nooit meer overheen zou komen. De eerste maanden daarna was het ook zo. Ik weet niet waar ik voor die tijd op de sociale ladder stond, maar daarna stond ik helemaal op de onderste tree. Nog net niet zo laag als Naomi, maar wel daar in de buurt.'

'Wat heb je gezegd?' vroeg Wilde. 'Tegen die jongens die je uitlachten.'

'Dat het niets voorstelde. Dat het gewoon een lolletje was.' Matthew slikte. 'Ik... ik zei dat ze makkelijk was.'

'Stijlvol.'

Matthew sloot zijn ogen. Wilde zag af van verdere opmerkingen.

'Heb je er met Naomi over gepraat?'

'Nee.'

'Echt niet?'

Matthew gaf geen antwoord.

'Wanneer heb je haar toen weer gezien?'

'Op school, maar we gingen elkaar uit de weg.' Matthew dacht na. 'Om eerlijk te zijn, was ik het meer die haar uit de weg ging. Die weken waren heel erg zwaar.'

Wilde zou het liefst even een kleine luchtviool bespelen. 'Dat is allemaal verschrikkelijk,' zei hij, 'maar ik begrijp nog steeds niet waarom je zo bezorgd was toen ze werd vermist.'

'Dat komt omdat het verhaal nog niet afgelopen is.'

Nu vloeiden de tranen. Matthew was er ellendig aan toe.

'Ik ga geen excuses meer oplepelen, oké? Want er zijn geen excuses. Ik kreeg een klein beetje te verduren van wat Naomi al jaren voor de kiezen kreeg. Een heel klein beetje, maar ik kon er niet tegen. Dus toen Crash met een plannetje kwam waarmee ik kon scoren, zodat ze me weer zouden accepteren, deed ik mee. Dat is wat telt. Niet het waarom. Alleen dat ik het heb gedaan.'

'Wat heb je gedaan?'

'Het was een gemene streek.'

'Wat?'

Matthew zei niets.

'Matthew?'

'Ik vroeg Naomi of ze me wilde zien. Als een soort afspraakje. Ik appte haar dat ik met haar wilde afspreken op diezelfde plek in het bos achter het huis van de Maynards, zonder dat iemand er verder van afwist.'

'Hoe reageerde ze.'

'Ze zei ja.' Hij haalde zijn schouders op. 'Volgens mij was ze heel opgetogen.'

Matthew sloot opnieuw zijn ogen.

Wilde deed zijn uiterste best om niets te laten zien van wat er in hem omging. 'En?'

'Ik, eh... ben, zeg maar, niet op komen dagen.'

'Hé, Matthew?'

Matthew keek op.

'Dit is niet het moment om een beetje met woorden te spelen. Wat bedoel je met *ik ben, zeg maar, niet op komen dagen*?'

'Ik ben niet op komen dagen. En de bedoeling was dat ik haar zou doodzwijgen, dat ik niet zou reageren als ze me een appje zou sturen om te vragen waar ik bleef.'

'Maar je hebt wel gereageerd?'

'Ja...'

'Hoe?'

'Ik heb geappt dat het me speet.'

'En wat zei zij toen?'

'Niets. Ze heeft daarna niets meer tegen me gezegd.'

Wilde dacht aan de kelder bij Naomi thuis. Wat Naomi had gezegd over Matthew. *Hij voelt zich waarschijnlijk schuldig. Zeg maar dat dat niet hoeft.*

Misschien had Naomi het hem vergeven, en misschien zocht Matthew naar vergeving, maar Wilde was niet van plan de boodschap over te brengen.

'Wat is er gebeurd toen Naomi daar alleen bij die beek zat?'

'Crash kwam, en anderen van die club.'

'En?'

'Dat weet ik niet. Of dat wist ik niet. Daarom ben ik naar Nana gegaan, want een dag later was Naomi verdwenen. Ik dacht... nou ja, ik weet niet wat ik dacht. Ik dacht dat ze misschien iets met haar hadden uitgehaald.'

'Zoals?'

'Zoals, ik weet het niet,' zei Matthew. Hij hief zijn handen. 'Maar uiteindelijk bleek er niets aan de hand met Naomi. Jij hebt haar gevonden. Crash heeft haar alleen over die stomme Challenge verteld. Hij heeft haar zo ver gekregen dat ze dat ging doen. Meer was er niet.'

Wilde dacht een auto te horen die de oprit op draaide. Hij liep naar de hal en keek uit het raam. Een lange man in designkleding stapte uit aan de bestuurderskant van een glanzende zwarte Mercedes Benz SL-550. Hij haastte zich om de auto heen in de hoop de rol van galante gentleman te kunnen spelen, maar Laila had zelf al het portier opengemaakt en was uitgestapt.

Dus daarom had Laila tegen Wilde gezegd dat het vanavond wel eens laat kon worden.

Zonder verder nog ergens een woord aan vuil te maken, haastte Wilde zich langs de trap naar beneden en de achterdeur uit. Matthew zou het wel snappen. Het was eerder voorgekomen. Laila zou Designkleding niet mee naar binnen nemen. Nog niet. Niet terwijl Matthew thuis was. Maar ze zou Wilde wel vragen een tijdje weg te blijven en dat zou Wilde doen. Laila zou proberen er iets van te maken en uiteindelijk zou het niets worden. Dat mocht Wilde niet wensen. Hij zei ook tegen zichzelf dat hij niet hoopte dat het zo zou verlopen, dat hij wilde dat Laila gelukkig zou worden. Maar Laila zou Designkleding het voordeel van de twijfel gunnen – Wilde zou zijn heil bij andere vrouwen zoeken. Laila en hij verloren elkaar ondertussen niet uit het oog, er bleef iets platonisch tussen hen beiden aanwezig – ze zou hem nooit uit haar leven laten verdwijnen, en zeker niet uit dat van Matthew – en op een gegeven moment zou Designkleding weer verdwenen zijn en zou Wilde de nacht weer bij Laila doorbrengen. Misschien een cyclus waar niets mis mee was. Misschien moest het zo zijn. Misschien moest Wilde zich eigenlijk minder beschikbaar opstellen en een iets minder veilige wijkplaats voor Laila zijn. Misschien maakte hij het haar te gemakkelijk om een prille relatie de nek om te draaien. Misschien ook niet. Misschien was ze veel beter af met Wilde en moest ze Designkleding onmiddellijk weer vergeten. Misschien was Wilde aan het rationaliseren. En misschien, heel misschien moest hij maar niet proberen te bedenken wat Laila echt wilde of wat goed voor haar zou zijn.

Nu was het laat op de avond. Hij zou Ava O'Brien de volgende ochtend opzoeken. Misschien leverde dat iets op. Misschien, dacht hij, terwijl hij stilstond en de Mercedes hoorde wegrijden, was dat een dubbelzinnige gedachte.

17

Het eerste wat Wilde deed toen hij de volgende ochtend om vijf uur opstond, was kijken of er nieuwe berichten waren binnengekomen op zijn telefoon. Die waren er niet. Naomi had nog niet op zijn app gereageerd. Wat dat betekende? Hij had geen flauw idee.

Hij trok een korte broek aan en rekte en strekte buiten voor de Ecocapsule. De ochtendlucht was fris. Hij zoog de lucht diep in zijn longen en voelde de tinkeling. Wilde begon vrijwel iedere dag met een rondje hardlopen door de bossen. Boven op een heuveltop haalde hij zijn telefoon tevoorschijn en appte hij Ava O'Brien of hij haar op school kon spreken. Het was net kwart over vijf, dus hij verwachtte niet meteen een antwoord, maar Ava stond ook vroeg op, herinnerde hij zich, toen hij zag dat ze meteen een antwoord tikte. Ze stelde het parkeerterrein voor leerkrachten achter de school voor, om één uur 's middags.

We zijn allebei op. Kan ik nu niet komen? tikte Wilde.

Het antwoord was kort, maar duidelijk: *Niet handig.*

Wilde herinnerde zich de man met de enorme baard en knikte instemmend. *Oké, 1 uur parkeerplaats.*

Hij maakte zijn rondje hardlopen af, klapte een tuinstoel open en begon te lezen. Zolang hij zich kon herinneren was hij een verwoed lezer geweest. Toen de parkwachten hem destijds hadden gevonden, kon hij al lezen, iets wat de experts met stomheid had geslagen. Dat moest toch zeker betekenen, beweerden ze, dat de jongen in de war was of hen iets voorloog, dat hij door iemand in de kleren was gezet, dat iemand hem had gevoed en dat iemand hem had onderwezen? Hij had natuurlijk nooit op eigen houtje kunnen leren lezen. Dat was echter precies wat er was gebeurd, volgens Wilde zelf. Hij had zich toegang verschaft tot huizen en tv gekeken, ook educatief bedoelde programma's als Sesamstraat. En heel specifiek: in één huis had hij video's gevonden met een cursus *Hoe leer ik mijn kind lezen?*

Zo had hij leren lezen. Hij wist het zeker.

Dat deed hem denken aan de DNA-test.

Hij had nog steeds niet gekeken wat die had opgeleverd. Wilde hij dat? Wilde hij de verwarring die dat teweeg kon brengen toelaten in zijn leven? Hij was tevreden met wat hij had. Hij hield ervan om minimalistisch met het leven om te springen, met dingen evengoed als met mensen. Dus waarom zou hij die deur opendoen?

Was hij nieuwsgierig?

Hij legde zijn boek weg. Het was een hardcover. Meestal las hij echte boeken en niet iets op een e-reader, niet omdat hij een hekel had aan technologie of het zo prettig vond om papier tussen zijn vingers te voelen, maar domweg omdat hij hier al heel veel elektronica aan de praat hield en gedrukt materiaal, dat je kon weggeven als je het uit had, hem daarom beter paste.

Hij zocht de e-mail van de DNA-website. Twee maanden eerder had hij zich met een pseudoniem ingeschreven en wangslijm opgestuurd. Wilde werkte met meerdere valse identiteiten. Die bewaarde hij in een aantal stalen kistjes, brandveilig en waterdicht volgens de reclame, begraven in het bos op een afstand van minder dan honderd meter van de Ecocapsule. Er zat ook geld in die kistjes, en de gegevens van bankrekeningen onder die valse namen. Meer dan genoeg mogelijkheden voor Wilde om te verdwijnen, mocht de nood aan de man komen.

Hij klikte op de koppeling naar de website en tikte de gebruikersnaam en het wachtwoord in waarmee hij zich had ingeschreven. Het voerde hem naar een pagina met de kop VOOROUDERS. In zijn geval bleken die van overal te komen, met een voorkeur voor de vage mededeling 'Oost-Europa'. Wat betekende dat? Helemaal niets. Ging hij zich nu anders voelen of was hij nu dichter bij een of andere waarheid gekomen? Nee, niet echt.

Onder de kop stond een nieuwe koppeling.

Je hebt meer dan honderd bloedverwanten!
Klik op de koppeling als je meer wilt weten!

Moest hij dat doen?

Misschien zou hij achter die klik zijn vader en moeder aantreffen. Dat was nogal wat, zou je in eerste instantie denken. Maar opnieuw: en wat dan nog? De meeste mensen zochten dergelijke kennis omdat ze het gevoel hadden dat ze iets misten, dat het antwoord een onduidelijke leegte kon vullen. De meeste mensen wilden meer mensen in hun leven – meer familie, meer bloedverwanten. Dat gold niet voor Wilde. Dus waarom de doos van Pandora openmaken?

Maar hé, onwetendheid was nooit een zegen. Daar was Wilde vast van overtuigd. Dus klikken op die koppeling, hij hoefde immers nu niet meer te doen dan snel even te kijken. Gewoon klikken en kijken wat er stond.

Hij klikte op de koppeling.

Wilde voelde zich als de deelnemer aan een tv-show die net een gordijn heeft aangewezen dat door de gastvrouw zal worden weggetrokken, met als resultaat niets of een schitterende auto.

Het resultaat had meer weg van niets.

Er was geen match met een moeder, geen match met een vader, geen match met broers of zusters, geen match met halfbroers of halfzusters. In feite was de naaste bloedverwant een zekere PB in de derde graad die 2,44 procent DNA en 8 segmenten met Wilde deelde. Er stond een klein diagrammetje bij met uitleg.

PB en jij delen misschien een paar betovergrootouders. PB en jij kunnen ook tot verschillende generaties behoren (kinderen van neven en nichten) of slechts één voorouder delen (halfneven en halfnichten).

Het was net iets meer dan niets, maar niet veel. Hij kon natuurlijk contact opnemen met PB en proberen een soort stamboom op papier te krijgen, maar vandaag, nu Naomi was weggelopen en Matthew heel terecht rondliep met schuldgevoelens over wat hij had gedaan, nu Laila iets had met Designerkleding (dat liet hem natuurlijk koud, hield hij zichzelf nog even voor), vond hij het een plan waar hij bij voorbaat moe van werd.

Het kon wachten.

Wilde was niet terug geweest in de buurt van Sweet Water Highschool sinds hij er zelf zijn diploma had gehaald. Toen hij dichterbij kwam, staken de spoken de kop op. Of op zijn minst één spook, één geest. Het was alsof hij voelde hoe David, Matthews vader, naast hem kwam lopen. Zo ongeveer elke dag hadden ze samen deze tocht gemaakt, tot David in het voorlaatste jaar zijn rijbewijs had gehaald en ze samen naar school reden. De herinneringen dreigden hem te verlammen, maar Wilde vocht ertegen voor wat hij waard was.

Niet nu. Kop erbij houden.

Toen Wilde op school zat, was er nog geen beveiliging geweest. Nu wel. De in kraakheldere uniformen gestoken bewaking was gewapend en vatte het werk serieus op. Ze hadden hem in het vizier op het moment dat duidelijk werd dat hij op weg was naar de school. Wilde liep zo opvallend mogelijk. Hij glimlachte en hield zijn handen zo dat zichtbaar was dat hij niets te verbergen had.

Naar een school lopen en laten zien dat je niets te verbergen hebt. Wat een wereld.

'Wat kunnen we voor je doen?' vroeg een van de twee bewakers.

'Ik heb afgesproken met Ava O'Brien op de parkeerplaats.'

De andere bewaker had een dun snorretje en zag er zo jong uit dat je zou denken dat hij hier gewoon nog op school zat, maar misschien was hij wel het soort lanterfanter dat al twee jaar van school was en niets beters te doen had dan een beetje door de stad rijden in een oude auto. Hij keek op een klembord of hij er Wilde's naam kon vinden, terwijl zijn oudere collega Wilde intimiderend bleef aanstaren. Het liet Wilde koud, evenals de vluchtige fouillering en het feit dat ze hem zijn zakken leeg lieten halen en dat hij door een metaaldetector moest. Al was het droevig om te zien welke kant het op ging met de wereld – voelden mensen zich nu echt veiliger als vlak bij een school twee van dergelijke kerels met wapens werden neergezet? Willen we met z'n allen echt onze kinderen beschermen door twee onderbetaalde mannen die nog te dom zijn om politieagent te worden een pistool in de hand te drukken en ze rond te laten lopen tussen al die irritante pubers? Dat lijkt een blauwdruk voor rampen. Wilde had in de beveiligingssector gewerkt en hij wist dat toen al veel van zijn concurrenten niets liever deden dan de angst voor aanslagen aanwakkeren onder ouders om vette contracten met scholen binnen te slepen.

Creëer eerst het probleem en maak dan de oplossing te gelde.

De jongste van de twee belde. Twee minuten later nam Ava O'Brien hem mee door een lange gang. Hij vond dat Ava een aantrekkelijke manier van lopen had. Dat was misschien een rare gedachte op dat moment, maar goed, het overviel hem. Ze zag er sterk en krachtig uit.

De lessen moesten in volle gang zijn, want het enige geluid dat je hoorde, waren hun voetstappen op het linoleum. In gedachten ging Wilde terug naar de jaren dat hij hier zelf rondliep. Hij wist de weg natuurlijk – vergeet je dat ooit? Toen ze langs het gymlokaal liepen, gebaarde Ava naar de portretten die er aan de muur hingen.

'Ik zie je hoofd iedere dag.'

Er hingen een stuk of vijftig portretten onder een opschrift SWEET WATER SPORT HALL OF FAME. Het portret van Wilde hing bij de sectie Atletiek en Veldsporten. Hij had de ceremonie niet bijgewoond. Dat was niet zijn wereld. Tegen de tijd dat hij in het eindexamenjaar zat, had hij zo ongeveer alle schoolrecords bij het hardlopen verbeterd – horden, sprint, lange afstanden, noem maar op. De coach van het footballteam had geprobeerd hem te strikken als tailback, maar Wilde hield niet van teamsporten met hun camaraderie en opgeklopte high-fives. Hij was in het bijzonder niet weg van het footballteam. In zijn ogen waren het holbewoners met een stammenmentaliteit.

'Op die foto lijkt het net of je boos bent,' zei Ava.

'Ik probeerde macho uit te stralen.'

Ze bestudeerde de foto even. 'Volgens mij is dat niet gelukt.'

'Het lukt me zelden.'

Hij ging de foto's langs op zoek naar Rola Naser. Het kostte hem weinig moeite haar te vinden. De stralende glimlach van Rola – bij haar geen enkele poging zich anders voor te doen – was alsof de zon ineens in je gezicht scheen. Zo was Rola Naser – stralend, spraakzaam, integer, enthousiast – zelfs thuis. Zo ongeveer alles wat Wilde niet was. Misschien was dat allemaal geforceerd, misschien probeerde ze op die manier iets te compenseren wat ze tekort was gekomen in haar jonge jaren, maar als dat al zo was, had Wilde haar er nooit op kunnen betrappen dat ze het masker even liet varen.

'Aanvoerder van het meisjesvoetbalteam,' zei Ava, die zag naar welke foto hij keek en las wat er als bijschrift stond. 'Jeetje, zat zij bij de nationale selectie?'

'Rola was de beste voetballer die we hier op school hebben gehad.'

'Was ze een goede vriendin van je?'

'Mijn zuster,' zei Wilde. 'Mijn pleegzuster.'

Ava nam hem mee naar een tekenlokaal. Overal kleur. Wilde nam het in zich op. Het was een ruimte om je thuis te voelen, een mengeling van uiterst amateuristisch gefröbel en zeer getalenteerd creatief werk, halfbakken probeersels en sculpturen die in sommige musea niet zouden misstaan. Een ruimte vol leven, heel veel leven.

'Ik heb het al nagevraagd,' zei Ava.

Ze sloeg een zakelijke toon aan. Wilde wachtte.

'Naomi heeft verzuimd sinds vorige week donderdag,' zei Ava. 'Er is geen reden opgegeven voor het verzuim. De school heeft e-mails met een waarschuwing gestuurd.'

'Ik heb gehoord dat het er nogal heftig aan toe is gegaan toen ze na de vorige keer terugkwam.'

'Van wie?'

'Haar vader,' zei Wilde. Hij vond het niet nodig om Matthew erbij te betrekken. Hij vatte voor haar samen wat hij wist – Bernard Pine die naar hem toe was gekomen, de slaapkamer van Naomi en de ontbrekende kleren en rugzak.

'Ja... het was inderdaad heel heftig,' zei Ava toen hij uitgesproken was. 'Zoals te verwachten was.'

'Hoe reageerde Naomi?'

'Op het pesten?'

'Ja.'

'Naomi, ik weet het niet, misschien nog meer teruggetrokken. Ik heb wel geprobeerd haar aan het praten te krijgen, maar ze wilde niet veel kwijt.'

'Zou ze nog met iemand anders gepraat kunnen hebben?'

'Niet dat ik weet.' Ava hield haar hoofd scheef. 'Ze vertelde me dat jij haar gevonden had. Ze zei dat jullie in de kelder bij haar thuis met elkaar hadden gepraat.'

'Ja.'

'Ze mag jou, Wilde.'

'Ik mag haar ook.'

'Heeft ze je verteld waarom ze meedeed aan dat afgrijselijke spel?'

'Ze hoopte dat ze een nieuwe kans zou krijgen,' zei Wilde.

'Een nieuwe kans?'

'Om op voet van gelijkheid met haar klasgenoten om te gaan. Een tweede kans. Ze dacht dat ze, als zij indruk kon maken, anders naar haar zouden kijken.'

Ava schudde haar hoofd. 'Ik snap het, maar...'

Wilde zei niets.

'Ik zou willen dat die kinderen begrepen hoe kort het maar duurt op school,' zei ze.

'Zo werkt het niet.'

'Dat weet ik. Mijn grootvader in Maine is onlangs tweeënnegentig geworden. Ik heb hem gevraagd hoe dat was om zo oud te worden. Hij zei dat het is alsof je met je vingers knipt. Hij zei: "Op een dag werd ik achttien. Toen ben ik in dienst gegaan. Ik werd in het zuiden gelegerd. Daar kreeg ik mijn basisopleiding en nu zit ik hier." Zo snel. Dat zei hij. Alsof hij met zijn plunjezak in 1948 in de bus was gestapt en nu weer was uitgestapt.'

'Dat is cool,' zei Wilde.

'Zeker. Ik weet niet precies waarom ik je dit vertel. Misschien om duidelijk te maken dat het onmogelijk is om een meisje van zestien dat wordt gepest, uit te leggen dat de wereld meer is dan school, als twee volwassenen zoals wij al moeite hebben om te geloven dat het leven zo snel voorbij flitst.'

Wilde knikte. 'Heb jij enig idee waar Naomi is?'

'Volgens mij denken we allebei dat ze is weggelopen.'

'Waarschijnlijk.'

'Heb je contact opgenomen met haar moeder?'

'Ik dacht dat jij zei...'

'Ja... Klopt. Maar dat was toen. Wat Naomi tegen jou zei over een nieuwe start maken? Zoiets heeft ze mij ook verteld. Maar toen het met die Challenge zo rampzalig was afgelopen, wist ze dat het hier in de stad nooit meer zou lukken. Voor een nieuwe start moest ze ergens anders naartoe.'

'Dus denk jij dat ze misschien naar haar moeder is vertrokken?'

'Naomi zei dat haar moeder op reis ging. Daar heb ik toen niets achter gezocht, maar misschien had ze iets verlangends in haar stem.'

'Weet je ook waar haar moeder naartoe ging?'

‘Alleen dat ze naar het buitenland zou gaan.’

‘Oké, ik zal erachteraan gaan.’

Ava keek op haar horloge. Wilde begreep de hint.

‘Je moet lesgeven,’ zei hij.

‘Ja.’ Even zweeg ze. ‘Die appjes die ik je heb gestuurd?’

Wilde wist precies welke appjes ze bedoelde.

Kom vanavond langs. Ik doe de deur niet op slot.

Gevolgd door een tweede bericht.

Ik mis je, Wilde.

‘Dat is oké.’

‘Ik zou niet méér willen dan wat we hadden. Ik was, ik bedoel, ik was even eenzaam.’

‘Dat overkomt mij ook.’

‘Ja?’

Hij zag geen reden zichzelf te herhalen.

‘Het was vreemd,’ zei ze. ‘Wat wij hadden. Nu is niet het goede moment, maar…’

‘Ik heb ervan genoten,’ zei Wilde. ‘Echt.’

‘Maar het kon geen stand houden, hè?’ Er klonk geen spijt of iets dergelijks door in haar stem bij die vraag.

Wilde reageerde niet.

‘Het was als een eendagsvlieg, een wezen dat in één dag een heel leven moet leiden. Intens en zonder rust.’

Dat vond hij treffend onder woorden gebracht. ‘Dat was het wel, denk ik.’

Ze stonden schutterig tegenover elkaar. Geen van beiden wist wat te doen. Ava deed een stap naar voren en kuste Wilde op zijn wang. Hij keek haar in haar ogen en bijna zei hij dat niets hem bond op dat moment. Bijna, maar hij deed het niet. Hij veranderde van onderwerp.

‘Ken je die jongen van Maynard?’

Ze knipperde met haar ogen en deed een stap achteruit. ‘Crash? Alleen zijn reputatie.’

'Zijn reputatie?'

'Een rotzak. Hij treitert Naomi, al zit er misschien meer achter.'

'Meer?'

'*He doth protest too much methinks,*' zei Ava in haar beste Shakespeareaans.

'Hij overdrijft? Omdat hij eigenlijk verliefd op haar is?'

'Dat zou ik niet durven beweren. Hij gaat met Sutton Holmes, maar ik denk dat Naomi hem mateloos boeit, op een manier die hij zelf niet begrijpt.'

'Is Crash Maynard vandaag op school?'

'Waarschijnlijk wel. Waarom?'

'Wanneer zijn de lessen afgelopen?'

18

Hester trok haar badmuts strak en zwom drie kwartier baantjes in het overdekte zwembad op de begane grond van de kantoortoren waar ze werkte. Met baantjes trekken – heen crawl, terug schoolslag – hield ze zich al twee decennia in conditie. Voor die tijd was ze niet zo dol geweest op het zwembad. Een nat badpak uittrekken is pijnlijk, je stinkt naar chloor en zwemmen doet vreselijke dingen met je haar. Het is bovendien oersaai. Maar juist dat laatste, de saaiheid, had Hester uiteindelijk over de streep getrokken. Een moment waarop je helemaal alleen was, een moment van pure stilte, en ja, van pure verveling – mechanische halen met je armen en benen die je honderden, misschien wel duizenden keren per week uitvoerde – hadden eigenlijk veel weg van wat anderen zen noemden. Terwijl ze haar lichaam in van chemicaliën verzadigd water onderdompelde, zocht Hester de juiste woorden voor pleidooien, getuigenverklaringen en kruisverhoren.

Vandaag dacht ze echter terwijl ze zwom, terwijl haar lichaam zacht door het water gleed, niet aan haar werk. Ze dacht aan Oren. Ze dacht aan de avond die nog moest komen.

Het is maar een etentje, hield ze zichzelf voor.

Hij had haar mee uit eten gevraagd.

Maak het niet groter dan het is. Alleen maar even eten met een oude vriend.

Fout. Een man rijdt niet naar je werk om je te vragen even mee uit eten te gaan als twee oude vrienden onder elkaar. Dit was niet zomaar iets, dit had meer om het lijf. Dit was Het Ware Werk.

Hester douchte, föhnde haar haar en trok haar meest genadeloze zakenpak aan. Toen ze uit de lift stapte, reikte haar assistente Sarah McLynn haar een stapeltje post aan dat haar aandacht vereiste. Hester liep met het pakje naar haar kantoor en sloot de deur. Ze ging aan haar bureau zitten, haalde een keer diep adem en opende de webbrowser.

'Niet doen, Hester,' zei ze hardop.

Maar Hester Crimstein liet zich niet de wet voorschrijven, niet door iemand anders en al helemaal niet door zichzelf.

In het zoekveld typte ze 'Cheryl Carmichael'.

Inderdaad, de ex van Oren.

Dat deel van Hester dat je haar geweten zou kunnen noemen, vulde zich als een ballon met morele verontwaardiging, ontsteeg haar en zweefde boven haar hoofd, terwijl dat deel van haar dat zich bezighield met slagvaardigheid en kordaat optreden – het deel dat op de stoel bleef zitten – met gefronste wenkbrauwen tegenwierp: 'Ja, ja, alsof jij zo heilig bent.'

Hester drukte op de Entertoets en keek toe hoe het scherm zich vulde met zoekresultaten. Bovenaan de lijst stonden links naar een Cheryl Carmichael die doceerde aan CUNY. Eh, nee... dat was duidelijk niet de Cheryl die zij zocht. Hester liet haar ogen over de overige resultaten gaan. Ze wist eigenlijk zelf niet precies wat ze online zou vinden over een gescheiden vrouw van achter in de zestig. Maar toen ze eenmaal de Cheryl vond die ze zocht – een zekere Cheryl Carmichael die in Florida woonde, in Vero Beach – was wat ze zag erger dan het ergste wat ze zich had kunnen voorstellen.

'Mijn god...'

Cheryl Carmichael was alom aanwezig op social media. Haar Instagram-account had meer dan 800.000 volgers. De verticale bio – of hoe je zoiets ook noemt – deed Hester kokhalzen.

Bekende persoonlijkheid
Fitnessmodel
Influencer en Vrije Geest
'I love life!'
#Over60andFabulous

Oef, dacht Hester.

Onder de bio stond een e-mailadres dat gebruikt kon worden om meer informatie aan te vragen. Informatie? Informatie waarover? Hesters gedachten daalden af naar een peil waarop wellustigheid hoogtij vierde tot ze besefte dat het ging om tarieven. Geld.

Bedrijven betaalden Cheryl om hun product aan te prijzen.

Bij het zien van de foto's voelde Hester dat haar maag samenkromp. Cheryl had vroeger haar dat golvend op haar rug lag. Hester herinnerde zich haar, gekleed in strakke korte broek en een nog strakker zwart topje, langs het veld waar de kinderen hun honkbalwedstrijden speelden, terwijl alle vaders net deden of ze niet naar haar staarden. Nu had ze haar haar in een moderne coupe laten knippen, kort en piekerig. Ze adverteerde haar lichaam in allerlei gewaagde poses met hashtags als #bikinibabe, #fitgoals, #squats, #loveyourself en #beachbum. Stuk voor stuk passende omschrijvingen.

Oef, Cheryl Carmichael was nog altijd een stuk.

Haar telefoon ging. Ze zag op het scherm dat het Wilde was.

'Spreek,' zei ze.

'Wat ben je aan het doen?'

'Ik ben bezig mezelf op te zadelen met het idee dat ik hopeloos tekortschiet.'

'Hè?'

'Laat maar. Wat is er?'

'Heb je nog iets gehoord van het telecombedrijf?'

Dat ging over de telefoon van Naomi. 'Ze houden het nummer in de gaten. Tot nu toe geen activiteit.'

‘Wil dat zeggen dat de telefoon uit staat?’

‘Ja.’

‘Kunnen ze zien waar en wanneer hij is uitgezet?’

‘Ik zal het vragen. Heb je gisteravond nog met Matthew gepraat?’

‘Ja...’

‘En?’

‘Misschien kun je beter zelf met hem praten.’

Wilde wilde het vertrouwen van Matthew niet beschamen. Hester begreep het.

‘Er is nog iets wat je voor me kunt doen,’ zei Wilde.

‘Ik ben niet erg in de stemming om hier veel energie in te steken, tenzij je natuurlijk echte aanwijzingen hebt dat ze niet domweg is weggelopen.’

‘Oké,’ zei Wilde, ‘maar wil je nog één keer voor me naar Naomi’s moeder bellen?’

Hij vatte het gesprek dat hij met Ava O’Brien had gevoerd kort samen.

‘Maar als de moeder de dochter heeft meegenomen, zou ze dan de vader niet hebben ingelicht?’ vroeg Hester.

‘Wie weet? Even bellen met moeder maakt misschien wel een einde aan alle onduidelijkheid. Maar als je het te druk hebt...’

‘Hé... wou je zelf gaan bellen? “Hallo, ik ben een vrijgezel van achter in de dertig die op zoek is naar uw dochter”?’

‘Hm.’

‘Ik zal bellen.’

‘Alles goed, Hester?’

Hester staarde naar een foto van Cheryl Carmichael in een badpak, een foto die zo op het omslag van het badmodenummer van *Sports Illustrated* kon. ‘Matigjes.’

‘Je klinkt humeuriger dan anders.’

‘Het zal wel,’ zei ze. ‘Waar ben jij?’

‘Nog steeds bij de school. Ik wil proberen die jongen van Maynard een paar vragen te stellen.’

Wilde beëindigde het gesprek met Hester en keerde zich naar Ava.

'Weet je het zeker?'

'Ja.'

'Het zou vervelende gevolgen voor je kunnen hebben.'

Ava haalde haar schouders op. 'Aan het einde van het schooljaar vlieg ik er sowieso uit. Alle parttimers. Bezuinigingen.'

'Dat is jammer.'

Ze wuifde het weg. 'Het wordt ook tijd om weer terug te keren naar Maine.'

Ze waren nog steeds in hetzelfde tekenlokaal. Wilde had in alle rust een rondje door het lokaal gemaakt en het werk van de leerlingen bekeken. In zeker opzicht was het een van de beste musea die hij ooit had bezocht. Overal hingen tekeningen en aquarellen, er stond beeldhouwwerk en keramiek, er hingen mobielen en er lagen sieraden. Vanzelfsprekend varieerde het talent van absoluut afwezig tot zeer begaafd, maar alles straalde uit dat het met hart en ziel was gemaakt.

Ze stonden bij de deur en wachtten op de bel die het einde van het laatste lesuur zou aankondigen.

'Toen ik hier op school zat, was dit nog geen tekenlokaal,' zei hij.

'Wat dan wel?'

'Handenarbeid. Meneer Cree.'

Ze glimlachte. 'Heb je de lamp of het krukje gemaakt?'

'De lamp.'

'Waar is die nu?'

Hij had de lamp aan de Brewers gegeven, zijn pleeg- en later adoptieouders die zich na hun pensioen hadden teruggetrokken in een afgesloten wijk met bewaking in Jupiter, in Florida. Wilde en zijn pleegzuster Rola hadden de Brewers acht jaar geleden geholpen met verhuizen en een kleine gehuurde vrachtwagen vol spullen het hele eind naar het zuiden over de 195 gereden. Rola had onderweg bij iedere toeristische attractie willen stoppen. Het UFO-Ontvangstcentrum in South Carolina bijvoorbeeld, en het kleinste kerkje van Georgia.

Wilde was sindsdien niet meer terug geweest in Florida.

Toen de bel ging, verstopte Wilde zich in een voorraadkast. Hij liet de deur op een kier staan, zodat hij nog iets kon zien. Ava ging bij de deur naar de gang staan.

Twee minuten later kwam Crash Maynard binnen. 'U wilde mij spreken, mevrouw O'Brien?'

'Ja, dank je dat je gekomen bent,' zei Ava.

Crash raakte een sculptuur aan die op een kruk stond.

'Pas op, die klei is nog niet droog,' zei Ava.

'Ik begrijp niet waarom u me wilt zien. Ik heb al een paar jaar geen tekenles meer.'

'Dit gaat niet over tekenen. Waarom ga je niet even zitten?'

'Mijn moeder staat op me te wachten, dus...'

'Weet jij waar Naomi Pine is?'

Dat beviel Wilde. Er was geen enkele reden om er doekjes om te winden.

'Ik?' zei Crash, alsof de suggestie dat hij dat zou weten het onwaarschijnlijkste en onbegrijpelijkste was wat iemand ooit te berde had gebracht. 'Hoe zou ik dat moeten weten?'

'Je zit bij Naomi in de klas.'

'Ja, maar...'

'Maar?'

Crash produceerde een lachje dat tegelijkertijd nerveus en een beetje verwaand klonk. 'We zijn niet echt bevriend of zo.'

'Maar jullie praten wel met elkaar.'

'Nee, dat doen we niet.'

Ava sloeg haar armen over elkaar. 'Waarom zou Naomi mij dan vertellen dat het wel zo is?'

'Heeft Naomi dat gezegd?'

'Ja.'

Crash peinsde even. Je kon de raderen horen kraken in zijn hersenen terwijl zijn lippen zich krulden tot een glimlach die onderdeel uitmaakte van een uitdrukking vol valse bescheidenheid op zijn gezicht. 'Eigenlijk moet ik dit niet zeggen.'

'Maar?'

'Ik geloof dat Naomi verliefd op me is.'

'En als dat zo is?'

'Nou ja, ik bedoel, als zij zegt dat wij praten.' Hij haalde zijn schouders op. 'Ik weet het niet, misschien wilde ze een beetje opscheppen of zo.'

'Opscheppen?'

'Ja... Of, ik weet het niet, ik doe gewoon aardig tegen haar. Dus dat ik iets terug zeg, zeg maar, als zij hoi zegt.'

'Wow,' zei Ava. 'Dat ís aardig.'

Het sarcasme was niet aan hem besteed. 'Maar we communiceren niet echt met elkaar, begrijpt u wat ik bedoel?'

'Ik geloof dat ik het begrijp,' zei Ava. 'Vertel nu eens iets meer over die avond waarop Matthew Crimstein haar bij jou thuis moest doodzwijgen, of hoe je het ook maar wilt noemen.'

Stilte.

'Crash?'

Hij haalde zijn telefoon uit zijn zak en drukte op een knop. Het beviel Wilde niet. 'Ik krijg een appje van mijn moeder, mevrouw O'Brien.'

'Oké.'

'Ik moet weg.'

'Geef eerst antwoord op mijn vraag.'

'Oké, maar... ik weet niet waarover u het hebt.'

'Dat weet je wel. Naomi heeft me verteld...'

'Heeft Naomi het u verteld?'

'Ja...'

'Dan hoeft u er mij niet naar te vragen,' zei Crash. Wilde moest bekennen dat hij Ava daar op een knappe manier mee van repliek diende. 'Ik moet nu weg, mevrouw O'Brien.'

'Ik wil weten...'

Crash keerde zich abrupt naar haar toe en kwam een beetje te dichtbij. 'Ik weet niets over Naomi Pine!' De valse bescheidenheid was verdwenen. 'Niets!'

Ava deinsde niet achteruit. 'Je hebt haar die avond gezien.'

'En wat dan nog? Ze was op ons terrein.'

'Waarom heb je Matthew Crimstein opgedragen om een rotstreek met haar uit te halen?'

'Heeft Matthew dat gezegd?' Hij schudde zijn hoofd. 'Luistert u eens, ik mag gaan, toch? U kunt me niet dwingen om hier nog langer te blijven, of wel?'

'Nee, natuurlijk niet...'

'Dan ben ik nu weg.'

Waarom ook niet, dacht Wilde. Hij duwde de deur van de kast open en zei: 'Ik kan je wel tegenhouden.' Hij liep door het tekenlokaal en ging met zijn rug tegen de deur naar de gang staan om het de puber onmogelijk te maken te vertrekken. Ava wierp hem een vernietigende blik toe en schudde haar hoofd, waarmee ze hem duidelijk te kennen gaf dat dit niet de manier was om de zaak aan te pakken.

Crash fronste zijn wenkbrauwen. 'Wat is dit?'

'Zeg ons waar Naomi is,' zei Wilde.

Crash' ogen sloten zich tot spleetjes. 'Jij was toen bij ons huis. Jij bent die kerel die de bewaker zijn pistool afpakte.'

Ava vuurde opnieuw een blik op Wilde af. Hij negeerde haar.

'Je hoeft je geen zorgen te maken,' zei Wilde. Dat was misschien niet helemaal waar. 'We willen alleen weten waar Naomi is.'

De deur achter Wilde vloog plotseling open, knalde tegen hem aan en deed hem zijn evenwicht verliezen. Dreadlocks stormde het lokaal in, één schouder een beetje naar voren gekanteld als een linebacker die zijn tegenstander opzoekt. Wilde vervloekte zichzelf. Natuurlijk had die jongen beveiliging en natuurlijk sloeg hij alarm met zijn telefoon. Wilde vervloekte zichzelf omdat hij zich zo had laten verrassen.

Nu waren de rapen gaar.

Dreadlocks sprong zonder een moment van aarzeling naar Wilde, die nog steeds probeerde zijn evenwicht te hervinden.

Tevergeefs.

Dreadlocks klemde zijn armen om Wilde, zijn schouder tegen diens borst en dwong hem achteruit. Hij snoerde zijn greep aan en tilde Wilde van de vloer. Dreadlocks bleef lopen en stond op het punt Wilde op de vloer te smijten.

Dit ging helemaal fout.

Dreadlocks was woest. Waarschijnlijk zat het hem nog steeds dwars dat Wilde hem onder de ogen van zijn baas had vernederd. Nu nam hij wraak.

Wilde probeerde koortsachtig te bedenken wat hem te doen stond. Er was niets wat hij kon doen. Hij hing in de lucht, slachtoffer van een niet al te vriendelijk bedoelde knuffel, op het punt op de grond gesmeten te worden. Als hij zijn voeten nog op de vloer had gehad, als ze niet in beweging waren geweest, had hij kunnen proberen de man een kopstoot te verkopen, maar Dreadlocks hield zijn hoofd gebogen tegen Wilde's borstkas.

Geen kopstoot.

Helemaal niets.

Hij moest de klap zo goed en zo kwaad als het ging incasseren en zich herstellen. De eerstvolgende stap plannen.

Op het allerlaatste moment spande Wilde alle spieren in zijn lichaam en kronkelde hij zich. Daarmee kon hij niet voorkomen dat hij op de vloer werd gesmeten. Geenszins. Hij belandde op het linoleum met een dreun die de lucht uit zijn longen joeg, maar door zijn spieren aan te spannen en te kronkelen, had hij Dreadlocks net genoeg uit balans gebracht om ervoor te zorgen dat niet diens gespierde onderarm de klap opving, maar zijn elleboog.

Dat deed pijn.

Van de twee mannen had de een nu een elleboog die erg veel pijn deed, terwijl de ander in ademnood verkeerde.

Afstand, dacht Wilde.

Het was het enige wat hij dacht. Afstand. Zo ver mogelijk weg van zijn belager. Hij moest zo veel mogelijk ruimte tussen hem en Dreadlocks zien te krijgen.

Hergroeperen, herstellen.

Nog altijd op de vloer liggend probeerde Wilde de vurige wens, nee, de absolute noodzaak om adem te halen te negeren. Daar draaide het om. Ze hadden hem wel eerder de lucht uit zijn longen geslagen. Het werkte verlammend en het voelde vreselijk, maar de ervaring had hem geleerd dat die verlamming werd veroorzaakt door angst. Het voelt alsof je zult stikken, alsof je nooit meer adem zult kunnen halen. Dat zet je lichaam op slot. Opdrachten van de hersenen naar de benen of de voeten worden afgekapt. Maar Wilde wist, ook al was zijn reptielenbrein overtuigd van het tegendeel, dat zijn ademhaling zou terugkeren, en zelfs sneller als hij niet in paniek zou raken, dus vocht hij tegen de verleiding om domweg te blijven liggen waar hij lag en zich op te rollen in foetushouding tot hij weer lucht in zijn longen kreeg.

Met brandende longen rolde hij weg.

'Laat hem!' schreeuwde Ava.

Maar Dreadlocks gaf niet op. Hij dook boven op Wilde en zette zijn knieën in Wilde's onderrug. Dat voelde alsof er glasscherven langs zijn ruggengraat omhoogschoten. Ava deed haar best om Dreadlocks van Wilde af te trekken, maar hij schudde haar van zich af alsof ze niet meer was dan wat roos op zijn schouders. Wilde probeerde zich om te draaien om Ava te helpen, maar Dreadlocks werkte daar niet aan mee. Hij schoof een arm onder die van Wilde en daarna ontspon zich een echte worstelpartij. Als je naar oude films kijkt, gaan gevechten altijd om het uitdelen en incasseren van klappen. Mannen stonden tegenover elkaar en probeerden elkaar te raken, soms schoppend. Echte gevechten eindigen echter altijd op de grond. Grabbelend en graaiend. Daarbij had Dreadlocks het voordeel van zijn lengte en gewicht. Het was in zijn voordeel dat zijn aanval een verrassing was geweest en het was in zijn voordeel dat Wilde nog steeds naar adem hapte.

De sleutel tot succes was vaak opoffering. Het stukoffer bij schaken. Wilde had genoeg football gezien om te weten dat alleen de quarterback succesvol was die onverstoorbaar in de mêlee van spelers stond, die zelfs niet met zijn ogen knipperde als een lineman van honderdvijftig kilo op het punt stond om als een vrachtwagen over hem heen te denderen. De waarlijk grote quarterbacks vingen de klap op zonder het doel uit het oog te verliezen.

Dat bezielde Wilde ook op dat moment.

Hij accepteerde dat Dreadlocks hem een paar rake klappen uitdeelde, omdat hij zijn doel niet uit het oog verloor.

Een vinger.

Hij kronkelde in de wetenschap dat Dreadlocks hem bij zijn schouder zou moeten pakken om hem te fixeren. Daar wachtte hij op. Hij concentreerde zich daarop – de beweging van de hand naar zijn schouder – en alleen daarop, en toen Dreadlocks naar zijn schouder greep, graaide Wilde naar een van diens vingers en rukte die uit alle macht achterover.

De vinger brak met een hoorbaar knappend geluid.

Dreadlocks jankte.

Afstand, dacht Wilde.

Hij rolde opnieuw weg. Hij zag de giftige mengeling van woede en pijn op het gezicht van Dreadlocks. De kolos maakte zich gereed voor een nieuwe aanval, toen een stem door de lucht sneed, even scherp als de zeis van de Laatste Scherprechter. ‘Zo is het genoeg.’

Het was Gavin Chambers.

19

Op de parkeerplaats van de school stopte Gavin Chambers Dreadlocks, die zijn gebroken vinger angstvallig koesterde alsof het een gewond huisdier was, in een zwarte Cadillac Escalade en stuurde hem weg. Hij stopte een schaapachtig om zich heen kijkende Crash in een witte Mercedes Benz coupé s-klasse met Crash' moeder achter het stuur. Die was het absoluut niet eens met de gang van zaken, stapte uit en eiste een uitleg van Chambers. Wilde stond te ver weg om te horen wat er werd gezegd, maar hij stond nog wel zo dichtbij dat hij nu en dan getroffen werd door moederlijke blikken als dolkstoten zo scherp.

Een groepje leerlingen stond te kijken. Wilde herkende Kyle, Ryan en Sutton, en nog een paar andere leerlingen over wie Matthew hem in de loop van de jaren het een en ander had verteld. Matthew stond er ook bij, als aan de grond genageld. Hij keek Wilde aan met een vragende blik in de ogen, maar Wilde reageerde niet.

Na verloop van tijd stapte Crash' moeder weer in. Ze knalde het portier dicht en reed weg. De toeschouwers, inclusief Matthew, verspreidden zich. Gavin Chambers liep terug naar Wilde en zei: 'Kom, we gaan een eindje wandelen.'

Ze slenterden tussen een schutting en de bakstenen achtergevel van het schoolgebouw. Wilde zag het footballveld en eromheen de vierhonderdmeterbaan waarop hijzelf actief was geweest. Daar had hij zijn 'gouden tijden' beleefd, al welde er niets van melancholie bij hem op; hij zag niet ineens die sprintende puber voor zich. Het leven gaat verder en je groeit mee. Zo nu en dan knik je misschien even toegeeflijk naar je oude zelf, maar je oude zelf is verleden tijd en komt nooit terug. Dat was vaak maar goed ook.

'Ik dacht dat het meisje weer boven water was,' zei Chambers.

'Ze is opnieuw zoek.'

'Mag ik het verhaal horen?'

'Nee.'

Chambers schudde zijn hoofd. 'Wat jij hier hebt gedaan – zo de confrontatie aangaan met de jongen, mijn man beschadigen – is niet goed voor mij.' Hij was even stil. 'Ik dacht dat wij een deal hadden gesloten.'

'Dat was voordat Naomi opnieuw verdween.'

'Jij hebt aanwijzingen dat Crash daarbij betrokken is?'

Wilde zei niets.

Chambers hield zijn hand bij zijn oor. 'Ik hoor je niet.'

'Dat was de reden waarom ik hem vragen stelde.'

'Ik denk dat je een beetje te ver bent gegaan, vind je ook niet? Zijn moeder is woedend. Ze wil de tekenlerares aangeven.'

'Ik ben ervoor verantwoordelijk, zij niet.'

'Heel edelmoedig, maar ik weet niet of het schoolbestuur het daarmee eens zal zijn.'

'Dreigen met het ontslag van de lerares,' zei Wilde. Hij schudde even met zijn hoofd. 'Dat lijkt me beneden jouw waardigheid.'

Chambers glimlachte. 'Dat is het ook, ja. Ik heb van alles over je gelezen, Wilde. Het grootste deel van jouw dossier in het leger zit achter slot en grendel, maar, nou ja, goed, ik heb zo mijn wegen. Heel indrukwekkend. Je hele levensverhaal is indrukwekkend. Maar zoals ik al eerder heb gezegd, ik kan beschikken over mankracht en ik heb links en rechts connecties. Dus ik stel een nieuwe deal voor. Ik zal de jongen voor jou ondervragen. Als Crash Maynard ook maar iets over dat meisje weet, zal ik het je vertellen.'

Ze slenterden verder.

'Ik heb een vraag,' zei Wilde.

'Ik luister.'

'De vorige keer dat we elkaar troffen, zei je dat er veel meer speelde dan een eenvoudige ruzie tussen een paar pubers.'

'Is dat de vraag?'

'Wat speelt er?'

'Dat wil je niet weten.'

'Echt?'

Gavin Chambers glimlachte. 'Het heeft niets te maken met Naomi Pine.'

'Heeft het iets te maken met Rusty Eggers?'

Een tweede zwarte Cadillac Escalade bleef voor hen stilstaan. Chambers gaf Wilde een paar klapjes op zijn rug en liep naar de auto.

'Hou me op de hoogte,' zei hij, 'maar blijf uit de buurt.'

Toen Wilde de bossen in liep, op weg naar zijn Ecocapsule, wachtte Matthew hem tussen de bomen met gebalde vuisten op. 'Wat was daar verdomme allemaal aan de hand?'

'Je lijkt van streek,' zei Wilde.

Hij liep het pad op. Matthew voegde zich bij hem.

'Nou?'

'Nou, wat?'

'Wat deed je bij mij op school?'

'Ik heb Crash Maynard naar Naomi gevraagd.'

'Bij mij op school? Ben je gek geworden?'

'Is dat een probleem, Matthew?'

'Ik moet daar naar school. Dat valt toch te begrijpen? Of niet?'

Wilde bleef staan.

'Wat?' vroeg Matthew.

'Ben je al vergeten wat je haar hebt aangedaan?'

Daar had Matthew niet van terug. Wilde zag het bloed uit zijn gezicht wegtrekken. De bomen stonden roerloos en plechtig om hen heen. Matthews stem klonk zacht toen hij eindelijk reageerde. 'Nee.'

Hij stond met zijn kin op zijn borst – shit, net als zijn vader David. De trek op het gezicht van de zoon vertoonde zoveel gelijkenis met hoe de vader eruit had gezien dat Wilde bijna een stap achteruit deed. Toen Matthew weer opkeek, zag hij hoe Wilde naar hem stond te staren. 'Hou daarmee op,' snauwde hij.

'Ik doe niets.'

'Jawel, dat doe je wel,' zei Matthew. 'Je weet hoe erg ik dat vind als je zo'n gezicht trekt van "O, kijk toch eens hoe hij op zijn vader lijkt".'

Wilde kon een glimlach niet onderdrukken. 'Oké.'

'Hou er gewoon mee op.'

'Oké, het spijt me.' Wilde deed alsof hij de uitdrukking van zijn gezicht poetste. 'Zie je?'

Matthew zuchtte. 'Soms ben je vreselijk vermoeiend.'

Wilde glimlachte.

'Wat?'

'Zoiets zou je vader ook hebben gezegd.'

Matthew rolde met zijn ogen. 'Hou je nog een keer op?'

Wilde waarschuwde Matthew vaak dat hij diens vader ter sprake zou brengen, of hij dat nu leuk vond of niet. Niet om de geest van David in leven te houden of iets dergelijks – dood betekende echt dood voor Wilde – maar voor Matthew. Die was van zijn vader beroofd, maar dat hoefde niet in te houden dat de herinneringen daarmee ook verdwenen waren of dat hij geen invloed meer zou hebben op zijn zoon.

'En wat zou mijn Heilige Papa hierover zeggen?' vroeg Matthew zo wrokkig als hij maar kon.

'Waarover?'

'Over die streek die ik met Naomi heb uitgehaald.'

'Hij zou nijdig zijn.'

'Zou ik huisarrest krijgen?'

'O, zeker, en je zou je excuses moeten aanbieden.'

‘Dat heb ik geprobeerd.’ Even bleef het stil. ‘Dat zal ik doen.’

‘Mooi. En je vader was geen heilige. Hij heeft er vaak genoeg een puinhoop van gemaakt, maar hij maakte het ook weer goed.’

Ze staken de kloof over, niet ver van de Ecocapsule toen Matthew zei: ‘Altijd?’

‘Wat, altijd?’

‘Maakte hij het altijd weer goed?’

Wilde voelde iets in zijn borstkas tekeergaan. ‘Dat probeerde hij wel.’

‘Mama denkt dat jij iets achterhoudt over de avond van het ongeluk.’

Wilde liep door alsof er niets was gebeurd, maar die woorden staken hem. ‘Zei ze dat?’

‘Is het echt zo?’

‘Nee.’

Matthew keek hem aan. Niks David, die jongen had veel meer van Laila als hij zo sceptisch naar hem keek.

Matthew knipperde en zei: ‘Maakt ook niet uit, toch? Hij is hoe dan ook dood.’

Wilde dacht daarover na en kwam tot de slotsom dat hij niet hoefde te reageren.

‘Wat heeft Crash je verteld?’ vroeg Matthew.

Even stond Wilde met de mond vol tanden toen Matthew zo plotseling een ander onderwerp aansneed. ‘Niet veel, maar hij leek nerveus.’

‘Dus wat denk jij? Dat Crash Naomi iets heeft aangedaan?’

‘Alles wijst erop dat ze is weggelopen zonder dat er anderen bij betrokken zijn.’

‘Maar?’

‘Maar er klopt iets niet.’

Matthew glimlachte. ‘Was jij niet degene die zei dat er altijd en overal chaos is?’

‘Je kunt tegenstrijdigheden verwachten, maar er is altijd een onderliggend patroon in de chaos.’

‘Een patroon in de chaos?’ zei Matthew. ‘Dat klinkt niet erg logisch.’

Inderdaad, dacht Wilde.

'Ik denk…' zei Matthew stamelend. 'Ik denk dat wat ik met Naomi heb uitgehaald, toen… Dat ik niet ben komen opdagen. Ik voel me schuldig, denk ik. Op de een of andere manier is het allemaal mijn schuld, toch?'

Matthew wachtte op een reactie. Wilde wachtte op een vervolg.

Toen dat niet kwam, zei hij: 'Wil je dat ik iets zeg om je gerust te stellen?'

'Alleen als je het meent.'

'Niet dus.'

Ze arriveerden bij de Ecocapsule. Matthew vond het prettig om in de krappe behuizing zijn huiswerk te maken. 'Minder afleiding,' zei hij. Matthew wilde nu aan het werk voor een proefwerk natuurkunde. De jongen blonk uit in de exacte vakken. Wilde bleef buiten en las een boek.

Twee uur later kwam Matthew naar buiten.

'Lekker geblokt?' vroeg Wilde.

'Ja, bedankt. En zeg dat alsjeblieft nooit weer, "geblokt".'

Ze liepen samen door de bossen terug naar het huis van Matthew. Toen ze daar aankwamen, verzon Wilde de smoes dat hij even een glas water wilde. Normaal gesproken vertrok hij weer als Matthew binnen was, maar vanwege die toestanden met Naomi en Crash had hij het gevoel dat hij misschien even moest blijven hangen tot Laila thuis was.

Er waren bovendien twee redenen waarom hij Laila wilde spreken. De eerste reden hing samen met wat Matthew hem had verteld – dat Laila nog altijd vraagtekens zette bij het officiële verhaal over wat er al die jaren geleden op die verraderlijke bergweg was gebeurd.

'Matthew?'

'Ja?'

Wilde dacht terug aan het gesprek van Ava met Crash. 'Hou je iets voor me achter?'

'Hè?'

'Over Naomi.'

'Nee.'

Matthew reikte hem een glas water aan. Daarna vertrok hij naar boven en trok de slaapkamerdeur achter zich dicht. Hij vertelde Wilde niet wat hij ging doen en Wilde vroeg er niet naar. Wilde zat in de woonkamer te wachten. Om zeven uur rolde Laila's auto de oprit op. Wilde stond op toen zij de deur openmaakte.

'Hoi,' zei Laila toen ze hem zag.

'Hoi.'

'Ik was al van plan om met je te praten,' zei Laila.

Dat was de tweede reden – veel belangrijker dan de eerste – waarom Wilde was gebleven.

'Ja... ik weet het,' zei hij.

Laila bleef staan. 'Je weet het?'

'Ik was hier bij Matthew toen je de vorige keer thuiskwam. Toen ben ik snel de achterdeur uit geglipt.'

'O,' zei Laila.

'Ja.'

'Het is pril,' zei Laila. 'Ik heb geen idee of het wat wordt...'

'Je hoeft je niet verontschuldigen.'

'... maar het zou kunnen.'

Laila keek hem aan. De boodschap was duidelijk. Ze was van plan de kennismaking met Designkleding te verdiepen. In fysiek opzicht.

'Maak je geen zorgen,' zei Wilde.

'Zorgen zat,' zei Laila.

'Ik bedoel...'

'Ik weet wat je bedoelt, Wilde.'

Hij knikte. 'Ik denk dat ik nu maar eens moet gaan.'

'Ik hoop dat het niet ongemakkelijk wordt.'

'Dat is het immers nooit?'

'Soms wel,' zei Laila. 'En soms blijf je te veel weg.'

'Ik wil niet storen.'

'Je stoort ook niet. Maar Matthew heeft je nog altijd nodig. Ik heb je nodig.'

Hij liep naar haar toe en kuste haar bijna te voorzichtig op haar wang. 'Als je me nodig hebt, ben ik er.'

'Ik hou van je, Wilde.'

'En ik hou van jou, Laila.'

Hij glimlachte. Zij glimlachte. Wilde voelde iets in zijn borstkas een beetje kraken. Laila... nou ja, goed, hij wist niet wat zij voelde.

'Dag,' zei hij. Hij vertrok door de achterdeur.

20

Hester koos het restaurant – RedFarm, een moderne dimsumzaak die een mengeling van heerlijke en alledaagse gerechten serveerde, overgoten met een sausje van culinaire humor. Haar lievelingsdumpling stond bijvoorbeeld op het menu als 'Pac Man' en zag eruit als het happige wezentje uit het oude computerspelletje. Bij RedFarm kon je niet reserveren, maar Hester kwam er vaak en kende iemand van het personeel die altijd een tafeltje in een hoekje voor haar kon regelen. Er hing een kunstzinnig sfeertje, zonder romantisch gedempt licht, maar goed, het was een eerste afspraakje.

Niet te hoge verwachtingen meteen.

Oren had het aan Hester overgelaten om te bestellen. De tafel stond nu afgeladen vol met dumplings – driekleurige groenten, garnalen en mango, krabsoep (ook zo'n lievelingsgerecht), knapperige ossenstaart, kip met truffel, te veel om op te noemen.

'Heerlijk,' mompelde Oren tussen twee happen door.

'Vind je het lekker?'

'Het is zo lekker dat ik bijna vergeet dat ik me in zo'n aangenaam gezelschap bevind.'

'Heel vleiend,' zei Hester. 'Mag ik naar je ex vragen?'

Hij had zijn stokjes net om een dumpling geklemd. 'Wil je dat echt?'

'Ik ben niet zo subtiel.'

'Dat laat je aardig zien.'

'En ik zit aan haar te denken.'

'Zit jij aan mijn ex te denken?'

'Alleen maar een paar vragen. Ik kan hier blijven zitten en me door die vragen laten afleiden, maar ik kan ze ook gewoon op tafel gooien.'

Oren bracht de dumpling naar zijn mond. 'Ik zie je liever niet afgeleid.'

'Ik heb de Instagram-pagina van Cheryl gevonden.'

'Ah,' zei Oren.

'Heb jij die gezien?'

'Nee, eerlijk gezegd niet. Ik hou me niet bezig met social media.'

'Maar je weet van het bestaan van die pagina?'

'Dat wel, ja.'

'Denk je nog wel eens aan haar?'

'Nu zou ik nee moeten zeggen, toch?'

'Ik heb de foto's gezien.'

'Hm.'

'Dus ik kan het je niet kwalijk nemen.'

'Natuurlijk denk ik nog aan haar – maar niet op die manier. We zijn achtentwintig jaar getrouwd geweest. Denk jij nog wel eens aan Ira?'

Hester antwoordde niet meteen. Ze had een tiental jurken uitgeprobeerd voordat ze had gekozen wat ze nu droeg. Pas toen ze onderweg naar haar afspraak haar spiegelbeeld in een etalageruit zag, realiseerde ze zich dat het een jurk was waarvan Ira altijd had beweerd dat hij haar heel sexy maakte.

'We hebben allebei een verleden, Hester.'

'Ik...' Ze wist niet zo goed hoe ze het onder woorden moest brengen. 'We zijn zo anders, Cheryl en ik.'

'Ja.'

'Ik weet wel dat dit maar een eerste afspraakje is, maar zij is zo... sexy.'

'Net als jij.'

'Praat me niet naar de mond, Oren.'

'Dat doe ik niet. Ik snap het, maar dit is geen wedstrijd.'

'Godzijdank. Je zei dat Cheryl jou had verlaten.'

'Ja en nee.'

'Als in?'

'Ik denk dat ik haar in eerste instantie heb verlaten. Op zijn minst emotioneel. Ze heeft mij verlaten omdat ik me voor een deel van haar had losgemaakt.' Hij legde zijn stokjes neer en veegde zijn kin af met zijn servet. Al zijn bewegingen waren nu zelfbewust. 'Toen de kinderen het huis uit waren, raakte Cheryl op drift, denk ik. Je kent Westville. Daar wonen gezinnetjes. En als dat gebeurd is, nou ja, jij hebt een carrière, maar Cheryl keek om zich heen, de kinderen waren de deur uit en ik ging iedere dag naar mijn werk en zij zat thuis, of was aan het tennissen of naar Zumba, of wat dan ook.'

'En dus maakte ze gewoon een eind aan het huwelijk?'

'Er hoeft niet per se een van ons beiden schuld te hebben. Een scheiding betekent nog niet dat je huwelijk mislukt is.'

'Eh, het spijt me, maar dat ben ik niet met je eens. Een scheiding lijkt me zo ongeveer de definitie van een mislukt huwelijk.'

Oren klemde zijn kaken op elkaar en keek even weg. 'Cheryl en ik hebben samen achtentwintig jaar gehad. We hebben drie prima kinderen grootgebracht. We hebben een kleinkind en er is een tweede op komst. Laat ik het zo zeggen: als je een auto hebt die het na achtentwintig jaar begeeft, deugt dan die auto ineens niet meer?'

Hester fronste haar wenkbrauwen. 'Dat vind ik een nogal moeizame vergelijking.'

'Wat denk je dan hiervan. Als het leven een boek is, zijn we allebei aan een nieuw hoofdstuk begonnen. Ze zal altijd belangrijk voor me blijven. Ik zal haar altijd het allerbeste toewensen.'

'Ze komt alleen – om de vergelijking een beetje op te rekken – niet meer in de nieuwe hoofdstukken voor?'

'Precies.'

Hester schudde haar hoofd. 'Mijn god, dat is zo volwassen dat ik bijna moet kotsen.'

Oren glimlachte. 'Zou je dan even willen wachten tot ik die knapperige ossenstaart heb geproefd?'

'Oké, laatste vraag,' zei Hester.

'Prima, zeg het maar.'

Hester legde haar handen om haar borsten. 'Cheryl heeft haar borsten laten opblazen, toch? Ik bedoel, daar staat een bergmassief waarachter je haar oorringen niet meer kunt zien.'

Oren lachte. Hester voelde haar telefoon trillen. Ze telde in gedachten mee.

'Drie keer,' zei ze hardop. 'Dat moet ik aannemen.'

'Wat?'

'Eén keer zoemen is een gewone oproep. Twee keer wil zeggen: werk. Drie keer betekent dat het belangrijk is en dat ik moet reageren.'

Oren maakte een gebaar met beide handen. 'Doe maar.'

Ze hield de telefoon bij haar oor. Het was Sarah McLynn, haar assistente.

'Wat is er aan de hand?' vroeg Hester.

'Stoor ik je tijdens je afspraakje?'

'Nogal.'

'Stuur eens stiekem een fototje. Ik wil hem zien.'

'Had je nog een andere reden om me te bellen?'

'Moet dat?'

'Sarah.'

'Goed, zoals je gevraagd had, heb ik Naomi's moeder gebeld.'

'En?'

'En ze weigert met je te praten. Ze zei dat je je met je eigen zaken moet bemoeien en verbrak de verbinding.'

Gavin Chambers stond voor het raam in de kantoortoren en keek omlaag naar de 'demonstranten' – een bij elkaar geraapt zootje tuig, alles bij elkaar niet meer dan een man of twintig – dat landerig bij het gebouw protesteerde. Ze scandeerden 'Wij willen de tapes!', maar erg hartstochtelijk klonk het niet. De randfiguren hielden borden omhoog voor alles wat maar links was. Als je moest afgaan op die borden, waren ze voor een Vrij Palestina, elke vorm van VERZET, gezondheidszorg voor iedereen en wilden ze de immigratiedienst opheffen, terwijl ze het er bovendien over eens waren dat het leven van zwarte mensen ook belangrijk is. Maar erg gedreven waren ze niet vandaag. Het in een cirkeltje marcheren had meer weg van lusteloos schuifelen.

Delia Maynard kwam naast hem staan. 'Is dat niet...?'

'Saul Strauss,' zei Chambers met een hoofdknik. Het was niet zo moeilijk om zijn oude maat in het leger te herkennen. Strauss was bijna twee meter en zijn lange grijze paardenstaart was zo passend voor de omstandigheden dat je niet anders kon concluderen dan dat hij hem speciaal voor dit soort gelegenheden had gekweekt.

Dash Maynard beëindigde een telefoongesprek en voegde zich bij zijn vrouw. De manier waarop die twee met elkaar omgingen straalde een zo vanzelfsprekende rust uit, een soort flow, altijd, dat Chambers, die toch genoten had van een niet gering aantal zeer bevredigende relaties in zijn leven, jaloers op hen was. Mensen kunnen je voor de gek houden – en dat doen ze ook, iedere dag – maar Chambers had lang genoeg opgetrokken met de Maynards om te weten dat het bij Dash en Delia echt was, dat de liefde tussen hen het soort liefde was dat je het gevoel gaf dat je zelf op de een of andere manier altijd tekortschoot. Het was niet alleen maar wat ze zeiden. Het was ook niet de manier waarop ze elkaar aankeken of zomaar even aanraakten. Er was iets ongrijpbaars, een mengeling van vriendschap en fysieke aantrekkingskracht, en misschien was het wel iets wat Chambers op hen projecteerde, maar het leek wel of Dash en Delia van die zielsvrienden waren, die in elkaar precies hadden gevonden wat perfect bij elkaar past en bijna niet te vinden is.

'Wat willen de demonstranten?' vroeg Delia.

'Je hoort ze,' zei Chambers. 'Ze willen de tapes.'

'Er zijn geen tapes,' zei Delia.

'Dat geloven ze niet.'

'Jij wel, Gavin?'

'Dat maakt niet uit.'

'Dat is geen antwoord.'

'Ik bescherm jullie onder alle omstandigheden.'

Dash mengde zich in het gesprek. 'Dat is niet wat ze vroeg.'

Chambers keek naar Dash en van Dash naar Delia. 'Natuurlijk zijn er tapes,' zei hij. 'Maar zijn ze zo schadelijk voor Rusty als onze in kameelharen lompen gehulde onheilsprofeten daar beneden geloven? Het is niet aan mij om dat te zeggen.'

Dash liep terug naar zijn bureau. 'Dus je begrijpt de situatie.'

Chambers vond het niet nodig daarop te reageren.

'We zijn niet veilig,' zei Delia terwijl ze naast haar man ging staan. 'Als ze zo gemakkelijk op school bij Crash konden komen...'

'Dat zal geen tweede keer gebeuren.'

Dash sloeg een arm om de schouders van zijn vrouw. Opnieuw constateerde Chambers hoe gemakkelijk, hoe natuurlijk, hoe liefdevol dat alledaagse gebaar was. 'Dat is niet goed genoeg.'

'Wie was die man?' vroeg Delia.

'Heeft Crash dat niet verteld?'

Delia schudde haar hoofd. 'Hij zei alleen dat de man steeds naar Naomi Pine vroeg.'

'Ze noemen hem Wilde.'

'Wacht, is dat die excentriekeling die ze in de bossen hebben gevonden?'

'Ja.'

'Ik snap het niet. Wat heeft die met Naomi Pine te maken?'

'Hij is een soort surrogaatvader van Matthew Crimstein. Om de een of andere reden zijn ze daar bij Crimstein geïnteresseerd in de verblijfplaats van Naomi Pine.'

'Crimstein,' zei Dash. 'Hester Crimstein?'

'Ja.'

Dat vonden ze geen van drieën een aangename gedachte.

'Crash houdt bij hoog en bij laag vol dat hij niets over Naomi weet,' zei Delia. Toen Chambers daar niet op reageerde, vroeg ze: 'Denk jij dat hij wel iets weet?'

'Crash heeft contact met haar gehad. Met Naomi Pine, bedoel ik. Je weet dat die een week geleden zoek was en bleek mee te doen aan een spelletje dat ze Challenge noemen.'

'Sommige moeders hadden het erover.'

'Crash... heeft haar aangemoedigd dat te doen.'

'Bedoel je dat hij haar heeft gedwongen?'

'Nee, maar de druk van andere pubers speelde wel een grote rol.'

'Denk je dat Crash haar iets heeft aangedaan? Nee toch, hoop ik.'

'Dat lijkt me twijfelachtig,' zei Chambers. 'Hij wordt te scherp in de gaten gehouden.'

Dash en Delia waren beiden zichtbaar opgelucht.

'Maar dat wil niet zeggen dat hij van niets weet.'

'Wat moeten we dan doen? Ik vind het vreselijk.' Delia keek opnieuw door het raam omlaag. Saul Strauss staarde recht omhoog alsof hij dwars door de spiegelruiten heen kon kijken. 'Ik vind het allemaal vreselijk.'

'Ik zou jullie aanraden om maar een tijdje de stad uit te gaan. Een reisje naar het buitenland of zo.'

'Waarom?'

'Er zijn mensen die Rusty Eggers als een existentiële bedreiging zien.'

Gavin Chambers wachtte op een reactie van een van beiden, maar geen van beiden bestreed die stelling.

'Gavin?' zei Delia.

'Ja?'

'We zijn toch wel veilig, hoop ik? Je zorgt er toch wel voor dat onze zoon niets overkomt?'

'Jullie zijn veilig,' zei Chambers. 'Hij is veilig.'

21

Matthew smeerde een boterham met pindakaas en jam, ging in zijn eentje aan de keukentafel zitten, at de boterham op, had nog steeds honger, smeerde een tweede boterham en was druk bezig die te verorberen toen er op de achterdeur werd geklopt.

Hij keek uit het raam en zag tot zijn verbazing – eigenlijk was hij gewoon geschokt – Crash Maynard staan. Voorbereid op het ergste deed Matthew de deur half open.

'Hoi,' zei Crash.

'Hoi.'

'Mag ik even binnenkomen?'

Matthew verroerde zich niet en trok de deur niet verder open. 'Wat is er?'

'Ik, eh...' Crash veegde met zijn mouw over zijn ogen. Hij keek naar de achtertuin. 'Weet je nog dat we hier kickball speelden?'

'In groep vijf.'

'We zaten naast elkaar in de klas bij meneer Richardson,' zei Crash. 'Die was geschift, hè?'

'Ja...'

'Maar hij was eigenlijk ook wel gaaf.'

'Dat wel,' stemde Matthew in.

'We waren toen dikke vrienden, weet je nog?'

'Ja...' zei Matthew. 'Ik denk het.'

'Toen was het gemakkelijker.'

'Wat?'

'Alles. Het kon niemand iets schelen wie er een groot huis had of wat andere mensen dachten. We... we waren alleen maar met kickball bezig.'

Matthew wist dat dat niet helemaal waar was. In die tijd was alles weliswaar onschuldiger, maar nu ook weer niet helemaal onschuldig.

'Wat kom je doen, Crash?'

'Ik kom mijn excuses aanbieden.'

Er stroomden tranen over zijn wangen. Er zat een snik in zijn stem.

'Het spijt me zo verdomd veel.'

Matthew deed een stap achteruit. 'Kom maar even binnen.'

Crash kwam niet in beweging. 'Er is zoveel gedonder bij mij thuis. Ik weet wel dat dat geen excuus is, maar het is net of ik boven op een vulkaan zit te wachten tot die uitbarst.'

Weg waren het opgepoetste zelfvertrouwen van het schoolplein, de zwier en de snerende opmerkingen. Matthew wist niet precies wat hij ervan moest vinden, maar iets was helemaal fout. 'Kom binnen,' probeerde hij het nog een keer. 'Vroeger dronken we Yoo-hoo, weet je nog? Volgens mij hebben we dat nog steeds in de koelkast.'

Crash schudde zijn hoofd. 'Kan niet. Ze gaan me zoeken.'

'Wie?'

'Ik wou het je gewoon laten weten, oké? Het spijt me wat ik heb gedaan. Met jou en met Naomi. Wat ik heb gedaan...'

'Crash, kom gewoon even binnen...'

Maar Crash rende al weg.

Wilde had nog geen zin om direct terug te gaan naar zijn Ecocapsule.

Zijn stamkroeg – al kon je het eigenlijk moeilijk zo noemen – was een bar in het atrium van het Sheraton Hotel aan Route 17 in Mahwah, New Jersey. Het atrium deed dienst als lobby. Het hotel prees zichzelf aan als een 'gemakkelijk klassehotel'. Dat leek niet zo ver bezijden de waarheid.

Het was een hotel waar zakenlieden één of twee nachten verbleven en dat paste Wilde heel goed.

De bar van het Sheraton had een fijne open uitstraling door al het glas van het atrium. Het personeel was de constante factor – Nicole McCrystal bijvoorbeeld die hem vriendelijk toelachte toen hij binnenkwam – terwijl de gasten, voornamelijk jonge zakenlieden die even stoom kwamen afblazen, in en uit liepen. Wilde hield juist om dat laatste van hotelbars, de vluchtige aard, de openheid, de kamers en de bedden die slechts een ritje met de lift van de bar verwijderd waren, mocht de gelegenheid zich voordoen.

Liep hij te hard van stapel?

Waarschijnlijk wel, maar hoelang moest hij wachten? Een week? Twee weken? Het wachten kwam hem arbitrair en overbodig voor. Hij liep niet rond met een gebroken hart, evenmin als Laila.

Het was wat het was.

'Wilde!' riep Nicole, die duidelijk blij was hem te zien.

Ze bracht hem een glas bier. Als het om bier ging, was hij net als het hotel 'Gemakkelijk'. Hij genoot van al het bier dat uit de tap stroomde. Vandaag was het een lichtblond bier van de Ashbury Park Brewery. Nicole boog zich over de bar om hem een zoen op zijn wang te geven. Tom, die aan het andere uiteinde van de bar zat, wuifde.

'Het is alweer een tijdje geleden,' zei Nicole. Ze glimlachte. Ze had een lieve glimlach.

'Ja…'

'Weer op vrijersvoeten?'

Hij reageerde daar niet op omdat hij zelf het antwoord nog niet wist. Ze boog zich naar hem toe. 'Een paar van je veroveringen hebben naar je gevraagd.'

'Zo moet je ze niet noemen.'

'Hoe zou jij ze dan willen noemen?' Een man met een bierbuik kwam verderop naar de bar en stak zijn hand op. 'Denk er maar even over na. Ik spreek je later,' zei Nicole.

Wilde nam een forse teug van zijn bier en luisterde naar het geroezemoes van het hotel. Zijn telefoon ging. Het was Hester.

'Wilde?'

Hij kon haar amper verstaan boven de herrie op de achtergrond aan de andere kant van de lijn. 'Waar ben je?' vroeg hij.

'In een restaurant.'

'Juist.'

'Vanwege een afspraakje.'

'Juist.'

'Met Oren Carmichael.'

'Juist.'

'Niet té enthousiast, Wilde.'

'Moet ik "jippie!" roepen?'

'Naomi's moeder wil niet met me praten.'

'Wat wil je daarmee zeggen?'

'Wat denk je dat ik daarmee wil zeggen? Dat ze niet met me wil praten. Ze weigert te reageren op telefoontjes van mij. Ze zegt dat ik me niet moet bemoeien met haar dochter.'

'Dus is Naomi bij haar?'

'Ik weet het niet. Ik was van plan om mijn onderzoeker naar haar toe te sturen, maar wat denk je? Ze is met vakantie in Zuid-Spanje.'

'Misschien is Naomi dan met haar mee op reis. Misschien wilde Naomi een tijdje bevrijd zijn van alle pesterijen en heeft haar moeder haar daarom meegenomen naar Spanje.'

'Waar ben jij, Wilde?'

'Ik ben in de Sheraton-bar.'

'Wees maar voorzichtig,' zei Hester. 'Jij kunt nog minder tegen drank dan een puber die omvalt na haar eerste Breezer.'

'Wat is een Breezer?'

'Daar ben jij nog te klein voor.'

'En trouwens, pubers mogen niet drinken.'

'Ik wil morgen met je praten. Ik moet nu terug naar Oren.'

'Je hebt een afspraakje,' zei Wilde. 'Jippie!'

'Irritant mannetje.'

Op een gegeven moment zat Wilde in de rustige hoek van de bar te praten met Sondra, een vrouw met rood haar, voor in de dertig, die een strakke broek droeg en gemakkelijk lachte. Ze was geboren in Marokko, waar haar vader op de ambassade had gewerkt. 'Voor de CIA,' zei ze. 'Zo ongeveer iedereen op de ambassade is een spion voor de CIA. Niet alleen de Amerikanen. Overal, bedoel ik, ga maar na. Je mag wie je maar wilt op een beschermde plek midden in een land neerzetten – dan stuur je daar toch je beste spionnen naartoe?' Sondra had veel van de wereld gezien toen ze klein was, vooral grote delen van Afrika en het Midden-Oosten. 'Ze vonden mijn haar fascinerend. Er is vreselijk veel bijgeloof over roodharigen.'

Ze had aan UCLA hotelmanagement gestudeerd en ervan genoten. Ze was gescheiden en had thuis een zoon van zes. 'Ik reis niet zoveel, maar deze trip maak ik ieder jaar.' Haar zoon was bij zijn vader. Ze kon goed overweg met haar ex. Ze logeerde graag in het Sheraton. Ze kreeg altijd een upgrade naar de Presidential Suite. 'Die moet je zien,' zei ze met een stem die de kijkwijzer van een film in één klap van twaalf naar zestien zou opdrijven. 'Bovenste verdieping. Je kunt de skyline van New York zien. Drie kamers, dus als we gewoon iets zouden willen drinken in de woonkamer, ik bedoel. Ik wil niet dat je denkt…'

Sondra gaf hem een sleutelkaart.

'Ze hebben me er bij aankomst twee gegeven,' legde ze snel uit. 'Een voor de woonkamer en een voor de slaapkamer, snap je?'

Wilde, die van zijn tweede glas blond bier genoot, gaf te kennen dat hij het snapte.

'Hoe dan ook, ik kan toch nog niet slapen van de jetlag. Ik ga nog even aan het werk in de woonkamer. Misschien heb je zin om later nog even boven te komen voor een slaapmutsje.'

Slaapmutsje, Breezers, pubers. Het leek wel 1963.

Hij bedankte Sondra, maar beloofde niets. Zij ging op weg naar de lift.

Hij staarde naar de sleutelkaart in zijn hand zodat hij haar maar niet na hoefde te staren. Iets drinken, had ze gezegd. In een woonkamer, niet de slaapkamer. Misschien was dat alles. Misschien was het niet meer dan dat.

'Ga je naar boven?' vroeg een lange man met een paardenstaart naast hem.

De man pakte de barkruk naast Wilde, ook al waren minstens twintig andere krukken onbezet.

'Ze is heel aantrekkelijk,' zei de lange man. 'Ik hou wel van roodharige vrouwen. Wat jij?'

Wilde zei niets.

De lange man stak zijn hand uit. 'Ik ben Saul,' zei hij.

'Strauss,' voegde Wilde eraan toe.

'Je weet wie ik ben?'

Wilde reageerde niet.

'Nou, ik voel me gevleid.'

Wilde had Strauss zo nu en dan gezien in het programma van Hester. Hij deed het goed op tv – hij kwam over als een superprogressieve universitair docent met de geloofwaardigheid van een oorlogsheld. Wilde had het niet zo begrepen op tv-deskundigen. Die vertoonden zich op tv om je verhaal te bevestigen of je af te zeiken en in beide gevallen schoot niemand daar iets mee op.

'Ik heb je naam even gemist,' zei Strauss.

'Maar die weet je wel.'

'Weet iemand die überhaupt?' Hij keek Wilde met een onderzoekende blik aan die hele collegezalen plat moest leggen – vooral collegezalen vol eerstejaars studentes. 'Ze noemen je Wilde, toch? Jij bent dat beruchte wolfskind uit de bossen.'

Wilde trok de benodigde bankbiljetten uit zijn portemonnee en legde ze op de bar. 'Het was aangenaam kennismaken,' zei hij.

'Dus je gaat naar boven,' zei Strauss onaangedaan.

'Hè?'

'Ik wil niet nieuwsgierig zijn.'

'Hé Saul – mag ik Saul zeggen?'

'Tuurlijk.'

'Waarom slaan we de rest van het voorspel niet over om direct ter zake te komen?'

'Ben je dat boven ook van plan?' Saul stak meteen een hand op. 'Sorry, dat was onbeschoft.'

Wilde begon weg te lopen.

'Ik heb gehoord dat je vandaag een aanvaring hebt gehad met die jongen van Maynard.'

Wilde keerde zich om naar de man.

'Je vroeg me het voorspel over te slaan...' zei Strauss.

'Gehoord? Van wie?'

'Ik heb zo mijn bronnen.'

'Te weten?'

'Anoniem.'

'Tot ziens dan maar.'

Strauss legde een hand op Wilde's onderarm. Zijn greep was verrassend krachtig. 'Het zou belangrijk kunnen zijn.'

Wilde aarzelde, maar ging toch weer op zijn barkruk zitten. Hij was nieuwsgierig. Strauss was een fanaticus – zoals zo ongeveer iedereen tegenwoordig – maar hij kwam op Wilde ook over als een integer, rechtschapen man. In eerste instantie had Wilde instinctief de neiging gehad de man te negeren, maar toen hij er even over nadacht, vroeg hij zich af wat er te verliezen viel als hij domweg even naar hem zou luisteren.

Helemaal niets.

'Ik ben op zoek naar een puber die waarschijnlijk is weggelopen,' zei Wilde.

'Naomi Pine.'

Dat had Wilde niet mogen verrassen. 'Die bronnen van jou zijn niet slecht.'

'Jij bent hier niet de enige die in het leger heeft gezeten. Wat heeft Crash Maynard te maken met Naomi Pine?'

Strauss was nu een en al zakelijkheid.

'Misschien niks.'

'Maar?'

'Zij is een zwart schaap en hij is de populaire jongen. Toch is er iets tussen hen gebeurd.'

'Kun je daar iets meer over zeggen?'

'Waarom vraag je dat niet aan je "bron"?'

'Weet jij iets over de banden van de Maynards met Rusty Eggers?'

'Ik weet dat Maynard de producent was van Eggers.'

'Dash Maynard heeft Rusty Eggers gecreëerd.'

'Oké.'

Strauss boog zich naar Wilde toe. 'Weet je hoe gevaarlijk Eggers is?'

Wilde vond het niet nodig om daarop te reageren.

'Nou?'

'Laten we zeggen dat ik dat weet.'

'En je hebt wel eens gehoord van de Maynard-tapes?'

'Ik zie het verband niet,' zei Wilde.

'Misschien is er geen verband. Wilde, mag ik je iets vragen? Als vaderlandslievende burger wil jij natuurlijk ook dat die tapes openbaar worden.'

'Jij weet niet wat ik wil.'

'Ik weet dat jij de waarheid zoekt. Ik weet dat jij streeft naar gerechtigheid.'

'En ik weet niet of ik daarvoor bij jou moet zijn.'

'De waarheid is een absoluut gegeven. Dat was het tenminste. De Maynard-tapes dienen openbaar te worden gemaakt omdat de mensen recht hebben op de waarheid wat betreft Rusty Eggers. Daar kan niemand tegen zijn. Als de waarheid open en bloot op tafel ligt – de hele waarheid – en als mensen dan nog steeds de sleutels van het land willen toevertrouwen aan die nihilist, oké...'

'Saul?'

'Ja?'

'Ter zake.'

'Hou me op de hoogte, dan hou ik jou op de hoogte. Dat is je beste kans om dat meisje te vinden. Je hebt een bewonderenswaardige staat van dienst omdat je van je land houdt. Maar Eggers is een bedreiging voor dit land zoals er nog niet eerder is geweest. Hij leidt iedereen om de tuin met zijn charisma, maar zijn zogenaamde manifest is eigenlijk een oproep tot anarchie. Het leidt tot voedseltekorten, wereldwijde paniek, constitutionele crises en zelfs tot oorlogen.' Strauss schoof iets naar Wilde toe en liet zijn stem dalen. 'Veronderstel dat op die tapes de ware Rusty Eggers te zien is. Veronderstel dat die tapes de ogen openen van de mensen voor de gevaren waar ze op afstevenen. Dit is heftiger dan welke missie in het buitenland ook, Wilde. Dat moet je van me aannemen.'

Hij gaf Wilde een kaartje met zijn mobiele telefoonnummer en zijn e-mailadres. Hij sloeg hem op de schouder en liep langs de receptie naar de uitgang.

Wilde stopte het kaartje van Saul Strauss in zijn zak en klom van zijn kruk. Hij slalomde door de bar naar de toiletten, plaste geruime tijd, bestudeerde zijn spiegelbeeld en – om Bruce Springsteen te parafraseren – verlangde naar andere kleren, ander haar en een andere kop. Hij kletste water in zijn gezicht en fatsoeneerde zijn uiterlijk naar eer en geweten. Hij liep naar de glazen liftkooi en drukte op de knop voor omhoog. Zijn blik kruiste die van Nicole, de serveerster, die hem toeknikte. Hij wist niet hoe hij dat moest interpreteren, misschien betekende het helemaal niets, maar hij knikte toch maar even terug.

Je kon de lift naar de bovenste verdieping alleen nemen als je een sleutelkaart door een gleuf trok. Hij gebruikte de kaart die Sondra hem had gegeven. Geleund tegen het glas liet hij zich naar de bovenste verdieping vervoeren. Hij keek omlaag naar de steeds kleiner wordende lobby. Gezichten trokken aan zijn geestesoog voorbij – Matthew, Naomi, Crash, Gavin, Saul, Hester, Ava, Laila.

Laila.

Shit.

Hij stapte uit de lift en liep de gang in. Hij bleef stilstaan voor de deur waar een bronzen plaquette naast hing met in sierlijke belettering *Presidentiële Suite*. Hij keek naar de sleutelkaart. Hij keek naar de deur. Sondra was een mooie vrouw. Je kon kritiek hebben op dit soort relaties, je kon er etiketten op plakken, je kon het hol en leeg noemen, je kon ervan zeggen wat je wilde, het was allemaal een kwestie van perspectief. Sondra en hij konden samen ergens aan beginnen en er iets moois van maken. Alleen omdat het geen toekomst zou krijgen, wilde nog niet zeggen dat het minder bijzonder hoefde te zijn. Cliché natuurlijk, maar aan alles komt een einde. Een schitterende roos bloeit ook maar kort. Sommige termieten worden zestig jaar oud.

Hij moest denken aan een nummer van Bon Jovi. Tsjongejonge, eerst Bruce en nu Jon. Iedereen die net als hij uit New Jersey kwam, kwam aan de beurt.

'Want to make a memory?'

Wilde keek nog een keer naar de deur, dacht aan Sondra en al dat lange, rode haar, gedrapeerd over zijn borst, en schudde toen zijn hoofd. Vanavond niet. Hij zou teruggaan naar de lobby en haar opbellen met de huistelefoon van het hotel. Hij wilde niet dat ze op hem wachtte.

Op dat moment ging de deur open.

'Hoelang sta jij hier al? 'vroeg Sondra.

'Een minuutje of twee.'

'Wil je erover praten?'

'Het is misschien beter van niet.'

'Praten?'

'Ik ben niet zo'n prater.'

'Maar ik kan heel goed luisteren,' zei Sondra.

Hij knikte. 'Ja... Dat is zo.'

Ze deed een stap achteruit. 'Kom binnen, Wilde.'

Hij gehoorzaamde.

22

Toen Wilde wakker werd, dacht hij meteen aan Laila, nog voordat hij besefte dat hij zich in een vreemde, maar toch vertrouwde omgeving bevond in plaats van in zijn eigen Ecocapsule.

Verdomme.

Sondra zat op een stoel met haar voeten opgetrokken en haar gezicht naar de zon gekeerd. Ze keek uit het raam. Een tijdje bleef zij roerloos uit het raam staren, terwijl hij naar haar profiel keek en probeerde haar stemming te lezen. Sereniteit? Spijt? Verzonken in gepeins? Hij gaf het op, want wat hij ook meende te zien, het sloeg waarschijnlijk nergens op. Zo gemakkelijk was het niet om mensen te lezen.

'Goedemorgen, Sondra.'

'Goedemorgen, Wilde.' Ze keerde zich naar hem toe en glimlachte. 'Moet je meteen weg?'

Opnieuw probeerde hij, ondanks de wijze les die hij zichzelf net had gegeven, haar stemming te lezen. Wilde ze dat hij zou vertrekken, of bood ze hem de mogelijkheid tot een snelle aftocht zonder dat het pijnlijk werd?

'Ik heb geen plannen,' zei hij, 'maar als jij...'

'Zullen we een ontbijtje bestellen?'

'Dat klinkt fantastisch.'

Sondra glimlachte naar hem. 'Ik wil wedden dat jij het ontbijtmenu hier vanbuiten kent.'

Hij reageerde niet.

'Sorry, het was niet mijn bedoeling...'

Wilde wuifde het weg. Ze vroeg hem wat hij wilde eten. Ze liep naar de woonkamer van de suite en belde. Wilde klom naakt uit bed. Hij was op weg naar de badkamer toen zijn telefoon uitbarstte.

Geen gezoem, geen beltoon, een uitbarsting van lawaai.

Hij pakte hem op en drukte het alarm haastig weg.

'Is alles oké?'

Hij keek naar het scherm. Nee.

Hij veegde naar links, wat sommigen wellicht zou doen glimlachen, maar dit was Tinder niet, het was zijn beveiligingssysteem. Een auto was zijn geheime pad op gereden. Niets aan de hand. Dat activeerde op zich het systeem niet, alleen de andere bewegingsmelders, waarvan er nu twee alarm sloegen. Terwijl hij naar het scherm keek, lichtte de verklikker van een derde melder op. Dat betekende dat er mensen door de bossen onderweg waren naar zijn onderkomen. Minstens drie. Hij veegde nog een keer naar links. Een plattegrond werd op het scherm weergegeven. Een vierde bewegingsmelder sloeg alarm. Ze kwamen vanuit het zuiden, oosten en westen op de Ecocapsule af.

'Je moet weg,' zei Sondra.

Wilde wilde het uitleggen. 'Iemand probeert erachter te komen waar ik woon.'

'Oké.'

'Ik bedoel, dit is geen lam excuus of zo.'

'Ik weet het,' zei ze.

'Hoelang blijf je nog hier?'

'Ik vertrek vandaag.'

'O.'

'O? Of gelukkig?' Ze stak haar hand op. 'Sorry, dat was niet aardig. Ik wil wedden dat je me niet gelooft, maar dit is nieuw voor mij.'

'Ik geloof het,' zei hij.

'Maar het is niet nieuw voor jou.'

'Nee.'

'Je sliep erg onrustig,' zei ze. 'Je riep van alles en je rolde heen en weer alsof ze je met de lakens hadden vastgebonden.'

'Het spijt me als ik je uit je slaap heb gehouden.'

Er viel verder werkelijk niets meer te zeggen. Wilde trok snel zijn kleren aan. Er volgde geen afscheidszoen. Ze namen niet echt afscheid. Daar gaf hij de voorkeur aan. Sondra was in het andere vertrek van de suite. Misschien dacht zij er net zo over.

Er was niet genoeg tijd om te voet terug te keren naar de Ecocapsule, dus hield Wilde een taxi aan voor het Sheraton. Hij gaf de chauffeur geen adres op, omdat hij niet echt een adres had. Hij liet hem Mountain Road op rijden. Wilde kwam hier zelden. De weg riep te veel nare herinneringen op. Toen de chauffeur de bocht nam – dezelfde bocht die David zoveel jaren geleden fataal was geworden – voelde Wilde dat zijn hand zich om de rand van de zitting kromde. Hij liet de lucht langzaam uit zijn longen ontsnappen. Het kleine witte kruis stond er nog altijd, iets wat Hester wellicht van streek zou maken. Al zou ze er misschien ook wel iets ironisch in zien dat het er nog steeds stond. Wilde had geen flauw idee wie het er al die jaren geleden had neergezet. Hij had al meerdere keren de neiging gehad om het er weg te halen. Het stond er al te lang. Maar goed, wie was hij om zich daarmee te bemoeien?

'Er staan hier geen huizen,' zei de chauffeur.

'Ik weet het. Stop maar als ik het zeg.'

'Ga je een eind lopen?'

'Zoiets, ja.'

Een kilometer verderop gaf hij de chauffeur het teken. Hij overhandigde hem een briefje van twintig voor een rit van acht dollar en stapte uit in de buurt van de top van de heuvel. Zijn geheime pad – de toegangsweg voor bezoekers – begon dichter bij de voet van de heuvel. Normaal gesproken klom hij langs de flank van de heuvel omhoog naar de Ecocapsule. Vandaag zou hij afdalen en ondertussen de plattegrond op zijn telefoon blijven raadplegen. De informatie die zijn bewegingsmelders doorgaven, deed vermoeden dat de bezoekers de capsule langzaam en behoedzaam, bijna met militaire precisie, van alle kanten naderden.

Verontrustend.

Waarom hadden ze het op hem gemunt? En minstens zo belangrijk: wíé hadden het op hem gemunt?

Je zou kunnen denken dat het goed was dat Wilde die nacht elders had doorgebracht, maar dat was niet het geval. Als hij thuis was geweest, had het alarm hem gewekt. Dan was hij al weg geweest voordat ze in een straal van vijfhonderd meter van de capsule waren. Lang geleden had hij al vluchtroutes aangelegd, met bergplaatsen, domweg om voorbereid te zijn als iemand het op hem gemunt had.

Hij kon in een mum van tijd verdwijnen.

Niemand kende de bossen hier zo goed als hij. Hier in het struikgewas had niemand een schijn van kans tegen hem. Het maakte niet uit met hoeveel ze waren.

Maar dat gaf geen antwoord op de vragen. Wie waren dit en wat wilden ze?

Wilde gleed soepel langs de flank van de heuvel omlaag, geholpen door de zwaartekracht. Bij een gespleten boom zwenkte hij naar rechts, naar de dichtstbijzijnde bewegingsmelder die was geactiveerd. In de bossen, met al het wild en alle kleine beestjes die er rondscharrelden, kostte het een bewegingsmelder geen enkele moeite vals alarm te slaan. Een hert komt langs. Een beer. Zelfs eekhoorntjes of wasberen. Maar Wilde had een systeem, een soort dominosysteem van bewegingsmelders, waarbij het ene alarm het volgende inschakelde en er pas echt alarm werd geslagen als de bewegingsmelders achtereenvolgens werden geactiveerd. Pas dan moest er sprake zijn van iets doelmatigs en dus hoogstwaarschijnlijk van menselijk handelen. De vanaf de geparkeerde auto op zijn geheime pad geactiveerde bewegingsmelders maakten duidelijk dat dit geen vals alarm was. Het ging niet om één man, ook niet om twee. Waarschijnlijk waren het er vier of vijf, of zelfs nog meer.

Ze kwamen voor hem.

Het was acht uur 's morgens. Het was koel in de bossen. Het frisse van de nacht hing nog onder de bomen. Wilde bewoog zich met het steelse van een panter. Hij had niet echt een plan. Dit was eerder een verkenningsmissie. Afstand bewaren, je tegenstander leren kennen. Posities en aantallen in kaart brengen.

Proberen erachter te komen wat ze in hemelsnaam met hem van plan waren.

Hij hield in toen hij bij de rotsformatie kwam met de bewegingsmelder. Hij controleerde het apparaat, wellicht was er een defect dat kon verklaren waarom zoveel bewegingsmelders waren geactiveerd. De melder was intact. Hij versnelde zijn pas weer.

Hij zag ze.

Twee man die samenwerkten. Slim. Eén man zou hij kunnen uitschakelen voordat hij de kans kreeg contact te maken met de anderen, maar bij twee samenwerkende mannen was dat veel moeilijker. Ze waren van top tot teen in het zwart gekleed. Ze keken voortdurend om zich heen, de ene die voorop liep vooral vooruit, de andere dekte hem in de rug. Ze liepen zo ver van elkaar dat het voor een enkele belager onmogelijk was beiden uit te schakelen.

Professionals.

Wilde sloop dichterbij om ze beter te kunnen zien. Beide mannen hadden een oortje, waarschijnlijk om met de anderen te communiceren. Ze kwamen uit noordelijke richting. Er waren ook teams die uit het zuiden, westen en oosten kwamen. Als die ook uit twee man bestonden, had hij te maken met acht tegenstanders.

Wilde was een meester in het ongemerkt volgen van mensen, ongetwijfeld beter dan wie dan ook van die acht man, maar dat maakte hem nog niet onzichtbaar. Te veel zelfvertrouwen werkte fouten in de hand. De mannen waren gewapend. Ze spiedden continu de omgeving af en als Wilde niet uiterst behoedzaam te werk ging, was de kans groot dat ze hem na verloop van tijd in het vizier zouden krijgen.

Zo nu en dan keek de grootste van de twee op het scherm van zijn smartphone. Dan corrigeerde hij de koers iets. Klaarblijkelijk hadden ze een app die hen rechtstreeks naar de Ecocapsule leidde. Wilde had geen idee welke technologie ze daarvoor gebruikten, maar als mensen hem per se wilden vinden, waren er trackers waarmee dat uiteindelijk zou lukken. Dat had hij altijd geweten en hij had zich erop voorbereid.

Het maakte het gemakkelijker dat hij wist wat het doel van de beide mannen was. Hij hoefde hen niet op de hielen te volgen. Hij boog af naar een van zijn geheime kluizen. Die waren alleen te openen met zijn handafdruk – beter dan een cijferslot. Deze hing in een boom. Hij klom ernaartoe, maakte hem open en haalde er het pistool uit. Hij stond op het punt het kistje weer dicht te maken zonder er de valse papieren uit te halen toen hij zich bedacht. Veronderstel dat hij de benen moest nemen?

Je kon maar beter het zekere voor het onzekere nemen.

Hij liet zich weer naar beneden zakken en ging op weg naar de Ecocapsule. Hij haastte zich nu, omdat hij er eerder wilde zijn dan de voorzichtig manoeuvrerende teams.

En wat dan?

Wie dan leeft, die dan zorgt. Hij draafde verder, geruisloos en gemakkelijk.

Zo'n tweehonderd meter van de heuvel met de Ecocapsule klom hij in een boom om neer te kunnen kijken op de open plek. Hij had de Ecocapsule op een plek willen zetten waar de bomen dicht op elkaar stonden, maar de bomen hielden het zonlicht tegen dat hij nodig had voor zijn energievoorziening. Nu was het een voordeel dat de Ecocapsule op een open plek stond. Eenmaal boven in de boom zou hij de mannen veilig en ongestoord kunnen zien.

Wilde greep een tak, trok zich omhoog en keek omlaag.

Verdomme, ze waren er al.

Vier mannen omsingelden de capsule. Ze waren gewapend. Twee anderen – de twee die Wilde had gevolgd – liepen de open plek op. Dus nu waren het er zes.

De aanvoerder van het stel liep behoedzaam naar de capsule.

Wilde herkende hem.

Wilde haalde zijn telefoon tevoorschijn, scrolde door het gesprekkenlogboek en tikte op het pictogram om het gevonden nummer terug te bellen. Gavin Chambers stond pal voor de Ecocapsule toen hij kennelijk de telefoon in zijn broekzak voelde trillen. Hij haalde hem tevoorschijn, keek op het scherm en toen om zich heen. Hij tikte op het scherm en hield de telefoon bij zijn oor.

'Wilde?'

'Blijf van mijn huis af.'

Chambers keek nu met iets urgents in zijn houding om zich heen, maar hij kon Wilde boven in zijn boom onmogelijk zien. 'Zit jij in dat ding hier?'

'Nee.'

'Ik wil dat je hem openmaakt.'

'Waarom?'

'Er is iets gebeurd. Foute boel.'

'Ja... Dat dacht ik al.'

'Hoezo?'

'Grapje zeker. Je hebt minstens vier teams die van alle kanten door de bossen naar mijn huis sluipen. Je hoeft er niet voor door te leren om te snappen dat het dan foute boel is. Wat is er aan de hand?'

'De Maynards.'

'Wat is er met hen?'

'Ik moet die capsule van jou vanbinnen zien. En daarna moet ik jou meenemen naar hen toe. Ben je in de buurt of zit je te kijken met behulp van een camera die ik over het hoofd heb gezien?' Hij keek opnieuw om zich heen en schermde zijn ogen af tegen het zonlicht. 'Maakt niet zoveel uit, hè? Ik vind je toch niet.'

'Nee.'

'Ik ben in overtreding op jouw grond.'

'Je weet het en toch doe je het.'

‘Ik moest wel, Wilde. Linksom of rechtsom, ik moest je vinden.’

‘En wat nu?’

‘Ik kan met een bijl tekeergaan en kijken wat er binnen te zien is.’

‘Dat is niet jouw stijl,’ zei Wilde.

‘Inderdaad. Weet je wat, ik stuur mijn mannen weg.’

‘Dat lijkt me een goed begin.’

‘Maar dan moet je tevoorschijn komen.’

Wilde reageerde niet. Gavin Chambers blafte een paar orders. Zijn mannen volgden die zonder commentaar op. Toen ze verdwenen waren, hield Gavin Chambers de telefoon weer bij zijn oor. ‘Kom tevoorschijn, we moeten praten.’

‘Waarom? Wat is er aan de hand?’

‘Er is nog een puber zoek.’

23

Hester had nog steeds vlinders in haar buik toen ze wakker werd.

Het was de vorige avond om elf uur begonnen toen Oren met haar naar haar voordeur was gelopen – hij had niet gewoon na het uitstappen bij de auto afscheid genomen, zelfs niet bij het uitstappen uit de lift, wat een gentleman – en haar had gekust. Of had zij hem gekust? Niet belangrijk. Het was een kus. Een echte kus. Hij had een arm om haar heen geslagen. Oké, ja, dat was aangenaam. Maar die andere hand – die kolenschop – die andere kolenschop van een hand had hij om haar achterhoofd gelegd en zij had haar gezicht naar hem opgetild, en in één woord…

Zwijmel.

Hester smolt. Daar op de deurmat. Hester Crimstein, beëdigd advocaat, wist dat ze te oud was om te smelten of te zwijmelen of last te hebben van vlinders in haar buik, zoals ze die had gevoeld toen ze dertien was en Michael Gendler, de knapste jongen uit de klas, met haar wegsloop van de bar mitswa van Jack Kolker en ze samen zoenden in het kleine kamertje achter het kantoortje van de rabbi. Die kus van Oren was zoveel van alles in één keer. Hij spoelde als een stortvloed door haar hele lichaam. Hij maakte haar duizelig, licht in haar hoofd, de hele wereld om haar heen viel weg, terwijl tegelijkertijd een deel van haar op een afstandje toekeek met wijd open ogen en zich in opperste verbazing afvroeg hoe het in hemelsnaam mogelijk was dat ze helemaal de kluts kwijtraakte door een kus.

Hoelang had die kus geduurd? Vijf seconden? Tien? Een halve minuut? Een hele minuut? Nee, geen hele minuut. Ze wist het niet. Waar had ze haar eigen handen gelaten? Waren die voor zichzelf begonnen? Ze had de beelden van de kus – de Kus, hij verdiende een hoofdletter – opnieuw afgespeeld, honderden keren, maar ze kon het niet met zekerheid zeggen. Ze herinnerde zich haar handen op zijn sterke, ronde schouders, hoe goed dat voelde en hoe ze van die schouders hield en – jezus, wat mankeerde haar?

Ze herinnerde zich hoe zacht de Kus was begonnen, hoe Oren voorzichtig zijn lippen van de hare had losgemaakt, maar hoe hun lippen elkaar toch weer hadden gevonden, hoe de Kus hongeriger was geworden, hartstochtelijker, en hoe hij heel teer was geëindigd. Hij had haar hoofd nog steeds in zijn kolenschop gehouden en haar aangekeken.

'Welterusten, Hester.'

'Welterusten, Oren.'

'Mag ik je nog eens mee uit vragen?'

Ze slikte een paar bitse, zogenaamd leuke reacties in en koos voor: 'Ja, dat zou ik heel fijn vinden.'

Oren was blijven wachten tot ze in haar appartement was. Ze had naar hem geglimlacht toen ze de deur achter zich dichttrok. Daarna, toen ze alleen was, had ze een klein vrolijk dansje gedaan. Ze kon er niets aan doen. Ze voelde zich een lichtzinnige idioot. Ze maakte zich klaar om naar bed te gaan. Ze wist zeker dat ze niet zou kunnen slapen, maar gek genoeg viel ze snel in slaap. Toen de golf van adrenaline die haar had overspoeld was uitgewoed, was ze uitgeput en bekaf. Ze had eigenlijk fantastisch geslapen.

Nu, de volgende ochtend, waren alleen de vlinders er nog. Meer niet. De vlinders. De gebeurtenissen van gisteravond kwamen haar surrealistisch voor, alsof het een droom was geweest, en ze wist niet of deze gevoelens haar nu blij maakten of juist bang. Had ze dit in haar leven nodig? Ze leidde een bevredigend leven en haar carrière was ook alleszins tevredenstellend. Waarom zou ze dat in gevaar brengen? Het was niet alleen maar een kwestie van zich te oud voelen voor dergelijke onvolwassen emoties. Ze leidde een gesetteld bestaan en ze hield van de manier waarop ze dat had ingericht. Wilde ze echt dat zoiets als dit alles overhoop zou halen? Wilde ze het risico lopen te worden teleurgesteld? Wilde ze al die verwarring wel? Was ze bereid om te gaan met alles wat er maar fout kon gaan?

Het leven was toch goed zoals het was? Of niet dan?

Ze pakte haar telefoon en zag dat Oren haar had geappt. *Te vroeg voor een appje? Ik wil niet wanhopig overkomen.*

Zwijmel. Helemaal opnieuw zwijmelen.

Ze tikte een antwoord in: *Stalker.*

Ze zag dat hij daar meteen weer op reageerde, maar toen de melding dat hij aan het typen was, verdween, verscheen er geen bericht op haar scherm. Ze wachtte. Er gebeurde niets. Ze voelde even iets van paniek. *Ik maakte een grapje! Het was niet te vroeg!*

Geen reactie.

Oren?

Dit was nu precies wat ze bedoelde – wie wilde dit nu voelen? Wie wilde nu het hart in de keel voelen kloppen en zich zorgen maken dat ze misschien iets verkeerds had gezegd, of dat het voor hem misschien maar een spelletje was, en hé, het was niet meer dan een afspraakje en één kus (de Kus), dus kalm aan, ja?

Haar telefoon ging. Ze hoopte dat het Oren was, maar er stond een ander nummer op het scherm dat ze herkende. Ze nam het gesprek aan en hield de telefoon bij haar oor.

'Wilde?'

'Ik heb je hulp nodig.'

Wilde stapte tussen de bomen uit de open plek op bij de Ecocapsule. Hij hield zijn telefoon omhoog.

Gavin Chambers keek hem met gefronste wenkbrauwen aan. 'Wat doe je?'

'Ik heb FaceTime ingeschakeld,' zei Wilde.

'Wie heb je aan de lijn?'

'Mij,' klonk een vrouwenstem uit de telefoon. 'Hij heeft mij aan de lijn. Ik kijk en ik luister.'

Wilde bleef lopen, in de richting van waar Chambers stond. Chambers tuurde naar het kleine scherm.

'Hoi, Gavin. Ik ben Hester Crimstein. We hebben elkaar eens ontmoet tijdens een etentje bij Henry Kissinger.'

Gavin Chambers keek Wilde verbaasd aan alsof hij wilde zeggen: *Moet dat echt?*

'Kijk niet zo raar, schatje,' zei Hester. 'Ik neem dit allemaal op. Gesnopen?'

Chambers sloot zijn ogen en liet de lucht in een lange zucht uit zijn longen lopen. 'Echt waar?'

'Nee, ik doe net alsof. Ik wil zeker weten dat als Wilde iets overkomt...'

'Er overkomt hem niets.'

'Cool, prachtig, dan is er geen probleem.'

'Dit is niet nodig.'

'Vast niet, maar als er een tiental gewapende mannen om het onderkomen van mijn cliënt sluipen – terwijl jij hebt aangegeven eventueel met geweld te zullen inbreken – mag je me wel paranoïde noemen, maar als zijn advocaat – en voor alle duidelijkheid, ik ben toch jouw advocaat, Wilde?'

'Dat klopt,' zei Wilde.

'Dus als zijn advocaat wil ik dit vastleggen. Jij, kolonel Chambers, hebt het huis van mijn cliënt met gewapende mannen omsingeld...'

'Dit is openbaar toegankelijk terrein.'

'Kolonel Chambers, wilt u zich echt vermoeien met juridische scherpslijperij?'

Chambers zuchtte. 'Nee, dat wil ik niet.'

‘Want daar heb ik geen moeite mee. Ik heb geen haast. Heb jij haast, Wilde?’

‘Ik heb de hele dag,’ zei Wilde.

‘Oké, sorry,’ zei Chambers. ‘Geen juridisch gedoe. Laten we ter zake komen.’

‘Nou, waar was ik gebleven?’ zei Hester. ‘O ja, je hebt het huis van mijn cliënt met gewapende mannen omsingeld. Je hebt gedreigd in te breken en het te vernielen. Rol niet met je ogen. Ik zou je hebben laten arresteren, maar mijn cliënt is nog steeds bereid met je te praten, in weerwil van mijn zeer prijzige adviezen. Hij lijkt een in mijn ogen misplaatst vertrouwen in je te stellen. Dat zal ik respecteren, terwijl ik tevens geen enkele twijfel wil laten bestaan over onze positie in dezen: als mijn cliënt op enigerlei wijze gevaar loopt…’

‘Hij loopt geen gevaar.’

‘Sst, luisteren jij. Als hij op enigerlei wijze gevaar loopt te worden gemolesteerd of in gijzeling te worden genomen, als ik hem terugbel en hem niet kan bereiken, of als jij iets doet wat niet strookt met zijn intenties, zal ik een permanent onderdeel worden van je leven, kolonel Chambers. Als gordelroos. Of aambeien. Maar dan erger. Ben ik duidelijk genoeg?’

‘Glashelder.’

‘Wilde?’

‘Bedankt, Hester. Kan ik de verbinding nu verbreken?’

‘Dat moet jij weten,’ zei ze.

‘Oké, bedankt.’

Hij drukte op de knop en stopte de telefoon in zijn zak.

Gavin Chambers fronste zijn wenkbrauwen. ‘Heb je je moesje gebeld?’

‘Jeetje, dat is niet lief, dat ga ik zeggen, hoor.’

‘Wat ik je had willen vertellen, was bedoeld als een mededeling in het volste vertrouwen.’

‘Dan kun je de volgende keer beter opbellen in plaats van een heel leger op me af te sturen.’

Chambers maakte een gebaar naar de capsule. 'Het verbaasde me dat we je zo gemakkelijk konden vinden. Ik had verwacht dat je wel allerlei schijnconstructies zou hebben gebouwd. Heb je wel eens van Operatie Quicksilver gehoord? In de Tweede Wereldoorlog?'

'Het FUSAG – de Eerste Amerikaanse Legergroep.'

'Wow,' zei Chambers. 'Ik ben onder de indruk.'

De Eerste Amerikaanse Legergroep, een spookleger, was een elite-eenheid van kunstenaars en mensen die gespecialiseerd waren in speciale effecten voor tactische misleiding. Met behulp van opblaasbare tanks en rubberen vliegtuigen en oorlogsgeluiden op bandopnamen voerden ze een groot aantal in scène gezette campagnes uit die de vijand om de tuin moesten leiden.

'Hoe heb je dit gevonden?' vroeg Wilde.

'Een drone met een sensor,' zei Gavin Chambers. Hij maakte een gebaar naar de capsule. 'Wil je alsjeblieft de deur openmaken?'

'Er is niemand binnen.'

'Dat kun je bewijzen door de deur open te maken.'

'Vertrouw je me niet?'

Chambers maakte een vermoeid gebaar. 'Kunnen we het even controleren?'

'Wie zoek je?'

'Niemand.'

'Je zei net...'

'Dat was voordat jij besloot er iemand bij te halen die op tv haar mond niet kan houden.'

'Ze is mijn advocaat. Als ik tegen haar zeg dat ze niets mag zeggen, zal ze dat niet doen.'

'Hoe naïef.' Gavin Chambers keek weg en schudde zijn hoofd. Hij vroeg zich af of het wel verstandig was wat hij ging doen, maar het was een fait accompli. Het kon maar één kant op. 'Het gaat om Crash Maynard.'

'Wat is er met hem aan de hand?'

‘Hij is zoek.’

‘Weggelopen of…’

Chambers trok zijn pistool. ‘Maak die verdomde deur open, Wilde.’

‘Meen je dat?’

‘Wek ik de indruk dat ik dit een leuk spelletje vind?’ Nee, hij wekte eerder de indruk van een versleten kledingstuk. ‘Ik heb je verteld dat Crash Maynard zoek is. Ik wil die hut van jou uitsluiten, zodat ik verder kan zoeken.’

Wilde was niet bang voor het pistool en hij was evenmin geneigd om zijn eigen pistool te trekken, maar hij kon ook geen reden bedenken om Chambers nog verder tegen de haren in te strijken. Hij begreep wat er aan de hand was: Crash Maynard was zoek en Wilde was net zo goed als ieder ander een verdachte.

De deur van de Ecocapsule ging net zoals het portier van een auto open met een afstandsbediening. Wilde haalde de afstandsbediening uit zijn zak en drukte met zijn duim op de knop. Chambers stak het pistool weer terug in de holster, terwijl de vleugeldeur omhoog klapte. Hij boog zijn hoofd naar binnen, keek rond en trok zijn hoofd weer terug.

‘Sorry voor dat pistool.’

Wilde zei niets.

‘Kom op, we gaan.’

‘Waarheen?’

‘De Maynards willen met je praten. Weigeren is in feite geen optie.’

‘Trek je dat pistool nog een keer als ik nee zeg?’

‘Ga je dat echt tegen me gebruiken?’ Chambers staarde naar het bos. ‘Ik heb mijn excuses aangeboden.’

Beide mannen zwegen gedurende de korte rit naar Maynard Manor. In de ochtendzon schitterde het landhuis boven op een zo gelijkmatig groen gazon, dat het leek alsof het met een spuitbus was bijgewerkt. Het gras was uiterst zorgvuldig gemaaid. Midden in het perfecte vierkant stond het huis. Aan weerszijden was het zo’n driehonderd meter naar de bossen. Rechts lag een zwembad met een vijftigmeterbaan, links een tennisbaan, en achter het huis een voetbalveld met de voorgeschreven afmetingen en vers gekalkte lijnen.

De SUV kwam tot stilstand bij een barok vormgegeven koetshuis. Chambers en Wilde stapten uit.

'Voordat we verder gaan, moet je dit eerst tekenen.'

Chambers reikte Wilde een klembord met een vel papier en een pen aan.

'Het is een standaard NDA – een geheimhoudingsverklaring.'

'Ja...' zei Wilde. Hij gaf het klembord terug. 'Ik weet wat een NDA is.'

'Als je niet tekent, kan ik je verder niets vertellen over wat er aan de hand is.'

'Oké, tot ziens dan maar.'

'Jezus, wat ben jij vermoeiend. Oké, vergeet die NDA maar. Kom mee.'

Chambers begon over het gras te lopen in de richting van de bosrand links achter het landhuis.

'Dacht je echt dat ik, eh... die jongen ontvoerd had?' vroeg Wilde.

'Nee.'

'Of dat ik hem verborgen hield in mijn capsule?'

'Niet echt, maar het had gekund.'

Chambers bleef lopen. Opzij van het huis, halverwege het bos, bleef hij staan. 'Hier zijn we hem kwijtgeraakt.'

'Heb je zin om dat toe te lichten?'

'Vanochtend was Crash niet in zijn slaapkamer. We hebben de beelden van de bewakingscamera's bekeken. Je kunt je voorstellen dat hier niet wordt bezuinigd op beveiliging. De camera's bestrijken het hele gebied vanaf het huis tot ongeveer hier.' Hij haalde zijn telefoon tevoorschijn, startte een app en keerde het toestel naar Wilde. 'Je ziet Crash, die loopt waar wij ongeveer staan. Waarschijnlijk gaat hij die kant op.'

Hij wees naar de bossen achter zich en drukte op de knop om het afspelen van de beelden te starten. Die waren gemaakt met een camera met een nachtfilter. Op het scherm zag Wilde Crash van het huis lopen, over de plek waar ze nu stonden, kennelijk op weg naar het bos. Het tijdstempel onder in beeld gaf 02.14 uur aan.

'Is er nog iemand anders op de beelden te zien, eerder dan Crash, of daarna?' vroeg Wilde.

'Nee.'

'Dus je gaat ervan uit dat Crash is weggelopen.'

'Waarschijnlijk. Het enige wat we zeker weten is dat hij naar die bossen is gelopen.' Hij keek Wilde aan. 'Maar iemand die alles van de bossen weet, heeft hem daar misschien wel opgewacht.'

'Ah,' zei Wilde. 'Nu verschijn ik op het toneel.'

'Tot op zekere hoogte.'

'Maar je denkt niet echt dat ik er iets mee te maken heb.'

'Zoals ik al zei – je moet dingen uitsluiten.'

'Ik ben dus hier vanwege mijn aanvaring met Crash gisteren.'

'Wel verdomd toevallig, toch?'

'En Naomi Pine is ook zoek,' zei Wilde.

'Wel verdomd toevallig, toch?'

'Is er enig verband?'

'Twee pubers die bij elkaar in de klas zitten, raken zoek,' zei Chambers. 'Als er geen verband is...'

'... is dat wel verdomd toevallig, toch?' maakte Wilde de zin af. 'Weet je nog meer?'

'Ze hebben contact gehad.'

'Naomi en Crash?'

'Ja.'

'Onlangs nog?'

'Dat weet ik niet. Die pubers zijn ons steeds een stapje voor. WhatsApp, Signal, welke apps ze ook maar gebruiken. Versleuteld. Het is niet mijn taak om het gezin te bespioneren. Ik moet ze beschermen.'

'Waarom?'

'Waarom wat?'

'Waarom moet je ze beschermen. Ik bedoel *jij*. Jij hebt opgezocht wat je over mij kon vinden, maar ik heb ook opgezocht wat ik over jou kon vinden. Je doet geen veldwerk meer en Dash Maynard is maar een tv-producent. Dus je bent hier niet zomaar om hem en zijn gezin te beschermen. Je bent hier vanwege Rusty Eggers.'

Chambers glimlachte. 'Knap denkwerk. Moet ik applaudisseren?'

'Alleen als je denkt dat dat op zijn plaats is.'

'Dat denk ik niet. Het is onbelangrijk waarom ik hier ben. Er zijn twee pubers zoek. Jij bent op zoek naar de ene, ik naar de andere.'

'Samenwerken?'

'We hebben hetzelfde doel.'

'Ik neem aan dat je een reden hebt om me hiermee naartoe te nemen.'

'Dat wilden de Maynards per se. Het leek me handig om uit te zoeken wat jij ervan dacht nu je toch eenmaal hier bent.'

Wilde keek naar de bossen en zag het begin van een pad tussen de bomen. 'Denk je dat Crash op weg was naar dat pad?'

'Als je ziet welke kant hij uit gaat op die videobeelden, dan, ja. Maar er is nog iets. Daar trof hij onlangs ook Naomi aan die zonder toestemming op het terrein rondliep.'

Crash had Naomi niet 'aangetroffen' – hij had een vuile rotstreek uitgehaald, hij had haar vernederd en gepest. Tenminste, zo had Matthew het omschreven. Dit was echter niet het juiste moment om te gaan kibbelen over woordkeus. Wilde liep naar de bosrand en een eindje het pad op om het beter in zich op te kunnen nemen.

'Dit deel wordt niet met camera's bewaakt?' vroeg Wilde.

'Nee. We maken ons alleen druk om mensen die dicht bij het huis komen. We zijn niet geïnteresseerd in mensen die vrijwillig vertrekken, al helemaal niet als het gezinsleden zijn.'

'Dus,' zei Wilde, 'jij vermoedt dat Crash Naomi hier heeft ontmoet en dat ze zich samen ergens schuilhouden.'

'Dat vind ik het waarschijnlijkste scenario.'

'Maar toch raakte je in paniek.'

'We zijn niet in paniek geraakt.'

'Je hebt een heel leger op mij afgestuurd.'

'Hou op met dat dramatische gedoe. Dit zijn bijzondere tijden, Wilde. Het gezin staat onder enorme druk. Er zijn dreigementen geuit, gewelddadige, afgrijselijke dreigementen. Misschien heb je er iets van opgevangen in het nieuws.'

Wilde knikte. 'De Maynards hebben tapes die Rusty Eggers te gronde kunnen richten.'

'Het is niet waar, maar de mensen geloven elke complottheorie die maar online wordt gezet.'

Ze liepen over het pad het bos in. Wilde zocht op de grond naar voetsporen. Er waren er heel wat, voornamelijk verse sporen. 'Jij bent hier vanochtend al met je mannen geweest?'

'Natuurlijk.'

Wilde fronste zijn wenkbrauwen, maar eigenlijk deed het ook niet ter zake. Crash Maynard was hier alleen naartoe gekomen. Er stond niemand anders op de opname van de bewakingscamera. Had Naomi of iemand anders hem hier opgewacht? Er waren geen harde bewijzen voor. Er was een kleine open plek waar het rotsblok lag waarop Matthew en Naomi hadden gezeten. Wilde liep ernaartoe. Hij knielde erbij neer, voelde onder de rots en eromheen, vond een paar peuken, zowel van tabak als cannabis.

'Als hier geen camera's op staan, hoe wist jij dan dat Crash hier Naomi heeft "aangetroffen"?'

'Een van mijn mannen patrouilleerde. Hij hoorde een stelletje pubers lachen.'

'En hij is niet gaan kijken wat er aan de hand was?'

'We zijn beveiligers, geen babysitters.'

Een geluid waarmee Wilde vertrouwd was, doorbrak de stilte. Hij keek omhoog door de takken die scherp afgetekend tegen het diepe blauw van de hemel stonden. Het hakkende geluid van wieken die de lucht ranselden werd luider. Wilde leed niet aan PTSS – tenminste niet in een vorm die klinisch aantoonbaar was – maar er was geen soldaat die overzee dienst had gedaan die niet in elkaar kromp bij het horen van dat geluid.

Hij ging weer op de open plek staan toen de helikopter boven het gras naast het huis bleef hangen. Terwijl het toestel langzaam daalde, gluurde Wilde even naar Gavin Chambers in de hoop van diens gezicht iets te kunnen lezen wat de situatie zou verduidelijken, maar als Chambers op de hoogte was van het aanstaande bezoek, liet hij dat niet merken. Zelfs op deze afstand voelde Wilde de luchtstroom, op gang gebracht door de wieken van de tweemotorige Bell 427, misschien wel de meest gebruikte helikopter voor korte vluchten van bijvoorbeeld New York naar hier. De motoren werden uitgezet. Wie er dan ook maar in die helikopter zat, wachtte tot de wieken helemaal stilstonden. Toen stapte de piloot uit. Hij trok het portier voor de passagier open.

Hester Crimstein stapte op het gras. Ze zag Wilde en Gavin Chambers, glimlachte en spreidde haar armen breeduit.

'Wat vinden jullie van mijn entree, jongens?'

24

Vijf minuten later had het hele gezelschap een veilig onderkomen gevonden in het belachelijke bibliotheektorentje van de Maynards. Hester zat tegenover Dash en Delia. Gavin Chambers stond naast de Maynards. Naast Hester stond een lege Bourgondisch rode oorfauteuil, kennelijk bedoeld voor Wilde, maar die gaf er de voorkeur aan net als Chambers te blijven staan.

'Kunnen we u een verfrissend drankje aanbieden?' vroeg Dash Maynard.

Hester keek Wilde aan, trok een wenkbrauw op bij de woordkeus 'verfrissend drankje', alsof ze zich een beetje ergerde dat iemand tijdens een gemoedelijk gesprek zoiets zou kunnen zeggen.

'Nee, dank u,' zei Hester.

'We appreciëren het zeer dat u erin hebt toegestemd ons op zo'n korte termijn te woord te staan,' ging Dash Maynard verder.

'U hebt uw helikopter gestuurd en bent bereid mijn gebruikelijke tarief te verdubbelen,' zei Hester. 'Zoiets kan een vrouwtje als ik moeilijk weigeren.'

Delia Maynard had nog niets gezegd. Haar gezicht was bleek, haar lippen trilden licht. Ze had een lege, starende blik in haar ogen. Even bleef het stil in de bibliotheek.

'Hé, luister, ik kan rustig de hele dag wachten – daar gaat mama een mooi paar nieuwe Louboutins van kopen, snapt u wat ik wil zeggen?'

Dash keek naar Delia. Wilde keek door het raam achter de twee naar buiten. Het uitzicht was schitterend. Het landhuis stond zo hoog verheven boven de omgeving dat je de wolkenkrabbers van Manhattan boven de bomen uit zag.

'Ik maak een grapje,' zei Hester.

'Pardon?'

'Ja, u hebt aangeboden mijn tarief te verdubbelen, maar ik werk niet op die manier. Ik breng u hetzelfde uurtarief in rekening dat al mijn cliënten betalen, niet meer en niet minder. En ik hou er niet van tijd te verspillen, zelfs niet als ik die in rekening mag brengen. Zo hard heb ik het geld niet nodig. Ik ben al rijk. Niet zo rijk als u, meneer Maynard...'

'Zeg maar Dash.'

'Oké, Dash, cool. Omdat je zo aarzelt, is het misschien handig als ik om te beginnen even een paar basisregels aanstip, oké?'

'Ja,' zei Dash Maynard. Hij schraapte zijn keel. 'Dat helpt ons wellicht op weg.'

'Goed, je zei over de telefoon dat je mij wenst in te huren.'

'Ja.'

'Dan ben ik nu je advocaat. Prachtig, geweldig.' Ze keek over Dash' schouder naar Gavin Chambers. 'Zou je willen vertrekken? Dit is een privégesprek tussen mijn cliënt en mij.'

'O, nee,' zei Dash, 'Het is prima als Gavin...'

'Ik vind het niet prima,' onderbrak Hester hem. 'Ik ben nu officieel jouw advocaat. Wat je mij toevertrouwt gaat achter slot en grendel vanwege mijn zwijgplicht. Dat betekent dat niemand mij kan dwingen om vrij te geven wat je mij zo gaat vertellen. Meneer Chambers kan zich niet beroepen op datzelfde juridische kader. Hij kan worden gedwongen om de inhoud van dit gesprek prijs te geven, of hij dat nu leuk vindt of niet. Dus wil ik hem hier niet bij.' Hester keek opzij. 'Jij ook, Wilde. Smeer 'm.'

'Maar wij vertrouwen Gavin...' begon Dash Maynard.

'Dash... Je zei dat ik je Dash mocht noemen, toch? Dash, het is heel eenvoudig. Ik leg even een paar basisregels uit, dat zei ik al. Regel één: als je mij wilt inhuren, moet je naar me luisteren. Als je niet naar me wilt luisteren, oké, mijn chauffeur is onderweg hiernaartoe – voor de terugweg hoef ik die helikopter met z'n afgrijselijke herrie niet meer – en zal zo wel voor de deur staan. Dan keer ik terug naar de stad. Ik breng een consult in rekening en we gaan allemaal onze eigen weg. Hier valt niet over te marchanderen. Ik bepaal wat er gebeurt. Zijn we het eens over regel één?'

Dash trok een gezicht alsof hij van plan was tegen te spartelen, maar Delia legde een hand op zijn been.

'We begrijpen het,' zei Delia.

'Goed.'

'Ik vind het maar niks,' zei Chambers.

'Misschien komt er ooit een tijd dat ik me dat zal aantrekken,' zei Hester. 'Dan zal ik even huilen. Maar voorlopig, sst, en wegwezen.'

Dash knikte naar Chambers. Die maakte een gebaar van hulpeloosheid met zijn handen en liep naar de deur. Wilde liep achter hem aan.

'Wacht,' zei Delia.

Beide mannen bleven staan.

Delia keek Hester aan. 'We zijn tot in detail geïnformeerd over de achtergrond van Wilde.'

'Je meent het.'

'Hij heeft nog altijd een vergunning om als privédetective te werken voor het beveiligingsbedrijf CRAW,' zei Delia. 'In het verleden heb je hem ingehuurd, is het niet?'

'En als dat zo zou zijn?'

'Huur hem weer in,' zei Delia. 'Voor ons probleem. Dan valt alles wat hij hoort toch ook onder de zwijgplicht?'

'Hé, dat is een aardige gedachte,' zei Hester. Ze keerde zich naar Wilde. 'Wil je voor me werken?'

'Zeker,' zei Wilde.

'Ga dan maar zitten, jongen. Blijf daar niet zo boven me hangen, daar word ik duizelig van.'

Even later was Chambers de enige die het vertrek verlaten had. Met z'n vieren zaten ze in de leren leunstoelen. Delia en Dash aan de ene kant van de teakhouten salontafel, Hester en Wilde aan de andere kant.

'Ik begrijp het niet,' zei Dash. 'Als je Wilde als onderzoeker kunt inhuren, waarom kun je dan Gavin niet inhuren?'

'Daarom,' zei Hester.

'Waarom daarom?'

'Omdat ik zeg dat het niet kan. Je hebt me hiernaartoe laten komen met een helikopter omdat de situatie urgent is, neem ik aan. Zullen we dan maar van start gaan?'

Wilde stak een hand op. 'Nog niet.'

Hester keerde zich naar hem toe. 'Hoezo?'

'Kolonel Chambers probeerde de communicatie van jullie zoon te volgen.'

'Natuurlijk deed hij dat,' zei Dash. 'Dat was een deel van zijn werk.'

Hester had beide handen al op de armleuningen van haar stoel geplaatst en drukte zich kreunend overeind. 'Laten we naar buiten gaan.'

'Waarom?' vroeg Dash.

'Omdat we er geen flauw idee van hebben of jouw beveiligingschef in deze kamer ook afluisterapparatuur heeft geïnstalleerd.'

Dat maakte zowel Dash als Delia even sprakeloos.

'Je begrijpt het niet,' zei Dash. 'We vertrouwen Gavin voor honderd procent.'

'Jij begrijpt het niet,' zei Hester. 'Ik vertrouw hem niet voor honderd procent. En ik weet ook niet zo zeker hoe je vrouw erover denkt.' Ze liep naar de deur. 'Kom op, we gaan een luchtje scheppen. Het is lekker weer buiten. Het zal ons goed doen.'

Dash keek opnieuw Delia aan. Ze knikte en pakte zijn hand. Ze daalden een wenteltrap af en liepen een verbouwereerde Gavin Chambers voorbij het huis uit. De tweeling trainde met een privécoach op het voetbalveld.

'De meisjes weten niet wat er aan de hand is,' zei Dash. 'Dat willen we graag zo houden.'

Ze liepen naar het midden van het gazon naast het huis en bleven staan op ongeveer de plek waar de camera's de vorige avond de laatste beelden van hun zoon hadden vastgelegd. Het was een uitbundig mooie dag, bijna bespottelijk, gezien de omstandigheden. Wilde zag dat Hester de wolkenkrabbers boven de bomenrij gewaarwerd en ernaar keek alsof het oude vrienden waren.

'Waarom hebben jullie me hiernaartoe gehaald?' vroeg Hester.

Dash stak onmiddellijk van wal. 'Toen we vanochtend wakker werden, was onze zoon Crash verdwenen. Op het eerste gezicht leek het erop dat hij midden in de nacht nog een vriend is gaan opzoeken, of misschien dat hij is weggelopen. Wilde kent de details.'

'Oké,' zei Hester.

Delia hield een hand boven haar ogen om ze tegen het zonlicht te beschermen. Ze keek op naar Wilde. 'Waarom belaagde je gisteren onze zoon bij school?'

'Ho, ho.' Het was Hester. 'Niet antwoorden. Ik wil eerst van de hoed en de rand weten voordat we ons op dergelijke paden begeven, oké?'

'Het is heel eenvoudig,' zei Delia. 'Vanwege onze huidige situatie...'

'Welke situatie?'

'Gisteravond was Saul Strauss in jouw programma te gast,' zei Delia.

'Klopt. En?'

'Hij uitte beschuldigingen waarbij wij betrokken waren.'

'Ik neem aan dat je die opmerkingen bedoelt over belastende tapes die jullie in je bezit hebben.'

Delia knikte. 'Die zouden belastend zijn voor Rusty Eggers, ja.'

'Hij kon er niet over ophouden,' zei Hester. 'Bestaan die tapes?'

'Nee,' zei Delia. 'Ze bestaan niet.'

Zonder aarzeling, dacht Wilde. Dat betekende natuurlijk nog niet dat ze de waarheid sprak. Maar ze aarzelde geen seconde en haar lichaamstaal drukte geen enkele aarzeling uit – gewoon domweg een ontkenning.

'Ga door,' zei Hester.

'Toen we erachter kwamen dat Crash zoek was,' zei Dash, 'zijn kolonel Chambers en zijn mannen meteen gaan zoeken. In eerste instantie wees alles erop dat onze zoon zonder gezelschap was weggelopen. Er zijn camerabeelden waarop te zien is dat hij alleen, ogenschijnlijk vrijwillig, het huis verlaat.' Dash wierp een woedende blik richting Wilde. 'Maar om de mogelijkheid uit te sluiten dat hij erbij betrokken was, heeft kolonel Chambers gecontroleerd of de man die gisteren onze zoon op school belaagde, er iets mee te maken had. Dat lijkt me een alleszins verklaarbare reactie.' Hij keek Hester aan. 'Jij bent daarvan natuurlijk op de hoogte, want jij hebt het kunnen volgen op FaceTime. We willen weten waarom Wilde het nodig vond op school de confrontatie aan te gaan met onze zoon. Het lijkt me dat onze zorgen begrijpelijk zijn.'

Hester knikte. 'Dus daarom moest Chambers Wilde hiernaartoe brengen.'

'Ja.'

'En je dacht dat hij wel zou praten als je mij zou inhuren.'

Delia nam het woord. 'Nee. We hebben jou ingehuurd omdat de zaken nu anders liggen.'

'Wat bedoel je?'

'We denken niet langer dat Crash in zijn eentje is weggelopen.'

'Waarom niet?'

'Omdat we net een bericht hebben ontvangen waarin losgeld wordt geëist.'

Het bericht was verstuurd via anonieme e-mail.

Dash gaf Hester zijn telefoon. Zij boog zich over het toestel zodat het zonlicht de tekst op het scherm niet onleesbaar maakte. Wilde las mee over haar schouder.

We hebben je zoon. Als je niet precies doet wat we zeggen, wordt hij geëxecuteerd. Dat willen we niet, want we geloven in vrijheid, maar voor vrijheid moet altijd een prijs worden betaald. Als jullie de FBI of de politie erbij halen, zullen wij dat weten. Dan zal Crash onmiddel-

lijk worden geëxecuteerd. Als je denkt dat je de autoriteiten kunt inlichten zonder dat wij het merken, heb je het mis. Ondanks al die dure beveiliging van jullie, hebben we je zoon ontvoerd. Wij zullen het weten en het zal heel pijnlijk worden voor jullie zoon.

Wat we willen, is heel eenvoudig. We geloven dat de waarheid jullie zal bevrijden. Om die reden willen we dat jullie de tapes met Rusty Eggers aan ons overdragen. Alle tapes, vooral de oudste. Daarover valt niet te onderhandelen. De inzet is te hoog.

Voer de instructies tot op de letter nauwkeurig uit.

Aan het einde van dit bericht staat een link naar een anonieme Dropbox die wordt gehost in het Dark Web met behulp van een reeks VPN's. De link is nu nog niet actief.

Klik om precies 16.00 uur op de link en upload alle video's over Rusty Eggers.

Je zult zien dat er een aparte map is aangemaakt voor de meest belastende tape. We weten dat die tape bestaat, dus probeer ons niet wijs te maken dat het niet zo is. De link wordt precies om 17.00 uur weer inactief.

Als we niet krijgen wat we willen hebben, zal jullie zoon de gevolgen dragen.

Dat was het. Onderaan stond inderdaad een koppeling met een heleboel letters, cijfers en bijzondere tekens.

Hester las het bericht nog een paar keer. Wilde wachtte en keek toe. Na verloop van tijd gaf Hester de telefoon terug aan Dash. Met trillende handen. Zijn handen trilden ook.

'Wil je mijn advies?' vroeg Hester.

'Natuurlijk.'

'Bel de FBI.'

'Nee,' zei Delia.

'Je hebt gelezen wat ze schrijven,' zei Dash. 'Geen politie.'

'Dat heb ik gezien, maar ik denk dat je het beste wel de politie kunt inschakelen. Alleen wij vieren hebben die e-mail gelezen, toch?'

Dash en Delia knikten.

'Dus ik stuur Wilde nu op pad. We kennen mensen bij de FBI, goede mensen die hun mond zullen houden. Wilde geeft een van die mensen door wat we...'

'Nee,' zei Dash. 'Gaat niet gebeuren.'

'Delia?' vroeg Hester.

'Ik ben het met mijn echtgenoot eens. Voorlopig doen we het zelf.'

Ze zouden niet van mening veranderen, vooralsnog in ieder geval niet, dus sneed Wilde een ander onderwerp aan. 'Volgens het tijdstempel is dat bericht iets meer dan een uur geleden verstuurd. Hoe laat kregen jullie het onder ogen?'

Dash trok een grimas. 'Wat heeft dat ermee te maken?'

Delia antwoordde. 'Vrijwel meteen.'

'Dat was het moment waarop jullie mij belden?' vroeg Hester.

'Ja.'

Hester begreep wat Wilde in gedachten had. 'Mogen we daar iets over opmerken?'

'Natuurlijk.'

'Jullie hebben de beveiligingschef niet ingelicht.'

Dash zuchtte. 'Dat wilde ik doen.'

'Ja, maar je vrouw wilde dat niet.' Hester keerde zich naar Delia. 'Want jij begrijpt wat ik begrijp.'

'En wat begrijpen de beide dames wat ik niet begrijp?' vroeg Dash lichtelijk geïrriteerd.

'Gavin Chambers werkt voor Rusty Eggers. Hij is loyaal naar Rusty

Eggers, niet naar jou. Ik heb hem niet alleen weggestuurd omdat ze hem zouden kunnen dwingen te praten, maar ook omdat jullie niet zijn eerste prioriteit zijn. Dat is het beschermen van Rusty Eggers. Begrijp je?'

'Ja,' zei Dash. 'Maar zelfs als ik het daarmee eens ben, lopen onze belangen parallel.'

Hester hield haar hoofd scheef. 'Weet je dat zeker? Ik bedoel, laten we eens veronderstellen dat de keuze is: je zoon dood of de tapes vrijgeven. Wat denk je dan dat Rusty Eggers zal kiezen?'

Stilte.

'En er is nog iets anders,' zei Hester. 'Als dit werkelijk een ontvoering is, wie komt dan het meest in aanmerking als verdachte?'

'Extremisten,' zei Dash.

'Ja, nou ja, dat is nogal vaag, maar laten we daar even van uitgaan. Laten we zeggen dat het extremisten zijn. Dus die extremisten hebben een list verzonnen om je zoon zover te krijgen dat hij in zijn eentje vrijwillig het bos in loopt, en toen hebben ze hem gegrepen en met een pistool in de rug afgevoerd of zo?' Hester wreef over haar kin. 'Klinkt dat waarschijnlijk?'

'Wat wil je nou zeggen?'

'Voorlopig niets. Ik denk hardop. Echt, meer niet. Het zou bijvoorbeeld ook zo kunnen zijn dat jouw zoon dit allemaal heeft bekokstoofd.'

Delia keek sceptisch. 'Dat denk ik niet.'

'Misschien is Crash gewoon weggelopen. Misschien is er niets aan de hand en houdt hij zich domweg ergens verborgen. Misschien heeft hij die e-mail zelf verstuurd.'

'Waarom zou hij dat doen?'

'Dat weet ik niet. Ik denk alleen maar hardop, hè? Maar het zou kunnen, toch? Een andere mogelijkheid is dat Naomi Pine erbij betrokken is. We weten al dat zij is weggelopen. Heeft zij hem op het idee gebracht? Zijn ze samen? We weten dat ze bij elkaar in de klas zitten, dus misschien hebben ze dit samen op touw gezet. Ik weet het niet, maar het zou kunnen. Kun je me nog volgen?'

Dash fronste zijn wenkbrauwen, maar Delia zei: 'Ik denk het wel.'

'En laten we nu eens veronderstellen dat het echt om een ontvoering gaat. Ik wil niet heel kil en analytisch overkomen, maar het is verstandig om ons denken niet te laten beïnvloeden door emoties. Laten we zeggen dat het iemand gelukt is jullie zoon naar buiten te lokken en hem in het bos te grijpen. Het kan natuurlijk precies zo zijn gegaan. Er zijn genoeg, eh... extremisten die Rusty Eggers te gronde willen richten. Dus een team specialisten met een opleiding bij de CIA of in het leger heeft de operatie uitgevoerd. Twijfelachtig, maar toe maar. Dat brengt me bij een laatste mogelijkheid die maar door mijn hoofd blijft spoken.'

'We luisteren,' zei Delia.

'Gavin Chambers zit erachter,' zei Hester. 'Als er één insider is, is hij het wel. Hij kent het bewakingssysteem met camera's. Hij weet alles. Hij heeft jullie zoon gevraagd naar het bos te komen om met hem te praten en daar heeft hij hem gegrepen.'

Dash snoof. 'Dat is belachelijk.'

'Motief?' vroeg Delia. Ze negeerde de reactie van haar man.

'Misschien in opdracht van Rusty Eggers. Misschien wil Eggers uitzoeken of jullie dingen voor hem achterhouden.' Hester kreeg de indruk dat ze met die laatste opmerking scoorde – op zijn minst bij Delia. Ze deed een stap naar haar toe. 'Luister, Delia, jij voelde iets, hè? Daarom heb je niets tegen Chambers gezegd. Er is iets waardoor je aarzelt.'

'Zover zou ik niet willen gaan,' zei Delia.

'Dan...'

'Het is gewoon... Hij werkt voor Rusty Eggers. Zoals jij zei. Ik ben misschien te voorzichtig geweest, en het was niet direct omdat ik daadwerkelijk denk dat hij ons kind zou hebben ontvoerd.'

Hester keerde zich naar Wilde en ving de blik in zijn ogen op. 'Wou je er nog iets aan toevoegen?'

'Er staan een paar vreemde dingen in die losgeldbrief,' zei Wilde.

'Ga door.'

'Om te beginnen: wat bedoelen ze met "de meest belastende tape"?'

'Ik weet het niet,' zei Dash. 'Maar je zou zeggen fragmenten van seizoen één.'

Wilde liet een stilte vallen. Als je mensen een zee van stilte geeft, duiken ze er meestal vanzelf in. Maar Dash en Delia hadden kennelijk geen zin in zwemmen.

Na een paar seconden vroeg Hester: 'Wat nog meer, Wilde?'

'Als de ontvoerders alleen maar de waarheid boven water willen halen, waarom hebben ze dan niet gewoon gevraagd de tapes over te dragen aan de pers of ze te posten op een publiek forum? Waarom zouden ze jullie vragen ze eerst te uploaden naar een privéadres?'

'Ik kan je niet volgen.' zei Dash.

'Misschien is het niets,' zei Wilde. 'Maar misschien willen de ontvoerders zelf de controle over de informatie en willen ze die helemaal niet openbaar maken.'

Geruime tijd stonden de vier zwijgend bij elkaar. Een maaimachine verbrak plotseling de stilte, gevolgd door een tweede.

'Maar er staat niets op de tapes,' zei Dash. 'Daar draait het allemaal om. We hebben geen vuiligheid.'

Delia knikte. 'In het ergste geval staat er iets op wat een beetje gênant is voor Rusty. Meer is er niet.'

Wilde hoorde beiden aan en trok een eenvoudige conclusie.

Ze logen.

25

Ze hadden bijna zes uur tot het moment dat de link actief zou worden.

Wilde kende de basisregels van het onderhandelen met ontvoerders. Regel nummer één: accepteer nooit de in het begin gestelde eisen. Misschien staat er een leven op het spel, maar bij elke onderhandeling draait het om macht en controle. In dat opzicht is de ontvoerder in het voordeel, maar jij onderhandelt voor de familie van het slachtoffer, de enige 'koper' op de 'markt' voor het 'product' dat ze aanbieden. Dat geeft jou ook macht. Start een gesprek. Alle andere regels – vermijd emoties, begin met een laag bod, wees geduldig, eis een teken van leven – vloeien voort uit die allereerste grondregel.

Er was maar één probleem.

Wilde kon de ontvoerders niet bereiken.

Er waren geen e-mails, geen mobiele telefoonnummers, niets. Wilde probeerde het pictogram om op de e-mail te reageren, maar dat werkte niet.

De klok tikte door, dus verdeelden ze de taken. Dash zou de tapes klaarmaken voor het geval ze besloten om een deel of alle tapes te uploaden. Delia zou contact zoeken met Crash' beste vrienden om uit te zoeken of een van hen Crash nog had gezien of misschien wist waar hij zou kunnen zijn.

'Maak niet te veel ophef,' zei Hester tegen Delia. 'Doe alsof je gewoon een nerveuze moeder bent die niet weet waar haar zoon de afgelopen nacht is geweest.'

Wilde zou blijven zoeken naar Naomi, want de allereerste theorie leek nog altijd de beste: er was een verband tussen beide verdwijningen. Als je Naomi Pine zou vinden, was de kans redelijk groot dat je ook Crash Maynard zou vinden.

Er was nog een andere zaak die Wilde wilde afhandelen. Hij vond Gavin Chambers, die bij de tennisbaan een sigaret stond te roken.

'Het verbaast me dat je rookt,' zei Wilde.

'De schurk in het verhaal rookt altijd.' Chambers gooide de peuk op de grond en trapte hem uit met zijn hak. 'En hij ruimt zijn rommel niet op.' Hij keek met dichtgeknepen ogen naar de zon. 'Was het jouw idee om de vergadering buiten te houden?'

Het leek Wilde niet nodig die vraag te beantwoorden.

'Er is geen afluisterapparatuur in de bibliotheek. Je kunt iemand sturen voor inspectie.'

'Oké.'

'Dus jullie gooien me er officieel uit?'

'Nee,' zei Wilde.

'Wil je me dan vertellen wat er gaande is?'

'Voor zover ik dat kan.'

'Hé, Wilde?'

Wilde keek Chambers aan.

'Beledig me niet met gelul, alsjeblieft. Ik weet dat het Hester niet alleen om de privacy gaat. Ik word gezien als de man van Rusty Eggers.'

'Hm. Weet je zeker dat je niet meeluisterde?'

Dat vond Chambers wel een aardige opmerking. 'Zelfs een klein kind had dat kunnen bedenken. Rusty heeft me erbij gehaald, dus is er iemand die heel goed begrijpt waar mijn loyaliteit ligt.'

'Is dat dan niet zo?'

'Heeft het zin als ik nee zeg?'

'Waarschijnlijk niet.'

'Hoe dan ook, ik wil die jongen gewoon vinden. Dus wat zijn de plannen?'

'De meeste bewakers werkten hier al toen jij op het toneel verscheen.'

'Ja, ik heb drie man meegebracht, inclusief Bryce.'

'Bryce?'

'Die blonde kerel met wie jij het iedere keer aan de stok hebt.'

'Oké. Dan gaan Bryce en die andere twee nu op non-actief.'

'Zodat alleen jij en de amateurbewakers van Maynard blijven?'

'Ik roep zelf een paar mensen op,' zei Wilde.

'Ah, juist.' Gavin Chambers glimlachte. 'Van je oude bureau?'

Wilde had Rola al gebeld die maar al te graag meewerkte. Ze was al met een paar man onderweg. 'Ja.'

'Hebben jullie ooit een ontvoering gedaan?' vroeg Chambers. 'Want – en daar bedoel ik niets mee – dat wordt een puinhoop.'

'Grappig.'

'Wat is er zo grappig?'

'Eerder was je ervan overtuigd dat Crash was weggelopen en niet ontvoerd.'

'Ja... Dat was voordat de Maynards Hester Crimstein belden en mij eruit gooiden. En dat was voordat ik die bibliotheek in liep en de blik in hun ogen zag. Ze hielden zich groot, Dash en Delia, maar ze stonden op instorten.' Chambers haalde een zonnebril uit de zak van zijn jasje. 'Heb je het ze trouwens verteld?'

Wilde wachtte. Toen Chambers niet van plan leek zijn vraag toe te lichten, zei hij: 'Oké, ik zal happen. Wat had ik ze moeten vertellen?'

'Dat je Saul Strauss hebt ontmoet in de bar van het Sheraton.'

Het had Wilde niet mogen verrassen, maar dat deed het wel. Wat hem minstens zo irriteerde, was dat hij niet door had gehad dat ze hem volgden. Had de openhartige uitwisseling van gedachten met Laila hem zo uit het lood geslagen? 'Indrukwekkend.'

'Niet echt.'

'Vraag: als jouw mannen mij volgden, dan wist je ook dat ik vanmorgen niet in mijn capsule was. Dan wist je ook dat ik de jongen niet heb ontvoerd.'

'Is dat de vraag?'

'Waarom al dat machtsvertoon in het bos als je wist dat ik er niet was?'

'Dat wisten we niet.'

'Je zei net dat jullie me volgden...'

'Jou niet, Wilde. We volgden jou niet.'

Strauss. Ze volgden Strauss.

'Saul Strauss is een idioot – en een bedreiging,' zei Chambers. 'Dat kun jij ook zien.'

'Ja.'

'Dus wat wilde hij van jou?'

Wilde overpeinsde hoe hij die vraag zou beantwoorden.

'Ik ga niet aan de kant,' zei Gavin Chambers. 'We kunnen blijven samenwerken, zoals we eerder hadden afgesproken – ik weet meer over Crash, jij over Naomi – maar ik kan ook als een bulldozer de belangen van Rusty Eggers veiligstellen zonder jouw medewerking.'

Wilde wist niet precies wat in dit geval de beste koers was, maar het oude gezegde dat je je vrienden moet koesteren, maar je vijanden aan je hart moet drukken, ging door zijn hoofd.

'Strauss wist dat Naomi zoek is,' zei hij.

'Hoe wist hij dat?'

'Dat weet ik niet, maar hij wist wel dat er een band is tussen Naomi en Crash.'

'Waarom zou Saul Strauss zich in hemelsnaam bekommeren om Naomi Pine?' vroeg Chambers.

Er kwam iets anders bovendrijven in de gedachten van Wilde. Iets wat Saul Strauss helemaal in het begin had gezegd: '*Ik heb gehoord dat je vandaag een aanvaring hebt gehad met die jongen van Maynard.*'

Saul Strauss had geweten dat Wilde die dag bij de school was geweest.

Hoe kon hij dat weten?

Er waren natuurlijk getuigen geweest op de parkeerplaats, maar de enige die meer dan dat wist, de enige die echt kon vertellen wat zich in dat tekenlokaal had afgespeeld, was Ava O'Brien.

Nee. Hoe zou Ava hierbij betrokken moeten zijn?

Onmogelijk. Ze was alleen maar een leerkracht met een deeltijdbaan.

'Saul Strauss en jij hebben een gezamenlijk verleden, hè?' zei Wilde.

'Saul Strauss? We hebben samen in het leger gezeten. Ik heb hem gisteren gezien toen hij demonstreerde bij het kantoor van Maynard.'

'Dus Saul Strauss zoeken kon wel eens een goede eerste stap zijn.'

'Denk je dat ik dat nog niet had bedacht?'

'Dus...'

'Kun je je nog herinneren hoe hij het Sheraton uit liep?'

Wilde knikte. 'Hij liep naar de achteringang.'

'Misschien,' zei Chambers.

'Hoe bedoel je?'

'Mijn mannen hebben hem wel naar binnen zien gaan, maar ze hebben hem nooit meer naar buiten zien komen. We waren hem kwijt.'

De Maynards hadden Wilde een Lexus GS gegeven om te gebruiken. Hij ging achter het stuur zitten en belde Ava O'Brien. De oproep werd rechtstreeks doorgeschakeld naar voicemail. Niemand die hij kende, luisterde ooit de voicemailberichten af, dus stuurde hij haar een appje: *We moeten zo snel mogelijk praten.*

Er kwam niet meteen een reactie. Hij wist eigenlijk ook niet precies wat hij haar zou moeten vragen. Als Ava O'Brien op de een of andere manier gelieerd was aan Saul Strauss... Nee, dat was onzin.

Over Strauss gesproken...

Wilde stuurde de Lexus de oprit van Bernard Pine op, haalde het visitekaartje tevoorschijn dat Strauss hem had gegeven, en belde het nummer. Opnieuw voicemail.

'Wilde hier. Ik moest je bellen als ik iets wist. Dat is het geval. Dit zul je willen weten.'

Hij wist niet of dat helemaal waar was, maar het was een boodschap die de aandacht zou trekken. Wilde dacht aan Ava. Hij dacht aan Strauss. Hij dacht aan Gavin Chambers en Crash, en inderdaad, ook aan Naomi.

Er ontging hem iets.

Bernard Pine, de vader van Naomi, trok de voordeur open voordat Wilde op de bel kon drukken.

'Ken jij iemand die Saul Strauss heet?' vroeg Wilde.

'Wie?'

'Saul Strauss. Hij komt soms op tv. Misschien heeft Naomi het over hem gehad.'

Pine schudde zijn hoofd. 'Nooit van gehoord. Heb je nog iets ontdekt?'

'Heb jij iets ontdekt?'

'Nee. Ik ga weer naar de politie, al denk ik dat ze niet zullen luisteren.'

'Weet je of Naomi's paspoort nog in huis is?'

'Ik kan kijken,' zei Pine. 'Kom maar binnen.' Hij deed een stap opzij en liet Wilde binnen. Het rook muf in het halletje. Het halfvolle glas en de halfvolle fles Bourbon op de salontafel vielen Wilde meteen op. Dat viel op zijn beurt Bernard Pine meteen op.

'Een dag voor mezelf,' zei hij.

Wilde vond het niet nodig daarop te reageren.

'Waarom wil je haar paspoort zien?'

'Kan het zijn dat Naomi bij haar moeder is?'

Even vertrok het gelaat van Bernard Pine. 'Waarom vraag je dat?'

'We hebben haar gebeld.'

'Hebben jullie Pia gebeld?'

Er was geen enkele reden om uit te leggen dat Hesters assistente had gebeld. 'De vorige keer dat we haar belden, zei je ex ronduit dat Naomi niet bij haar was. Sindsdien wil ze niets meer zeggen. We weten dat je ex op het moment in het buitenland is.'

'En daarom vraag je naar het paspoort van Naomi.' Pine liep voor Wilde uit naar een studeerkamer in het achterhuis. Standaardinterieur

– bureau, computer, printer, dossierkast. Op het bureau zag Wilde een rekening van het elektriciteitsbedrijf en iets van het kabelbedrijf. Er lag ook een chequeboek. De screensaver op de computer was een foto van een oceaan, waarschijnlijk een standaardscreensaver van het besturingssysteem. De presse-papier was een perspex-trofee waarin Pine's naam stond gegraveerd. Het deed denken aan een prijs voor 'vertegenwoordiger van de maand'. Er stond een ingelijste foto met vier golfers bij een Pro-Amtoernooi. Bernard Pine stond helemaal rechts te glunderen met zijn driver.

Geen foto's van zijn dochter.

Bernard Pine rommelde in een la, voorovergebogen om beter te kunnen zien. 'Hier.'

Hij hield een paspoort omhoog. Wilde hield zijn hand op. Pine aarzelde en gaf Wilde toen het paspoort van Naomi. Er stond maar één stempel in, Heathrow Airport in Londen, drie jaar geleden.

'Naomi is niet bij mijn ex,' zei Pine.

Er klonk geen enkele twijfel door in zijn stem.

'Ik wil je iets laten zien.'

Wilde knikte.

'Ik wil niet dat je denkt dat ik een beetje vreemd ben of zo.' Bernard Pine keerde zich naar de dossierkast. Hij prutste met de sleutel, deed de kast van slot en trok de onderste lade open. Helemaal achter uit de lade haalde hij een tijdschrift tevoorschijn dat in een plastic hoes zat. *Sportsglobe*. Een nummer van twintig jaar geleden. Op het omslag stond een model in een badpak.

Er stak een gele post-it boven de pagina's uit. Pine opende het tijdschrift voorzichtig bij die post-it.

'Pia,' zei hij met een hunkering in zijn stem die Wilde deed opkijken. 'Heerlijk, hè?'

Wilde bekeek de foto van een model in een bikini van flossdraad.

'Die is een jaar nadat we elkaar leerden kennen gemaakt. Pia stond vooral model voor lingerie en badmode. Ze wilde ook in het badmodenummer van *Sports Illustrated*. Weet je nog van alle ophef rond dat nummer?'

Wilde zei niets.

'Dus Pia doet auditie of hoe ze dat maar noemen en weet je wat ze zeiden?'

Hij zweeg en keek Wilde verwachtingsvol aan. Om de vaart erin te houden zei Wilde: 'Nee.'

'Ze zeiden dat ze te weelderig was. Dat was het woord dat ze gebruikten. Weelderig. Ze dachten dat haar...' – hij hield zijn handen voor zijn borst onder een denkbeeldige boezem – 'nep waren. Niet te geloven, toch? Ze zeiden dat ze zo groot waren, dat kon alleen maar met implantaten.' Hij maakte een gebaar naar de foto. 'Maar die zijn echt. Niet te geloven, hè?'

Wilde zei niets.

'Ik klink als een smeerlap, hè?'

Wilde koos de leugen die Pine aan de praat zou houden. 'Niet echt.'

'Pia en ik hebben elkaar ontmoet in een bar in de East Village. Ik kon mijn geluk niet op. Ik bedoel, alle kerels wilden haar. Maar tussen ons klikte het. Ze was zo mooi. Ik kon mijn ogen niet van haar afhouden. We vielen voor elkaar als een baksteen. In die tijd werkte ik bij Smith Barney. Dat verdiende goed. Pia had net genoeg werk als model. Ik zeg niet dat het allemaal perfect was, want met mooie vrouwen, vrouwen die er zo uitzien, is er altijd wel iets aan de hand. Dat hoort erbij, denk ik. Maar toen vond ik het allemaal heel opwindend, ze was supersexy. We waren verliefd, we hadden geld, de stad lag aan onze voeten, we waren zo vrij als vogels...'

Pine sloeg het tijdschrift voorzichtig dicht alsof het een kwetsbaar religieus traktaat was en schoof het terug in de plastic hoes. Hij legde het weer achter in de onderste lade en sloot de dossierkast af.

'We waren ongeveer een jaar samen toen Pia me vertelde dat ze geen kinderen kon krijgen. Dat klinkt misschien wel heel raar, maar eerder hadden we het daar nooit over gehad. Ik weet het niet, ik denk dat ze bang was hoe ik zou reageren. Maar – en dat zal je verbazen – ik was opgetogen. We vierden continu feest. Ik wilde helemaal niet dat dat door een baby in de war geschopt zou worden, en, man, misschien klinkt het vreselijk, maar ik hield van dat lijf. Ik had vrienden met een lekker wijf. Niet zo lekker als Pia, maar toch. En als die een kind kregen, nou ja, je snapt het wel.'

'Hm,' beaamde Wilde.

'Ik wil alleen maar eerlijk zijn.'

'Hm,' beaamde Wilde opnieuw.

'Dus zijn we getrouwd. Hartstikke fout. Pia en ik, dat klikte tot we het officieel maakten. Maar toen kwamen we steeds meer tussen andere getrouwde stelletjes, die allemaal kinderen kregen. En Pia, nou ja, ik dacht dat het kwam omdat ze een beetje excentriek was en een beetje humeurig misschien? Nu hebben ze het over depressief en bipolair en dat soort dingen. Ze bleef steeds vaker de hele dag in bed liggen. Ze nam geen werk meer aan. Ze werd zelfs een paar kilo zwaarder.'

Wilde overwoog even geschokt naar adem te happen en 'Wat erg!' te zeggen, maar hij beheerste zich.

'Dus toen wilde Pia natuurlijk een baby. Ik had geen idee of dat wel zo'n goed plan was, maar ik hield van haar en ik wilde haar gelukkig maken. We waren ook niet het eerste stel dat dacht dat een kind hun huwelijk kon redden, toch? Dus begonnen we te praten over pleegkinderen en zo. Op een gegeven moment liep ik tegen een adoptiebureau in Maine aan. Daar moest je iets meer betalen, maar ze handelden de hele zaak heel soepel af. Ze zeiden dat we binnen een half jaar een gezonde baby zouden krijgen. Pia… nou ja, het werkte. Toen ze dat hoorde, ging ze weer voor zichzelf zorgen. We hadden de zaak weer op gang, al werd ze helemaal geobsedeerd door de komst van dat kind. Plotseling wilde ze niet meer in de stad wonen. De stad was vies, zei ze. Dat was geen plek om een kind op te voeden. Dus toen vond ze dit…' – Pine spreidde zijn armen – 'bij de vastgoedadvertenties in *The New York Times*. Weet je wel, bijzondere panden. Dus toen hebben we dit gekocht en zijn we hier twee dagen voordat Naomi kwam naartoe verhuisd. Het zou allemaal prachtig worden.'

Pine viel stil.

'Wat gebeurde er?' vroeg Wilde.

'Ik heb ergens gelezen dat zelfs adoptiemoeders kunnen leiden aan postnatale depressies of zoiets. Ik weet niet of het dat was, maar Pia raakte de draad kwijt. Het was vreselijk. Ze kon op geen enkele manier een band krijgen met haar dochter. Totaal niet. Het was net alsof onze baby een nieuwe nier was die door Pia's lichaam werd afgestoten.'

Een verrassende manier om het onder woorden te brengen, dacht Wilde. 'Wat hebben jullie gedaan?'

'Ik huurde nanny's in. Pia ontsloeg ze, de een na de ander. Ik probeerde haar naar een psychiater te krijgen, maar dat weigerde ze domweg. En ik had nog altijd een baan. Heen en weer van hier naar de stad is nog altijd twee uur, maakt niet uit hoe je het doet.' Hij kneep even zijn ogen dicht en deed ze toen weer open. 'Toen ik op een dag thuiskwam, had Naomi een blauwe plek op haar arm. Ze was gevallen, zei Pia. Later had ze een keer een snee boven haar wenkbrauw. Het kind was onhandig, zei Pia.'

Pine balde een vuist en hield die voor zijn mond. 'Ik vind het heel moeilijk om hierover te praten.'

'Wil je een glas water, of...?'

'Nee, ik wil verder voordat ik de moed verlies. Ik heb dit verhaal nog nooit verteld. Aan niemand. Ik denk dat ik meer had moeten doen. Ik had niet moeten accepteren dat Pia geen hulp wilde, of...'

Hij zweeg opnieuw, uitgeput, en even was Wilde bang dat hij zou stoppen.

'Je bent zo ver gekomen,' zei Wilde. 'Vertel me de rest van het verhaal ook.'

'Ik begon me zorgen te maken over de gezondheid van Naomi. Dus op een dag ben ik niet naar mijn werk gegaan. Ik deed net of ik op weg ging naar de bushalte, maar ik bleef in de stad hangen. Ik kan niet goed uitleggen waarom. Het was anders dan anders die ochtend. Misschien had ik ook wel een voorgevoel, ik weet het niet. Een uur nadat ik van huis was gegaan, ben ik weer teruggekomen. Totaal onverwacht. Ik hoorde op de oprit het gegil al. Allebei. Ze krijsten. Ik rende naar binnen. Ze waren boven. Pia stopte haar in bad. Het water. Het was zo heet dat het stoomde.'

Hij kneep zijn ogen dicht.

'Dat was het einde. Dat was de druppel die de emmer deed overlopen. Ik dwong Pia om hulp te vragen, al is "hulp" een betrekkelijke term. We zijn gescheiden, heel stilletjes. Er was geen enkele reden om de hele wereld te laten weten wat er aan de hand was, toch? Pia deed afstand van alle rechten als ouder. Misschien probeerde ze mij daarmee af te kopen, dat ik mijn mond zou houden. Maar misschien voelde ze ook wel dat ze nooit om Naomi zou geven. Dat was vijftien jaar geleden. Naomi heeft haar moeder sinds die tijd nooit meer gezien.'

Wilde probeerde voorbij te gaan aan wat hij net had gehoord, hij probeerde het afgrijselijke verhaal links te laten liggen, om verder te kunnen met de zoektocht naar Naomi. 'Weet je het zeker?' vroeg hij.

'Wat bedoel je?'

'Kan het zijn dat Naomi en haar moeder contact met elkaar hebben opgenomen achter jouw rug?'

'Ik denk het niet. Pia worstelt nog altijd met haar geestelijke gezondheid, al is ze er wel in geslaagd een nieuwe echtgenoot te strikken. Weet je wat ik denk? Ik denk dat ze Naomi al jaren geleden uit haar gedachten heeft verbannen.'

26

Hester belde Aaron Gerios, een voormalige special agent van de FBI, gespecialiseerd in ontvoeringen en gijzelingen. 'Ik heb een hypothetisch geval voor je.'

'Hypothetisch,' zei Gerios.

'Ja,' zei Hester. 'Je weet toch wat dat woord betekent, Aaron?'

'Als jij belt, betekent het dat de situatie echt is, niet hypothetisch, maar dat je me niet kunt vertellen om wie het gaat.'

'Ik zal net doen of je dat hypothetisch bedoelde.'

Hester vertelde het verhaal van de ontvoering en het geëiste 'losgeld'. Wat Gerios adviseerde, kwam in grote lijnen overeen met wat Wilde al in werking had gesteld. Kortom, gezien de omstandigheden deden ze alles volgens het boekje. Gerios vroeg zich ook af hoe waarschijnlijk het was dat het hier om een echte ontvoering ging.

'Het klinkt meer alsof die jongen zijn ouders voor schut wil zetten.'

'Het zou kunnen.'

'Of een geil juffertje heeft hem verleid.'

'Een man die met zijn leuter denkt,' zei Hester. 'Ik wist niet dat die bestonden.'

'Je bent altijd al een beetje naïef geweest, Hester.'

'Ja. Ja, zeker. Dank je, Aaron.'

‘Zit wel goed, maar mag ik je nog een laatste volstrekt overbodig advies geven?’

‘Tuurlijk.’

‘Overtuig die hypothetische ouders ervan dat ze de absoluut niet hypothetische FBI moeten inschakelen. Zelfs als het helemaal niets blijkt te zijn, hebben dit soort zaken de neiging verkeerd af te lopen als we er niet bij betrokken zijn.’

Aaron verbrak de verbinding.

Hester zwierf nog steeds over het terrein van Maynard Manor. Het leed geen twijfel dat het landgoed een grandeur in ouderwetse zin uitstraalde, precies zoals het bedoeld was, maar sommige van de moderniteiten werkten op de zenuwen. Op dat moment slenterde Hester langs een ‘beeldentuin’ met ietwat smakeloze bronzen representaties van hoe de Maynards er een aantal jaren geleden hadden uitgezien. De tweeling, die nu veertien was – Hester kon zich niet meer herinneren hoe ze heetten, iets met de hoofdletter K, Katie of Karen – waren in brons vereeuwigd toen ze een jaar of zeven, acht waren. De een hield een bronzen vlieger op, terwijl de ander tegen een bronzen bal schopte. De bronzen Crash was waarschijnlijk een jaar of twaalf, dertien. Hij hield een bronzen lacrosse-stick over zijn schouder alsof hij Huckleberry Finn was met een vishengel. De bronzen Delia en Dash keken naar hun bronzen kinderen en lachten. Alle leden van het bronzen gezin lachten, het gezicht bevroren in een eeuwigdurende lach die het allemaal een beetje eng maakte.

Hesters telefoon zoemde. Op het scherm stond OREN. Ondanks alles kreeg ze een blosje op haar wangen toen ze de naam zag.

‘Spreek,’ zei Hester.

‘Waarom neem je de telefoon zo raar aan?’

‘Dat is een lang verhaal.’

‘Mag ik het in de nabije toekomst eens horen?’

Ze glimlachte. ‘Hoe nabij?’

‘Ik heb vanavond oproepdienst, dus ik moet in de buurt blijven. Hoe zit het met jou?’

'Ik ben in de stad.'

'Op bezoek bij Matthew en Laila?'

'Iets anders,' zei Hester. 'Zaken.'

'O, maar heb je wel tijd om te gaan eten? Misschien niet helemaal zoals gisteravond, maar mijn lange arm strekt ver genoeg om een tafel voor ons te versieren bij Tony's Pizza and Sub. Ik betaal.'

'Nog bedankt trouwens.'

'Waarvoor?'

'Dat je mij gisteren liet betalen. Dat je me bedankte en niet als een macho probeerde om toch de rekening te bemachtigen.'

'Ik probeerde een moderne, gevoelige man te zijn. Wat vond je ervan?'

'Heel goed.'

'Ik heb dat nooit goed begrepen.'

'Wat?'

'Dit gaat heel politiek correct klinken.'

'Ga door.'

'Nou ja, jij verdient meer dan ik. Ik ben misschien niet echt hoogontwikkeld, maar ik heb die mannen nooit begrepen die helemaal van de wijs raken als de vrouw meer verdient. Ik heb mezelf altijd gelukkig geprezen als ik het trof met een vrouw die beter was dan ik, want dat straalde op mij af. Hoe meer succes mijn meisje heeft, des te beter sta ik er zelf op. Begrijp je wat ik bedoel?'

Hij zei 'mijn meisje'. *Zwijmel.*

'Maar,' zei Hester, 'uiteindelijk draait het altijd om jezelf?'

'Precies.'

Hester betrapte zich opnieuw op een glimlach die ze van zichzelf niet kende. 'Dat mag ik wel.'

'Dat gezegd hebbende betaal ik vanavond de rekening – die minder bedraagt dan de fooi van gisteren. Een uur of zeven? Tenzij je vanavond nog teruggaat naar de stad...'

Hester dacht erover na. Ze wist niet precies wat ze hier kon verwachten, maar ze moest hoe dan ook in de buurt blijven, en dan moest ze ook zien dat ze ergens te eten kreeg. Ze maakten een afspraak onder voorbehoud en beëindigden het gesprek.

Hester slenterde terug naar het huis. De gazons kwamen haar onmetelijk voor. Ze vond ze onaantrekkelijk. De eeuwige rust werkte op haar zenuwen.

Ze ging naar binnen en trof Delia, die een telefoongesprek voerde, aan in die bibliotheek die een beetje aan Walt Disney deed denken. Delia gebaarde naar Hester dat ze moest binnenkomen. Ze legde een vinger tegen haar lippen om Hester duidelijk te maken dat ze stil moest zijn en schakelde toen de luidspreker van de telefoon in zodat Hester kon meeluisteren.

'Bedankt Sutton, dat je me hebt teruggebeld,' zei Delia.

'Ik had wel eerder willen bellen, mevrouw Maynard, maar ik had les.' Het meisje klonk als een honderd procent puber. 'Is er iets met Crash?'

'Hoezo?'

'Nou ja, hij is niet op school vandaag.'

'Wanneer heb je hem voor het laatst gesproken?'

'Crash? We hebben gisteravond nog geappt.'

'Hoe laat, Sutton?' vroeg Delia.

Het bleef even stil aan de andere kant van de lijn.

'Hij is niet in moeilijkheden,' zei Delia. 'Maar hij is gisteravond de deur uit gegaan en ik heb vandaag nog niets van hem gehoord.'

'Als u even wacht, kijk ik het na op mijn telefoon.'

'Tuurlijk.'

Opnieuw bleef het even stil, toen zei Sutton: 'Twaalf voor twee vannacht.'

'Wat zei hij?'

'Alleen dat hij ervandoor moest.'

'Meer niet?'

'Nee. "Moet weg", dat was het.'

'Heb je enig idee waar hij zou kunnen zijn?'

'Nee, het spijt me, maar er is vast niets aan de hand. Ik kan Trevor en Ryan en de anderen nog wel even vragen.'

'Dat zou heel fijn zijn, bedankt.'

'Het is alleen...' begon Sutton.

'Ja?'

'Ik bedoel, ik wil niet dat u zich zorgen maakt, maar meestal appt hij me. Heel vaak. Ik bedoel, dat doen we allemaal. We hebben groepchats en gewone apps en snapchat en noem maar op. Ik bedoel, ik kan me niet herinneren wanneer hij me voor het laatst niet meteen 's morgens een appje stuurde.'

Delia bracht een hand naar haar keel. 'Heb jij hem geappt?'

'Eén keer, maar zonder reactie. Wilt u dat ik het nog een keer probeer?'

'Ja, graag.'

'Ik laat het u weten als ik iets hoor.'

Delia keek over haar schouder naar Hester. Hester vormde zonder geluid te maken met haar lippen het woord 'Naomi'. Delia knikte.

'Zijn Crash en Naomi Pine vrienden?'

Stilte.

'Sutton?'

'Waarom vraagt u naar Naomi?'

Delia keek Hester aan. Hester haalde haar schouders op.

'Nou ja, Naomi wordt vermist...'

'En u denkt dat Crash bij haar is?'

Je kon het ongeloof in haar stem bijna proeven.

'Ik weet het niet. Ik vraag het maar. Zijn zij vrienden?'

'Nee, mevrouw Maynard. Ik wil niet gemeen klinken, maar Crash en Naomi verkeren in twee heel ver van elkaar verwijderde werelden.'

'Maar hij heeft haar wel aangemoedigd om dat Challengespel te doen, toch?'

'Mijn les begint weer. Als ik iets van Crash hoor, laat ik het u meteen weten.'

Sutton beëindigde het gesprek.

'Is zij de vriendin van Crash?' vroeg Hester.

'Zo nu en dan. Sutton is waarschijnlijk het populairste meisje op school.'

'En Crash is een van de populairste jongens,' zei Hester.

'Ja.'

'Dus misschien is de populairste jongen plotseling verkikkerd geraakt op het uitgekotste meisje.'

'Dat klinkt als een slechte tiener-romcom,' zei Delia schouderophalend. 'Maar goed, dat zou niet voor het eerst zijn.'

'Misschien was al dat pesten...'

'Mijn zoon heeft haar niet gepest.'

'... of hoe je het dan ook wilt noemen, misschien was dat hetzelfde als dat jochie dat dat ene meisje op het schoolplein steeds maar weer aan de vlechten trekt, juist omdat hij haar leuk vindt.'

Dat vond Delia niet zo'n fijne opmerking. 'Dat jochie wordt later meestal een psychopaat.'

'Wat staat er op die tapes, Delia?'

De plotselinge verandering van onderwerp overrompelde Delia Maynard. Zoals ook de bedoeling was. Hester bestudeerde Delia's gezicht en meende daarop iets te zien. Maar ze wist het niet honderd procent zeker. Hester ondervroeg al jaren mensen en ze kon beter dan veel anderen zien wanneer iemand loog. Het waren juist de mensen die beweerden feilloos te kunnen liegen die onmiddellijk door de mand vielen.

'Niets belangrijks,' zei Delia.

'Ga dan naar de FBI.'

'Dat kan niet.'

'Dat doet vermoeden dat jullie iets te verbergen hebben. Het spijt me, ik ben niet heel erg subtiel, dus laat ik het maar ronduit zeggen: ik denk dat je liegt. Wat nog erger is: je liegt tegen mij. Dus ik wil graag iets duidelijk maken. Het interesseert me niet wat jullie verbergen en wat er op die tapes staat. Als ik er weet van heb terwijl ik je advocaat ben? Dan blijft het geheim.'

Delia glimlachte, maar die glimlach had niets vrolijks. 'Altijd?'

'Altijd.'

'Ongeacht wat er gebeurt?'

'Ongeacht wat er gebeurt.'

Delia liep door de bibliotheek en keek uit het raam. Het uitzicht was spectaculair, maar het leek Delia Maynard amper vrede, troost of vreugde te schenken. 'Ik heb je verteld dat ik naar je programma had gekeken toen je Saul Strauss ontving.'

'Wat is daarmee?'

'Strauss begon over Hitler, maar jij kapte hem af.'

'Natuurlijk,' zei Hester. 'Dat is hoe je er ook tegenaan kijkt, pure nonsens.'

'Dus laten we eens bij wijze van hypothese stellen dat ik iets zou weten waarmee Hitler een halt toegeroepen...'

'O, alsjeblieft.'

'... zou kunnen worden en ik zou dat jou onder jouw zwijgplicht toevertrouwen.'

'Zou ik het dan openbaar maken?' zei Hester. 'Nee.'

'Zelfs als dat zou betekenen dat Hitler aan de macht zou komen?'

'Ja, maar het is een domme hypothetische kwestie,' zei Hester. 'Ik wil er niet te diep op ingaan, maar heb je veel gelezen over de Hitlerparadox? Die komt erop neer dat de gevolgen van het vermoorden van de baby Hitler – gesteld dat je terug zou kunnen gaan in de tijd en hem zou kunnen vermoorden – zo kolossaal zouden zijn dat alles anders zou zijn, dat niemand meer geboren zou worden zoals het is gebeurd, en dat met andere woorden jij en ik er niet eens meer zouden zijn. Maar daarom is het geen domme veronderstelling. Het is dom omdat ik de toekomst niet kan lezen en niet terug kan gaan in de tijd. Wat er in de toekomst gebeurt is een kwestie van speculeren en gokken, niemand heeft ook maar de flauwste notie van wat er gaat komen. Dus kan ik je rustig vertellen dat er geen woord over mijn lippen zal komen, ongeacht hoe ernstig jullie grote geheim ook is. Maakt niet uit. Want ik weet niet of het de volgende Hitler wel of niet een halt zal toeroepen. Bovendien weet ik niet of het wel wenselijk is om de volgende Hitler een halt toe te roepen. Misschien zou dat wel tot gevolg hebben dat een nog veel genialere psychopaat de macht zou grijpen – nadat de Duitse geleerden een atoombom hadden uitgevonden. Misschien was het allemaal nog veel erger geworden. Begrijp je wat ik probeer duidelijk te maken?'

'Ja,' zei Delia. 'Te veel variabelen. Je denkt dat je een slachtpartij tegenhoudt, maar ondertussen maak je ruimte voor een veel grotere slachtpartij.'

'Precies. Ik heb in mijn werk een aantal verschrikkelijke bekentenissen aangehoord. IJzingwekkend, vreselijk...' Hester sloot even haar ogen. 'En misschien was de wereld er beter op geworden als ik mijn zwijgplicht had verbroken, maar alleen op microniveau. Misschien iets van rechtvaardigheid voor één specifieke familie. Het voorkomen van een volgende tragedie en nog ergere dingen. Maar als puntje bij paaltje komt, moet ik in het systeem blijven geloven, ook al is dat nog zo gebrekkig.'

Delia knikte bedachtzaam. 'Er staat niets op die tapes.'

'Weet je het zeker?'

'Ja. Er staat wel iets op dat Rusty's vijanden zouden kunnen proberen tegen hem te gebruiken, maar geen halsmisdaden.'

'Oké dan,' zei Hester. Haar telefoon zoemde. Een app van Wilde: *Mijn beveiligers zijn er over een half uur.*

Delia stond op het punt opnieuw te gaan bellen, op zoek naar haar zoon. Hester keek naar haar. Delia voelde dat Hesters ogen op haar gericht waren en keek op. 'Wat is er?'

'Ik wil één uitzondering maken bij dat verhaal van zonet,' zei Hester. 'Van de ene moeder naar de andere.'

'Oké.'

'Als het erom ging om mijn zoon te redden, zou ik praten,' zei Hester.

Delia verroerde zich niet.

'Ik zou gillen, ik zou krijsen, ik zou alles vertellen. Op dat moment gooi ik alle paradoxale theorieën overboord. Als ik terug zou kunnen gaan in de tijd, als ik een geheim openbaar zou kunnen maken om mijn zoon terug te krijgen, zou ik er geen seconde over nadenken. Begrijp je dat?'

'Ik denk het wel.'

Hesters ogen bleven droog terwijl ze knikte en zich omdraaide.

27

Het team met beveiligers van CRAW kwam in twee wagens aanrijden. De voorste was een mosgroene MPV, een Honda Odyssey. Aan het stuur zat Rola Naser, die het bedrijf had opgericht. Toen Rola het portier opendeed, hoorde Wilde de herrie van haar kinderen op de achterbank. De radio blèrde een deuntje van The Wiggles waarin een fruitsalade werd aangeprezen.

'Mama komt zo terug,' zei Rola.

Die mededeling had geen enkel effect op het onophoudelijke gekrijs, noch op het geweld waarmee de muziek uit de luidsprekers klonk. Rola stapte uit en liep naar Wilde. Op de revers van haar blauwe jasje zat een vlek. Ze droeg sportschoenen van het merk Puma en *mom jeans*. Er hing een soort luierzak over haar schouder.

Met geheven hoofd stampte ze op Wilde af. Rola was amper een meter vijftig en ze moest haar hoofd in de nek leggen om hem aan te kijken. Wilde zette zich schrap.

'Neem je mij in de maling, Wilde?'

'Hè?'

'Hè?' Rola gaf een vrij accurate, maar ook vrij sarcastisch impressie van Wilde's reactie. 'Wil je daar alsjeblieft meteen mee ophouden?'

'Sorry.'

'Volgens mij ben je mij wel beter verschuldigd.'

'Ja, inderdaad.'

'Dus hoelang is het nu geleden?' vroeg ze.

'Ik weet het niet,' zei hij.

'Ja, dat weet je wel. Twee jaar! Twee godvergeten jaren, Wilde! De laatste keer dat ik je heb gezien, was toen Emma was geboren.'

Emma was Rola's vijfde kind. Drie jongens, twee meisjes, stuk voor stuk onder de twaalf. Jaren geleden was Rola zijn pleegzuster geweest bij de Brewers. Door de jaren heen hadden de Brewers bijna veertig pleegkinderen onder hun hoede gehad en die waren er allemaal op vooruitgegaan. Sommigen hadden er maar een paar maanden doorgebracht. Anderen, zoals Wilde en Rola, waren jaren gebleven.

'En die vlek waarnaar je maar staat te staren...' – ze wees naar haar revers – 'die vlek die je maar al te graag even zou wegpoetsen, dat was Emma, dank je hartelijk. Wat heb je daarop te zeggen?'

'Gatver?'

Rola schudde haar hoofd. Haar achtergrond was net als die van Wilde, omgeven door mysteries. Haar moeder was een soennitische Arabische, die het koninkrijk Jordanië ontvlucht was en ongetrouwd, maar wel zwanger in de Verenigde Staten was aangekomen. Ze had alle banden met familie en vrienden in Jordanië verbroken. Ze sprak nooit over hen. Ze had nooit iemand verteld wie Rola's vader was, zelfs Rola niet.

'Shit, Wilde, twee jaar.'

'Sorry,' zei Wilde nog een keer. Hij keek naar de MPV. 'Hoe gaat het met iedereen?'

Rola trok een wenkbrauw op. 'Echt?'

'Wat?'

'Hoe gaat het met iedereen?' deed Rola nog een keer dezelfde impressie. 'Moet ik het daarmee doen? Je komt niet langs. Je belt niet.'

'Ik heb gebeld,' zei Wilde.

'Wanneer?'

'Vandaag. Zojuist.'

Rola's mond zakte open. 'Voel je je wel lekker?'

Wilde zei niets.

'Je hebt me gebeld omdat je hulp nodig had.'

'Dus ik heb je gebeld,' zei hij.

Rola schudde haar hoofd. Er klonk een groot verdriet door in haar stem. 'Ach, Wilde, je zult nooit veranderen, hè?'

Hij had haar gewaarschuwd toen ze hem per se haar fulltime partner wilde maken in het bedrijf, dat het niet kon duren. Dat wist ze en ze begreep het, maar ze was altijd een onverbeterlijke optimist geweest, zelfs tegen de klippen op. Thuis bij de Brewers was Rola altijd extravert en rumoerig geweest, betrokken, sociaal. Haar mond had nooit stilgestaan. Ze was dol op drukte, het komen en gaan van pleegkinderen. Voor een deel, had Wilde altijd gedacht, omdat ze niet alleen kon zijn.

Rola had mensen om zich heen even nodig als Wilde het alleen zijn.

Ze had van het overwinnen van de hindernissen die ze op haar weg tegenkwam een zegetocht gemaakt. Ze had de toespraak gehouden bij de diploma-uitreiking, ze was klassevertegenwoordigster geweest. Alle jaren dat ze had gevoetbald, was ze aanvoerder geweest. De FBI had zijn uiterste best gedaan haar binnen te halen toen ze als sportvrouw opviel in haar collegejaren. Ze had een baan geaccepteerd, snel promotie gemaakt en Wilde, toen die uit het buitenland terugkwam na zijn ontslag uit de militaire dienst, ervan overtuigd dat het een goed idee was om met z'n tweeën een detectivebureau op te zetten. Ze had besloten dat het CRAW moest heten – Chloe, Rola en Wilde.

Chloe, al jaren daarvoor heengegaan, was de hond van de Brewers.

'CRAW,' had Rola destijds gezegd. 'Grappige naam, hè?'

'Schattig.'

Wilde had zijn best gedaan erbij te blijven, zich aan te passen en naar kantoor te gaan, maar na een tijdje werd duidelijk dat het niet zou lukken. Het was niet zijn manier van leven. Hij probeerde Rola zijn deel in het bedrijf terug te geven, maar daar wilde ze niets van weten. Ze wilde zijn naam op de deur houden en dus deed hij zo nu en dan een klusje voor haar.

Hij wist dat hij vaker contact moest opnemen. Terugbellen, langs gaan, zo nu en dan zijn interesse tonen, een keertje ja zeggen op een uitnodiging voor iets sociaals. Hij gaf ook om Rola en Scott en hun kinderen. Hij gaf heel veel om ze. Maar het lukte domweg niet. Het was niet zijn manier van leven.

'Ik heb alles bij me,' zei Rola, die snel overschakelde naar een zakelijke modus.

Ze schudde de tas van haar schouder en reikte hem Wilde aan.

Hij fronste zijn wenkbrauwen. 'Is dit een luierzak?'

'Maak je geen zorgen. Hij is splinternieuw. Geen bacteriën. Als iemand hem openmaakt, zijn er alleen schone babykleertjes en schone luiers te zien. Dan kun je zeggen dat je een zorgzame oom bent, of zo, al zul je wel heel erg je best moeten doen om iemand dáárvan te overtuigen. Moet ik je nog vertellen waar de verborgen zakken zitten?'

'Daar kom ik wel achter, denk ik.'

'Er zitten vier gps-trackers in en drie wegwerptelefoons. Heb je nog een mes nodig?'

'Nee.'

'Er zit er nog een in het vak in de flap, bij de vochtige doekjes.'

'Fantastisch.' Wilde keek naar de andere auto, een zwarte Buick. 'Ik heb drie man nodig voor permanente bewaking van de Maynards.'

'Drie van onze beste zitten in de Buick,' zei Rola. Ze knikte. De portieren zwaaiden open en drie vrouwen stapten uit.

'Vrouwen,' zei Wilde.

'Probleem?'

'Nee.'

'Jij bent zo geëmancipeerd, Wilde. En die rooie daar links is geen vrouw. Zelda is genderneutraal.'

Zelda maakte een wuivend gebaar naar Wilde. Wilde wuifde even terug.

'We draaien met z'n vieren in ploegen,' zei Rola.

'Wacht. Jij ook?'

'Ik, ja. In de eerste ploeg.'

'Je kunt je kinderen niet meenemen naar de Maynards.'

'Echt, Wilde? Dat had ik me nog niet gerealiseerd. Fijn dat je me dat even vertelt. Mag ik dat even opschrijven?' Rola nam een houding aan alsof ze met een pen iets noteerde op een klembord. 'Geen. Kinderen. Meenemen. Naar. Een. Ontvoering.' Ze stopte de pen weg. 'Mooi, we kunnen aan de bak.'

'Ach, Rola,' deed Wilde op zijn beurt haar na. 'Je zult nooit veranderen, hè?'

Rola glimlachte.

Wilde keek naar de Honda Odyssey. 'En wie zitten er in je auto?'

'Emma en de tweeling.'

Hij herinnerde zich dat de tweeling zes jaar oud was.

'Ik zet Zoe en Elijiah af voor een verjaardagsfeestje bij iets wat de Gravity Fault heet, in Upper Sadle River. Een van de moeders heeft aangeboden om op Emma te passen tot Scott daar komt. Ik ben over een half uur terug bij de Maynards.'

'Oké.'

'Moet ik nog iets weten?'

'Je weet hoe het werkt.'

Rola salueerde. 'Oké.'

Heel even stonden ze besluiteloos bij elkaar.

'Ik moet gaan,' zei Wilde. Hij wees onhandig met zijn duim over zijn schouder. Toen keerde hij zich om. Hij keek niet meer, maar hoorde de zwarte Buick wegrijden en Rola's rustige stem die Zoe beval het haar van haar broer los te laten, terwijl ze weer in de mosgroene MPV stapte.

Tien minuten later arriveerde Wilde bij de 7-Eleven bij de highschool. Ava had hem geappt dat ze hem daar zou ontmoeten, want het terrein van de school zelf was verboden gebied na de handtastelijkheden tussen Wilde en Dreadlocks van de dag ervoor. Wilde ging naar binnen, zag de hotdogs ronddraaien en de Slurpee-machine voor fruitsap. Er verandert nooit iets bij 7-Eleven. De tijd schrijdt overal voort, behalve bij 7-Eleven.

Toen Ava O'Brien haar auto in een parkeervak zette, voelde Wilde zijn telefoon in zijn broekzak trillen. Hij keek op het scherm en zag dat Chambers hem belde.

'Waar ben je?' vroeg Chambers.

'7-Eleven.'

'Meen je dat?'

'Ik kan je een foto sturen van de Slurpee als je me niet gelooft.'

'Blijf zitten waar je zit.'

'Waarom?'

'Ik moet je iets laten zien. Verroer je niet.'

Chambers beëindigde het gesprek. Ava kwam binnen en vroeg plompverloren: 'Wat is er zo belangrijk?'

Geen hallo, geen begroeting hoe dan ook. Misschien was ze nog van streek vanwege de dag ervoor. Ze oogde gekweld, meer dan eerder, maar niet minder mooi. Haar ogen fonkelden toen ze naar hem opkeek.

Wilde besloot haar voorbeeld te volgen en meteen ter zake te komen. 'Ken jij Saul Strauss?'

Ava trok een grimas. 'Die activist op tv?'

'Ja.'

'Ik weet wie hij is, ja.'

'Ik bedoel, ken je hem persoonlijk?'

'Nee, waarom?'

'Heb je nooit met hem gesproken of op een andere manier met hem contact gehad?'

'Nee, en nogmaals: waarom?'

'Omdat hij alles wist van mijn ontmoeting met Crash bij school.'

'Net als iedereen,' zei Ava. 'De finale was op de parkeerplaats, weet je nog?'

'Hij wist meer dan wat daar is gebeurd.'

'Ik begrijp het niet. Waarom wil je me hier zien?'

'Ik probeer erachter te komen waar Strauss zijn informatie vandaan heeft.'

De fonkelende ogen schoten vuur. 'En daarvoor verordonneer je mij van het schoolplein in een tussenuur? Ik ben zijn bron niet, Wilde. Waarom zou iemand als Saul Strauss zich überhaupt met zoiets als dit bemoeien?'

Wilde zei niets.

Ava keek hem geïrriteerd aan. 'Hallo?'

Hij wist niet zo goed hoeveel hij haar moest vertellen. Hij geloofde haar op haar woord toen ze zei dat ze Saul Strauss niet kende – en zelfs als ze hem wel kende, kon hij de logica niet volgen. Veronderstel dat Ava op de een of andere manier met Saul Strauss samenwerkte. Veronderstel dat Ava Saul Strauss had verteld dat Wilde Crash aan de tand had gevoeld over Naomi Pine. Wat dan nog? Ontvoert Strauss de jongen vervolgens? De logica was ver te zoeken.

Te veel ontbrekende puzzelstukjes.

'Crash Maynard wordt vermist,' zei Wilde.

Dat verraste haar. 'Wacht eens, als je zegt "vermist"...'

'Weggelopen, heeft zich verstopt, is ontvoerd, noem maar op. Gisteravond was hij thuis. Vandaag is hij foetsie.'

Ava dacht even na. 'Bedoel je net als Naomi?'

'Ja.'

Ze deed twee stappen dieper de 7-Eleven in, zodat ze nu bij de chips en de hartige versnaperingen stonden. Hij onderbrak haar gedachtegang niet met een vraag. Nog niet. Hij wilde haar even de tijd geven.

'Dat maakt misschien een paar dingen duidelijk,' zei Ava.

'Zoals?'

'Ik had het gevoel dat Naomi... Ik weet het niet. Liegen is een groot woord, maar overdrijven is te zwak uitgedrukt.'

Wilde wachtte. Toen ze niet verderging, vroeg hij: 'Waarover?'

'Crash.'

'Wat is er met hem?'

'Naomi liet de laatste tijd doorschemeren dat ze stiekem een vriendje had – een heel populaire jongen. Dat nam ik niet serieus. Ken je die over die stoere bink die zegt: "O, ik heb een hele mooie vriendin, ik denk alleen dat jij haar niet kent"?'

Wilde knikte. 'Eentje die dan in Canada woont of zo.'

'Precies.'

'Je dacht dat Naomi haar fantasie gebruikte.'

'Of zich iets verbeeldde, of wat dan ook. Ja, in het begin wel.'

'Maar?'

'Toen ik een beetje aandrong, vertelde ze me dat het Crash Maynard was. Ze zei dat die Challenge niet meer was dan een dekmantel en dat Crash jaloers was geworden omdat zij met Matthew het bos in was gegaan.'

Matthew.

'En wat heb jij toen gezegd?' vroeg Wilde.

'Ik vroeg me af of Crash haar er opnieuw in probeerde te luizen.'

'Net doen alsof hij haar leuk vond om haar des te erger te kunnen vernederen?'

'Ja, net als in *Carrie*. Of, wacht, in de film was de jongen die haar mee uit vroeg aardig, toch? Probeerde hij haar niet te verdedigen – maar toen gooiden ze die emmer met varkensbloed over haar heen?'

Wilde kon het zich niet herinneren. 'Dus jij denkt dat Crash haar misschien echt aardig vindt?'

'Ik weet het niet,' zei Ava. Ze kauwde op haar lip. 'Maar misschien is het simpelste antwoord het beste – Naomi en Crash zijn samen. Misschien willen ze een paar dagen voor zichzelf. Misschien moeten we ons er niet mee bemoeien.'

Er klopte iets niet, of misschien klopte het allemaal juist te goed.

'Ik moet weer terug,' zei Ava.

'Ik loop met je mee naar je auto.'

Ze liepen naar buiten, naar het parkeerterrein. Ava drukte op de knop van de afstandsbediening om de sloten te ontgrendelen. Hij wilde het portier voor haar opentrekken, maar dat voelde als een fout soort galant gedrag. Toen ze achter het stuur zat, maakte hij een gebaar dat ze het raam even moest openen. Wilde leunde op het portier.

'Ik heb ook met Naomi's vader gepraat.'

'En?'

'Hij zei dat Naomi's moeder haar mishandelde.'

Hij vertelde haar het verhaal dat hij van Bernard Pine had gehoord. Ava luisterde. Tranen welden op in haar ogen. 'Arme Naomi. Ik wist natuurlijk dat ze niet met haar moeder overweg kon, maar dit?' Ze schudde haar hoofd. 'Ik moet gaan.'

'Kun je je redden?'

'Ja, het komt wel goed.'

'Vind je het leuk als ik later nog bij je langskom?'

De woorden floepten er gewoon uit. Wilde was niet van plan geweest zoiets te zeggen. Zo was hij niet.

Ava was verrast. Ze veegde nog een keer met de rug van haar hand over haar ogen en keek toen naar hem op. 'Wanneer?'

'Weet ik niet. Vanavond misschien. Morgen. Een beetje praten.'

Ava keek weg, door de voorruit. Ze keek hem niet langer aan.

'Het hoeft niet per se,' zei Wilde. 'Misschien kan ik niet eens – al dat gedoe met Naomi en Crash...'

'Nee, ik zou het leuk vinden.'

Ava stak haar hand door het raam naar buiten en raakte zijn wang aan. Hij wachtte. Het leek of ze nog iets wilde zeggen, maar uiteindelijk trok ze zonder iets te zeggen haar hand terug. Ze zette de versnelling in de achteruit en reed het parkeervak uit, terug naar school.

28

'Staat Arnie Poplin klaar?' vroeg Hester.

Ze stond voor de monitor van een computer in de geavanceerde studio bij de Maynards thuis. Een witte ruimte vol staal die meer op zijn plaats zou zijn in een gerenoveerde loft op Manhattan dan in dit oude landhuis, maar goed. Aan alle wanden hingen tv-schermen. Ze had haar productieassistent Allison Grant aan de lijn.

Rola Naser stelde de liveverbinding in. Hester kende Rola al jaren en bewonderde haar veerkracht in tijden dat het moeilijk werd. Toen Rola en David nog op de highschool zaten, had ze stiekem gehoopt dat David haar mee uit zou vragen. Ze had hem zelfs een beetje aangemoedigd (wat een verrassing). Maar David luisterde niet naar haar, natuurlijk niet. Hij beweerde destijds dat dat gek zou zijn, omdat Rola min of meer 'Wilde's zuster' was.

En als het nu eens wel was gebeurd? Zou alles dan anders zijn geweest? Zou David dan nu nog leven?

'Oké, hij is nu online,' zei Allison.

Hester verjoeg de hersenschimmen en boog zich naar Rola. 'Heb je het gehoord?'

'Yep,' zei Rola. Ze begon te typen.

Het idee dat bij Hester was opgekomen, was even simpel als onbetrouwbaar qua uitkomst. Saul Strauss had gezegd dat Arnie Poplin zijn bron was als het om de Maynard-tapes ging. Je kon veel over Arnie Poplin zeggen, hij zou zelfs zijn moeder aan de duivel verkopen om maar op tv te komen. Hester had Allison opdracht gegeven hem op te sporen voor een 'voorbereidend interview' dat misschien zou leiden tot een echte uitnodiging voor een liveoptreden tijdens het programma.

'Zie je die monitor daar aan de muur?' vroeg Rola.

'Bedoel je die gigantische tv?'

'Ja, Hester, ik bedoel die gigantische tv.'

'Ik zie hem. Volgens mij kun je hem vanuit de ruimte zien.'

'Als je daar gaat staan,' zei Rola, 'schakel ik Arnie Poplin door.'

'Waar precies?'

'Bij die markering.'

Op de vloer van een studio worden met plakband markeringen aangebracht waar de presentator moet gaan staan of waar een deel van het decor moet worden geplaatst. Hester ging op het met plakband aangebrachte kruis staan.

'Klaar?' vroeg Rola.

'Helemaal. Kan Arnie jou in deze ruimte zien?'

'Nee. Zijn camera staat alleen op jouw gezicht gericht. Daarom heb ik die monitor gekozen.'

'Fantastisch, bedankt.' Hester glimlachte naar Rola. 'Het voelt echt goed om je weer te zien, Rola.'

'Wederzijds, Hester. Klaar?'

Hester knikte. Rola sloeg nog een paar toetsen aan. Toen kwam de monitor tot leven. Het bekende, ietwat opgeblazen gezicht van Arnie Poplin vulde het scherm, groot en in close-up. Te dichtbij, zo dichtbij dat je de poriën in zijn gezicht kon zien. Hester voelde de neiging opkomen om een stap achteruit te doen, maar helaas, de markering op de vloer werkte biologerend.

'Hoi, Arnie.'

Hij fronste zijn wenkbrauwen iets te theatraal. 'Wat is verdomme de bedoeling, Hester?'

In de loop van de tijd waren ze elkaar een aantal keren tegen het lijf gelopen. Vijfentwintig jaar geleden had Arnie de sterren van de hemel gespeeld als supergrappige buurman in een sitcom. Drie jaar lang was hij beroemd en was iedereen dol op hem. Toen, alsof je het licht uitdeed, was het voorbij. Zoals zovelen leverde hij daarna een moeizaam gevecht met de ontwenningsverschijnselen van twee uiterst krachtige verslavingen in onze maatschappij – drugs en roem. De meeste mensen onderschatten de macht van dat warme bad dat bekendstaat als roem – en hoe koud en donker het wordt als ze het licht uitdoen.

Dus probeerde Arnie wanhopig aan te klampen. Allison Grant had gekscherend gezegd dat je Arnie Poplin zelfs kon inschakelen bij de opening van een garagedeur. Likkend en vleiend probeerde hij zich een plekje te verwerven in spelletjesprogramma's, realityshows, huis&tuinprogramma's, kookshows – hij deed er alles voor om te zorgen dat iemand het licht weer zou aansteken, ook al was het minder warm en maar heel even.

'Ik wilde je vragen…' zei Hester.

'Denk je dat ik een idioot ben?'

Er lag klam zweet op zijn rood aangelopen gezicht.

'Ik heb dat stukje met Saul Strauss gezien, Hester. Weet je nog hoe je me noemde?'

'Een celebrity die de idiootste complottheorieën verkondigt,' zei Hester.

Zijn mond zakte open. Het moest iets als gespeelde verrassing aangeven. Hij had even nodig om daarna weer een te hoge bloeddruk uit te stralen. Acteurs. 'Denk je dat ik je dat zomaar vergeef?'

'Je kunt kiezen, Arnie. Je kunt dit gesprek of deze skypeverbinding, of wat voor cloudgedoetje dit ook maar is, verbreken, maar je kunt ook jouw kant van het verhaal vertellen.'

'Je gelooft me toch niet.'

'Waarschijnlijk niet, maar als je me ervan kunt overtuigen dat het waar is wat je zegt, ook al is het maar een klein beetje waar, dan kom je in mijn programma.'

'Alleen? Solo?' Arnie wreef over zijn gezicht. 'Ik wil geen heen-en-weergelul.'

'Een-op-eeninterview. Alleen jij en ik.'

Hij sloeg zijn armen over elkaar en deed net alsof hij een milliseconde lang moest nadenken. 'Wat wil je weten?'

'Vertel eens over de Rusty Eggers-tapes die Dash Maynard volgens jou heeft.'

'Die bestaan echt.'

'Hoe weet je dat.'

'Ik heb in *The Rusty Show* gezeten. Dat weet je, hoop ik?'

'Dat weet ik.'

'Geweldige kijkcijfers toen ik meedeed. Daar heeft niemand het over.'

'Arnie,' zuchtte Hester.

'Oké, oké. Dus goed, ik hoorde ze praten. Rusty en Dash. Over die tapes. Dash zwoer dat hij ze had vernietigd.'

'Maar als Dash ze heeft vernietigd...'

'O, kom op. Niemand vernietigt ooit tapes, Hester. Dat weet je. En dat wist Rusty ook. Daarom was hij zo kwaad. Hij wist dat Dash ze nooit allemaal zou vernietigen. Waarom zou hij?'

'Dash Maynard zweert dat hij geen belastende tapes heeft.'

'Ja... Dash Maynard is een zelfingenomen lul, hè? Een man met een enorm imperium. Ben je wel eens bij hem thuis geweest? Alsof je bij Gatsby op bezoek bent.'

'Heb jij die tapes gezien?' vroeg Hester.

'Ik? Nee.'

'Hoe weet je dan dat ze bestaan?'

'Ik heb ze gehoord.'

'De tapes?'

'Nee, Rusty en Dash toen ze er ruzie over maakten.'

'Wat zeiden ze precies?'

'Het was laat op de avond. Ik was als laatste nog aanwezig. Ze dachten dat ik al weg was. Dat ze alleen waren. Maar mag ik je de waarheid vertellen?'

'Ja... Dat zou wel heel aardig zijn, Arnie.'

'Ik was flauwgevallen op de wc.'

'Pardon?'

'Yep, ik was in het kantoor van de studio, in een wc-hokje. Ik zat op de...'

'Ik zie het voor me, Arnie.'

'Hoe dan ook, ik snoof een lijntje coke of zo. Doet er niet toe. Ik ging onderuit. Toen ik weer bijkwam, was het pikdonker in de toiletruimte. Tien uur 's avonds. Ik trok mijn broek weer op. Die hing nog om mijn enkels.'

'Schitterend detail. Bedankt.'

'Je wilt toch het hele verhaal?

'Boxer of slip?'

'Hè?'

'Laat maar. Je trok je broek weer op.'

'Precies. Ik trek mijn broek weer op. Maar zoals ik zei, het is pikdonker. Ik bedoel, echt hartstikke pikdonker. Op de tast zoek ik naar de klink. Weet je wel, dat ding waarmee je het hokje openmaakt?'

'Ja, Arnie, ik ken die klinken. Ze zitten ook in de hokjes voor de dames.'

'Hoe dan ook, het is nog steeds pikdonker. Op de tast zoek ik mijn weg de toiletten uit. Ik kom op de gang. Ik maak me zorgen dat ze 's nachts de deuren op slot draaien. Dat ik er niet meer uit kan, zal ik maar zeggen. Begrijp je wat ik bedoel?'

'Heel goed. Ga door.'

'Toen hoorde ik stemmen. Twee mannenstemmen.'

'Mag ik raden? Rusty en Dash.'

'Precies. Ze maakten ruzie. Ik kwam dichterbij. Ik hoorde Rusty zeggen dat Dash zich van die tape moest ontdoen. Dash moest het hem beloven. Rusty was dronken. Dat hoorde ik aan zijn stem. Meestal heeft

Rusty alles onder controle, maar hij kan niet tegen drank. Hij zei maar steeds dat Dash niet begreep wat een schade die tape kon aanrichten, dat hij hem moest vernietigen, dat Dash ook niet zou willen dat ook maar iemand erachter zou komen wat erop stond.'

'En wat zei Dash?'

'Die zei alleen maar dat Rusty zich niet moest opwinden. Niemand zou er ooit achter komen, daar zou hij voor zorgen. Maar Rusty bleef aandringen. Hij smeekte Dash steeds maar om die tape te wissen, maar toen begon hij min of meer terug te krabbelen.'

'Hoe bedoel je, terugkrabbelen?'

'Hij wist het, Hester, hij wist het.'

'Wat wist hij?'

'Hij wist dat Dash Maynard die tape nooit zou wissen. Dash vindt zichzelf een serieuze documentairemaker, of een journalist of zo. Een waarnemer. Het zou me niet verbazen als hij zelfs dat gesprek heeft opgenomen. Geloof me, overal zaten microfoons. Misschien zelfs wel in die wc-hokjes.'

'Hm,' zei Hester. Het begon er meer en meer op te lijken dat het allemaal verspilde tijd was. 'Wat nog meer?'

'Is dat nog niet genoeg?'

'Niet echt.'

'Ze wisten dat ik daar was.'

'Zeiden ze iets?'

'Nee, maar drie dagen later wilden ze onverwachts een urinetest doen. Ze vonden sporen van drugs in mijn systeem. Ik werd ontslagen. Ik. Hun kijkcijferkanon. En dat niet alleen, ze lekten de uitslag van die test naar de media. Je snapt wel waarom, hè? Het was een complot om mij in diskrediet te brengen. Terwijl ik clean was.'

'Je hebt me net verteld dat je coke aan het snuiven was...'

'Dat was drie dagen eerder!'

Hij raakte meer en meer opgewonden, schoof heen en weer op zijn stoel, zijn ogen schoten van links naar rechts en er verschenen zweetdruppeltjes op zijn voorhoofd. Hester durfde er heel wat onder te verwedden dat hij op dat moment ook sporen van drugs in zijn systeem had. ‘Ze moesten me wel in diskrediet brengen. Ze moesten me kwijt.’

‘Oké, bedankt.’

‘Rusty heeft iemand vermoord.’

Hester bevroor. ‘Wat bedoel je?’

‘Dat is wat Dash van hem weet.’

‘Wil jij zeggen,’ begon Hester langzaam, ‘dat Dash Maynard een tape heeft waarop Rusty Eggers een moord begaat?’

‘Ik kan je alleen maar vertellen wat ik heb gehoord.’

‘En dat was?’

‘Rusty zei dat het niet de bedoeling was om hem dood te maken, dat het een ongeluk was.’

‘Zei hij dat zo?’

‘Nee, ik weet het niet. Dat was wat hij bedoelde. Rusty heeft iemand vermoord. Dat bindt die twee. Volgens mij zei Dash dat zelfs, nu ik erover nadenk.’

‘Wat zei hij?’

‘Dat hij het nooit zou vertellen omdat dat was wat hen bond. Dat al het goede wat daarna was gekomen was gebouwd op die band. Ik zeg het je, Hester, die twee zijn moordenaars. Of in ieder geval Rusty. Dash heeft de bewijzen. Hij is juridisch verplicht om die informatie openbaar te maken, is het niet?’

Hester dacht terug aan het gesprek dat ze eerder op de dag had gevoerd met Delia, over wat die wist, maar niet wilde delen met Hester ondanks haar zwijgplicht. Ze keek even in de richting van Rola, die haar schouders ophaalde, alsof ze wilde aangeven dat ze niet wist wat ze wel en niet moest geloven van wat Arnie zei.

‘Nou, kom ik in het programma?’ vroeg Arnie Poplin. ‘Ik heb vanavond toevallig tijd.’

29

Gavin Chambers parkeerde een blauwe Chevrolet Cruze bij de 7-Eleven. Hij was alleen. Voorlopig waren de Cadillac en de chauffeur van het toneel verdwenen. Een poging niet op te vallen? Misschien. Hij stapte uit. Op zijn hoofd had hij een honkbalpet en hij droeg een zonnebril, in Wilde's ogen een domme vermomming, want alleen mensen die zich willen vermommen zien er zo uit. Maar goed, het was ook zonnig buiten. Misschien voelde Chambers zich domweg prettig met een pet op zijn hoofd en een zonnebril op zijn neus.

Misschien was niet altijd alles een aanwijzing.

'Wat doe jij in een 7-Eleven?' vroeg Chambers.

'Is vanwege die Slurpee niet voldoende?'

Chambers zuchtte. 'Wat ben je te weten gekomen?'

'Ik ben te weten gekomen dat ik me niet mocht verroeren, omdat jij me iets wilde laten zien. Dat zei je tenminste over de telefoon.'

Chambers schudde zijn hoofd. 'Je doet me aan mijn eerste vrouw denken.'

'Was die ook zo aantrekkelijk?'

'Een aantrekkelijke puinhoop.'

Wilde keek op zijn telefoon. 'Kun je mij een lift geven naar de Maynards? Dan kunnen we onderweg praten.'

'Wat je wilt.' Hij ontgrendelde de portieren van de auto. Toen ze instapten, wond Chambers er geen doekjes om: 'We weten dat er losgeld is geëist.'

Hij startte de motor en reed achteruit.

Vier mogelijkheden, dacht Wilde.

Eén, Chambers zat te vissen. Dat leek niet erg waarschijnlijk.

Twee, uit alle paniek rond de Maynards had Chambers de conclusie getrokken dat er losgeld was gevraagd. Dat was dan wel het betere gokwerk.

Drie, hij had her en der in het huis toch microfoons geplaatst. Dat was heel plausibel. Hij zou het Rola laten uitzoeken, dan wist hij het snel genoeg.

Vier, iemand van binnenuit fluisterde Chambers in zijn oor.

Wat het ook mocht zijn, Wilde was niet van plan de mededeling te bevestigen, noch te ontkennen. Toen ze stonden te wachten bij een stoplicht, keerde Chambers zich naar Wilde. Ze staarden elkaar aan, seconden lang, zonder dat een van beiden ook maar knipperde. Toen het licht op groen sprong, begon iemand achter hen te toeteren. Chambers schudde zijn hoofd, mompelde iets en haalde zijn telefoon tevoorschijn.

'Ik heb je verteld dat Crash ons steeds een stap voor was met zijn digitale communicatiekanalen – Snapchat, Signal, WhatsApp, enzovoort.'

'Ja.'

'Een van mijn technische medewerkers heeft een bericht onderschept dat de afgelopen nacht om zeven minuten over twee op zijn ISP binnenkwam met een nieuwe app die Communicate Plus heet. Het bericht is zodanig versleuteld dat het bestand een minuut nadat het is geopend wordt gewist. Ik snap uiteraard niet hoe hij het heeft gedaan, maar op de een of andere manier is mijn man erin geslaagd de staart van het bericht te pakken te krijgen voordat het hele bericht was gewist.'

Hij gaf Wilde zijn telefoon. *Natuurlijk vergeef ik je. Ik weet dat je het hebt gedaan om je vrienden voor de gek te houden. Ik wacht nu op je op dezelfde plek. Spannend!!!*

Na het laatste uitroepteken volgden drie hartjes.

Wilde stelde de voor de hand liggende vraag. 'Weet je wie dat bericht verstuurd heeft, of waar het vandaan kwam?'

'Nee. Het moet natuurlijk iemand anders zijn geweest met dezelfde app, maar alle gegevens van de afzender worden gewist.'

Wilde staarde naar het bericht. Hij las het een tweede keer.

'Heeft iemand losgeld geëist?' vroeg Chambers.

'Je zei dat je dat al wist.'

'Wat?'

'Je zei letterlijk: "We weten dat er losgeld is geëist." Als je dat weet hoef je het mij niet meer te vragen.'

'Kun je misschien vijf minuten geen stomme klootzak zijn? Rusty wil helpen.'

'Dat geloof ik meteen.'

'En we weten allebei wie dat bericht heeft geschreven.'

Hij doelde natuurlijk op Naomi.

'Als ik ervan uitga dat je gelijk hebt,' zei Wilde, 'wat wil je dan dat ik doe?'

'Heb je bij Naomi thuis gekeken?'

'Ik heb met haar vader gepraat.'

'Heb je het huis doorzocht? De vorige keer heeft ze daar toch de hele tijd gezeten? In de kelder?'

Wilde zei niets. Hij keek op zijn horloge. Het was bijna drie uur, nog een uur tot de deadline. Toen ze bij de poort van het landgoed waren, zei hij: 'Bedankt voor de lift.'

'Je weet dat ik gelijk heb,' zei Chambers.

'Waarover?'

'Over alles. Je weet dat Naomi hier op de een of andere manier mee te maken heeft.'

'Hm, en waarin heb je nog meer gelijk?'

Als blikken konden doden, was Wilde's lot bezegeld. 'Dat jij en je zuster dit niet alleen aankunnen.'

'Ik bepaal niet hoe er gewerkt wordt,' zei Wilde.

‘Als jij tegen de Maynards zegt dat ze ons er weer bij moeten halen, luisteren ze naar je.’

Er was iets bijzonders aan dit gesprek. Er was iets niet in orde.

‘Bedankt voor de lift, Gavin. We spreken elkaar.’

Rola haalde hem bij de poort op met een golfkarretje.

‘Ik breng je naar Hester.’

Hij ging naast haar zitten en ze reden de oprit op. Gazons die met een nagelschaartje werden bijgehouden. Veel mensen vinden dat prachtig. Wilde vond het maar niets. De natuur hanteert op geheel eigen wijze haar penseel, je moet als mens niet denken dat je dat kunt verbeteren. Nee, natuur behoorde – Wilde kon het ook niet helpen dat ze hem zo hadden genoemd – *wild* te zijn. Als je de natuur temt, haal je de ziel eruit.

Toen hij Rola had bijgepraat, vroeg ze: ‘En wat moet ik voor je doen?’

‘De losgeldmail.’

‘Wat is daarmee?’

‘Er werd heel specifiek naar de “oudste tapes” gevraagd.’

‘En?’

‘Dash Maynard en Rusty Eggers kennen elkaar van hun tijd als stagiair in Washington DC op Capitol Hill. Ga eens kijken of je daar meer over te weten kunt komen.’

‘Bijvoorbeeld?’

‘Bijvoorbeeld – ik heb geen idee. Woonden ze bij elkaar in huis? Trokken ze samen op? Ik weet het, het is een schot in het duister.’

‘Ik zal er een paar mensen op zetten.’

‘En probeer Saul Strauss te vinden. Hij is wat mij betreft verdachte nummer één.’

‘Oké. Nog meer?’

Wilde dacht na en besloot dat voorkomen beter was dan genezen. ‘Ik wil graag dat je naar het huis van Naomi gaat als het donker is.’

Rola keek hem aan. ‘Ben jij daar niet onlangs geweest?’

‘Ik wil dat je het huis doorzoekt.’

'Op zoek naar wat?'
'Crash en Naomi.'
Rola knikte. 'Komt voor elkaar.'

Hester zat alleen op een betonnen bank en bewonderde de skyline van Manhattan. Toen Wilde eraan kwam, keerde ze zich naar hem toe en hield ze een hand boven haar ogen. Met haar andere hand klopte ze op het beton. 'Kom eens bij me zitten.'

Hij ging zitten. Een tijdje zei geen van beiden iets. Ze staarden over de bomen naar de skyline. De zon stond precies op dat punt waar het lijkt of alles – gebouwen, bomen, het landschap – een halo heeft.

'Mooi,' zei Hester.

'Ja.'

'En saai.' Hester keerde zich naar Wilde. 'Jij eerst?'

'Nee.'

'Dat dacht ik al,' zei Hester. 'Ik heb Arnie Poplin gesproken.'

Ze bracht hem op de hoogte.

'Iemand vermoord,' zei Wilde toen ze uitgesproken was.

'Hij beweert dat hij dat heeft gehoord.'

'Ik neem aan dat jij niet de eerste bent aan wie hij dat heeft verteld.'

'Het zou me verbazen.'

'Dus waarom heeft niemand dan aan de bel getrokken?'

'Omdat Arnie Poplin een op aandacht en sensatie beluste, onbetrouwbare junkie is met een wrok jegens Maynard en Eggers.'

'Oké.'

'Journalisten zouden onder alle omstandigheden op hun hoede zijn voor Arnie Poplin, maar Rusty Eggers bespeelt de scheids beter dan wie ook.'

'"Bespeelt de scheids"?'

Hester kneep haar ogen tot spleetjes tegen het zonlicht. 'Een goede vriend van me was een topbasketballer op de universiteit. Eerste keus van Duke bij de draft. Hou jij van basketbal?'

'Nee.'

'Dan ken je hem niet. Hoe dan ook, hij heeft me een paar keer meegenomen naar een wedstrijd in Madison Square Garden. Meestal de universiteitscompetitie. Weet je wat mij altijd opvalt?'

Wilde schudde zijn hoofd.

'Dat de coaches altijd vreselijk tekeergaan tegen de scheidsrechters. Het zijn van die kleine mannetjes die de hele wedstrijd lang heen en weer rennen langs de zijlijn en voortdurend driftaanvallen krijgen alsof ze peuters zijn die geen lolly krijgen. Gewoon gênant. Dus vroeg ik mijn vriend de basketballer ernaar. Het was allemaal strategie, zei hij. Mensen willen aardig gevonden worden. Niet jij of ik of zo, maar mensen in het algemeen. Dus als je iedere keer dat de scheidsrechter tegen je fluit als een beest tegen hem tekeergaat – of het nou terecht was of niet – is de kans groter dat hij in je voordeel gaat fluiten.'

'En dat doet Rusty Eggers met de media.'

'Precies. Hij hakt voortdurend op ze in zodat ze achteruitdeinzen en bang worden om hem terug te fluiten – om de beeldspraak maar even vol te houden. Alle politici doen dat natuurlijk, maar Rusty Eggers is er beter in dan anderen.'

'Ik vind dat we Dash Maynard ondanks alles moeten confronteren met wat Arnie Poplin je heeft verteld.'

'Dat heb ik al gedaan.'

'En?'

Hester haalde haar schouders op. 'Wat denk je? Hij ontkent. Hij noemt het "onzin". Zo zei hij het letterlijk. Onzin.'

'Jammer. En wat denk jij?'

'Hetzelfde als jij.'

'Ze verbergen iets.'

'Juist.' Ze klopte op zijn been. 'Goed, *maatje*, wat ben jij te weten gekomen?'

Wilde begon met wat Bernard Pine hem had verteld over de mishandeling van Naomi door zijn ex. Hester schudde haar hoofd. 'Wat een wereld.'

'Maar daar wringt iets.'

'Wat bedoel je?'

'Ik weet het niet,' zei Wilde. 'Ik heb nog steeds het gevoel dat we met Naomi's moeder moeten praten. Ik heb Rola gevraagd haar te zoeken.'

'Goed. Wat nog meer?'

Wilde vertelde haar over het appje dat Crash had ontvangen – misschien van Naomi – en de gesprekken van Naomi met Ava over een ontluikende vriendschap tussen Crash en Naomi.

'Het wijst er allemaal op dat Crash en Naomi ergens samen zijn,' zei Hester.

Wilde zei niets.

'Dus laten we er vooralsnog eens van uitgaan dat het zo is,' ging ze verder. 'Laten we aannemen dat die twee pubers voor elkaar gevallen zijn en hebben besloten er met z'n tweeën vandoor te gaan.'

'Oké.'

Hester haalde haar schouders op. 'Waar komt dan de eis voor losgeld vandaan?'

Wilde beantwoordde de vraag niet. Hij keek hoe laat het was. 'Het is minder dan een uur tot de deadline van de ontvoerder. Moeten we naar binnen?'

'Ze willen dat we om kwart voor vier naar de bibliotheek komen.'

'Met "ze" bedoel je Dash en Delia Maynard?'

'Ja.'

'Enig idee wat ze van plan zijn te doen?'

'Dat willen ze ons dan pas vertellen.'

Wilde bestudeerde opnieuw de skyline. 'Dat is niet normaal.'

'Nee, dat is niet normaal.'

Beiden bestudeerden nu de skyline. Hester sloot haar ogen en genoot van de warme gloed van de zon.

'Hoe moet ik dit nu een beetje tactisch brengen,' zei ze.

Wilde hield zijn ogen op de wolkenkrabbers in de verte gericht. 'Tactisch,' zei hij. 'Dat is niet jouw sterke kant, Hester.'

‘Dat is waar. Nou, vooruit dan maar: ik was van plan vannacht bij Laila te blijven slapen, maar dat wil ik niet als jij er ook bent.’

Wilde kon een glimlach niet onderdrukken. ‘Ik zal er beslist niet zijn.’

‘O.’

‘Maar dat betekent nog niet dat het een goed idee is om te blijven slapen.’

‘O,’ zei Hester, en toen nog een keer. ‘O! Echt?’

Wilde zei niets.

‘Mag ik nieuwsgierig zijn?’

‘Ik neem aan dat ik dat als een retorische vraag moet beschouwen.’

‘De laatste keer dat wij echt van gedachten hebben gewisseld, was zes jaar geleden.’

‘Dat spijt me,’ zei hij.

‘Mij ook, en ik hoop dat dat niet vanwege David is.’

David. Het hardop noemen van de naam legde zelfs de bomen het zwijgen op.

‘Ik neem jou niets kwalijk. Dat heb ik nooit gedaan. Dat begrijp je, toch?’

Wilde gaf geen antwoord op die vraag. ‘Is dat waar je nieuwsgierig naar bent?’

‘Nee,’ zei Hester. ‘Ik zal niet zeggen dat je voor mij als een zoon bent, want dat zou overdreven zijn. Ik heb drie zonen. Dat zijn de enigen die ik als zonen beschouw. Maar ik ben er vanaf het begin bij geweest, vanaf de eerste dag dat jij de bossen uit kwam. We waren er allemaal. Ik, Ira, en David natuurlijk.’

‘Jullie zijn heel goed voor me geweest,’ zei Wilde.

‘Dat is ook niet de reden waarom ik erover begin, dus laat ik het maar botweg zeggen. Die online DNA-testen om je afkomst te achterhalen worden steeds populairder. Ik heb er een paar jaar geleden zelf ook een gedaan.’

‘Met verrassende uitkomsten?’

'Niet één. Ik ben supersaai.'

'Maar je wilt weten of ik zo'n test heb gedaan.'

'Het is zes jaar geleden, dus ja, dat wil ik weten.'

'Ik heb zo'n test gedaan. Nog maar pas geleden.'

'Met verrassende uitkomsten?'

'Niet één. Ik ben supersaai.'

'Echt?'

'Geen ouders, geen broers of zussen. Een achterneef of een achternicht kwam het dichtst in de buurt.'

'Dat is een begin.'

Wilde schudde zijn hoofd. 'Nee, Hester, dat is geen begin. Je gaat naar zo'n site als je op zoek bent naar iemand, een zoon of een broer of wat dan ook. Maar niemand is naar mij op zoek, dus bekommert niemand zich om me. Dat zeg ik niet om meelij te wekken, maar ze hebben een klein kind achtergelaten in de bossen, jarenlang alleen...'

'Dat weet je niet,' zei Hester.

Wilde keek opzij naar Hester, maar ze keek hem niet aan.

'Wat weet ik niet?' vroeg hij.

'Hoelang het geweest is.'

'Niet precies, nee.'

'Het kan ook een paar dagen zijn geweest.'

Wilde wist niet zo goed wat hij daarmee aan moest. 'Waar heb je het over? Jouw zoon en ik hebben jarenlang met elkaar gespeeld.'

'Jarenlang.' Hester snoof. 'Kom, zeg.'

'Wat?'

'Jullie waren twee kleine jongetjes. Denk je echt dat jullie dat jarenlang geheim hadden kunnen houden?'

'Dat hebben we gedaan.'

'Dat is wat jij denkt. Je weet hoe de tijd veel langzamer lijkt te gaan als je klein bent. Het kunnen een paar dagen zijn geweest, misschien een paar weken, maar jaren?'

'Ik heb herinneringen, Hester.'

'Daar twijfel ik niet aan. Maar denk je niet dat het ook de herinneringen van een paar dagen kunnen zijn geweest? Je beweert altijd dat je je niets kunt herinneren van een tijd voordat je in de bossen was. Dus misschien – en laat me alsjeblieft even uitpraten, goed? – misschien is je iets overkomen, iets wat zo traumatisch was, dat je alles wat er is gebeurd voordat je in de bossen kwam, hebt geblokkeerd. Misschien heeft dat gebrek aan herinneringen van voor die traumatische gebeurtenis ervoor gezorgd dat je alles daarna hebt uitvergroot, zodat wat in een paar dagen is gebeurd, jaren lijkt te hebben geduurd.'

Zo was het niet gegaan, dat wist Wilde zeker.

'Wandelaars hebben me maanden, zelfs jaren voordat ik werd gevonden, al gezien.'

'Ze beweerden dat ze een kleine jongen hadden gezien. Misschien was jij dat, maar het kan ook iemand anders zijn geweest.'

Wilde wilde er niets van weten. Hij herinnerde zich dat hij had ingebroken – in veel huizen. Hij herinnerde zich dat hij kilometerslange tochten had gemaakt.

Hij herinnerde zich die rode balustrade en het gillen.

'Het maakt niet uit,' zei Wilde. 'Zelfs als je gelijk hebt, heeft niemand naar dat jongetje gezocht.'

'Daarom moet je op zoek naar de waarheid – om te helen.'

Wilde trok een grimas. 'Zei je nou echt "om te helen"?'

'Ik geef toe dat ik wel eens beter uit de hoek kom, maar je begrijpt wat ik bedoel. Jij hebt problemen met bindingsangst en intimiteit, Wilde. Dat is geen geheim. Je hoeft geen briljante psycholoog te zijn om vast te stellen dat het allemaal te maken heeft met het feit dat je in de steek bent gelaten. Dus misschien zou je, als je erachter kunt komen wat de oorzaak is, als je te weten kunt komen...'

'Dan zou ik normaler zijn?'

'Je begrijpt wel wat ik bedoel.'

'Het zou helemaal niets veranderen.'

'Misschien,' zei Hester. 'Maar er is nog een reden.'

'En dat is?'

'Ik ben vreselijk nieuwsgierig,' zei Hester. Ze gooide haar handen in de lucht. 'Jij niet?'

Wilde keek op zijn horloge. 'Kwart voor vier. Laten we de Maynards maar opzoeken.'

30

De Maynards zaten in dezelfde twee Bourgondisch rode leren oorfauteuils. Niet verbazingwekkend zagen ze er allebei tot het uiterste gespannen uit. Strakgetrokken huid, lijkbleek en met bloeddoorlopen ogen. Wel verbazingwekkend was misschien dat ze er allebei chic bijliepen in dure haute couture. Dash droeg een lichtbruine pantalon met een vouw zo scherp dat je er de runderlende mee zou kunnen snijden voor de carpaccio. Hij voerde het woord.

'Wil je ons alsjeblieft op de hoogte brengen van nieuwe ontwikkelingen?' vroeg hij Wilde.

Wilde deed zijn best. Dash en Delia luisterden zonder een vin te verroeren, alsof ze geen enkel blijk wilden geven van wat er onder de façade schuilging, maar misschien deden ze wel hun best om niet in te storten en zou een enkele beweging de versterkingen slechten. Toen Wilde uitgesproken was, keken ze elkaar aan. Delia knikte één keer.

'Delia en ik hebben het uitentreuren besproken. We hebben het van alle kanten bekeken. We hebben geprobeerd op een rijtje te zetten wat onze zoon gisteravond heeft gedaan. We hebben uitgebreid met jullie beiden gepraat en we hebben alle theorieën die we hebben gehoord binnenstebuiten gekeerd.'

Hij reikte naar de hand van zijn vrouw.

'Om je de waarheid te zeggen, weten we niet of dit een ontvoering is, of een slechte grap of wat dan ook. En het lijkt me dat jullie dat ook niet weten.'

'Ik weet het niet,' zei Hester. 'Wilde?'

'Het is niet met zekerheid te zeggen.'

'Precies,' zei Dash. 'En daarom hebben Delia en ik na lang beraad besloten dat we er het beste aan doen die tapes te versturen. We kunnen ze niet allemaal versturen, dan wordt het bestand veel te groot. Bovendien, nou ja, hoe zou iemand moeten weten hoeveel uren we op tape hebben? Dat weet ik zelf niet eens.'

'Waarom heb je zoveel op tape?' vroeg Hester.

'Dat heb ik altijd gedaan,' zei David.

'Hij is boven alles een documentairemaker,' zei Delia.

Wilde knikte, keek het vertrek rond en besloot het erop te wagen. 'Is dat de reden waarom je ons nu ook op tape zet?'

Even bleef het stil, toen zei Dash: 'Waar heb je het over?'

Wilde haalde zijn telefoon tevoorschijn. 'Ik heb een netwerkscanner die detecteert of er afluisterapparaten of camera's in een ruimte aanwezig zijn. Op dit moment detecteert de app netwerken en ISP's die alleen maar verklaarbaar zijn als er camera's op ons gericht staan.'

Dash strekte zijn rug en sloeg het ene been over het andere. 'Ik ben een documentairemaker. Ik leg ons eigen leven ook vast. Ik denk niet dat ik de beelden ooit zal gebruiken...'

'Moet dit nu?' snauwde Delia.

'Nee,' zei Wilde. 'Je hebt gelijk. We moeten ons concentreren op de kern van de zaak.'

Het was allemaal bluf geweest. Er bestonden inderdaad dergelijke scanners. Ze werden bijvoorbeeld gebruikt door mensen die zeker wilden weten dat Airbnb-gastheren hun gasten niet stiekem bespioneerden. Maar Wilde had niet zo'n app op zijn telefoon.

Het was vijf minuten voor de deadline van vier uur. Er werd een laptop op de eikenhouten salontafel tussen hen in gezet. Dash klikte op de koppeling die hun was toegestuurd. Op het scherm verscheen een timer die aftelde naar nul.

'Mijn team zal proberen de ISP te achterhalen als de link actief wordt,' zei Wilde. 'Maar ik heb me laten vertellen dat ze met een eenvoudige VPN al kunnen voorkomen dat we iets te weten komen waar we iets aan hebben.'

Ze keken zwijgend toe hoe de teller terugliep.

'En wat staat er op de tapes?' vroeg Hester.

'Fragmenten van het programma,' zei Dash. 'Spul achter de schermen. De redactiekamer waar we ideeën uitwisselden. Dat soort dingen.'

'O ja,' zei Hester. 'In die losgeldbrief stond dat je "de meest belastende tape" moest uploaden naar een aparte map.'

Hester wachtte. Niemand zei iets.

'Gaan jullie dat ook doen?'

'Ja,' zei Delia.

'Wat staat erop?'

'Ik begrijp niet helemaal waarom dat voor jou relevant is.'

'Pardon?'

'We willen dit niet delen. We worden gedwongen voor de veiligheid van onze zoon.'

'Dus je wilt die informatie wel delen met een ontvoerder die je niet kent, maar niet met je eigen advocaat?'

'We willen het helemaal aan niemand laten zien,' zei Dash. 'Maar zoals Wilde heel terecht opmerkte, hebben de ontvoerders niet gevraagd om de tapes openbaar te maken. Dus misschien willen ze ze voor zichzelf houden – misschien niet. Hoe dan ook, het gaat om vertrouwelijkheden die we niet prijs willen geven, ook niet naar jullie toe. We plegen alleen een soort verraad, als je het zo wilt noemen, omwille van onze zoon.'

Hester keek Wilde aan en schudde haar hoofd. Toen keek ze met een vernietigende blik in haar ogen terug naar de Maynards. 'Ik hoop dat jullie tweeën weten wat jullie doen.'

Toen de teller op nul stond, vernieuwde Dash de pagina. Er verschenen twee geel omlijnde dialoogvensters. Bij het ene dialoogvenster stond UPLOAD – VIDEO'S, bij het andere UPLOAD – SPECIALE MAP.

Onder de dialoogvensters stonden instructies.

Klik op beide links. We communiceren pas als het uploaden is begonnen.

Wie er dan ook achter zaten, dacht Wilde, ze wisten waar ze mee bezig waren. Geen onderhandelingen, geen ruimte voor twijfels.

Dash liet de lucht uit zijn longen ontsnappen. Delia legde troostend een hand op zijn schouder.

'Daar gaat-ie,' zei Dash.

Hij klikte eerst op de link van de speciale map, daarna op die voor de rest van de video's. Minuten gingen voorbij terwijl de upload werd uitgevoerd. Na verloop van tijd werd het pictogram van een envelop op het scherm gezet. Dash klikte erop.

We gaan nu de bestanden beoordelen. Als jullie hebben gedaan wat we hebben gevraagd, krijgen jullie morgen om precies twaalf uur 's middags je zoon terug. Dan zullen we jullie vertellen waar hij is.

Delia's ogen vulden zich met tranen. 'Om twaalf uur 's middags?'

Dash pakte de hand van Delia.

'Moet onze zoon nog een nacht bij die mensen doorbrengen?'

'Het komt goed,' zei Dash. 'We hebben alles gedaan wat we konden.'

'Is dat zo?' vroeg Delia.

Stilte.

Dash keerde zich naar Hester en Wilde. 'Wat doen we nu?'

'Als jullie nog steeds niet naar de politie willen...' zei Hester.

'Nee, dat willen we niet.'

Hester haalde haar schouders op. '... dan wachten we.'

Eenmaal buiten zei Hester tegen Wilde: ‘Wij gaan niet wachten.’

‘Ik weet niet zo goed wat we zouden moeten doen.’

‘Blijf jij hier rondhangen?’ vroeg Hester.

‘Als ik hier niet ben, ben ik in de buurt.’

‘Geldt ook voor mij,’ zei Hester. ‘Maar misschien ga ik nog wel even ergens iets eten, als je het goed vindt.’

‘Natuurlijk vind ik dat goed.’

Hester wreef zich in de handen en draaide de ringen om haar vingers. Voor het eerst viel het Wilde op dat ze geen trouwring meer om haar vinger had. Was dat zes jaar geleden wel zo geweest? Hij kon het zich niet herinneren.

‘Met Oren Carmichael,’ voegde ze eraan toe.

Hester Crimstein bloosde. Hester Crimstein kreeg rode wangetjes.

‘Tweede afspraakje in twee dagen tijd,’ zei Wilde.

‘Ja.’

‘Jippie.’

‘Irritant mannetje.’

‘Als je niet bij Laila wilt blijven slapen, heeft Oren misschien nog een plekje over.’

‘Hou op.’ De blos op haar wangen verdiepte zich. ‘Ik ben geen sletje.’

Wilde glimlachte. Het voelde goed om een normaal gesprek te voeren, ook al duurde het maar even. ‘Ga maar lekker eten,’ zei hij. ‘Geniet ervan.’

‘Hij is een aardige man,’ zei ze. ‘Ik bedoel, Oren.’

‘En het is een beer met brede schouders.’

‘O, ja? Dat was me nog niet echt opgevallen.’

‘Hup, wegwezen, Hester.’

‘Bel je als er iets gebeurt?’

‘Dat doe ik.’

‘Wilde?’

Hij keerde zich om.

'Er is sinds Ira niemand anders geweest.'

'Dan wordt het tijd,' zei Wilde.

Tony's Pizza and Sub zag er precies zo uit als je zou denken.

Er was een toonbank waar twee mannen met witte schorten stonden te goochelen met pizzabodems. Er hing een letterbord met een menu boven hun hoofden voor klanten die een pizza wilden meenemen naar huis, en als je ergens ging zitten, kreeg je van een serveerster – altijd een meisje dat op de plaatselijke highschool zat – een gelamineerd menu dat aan je vingers bleef plakken. De tafelkleedjes waren natuurlijk rood geblokt. Op elk tafeltje stond al een houder met servetjes, een verzameling strooibussen met Parmezaanse kaas en oregano en dergelijke, en een half opgebrande kaars op een lege chiantifles. Aan het plafond hing een tv waarop sport of het nieuws te zien was. Toevallig stond hij op het moment dat ze binnenkwam afgestemd op het kanaal waarop ook haar eigen programma werd uitgezonden.

Oren zat in zijn politie-uniform achter in de zaak. Hij ging staan toen hij haar zag. Het leek eigenlijk bespottelijk formeel in een pizzeria.

'Hoi,' zei Oren.

Hij kuste haar op haar wang en pakte haar hand vast. Hester kneep in zijn hand en schoof in het zitje op de bank tegenover hem.

'Ik wil wedden dat je hier al heel vaak bent geweest,' zei Oren.

Tony's was niet weg te denken uit de stad, en maar anderhalve kilometer van haar oude huis. Het stond erom bekend dat het de beste pizza serveerde in een straal van vijftien kilometer.

'Nee,' zei Hester. 'Om je de waarheid te zeggen is dit de eerste keer in meer dan dertig jaar dat ik hier kom.'

'Meen je dat?'

Hester knikte. 'Op de avond van de dag dat we hiernaartoe zijn verhuisd, zijn Ira, de jongens en ik hier gaan eten. We waren bekaf en we stierven van de honger, het was een hele lange dag geweest. Hoe dan ook, er was maar één tafel vrij, en die konden we alleen krijgen als we uitgebreid zouden eten en niet alleen een pizza. Ik kan me de details niet meer herinneren, maar dat maakt ook niet uit, ze deden onbeschoft. Dus werd Ira boos. Ira was niet iemand die snel boos werd, maar áls hij het werd... We zijn zonder te eten vertrokken. Ira heeft de eigenaar nog een brief geschreven, kun je je dat voorstellen? Getypt, zelfs. Maar hij heeft er nooit een antwoord op gekregen. Dus heeft hij ons verboden er ooit nog een voet over de drempel te zetten om te gaan eten of iets mee te nemen. Ik heb geen idee hoeveel duizenden dollars omzet ze dat heeft gekost. De jongens waren zo loyaal naar Ira toe dat ze zelfs weigerden hier iets te eten als er een verjaardagsfeestje werd gevierd of als ze er na een wedstrijd in The Little League naartoe gingen.' Hester keek op. 'Waarom vertel ik je dit allemaal?'

'Omdat het boeiend is,' zei Oren. 'Wil je ergens anders naartoe? The Heritage Diner misschien?'

'Mag ik je iets grappigs vertellen?'

'Doe maar.'

'Ik heb mijn assistent ernaar laten kijken. Tony's is vier jaar geleden verkocht. Als de oude eigenaar er nog in zat, had ik hier niet willen zitten.'

'Dus we kunnen hier blijven zitten?'

'Ja,' zei Hester. 'Het spijt me.'

'Wat?'

'Dat ik Ira zo ter sprake bracht. Bij ons eerste afspraakje bracht ik Cheryl ter sprake, en nu, bij het tweede, begin ik over Ira.'

'Zo jaag je alle olifanten uit de kamer,' zei Oren. 'Dat mag ik wel. Waarom ben je trouwens hier in de stad vanavond? Op bezoek bij Laila en Matthew?'

Hester schudde haar hoofd. 'Ik ben voor cliënten aan het werk.'

'In ons nederige gehucht?'

'Meer kan ik er niet over zeggen.'

Hij begreep het. De serveerster bracht voor beiden een punt margherita. Hester nam een hap en sloot haar ogen. Het smaakte geweldig.

'Lekker, hè?' zei Oren.

'Ik begin op dit moment een hekel aan Ira te krijgen.'

Hij grinnikte en pakte zijn pizzapunt. 'De Maynards, zou ik denken.'

'Wat?'

'Jouw cliënten. De Maynards. Ik zou denken, alleen Dash, maar jij zei cliënten, meervoud.'

'Ik kan bevestigen noch ontkennen...'

'Dat had ik ook niet verwacht.'

'Waarom denk je dat het de Maynards zijn?'

'De helikopter. Als die hiernaartoe vliegt, moeten ze vragen of het luchtruim vrij is. Dus weet ik dat de helikopter vanochtend van Manhattan hiernaartoe is gevlogen. Vervolgens werd je hier afgezet door een Uber, niet door Tim in de Escalade.'

'Indrukwekkend,' zei Hester.

Oren haalde zijn schouders op. 'Ik ben een goed opgeleide politieman.'

'Maar ik kan er toch niet over praten.'

'Ik wil ook niet dat je erover praat,' zei hij. 'Ik ben gewoon heel blij dat je hier bij me bent.'

Ondanks alles – de spoken uit het verleden, de ontvoering, de geschiedenis van deze pizzeria – voelde Hester dat haar wangen dezelfde kleur kregen als de tomatensaus op de pizza.

'Ik ben ook blij dat ik hier ben,' zei ze.

Een paar minuten lang kromp de wereld tot de vierkante meter waarop die heerlijke man tegenover haar zat en de pizza die als godenspijs door haar keel gleed. Ze gaf zich over aan het escapisme. Het was niet iets waarnaar ze vaak verlangde. Ze was graag onder de mensen en raakte gespannen als ze niet in touch was met de wereld om haar heen.

Zo nu en dan bleef iemand even bij hun tafel staan. De meesten voor Oren, maar Hester herkende er zelf ook een paar. De Gromans bijvoorbeeld, die altijd op zaterdag hadden getennist met Ira. Jennifer Button, die superaardige bibliothecaresse, wier zoon bevriend was geweest met

Jeff. Maar iedereen kende natuurlijk Oren. Als je als politieman zo lang in een stad van die omvang hebt gewerkt, word je vanzelf een beetje een beroemdheid. Ze wist niet of Oren oprecht blij was met al die aandacht of vanuit plichtsbesef overdreven beleefd.

'Wanneer ga jij eigenlijk met pensioen?' vroeg ze.

'Over drie maanden.'

'Heb je plannen?'

Oren haalde zijn schouders op. 'Het kan nog alle kanten op.'

'Denk je dat je hier blijft?'

'Voorlopig wel.'

'Je woont hier al een hele tijd,' zei ze.

'Ja.'

'Heb je er wel eens over nagedacht om naar een grote stad te verhuizen?'

'Ja,' zei hij. 'Daar denk ik aan.'

Toen zijn telefoon ging, verstrakten de trekken op zijn gezicht. 'Dat is mijn werktelefoon. Dat moet ik aannemen.'

Hester gebaarde hem zijn gang te gaan. Dat was boeiend, dacht ze, die 'echo': zijn werktelefoon nu en haar trillende werktelefoon gisteren. Oren nam het gesprek aan en zei: 'Yep.' Na een paar seconden gevolgd door: 'Oké, wie is er het dichtst bij Tony's? Goed, dan moet hij even langsrijden om mij op te pikken.' Hij beëindigde het gesprek.

'Sorry, ik moet weg. Misschien duurt het niet zo lang en wil je wachten...'

'Nee, dat geeft niet. Ik heb tegen Laila gezegd dat ik langs zou komen.'

Hij stond op. 'Weet je het zeker?'

'Ja, hoor. Geen probleem. Ik neem wel een Uber.'

'Oké, bedankt.' Hij liet twee briefjes van twintig dollar op het tafeltje vallen. 'Ik bel je nog.'

'Een noodgeval?' vroeg Hester.

'Alleen maar een ongeluk met een auto op Mountain Road. Ik bel je als ik klaar ben.'

Oren haastte zich naar de uitgang waar een patrouillewagen langs de stoeprand stilstond. Hij keek niet om en zag niet wat hij had aangericht. Hester zat versteend aan het tafeltje. Ze kon zich niet bewegen, ze kreeg geen adem. Het bloed was gestold in haar aderen. Haar longen pompten niet meer. Ze hoorde haar hart bonzen, onmogelijk luidruchtig, steeds harder, tot het het enige geluid was dat ze nog hoorde.

Alleen maar een ongeluk met een auto op Mountain Road...

Alsof dat om de haverklap gebeurde. Alsof het niks bijzonders was.

Een traan welde op in een ooghoek en rolde over haar wang omlaag. Ze voelde meer tranen opkomen en de behoefte een rauwe kreet te slaken zwol aan in haar keel. De tijd drong. Hester kwam moeizaam, met knikkende knieën overeind en strompelde naar de toiletten. Ze draaide de deur op slot en smoorde met haar hand de oerkreet die ze niet kon inhouden.

Ze had geen idee hoelang ze in dat toilet doorbracht. Niemand klopte op de deur of wat dan ook, dus misschien was het niet langer dan een paar minuten. Ze herpakte zich. Ze keek in de spiegel, spatte water in haar gezicht en zag in het spiegelbeeld het spookbeeld van David.

Alleen maar een ongeluk met een auto op Mountain Road...

Ze vroeg zich af waar Oren was geweest toen hij die avond naar het ongeluk was geroepen. Had hij toen dienst gehad? Had hij in een patrouillewagen gezeten, of had hij pizza zitten eten bij Tony's, net als vanavond? Of was hij thuis geweest, bij Cheryl? Hadden ze hem wakker gemaakt en had Cheryl zich omgedraaid en hem gevraagd of er iets aan de hand was, en had hij toen zijn hoofd geschud, haar een kus gegeven en gezegd dat ze maar weer lekker verder moest slapen, omdat...

Alleen maar een ongeluk met een auto op Mountain Road...

Het was haar ineens zonneklaar. Hester vond zichzelf optimistisch noch pessimistisch, maar ze wist dat het op de een of andere manier niets zou worden, dat de bubbel waarin ze de vorige avond met Oren had doorgebracht, te fragiel was om niet te barsten. Nu begreep ze het. Oren was er die nacht van het ongeluk bij geweest. Of ze dat nu wilde of niet, hij was getuige geweest van het ergste wat haar was overkomen – daar viel niets aan te veranderen. Ze zou Oren zien, ze zou hem misschien kussen, ze zou hem misschien innig omhelzen, maar ze zou altijd weer worden teruggevoerd naar die vreselijke avond.

Tegen zoiets was toch geen enkele relatie bestand?

Ze droogde haar gezicht af met een papieren handdoekje, pakte haar telefoon en bestelde een Uber. Acht minuten. Hester haalde nog een paar keer diep adem en keek nog eens in de spiegel. Ze zag een oude vrouw – en dat was ze ook. Het was pijnlijk om het soms in de spiegel te zien. Het harde licht in de stomme toiletten van deze pizzeria maakte van elke rimpel een diepe kloof.

Haar telefoon zoemde. Ze zag op het scherm dat het Allison Grant was. 'Zeg het eens,' zei Hester.

'Ben je in de buurt van een tv?'

'Als ik wil. Waarom?'

'Iemand heeft een tape met Rusty Eggers gelekt.'

Hester voelde dat de spieren in haar rug zich spanden. 'Is het erg?'

'Heel erg. Eggers heeft geen schijn van kans om dit te overleven.'

31

Rusty Eggers keek in zijn penthouse naar de tv-beelden.

Chambers stond achter hem. Zijn beide belangrijkste assistentes – Jan Schnall, ooit kabinetschef van de Republikeinse gouverneur van South Carolina, en Lia Capasso, voormalig campagneleider van twee Democratische senatoren – zaten op de bank en maakten aantekeningen. De van links- naar rechtsonder over het scherm schuivende tekst liet in dikke rode hoofdletters niets aan de verbeelding over.

BREAKING NEWS: SCHOKKENDE VIDEO MET RUSTY EGGERS

Presentator Scott Gallett: *'De video is naar verluidt tien jaar oud en bevat opnamen uit het eerste seizoen van* The Rusty Show*…'*

'Dat klopt in ieder geval,' zei Rusty Eggers.

'De jonge vrouw is Kandi Pate, het opkomende sterretje van de populaire serie Amazing Darcy, *die in dat eerste seizoen drie keer te gast was in* The Rusty Show. *Op het moment dat deze opnamen zijn gemaakt, was zij zestien of zeventien, Rusty Eggers halverwege de veertig. Maar we moeten een voorbehoud inbouwen. Dit is breaking news. Hoewel de video echt lijkt, hebben we nog geen onafhankelijk oordeel…'*

'Ja hoor, dat zal de jakhalzen afschrikken,' zei Rusty.

Het viel Gavin op dat Rusty opmerkelijk kalm was. Dat gold niet voor de beide assistentes.

Op de video zit Rusty Eggers naast Kandi Pate en heeft hij een arm om haar schouders geslagen. Kandi wekt de indruk dat ze de aanraking niet prettig vindt.

Rusty Eggers: *De meesten van jouw leeftijdgenoten hebben geen flauw idee van wat ze doen. Seksueel, bedoel ik. Snap je wat ik wil zeggen?*

Kandi Pate: *Hm, mijn agent wacht beneden op me.*

Rusty: *Ik vind dat jouw agent niet uit je haalt wat erin zit.*

Kandi: *(nerveus lachje) Ze heeft me tot hier gekregen.*

Rusty: *Kinderrolletjes. Je bent nu een volwassen vrouw. En je hebt heel veel talent.*

Kandi: *Dank je.*

Rusty: *Waarom kon je vanavond niet naar mijn hotelkamer, dan kunnen we er in alle rust over verder praten.*

Kandi: *Vanavond? Ik weet niet of...*

En dan zoent Rusty Eggers haar vol op haar mond.

'Kijk.' Rusty maakte een gebaar naar het scherm. 'Je kunt niet zeggen dat ze zich verzet, wel?'

Maar Kandi Pate trok Rusty Eggers ook niet echt naar zich toe.

De beide assistentes verbleekten.

'Weet je waar deze opnamen zijn gemaakt?' vroeg Gavin.

'Het lijkt op de studio van de Maynards in New York,' zei Rusty.

Er komt een einde aan de zoen. Kandi Pate staat snel op, trekt haar rok recht, veegt haar mond af met de rug van haar hand en tovert een magere glimlach op haar gezicht.

Kandi: *Ik moet nu gaan.*

Rusty: *Dus vanavond? Negen uur. Alleen praten.*

Kandi haast zich het vertrek uit.

Rusty keerde zich af van de tv en keek zijn beide assistentes aan. 'Het antwoord op de eerste vraag is: ja, ze kwam die avond opdagen.'

> **Presentator Scott Gallett:** *'Er kwam een einde aan de optredens van Kandi Pate in* The Rusty Show *omdat ze werd ontslagen, naar verluidt vanwege drugsgebruik en werkweigering, maar ons panel van deskundigen zet in alle ernst vraagtekens bij het waarheidsgehalte van de geruchten en vraagt zich af of ze niet veeleer slachtoffer was van...'*

Rusty zette de tv uit. 'Panel van deskundigen,' zei hij. 'Laat me niet lachen.' Hij wreef zich in zijn handen. 'Lia?'

Lia Capasso keek een beetje verdwaasd op.

'Heb je de bots klaarstaan?'

'Stand-by,' zei Lia.

'Goed.' Rusty begon te ijsberen. 'Zet de eerste groep aan het werk met de bewering dat dit opnamen waren voor een instructiefilm.'

'Een instructiefilm?'

'Ja, daarom hebben we die opnamen gemaakt. Kandi en ik speelden een rollenspel over ongepast gedrag op de werkvloer om aan iedereen die voor *The Rusty Show* werkte duidelijk te maken dat dergelijke zaken niet werden geaccepteerd.'

'Gaat dat erin?' vroeg Jan Schnall.

'Dat is pas de eerste groep, Jan. Botgroep nummer twee gaat zeggen dat Kandi aan een theaterstuk over #MeToo werkte, jaren voordat iemand erover begon. Ze had mij gevraagd om die scène met haar te doen. Lia, laat de mensen van grafische vormgeving een stuk met precies de dialoog van de opname maken. Ze moeten een van de softwareprogramma's van tien jaar geleden gebruiken. Final Draft of Movie Magic. Ik wil een pagina vóór en een pagina ná deze scène. Het moet er echt uitzien. Dan lekken we dat als het "niet-geproduceerde manuscript" dat Kandi wilde maken voordat haar carrière vaart begon te krijgen.'

Lia maakte aantekeningen. 'Komt in orde.'

'We zeggen dat ik, als een mentorfiguur voor veel jonge talenten die in mijn show optraden, een steun in de rug probeerde te zijn door die dialoog met haar door te nemen, maar dat ik het duidelijk niet prettig vond wat ik van haar moest doen. Jan, ik wil dat je een paar experts in lichaamstaal opduikelt die er pertinent van overtuigd zijn dat ik toneelspeel en heel aarzelend overkom als ik haar zoen.'

'Oké.'

'Vervolgens gaan we rechts en links. Jan, geef een paar rechtse bots opdracht om uitspraken te doen als "hoe kan het toch dat links het altijd heeft over seksuele vrijheid en dat vrouwen zelf moeten kunnen kiezen en dat ze nu weer lopen te klagen dat Kandi Pate niet sterk genoeg is om zelf uit te maken met wie ze omgaat". Dat soort dingen. Lia, ik wil dat jij bots van links laat zeggen dat "we niet thuishoren in de slaapkamers van mensen en dat deze volwassen vrouw haar eigen keuzes moet kunnen maken". Je kent het wel. Weet een van jullie wanneer vrouwen seksueel meerderjarig zijn in de staat New York?'

Lia zocht het op haar iPad op. 'Zeventien.'

'En Californië?'

'Achttien.'

Rusty dacht na. 'We hebben ook een kantoor in Toronto. Hoe zit het daar?'

Lia zocht. 'Het was veertien. Nu is het zestien.'

'Oké, cool. We verspreiden nog een gerucht dat dit heeft plaatsgevonden in ons kantoor in Toronto. En we schakelen nog een stel nepprofielen in voor het macho-excuus.'

Jan fronste haar wenkbrauwen. 'Macho-excuus?'

'Je weet wel, "welke rechtgeaarde Amerikaanse man zou geen poging doen zo'n stuk als die Kandi Pate te versieren" en "al die jankende slapjanussen op internet zijn gewoon jaloers op een echte man", dat soort dingen. Ze moeten wel steeds benadrukken dat Kandi seksueel meerderjarig was.'

Lia en Jan knikten beiden. Ze wekten de indruk dat ze er langzamerhand plezier in kregen. Gavin Chambers keek zwijgend toe.

'En tot slot moeten de nepnieuwsgroepen zo hard mogelijk roepen dat er overduidelijk met die tapes is geknoeid. Daar hebben we socialmedia-accounts voor op meerdere niveaus van deskundigheid.' Rusty plaatste dat laatste woord met gekromde vingers tussen aanhalingstekens. 'Ze moeten de idioten van de complottheorieën porren. Ze moeten, eh... weet ik veel, ergens schaduwen op de tapes zien die niet kloppen, zodat ze kunnen beweren dat er duidelijk gefotoshopt is. Of ze horen geluid dat niet deugt. Laat ze maar YouTube-filmpjes maken waarop ze dingen omcirkelen met commentaar. "Kijk! Die schaduw daar, dat kan helemaal niet. Daar heeft iemand mee zitten knoeien. Bla, bla." O ja, er moeten een paar spraakexperts opdraven die beweren dat het helemaal niet mijn stem is, dat iemand een heel slechte imitatie doet. Laat maar een paar bots zeggen dat het plak-en-knipwerk is uit oudere opnamen of zo. Heb je dat?'

'Ik heb het,' zei Lia.

'Perfect,' zei Jan.

Beide vrouwen hadden weer kleur op hun wangen en glimlachten zelfs.

'En dan wil ik dat onze eigen bots elkaar te lijf gaan. "Wie interesseert het nou of het fotoshop is? Het is sowieso gewoon allemaal legaal!" Of: "Doe niet zo moeilijk met dat ethische gezeur. Het is allemaal nepnieuws."'

'Wil je dat allemaal tegelijk?'

'Allemaal, en nog veel meer. Bijvoorbeeld: "Waarom laten ze niet zien wat eraan vooraf is gegaan – al die beelden waarop te zien is dat Kandi haar best deed om Rusty te versieren?" O ja, dat is mooi. We maken een groep die een link op internet zet naar "de VOLLEDIGE tapes, waarop te zien is dat Kandi zich agressief opdringt aan Rusty die probeert zich beschaafd te gedragen, en waarom laten ze dat niet zien?" – maar dan leidt die link naar een pagina met een *Error 404*, en dan beweren de bots dat de mainstreammedia of de overheid de pagina's uit de lucht hebben gehaald. Dan roepen ze om het hardst dat de hele zaak in de doofpot wordt gestopt. Oorlog, links en rechts tegen elkaar. Ik wil dat ze elkaar afmaken over de vraag hoe het mogelijk is dat ik me niet kan verdedigen tegen het feit dat ik aan de schandpaal word genageld.'

'Dat is briljant,' zei Lia.

'En daarna komt de standaardaanval op wat er eigenlijk is gebeurd. Je weet wel. Wat er echt fout is, staat niet op die tapes. Je moet je afvragen wie die illegale opnamen heeft gemaakt. Welke fanatiekeling die nog een appeltje met mij te schillen had, heeft bij mij ingebroken om me te bespioneren? Dat zijn de ware criminelen. Waarom zijn mensen met macht bereid om de wet te overtreden om te voorkomen dat mijn boodschap bij de mensen komt?'

'O ja, dat is heel goed,' zei Jan.

'Oké? En Lia, stuur mijn advocaten op Kandi af. Ze moeten haar eraan herinneren dat ze een geheimhoudingsverklaring heeft ondertekend. Ze mag niets zeggen. Doet ze dat wel, dan laten we geen spaan van haar heel. Als ze ons steunt, mogen ze zeggen dat we geld stoppen in een nieuwe film die haar volgens ons een prima kans zou geven om een comeback te maken.'

'Ik heb het genoteerd,' zei Lia.

'Eén vraag,' zei Jan.

'Ja?'

'De media worden op het moment helemaal gek omdat we nog geen commentaar hebben gegeven. Wat zetten we in een officieel perscommuniqué?'

'Voorlopig niets. We wachten af en bekijken hoe de vlag er over een paar uur bij hangt op social media. Dan zouden we meer moeten weten. Ik denk dat we iets heel vaags gaan zeggen, iets in de trant van: "We onthouden ons van commentaar omdat we de reputatie van mevrouw Pate niet willen schaden. Wij kennen haar als een kwetsbare vrouw met een goed karakter en we vinden het afschuwelijk dat de media haar op deze manier door de modder halen, alleen om de kijkcijfers op te krikken. Wij zullen ons niet mengen in de roddels over iets wat duidelijk anders in elkaar steekt dan men ons wil doen geloven." Zoiets. Maar voorlopig even niet. Ik wil zien welk verhaal wortelschiet. Laten we onze mensen maar aan het werk zetten, zodat we zo snel mogelijk actief zijn online. We moeten verwarring zaaien, jongens.'

'Ik ben al bezig,' zei Lia.

Beide vrouwen gingen in de weer met hun telefoons en tablets.

Rusty nam Gavin terzijde. 'Je weet waar die tape vandaan komt, hè?'

'Van de Maynards, neem ik aan.'

'Het was de bedoeling dat jij ze in toom zou houden.'

'Ik heb het je verteld. Ze hebben me ontslagen.' Hij liet zijn stem dalen. 'Je hebt me ook verteld dat er geen belastend materiaal op die tapes stond.'

'Als dit het ergste is, is er niets aan de hand.'

'Als?'

'Wat?'

'Je zei "als". Wat is er nog meer?'

'Haal de auto,' zei Rusty Eggers. 'Ik wil met de Maynards praten.'

Wilde was met Dash en Delia Maynard in de bibliotheek toen de nieuwsuitzending begon. Ze keken zwijgend naar het breaking news.

Tijdens de reclame zei Wilde: 'Ik neem aan dat dit "de meest belastende tape" was?'

'Dit wilden we niet publiek maken,' zei Delia.

Ze stond op en liep naar de deur. Dash keek verbaasd. 'Wil je niet kijken naar...'

'Ik heb genoeg gezien. Ik heb frisse lucht nodig.'

Delia liep de bibliotheek uit. Wilde keek naar de glas-in-loodramen van de bibliotheek. Het was buiten donker, maar het glas gloeide nog op de een of andere manier, alsof de zon buiten nog scheen. Het vertrek maakte nog steeds een foute indruk op Wilde. Een grootse bibliotheek zoals deze diende te geuren naar ouderdom – leer van boeken, hars van hout, een zekere mufheid.

'Dit moet voldoende zijn, denk je niet?'

Er was verder niemand in de bibliotheek, dus Dash praatte tegen Wilde of zichzelf.

'Voldoende? Waarvoor?' vroeg Wilde.

'Om de ontvoerders tevreden te stellen. Om een einde te maken aan Rusty's campagne.'

Wilde wist het niet. Hij wist ook niet of Dash dit nu zei met vreugde of verdriet in zijn stem. Er klonk wel angst in door, dat was duidelijk.

'Dus wat denk jij dat er gaande is?' vroeg Wilde.

'Pardon?'

'Met jouw zoon. Is hij ontvoerd?'

Dash vouwde zijn handen en leunde achterover in zijn stoel. 'Toen we moesten kiezen, besloten Delia en ik dat voorkomen beter was dan genezen.'

'Dat is niet echt een antwoord op mijn vraag.'

'Beter kan ik hem niet beantwoorden.'

'Maar volgens mij zit er meer achter de reden waarom jullie die tape openbaar hebben gemaakt.'

'Ik kan je niet volgen.'

'De druk is er nu af,' zei Wilde.

Dash klonk nu ronduit geërgerd. 'Waar heb je het over?'

'De media eisten dat je die tapes zou vrijgeven. Iedereen stond tegen je te krijsen dat je je verantwoordelijkheid moest nemen, in het belang van je vaderland. Ze zouden je tot in lengte van dagen blijven achtervolgen. Geen enkele privacy meer. Geen echte vrijheid. Onophoudelijke druk op jou, op je zaken, op je gezin. Maar nu die tape openbaar is, is dat allemaal voorbij. Dat moet toch een opluchting zijn?'

Dash keerde zich weer naar de tv. 'Ik wil niet onbeschoft zijn, maar zou je het erg vinden om mij een tijdje met rust te laten? Ik wil heel graag even alleen zijn.'

Wilde stond op en liep naar de deur. Toen hij die achter zich dichttrok, ging zijn telefoon.

Op het scherm las hij NAOMI PINE.

Hij hield de telefoon bij zijn oor. 'Hallo?'

'Hoi Wilde.'

Zijn hartslag versnelde iets. 'Naomi?'

'Hou op met zoeken naar ons, wil je?'

'Naomi, waar ben je?'

'Het is goed. We zijn veilig.'

'Is Crash bij jou?'

'Ik moet hangen.'

'Wacht...'

'Alsjeblieft. Je maakt alles kapot zo. We willen niet worden gevonden.'

'Dit heb je al eerder geprobeerd, Naomi.'

'Wat?'

'Toen je de Challenge deed,' zei Wilde. 'Weet je nog wat je tegen me zei?'

'In de kelder, bedoel je?'

'Ja.'

'Ik zei dat ik alles anders wilde maken.'

'Maar je hebt meer gezegd.'

'Ik heb gezegd dat ik alles helemaal anders wilde maken. Ik wilde iets doen wat zoveel indruk zou maken dat ik mijn verleden ermee kon uitwissen en helemaal opnieuw kon beginnen.'

'Is dat wat je nu doet?'

'Nu ga je zeggen dat het toen mislukt is en dat het nu ook weer zal mislukken.'

'Nee, Naomi, dat zeg ik niet. Ik geloof in je.'

'Wilde?'

'Ik luister.'

'Alsjeblieft, als je me wilt helpen, laat me dan met rust.'

Rusty Eggers zat achter in de auto met Gavin Chambers. Aan één stuk door strekte en kromde hij zijn slechte been. Hij haalde een klein blikken pillendoosje uit zijn zak, maakte het open, haalde er twee pillen uit, gooide die in zijn mond en slikte. Zijn glazige ogen richtten zich op Gavin.

'Paracetamol,' zei hij.

Gavin reageerde niet.

Rusty pakte zijn telefoon, koos een nummer en zei: 'Hoi, ik ben het. Niet uitleggen. Ik kom naar je toe. Ik heb gehoord dat er bewaking is. Kom gewoon naar... ja, precies. Dank je.'

'Ga je me vertellen waar dit over ging?' vroeg Gavin Chambers.

'Kun je je nog herinneren dat we het over het hoefijzermodel hebben gehad? In de politiek?'

'Ja, natuurlijk.'

'Dat de meeste Amerikanen relatief gezien altijd in het midden hebben gezeten? Dat is de manier waarop Amerika al die jaren in balans is gebleven. De linker- en de rechterflank zaten dicht genoeg bij elkaar om verschillen van mening te hebben zonder enorme haat.'

'Oké.'

'Die wereld bestaat niet meer, Gavin, en dus zal het nu geen moeite kosten om de sociale orde omver te werpen. Het midden is zelfgenoegzaam geworden. Slim, maar lui. Ze zien de grijstinten. Ze begrijpen de andere kant. Op de flanken zien ze alles echter alleen maar zwart-wit. Daar zijn ze er niet alleen van overtuigd dat hun visie de enige juiste is, maar ze begrijpen de andere kant zelfs niet eens. Wie niet in hetzelfde gelooft als zij, is in alle opzichten inferieur, en ze zijn bereid om voor die visie te doden. Die mensen begrijp ik, Gavin. En ik wil meer van dergelijke mensen maken door het midden te dwingen een kant te kiezen. Ik wil extremisten van ze maken.'

'Waarom?'

'Extremisten geven nooit op. Ze geloven niet in goed en kwaad, zien alleen maar wij en zij. Jij houdt van honkbal, toch?'

'Ja.'

'The New York Yankees?'

'Ja, en?'

'Als je erachter zou komen dat ze bij de Yankees fraude plegen of dat alle sterspelers doping gebruikten, zou je dan ineens supporter van de Red Sox worden?'

Gavin zei niets.

'Nou?'

'Waarschijnlijk niet.'

'Precies. De Yankees zouden niets kunnen doen wat jou supporter van de Red Sox zou kunnen maken. Die macht wil ik beheersen. Ik las pas geleden iets wat Werner Herzog heeft gezegd. Weet je wie dat is?'

'Een Duitse filmregisseur.'

'Yep. Hij zei dat als Amerika ontwaakt, zoals ooit Duitsland wakker werd, ze beginnen te zien dat een derde deel van onze bevolking een tweede derde deel zal uitroeien terwijl een derde derde deel toekijkt.' Rusty legde een hand op Gavins schouder. 'Jij en ik gaan de wereld veranderen, vriend.' Hij boog zich naar voren. 'Laat me bij de hoek van de straat daar maar uitstappen.'

'Ik dacht dat we naar de Maynards gingen.'

'Gewijzigde plannen.'

'Ik kan je niet volgen.'

Ze bleven bij de hoek van de straat stilstaan. Er stond een vrouw bij een bushalte. Met gebogen hoofd.

'Vijf kilometer verderop aan Route 17 is een diner.'

'Die ken ik.'

'Wacht daar op me. Het duurt niet lang.'

Ze reden verder. Gavin probeerde een glimp op te vangen van de vrouw in de hoop haar te herkennen. Hij wist het niet zeker – hij zou er nooit onder ede een verklaring over afleggen – maar hij meende dat ze erg veel overeenkomst vertoonde met Delia Maynard.

32

Toen Hester de volgende ochtend wakker werd, duurde het even voordat ze zich realiseerde waar ze was. Haar hoofd bonsde. Ze had een droge keel. De streep ochtendlicht die stiekem door een kier de slaapkamer in glipte, deed pijn aan haar ogen. Ver weg, beneden, hoorde ze stemmen.

Ze probeerde alles op een rijtje te zetten. Dat kostte weinig moeite. Ze was van Tony's Pizza and Sub naar haar oude huis vertrokken. Er was niemand thuis geweest. Matthew was bij vrienden, en Laila, nou ja, Hester had begrepen dat Laila een date had, en dat verklaarde meteen de opmerking van Wilde dat hij zeker niet zou blijven slapen. Helemaal alleen in het huis dat ooit onderdak had geboden aan haar gezin – Ira, Jeff, Eric en David, al haar jongens, zo had ze ze altijd genoemd, haar jongens, haar prachtige, fantastische jongens – wist Hester dat ze de spoken uit het verleden alleen het zwijgen zou kunnen opleggen met behulp van chemische middelen. Ze had in de drankenkast een fles Writers' Tears gevonden en een flinke bel whiskey met ijs ingeschonken. Dat was een begin geweest, een goed begin. Het had de spoken zachtaardig gemaakt, had hen een plaatsje naast haar op de bank gegund, waar ze haar hand hadden vastgehouden, maar het had hen niet verjaagd, dus had ze in haar tasje naar haar pillen gezocht. Die nam ze zelden, alleen als ze er een heel sterke behoefte aan had, en als gisteravond niet een sterke behoefte genoemd kon worden, had dat begrip geen enkele betekenis meer. Al op het moment dat ze de pillen doorslikte, besefte ze dat het allemaal niet zo verstandig was, dat je nooit pillen en alcohol door elkaar moest slikken, dat ze helder en scherp moest blijven, voor het geval Laila, Matthew of Wilde haar nodig had.

Meestal zorgden dergelijke gedachten ervoor dat ze zich beheerste, maar gisteravond was niet meestal.

Ze kneep haar ogen tot spleetjes en pakte haar telefoon. Hoe was ze in die slaapkamer gekomen, vroeg ze zich af. Ze kon het zich niet herinneren. Was Laila thuisgekomen en had ze haar schoonmoeder laveloos op de bank aangetroffen? Matthew? Ze dacht van niet. Ze riep een vage herinnering op van dat ze zich bewust was geweest van haar toestand en dat ze zich had klaargemaakt voor de nacht voordat ze daartoe niet meer in staat zou zijn. Maar zeker weten deed ze het niet.

Hester hoorde beneden nog steeds stemmen. Even maakte ze zich zorgen dat Laila was vergeten dat zij, Hester, zou komen logeren en dat ze nu een ontbijt klaarmaakte voor de man die was blijven slapen. Ze hield haar adem in en spitste haar oren om iets op te vangen.

Twee stemmen. Twee vrouwenstemmen. De ene was Laila, maar de andere…?

Op het scherm van Hesters telefoon was te zien dat de batterij nog een lading van vier procent had. De klok gaf 06.11 uur in de ochtend aan. Er waren meldingen dat Oren haar diverse keren had gebeld. In haar voicemail was één bericht opgeslagen, ook van Oren. Ze speelde het bericht af.

'Hoi, ik ben het. Ik, eh… Het spijt me vreselijk. Dat ik zo gevoelloos was. Toen ik werd gebeld, ben ik zomaar als een haas vertrokken, zonder erbij na te denken, maar dat is geen excuus. Het spijt me echt. Misschien is het goed om te horen dat het geen ernstig ongeluk was, maar ik weet niet of dat iets uitmaakt. Bel me, wil je? Ik zou graag horen of alles in orde is.'

Maar dat was het niet.

Hester hoorde aan zijn stem dat het hem dwarszat. Oren was een goede man, maar het was net zo'n film waarin een heks een vloek over iemand uitspreekt. Oren was er die nacht geweest toen David was gestorven. Hij was die nacht ook weggeroepen naar een ongeluk en ze kon dat op geen enkele manier van zich afzetten en net doen of er niets aan de hand was. Nu niet, en nooit niet. De vloek maakte elke kans op iets moois onmogelijk, nog los van de geringe kansen op welslagen om mee te beginnen.

Ze wilde niet dat hij van streek was. Het was niet zijn schuld en hij was ook de jongste niet meer. Ze tikte een app: *Alles is goed. Heel druk. Ik bel je later.*

Maar ze zou hem niet bellen. Ze zou ook niet opnemen als hij haar belde. De boodschap zou duidelijk zijn en iedereen zou erbij gebaat zijn als het zo liep.

De stemmen beneden werden luider. Ze bewogen zich. Herinneringen zijn raar. Deze kamer, door Laila en David ingericht als logeerkamer, was vroeger haar kantoor geweest. Ze kon nog altijd uit het volume en de echo's afleiden dat de beide vrouwen eerst in de keuken waren geweest en dat ze naar de hal waren gelopen en bij de voordeur stonden. Waarschijnlijk namen ze afscheid. Hester keek uit het raam en zag, yep, een jonge vrouw over het pad naar een donkerblauwe auto lopen die voor het huis stond geparkeerd.

Hester gooide een ochtendjas om haar schouders die Laila voor haar gasten klaar had liggen en liep de kamer uit. Laila stond aan de voet van de trap.

'Goedemorgen,' zei Laila.

'Goedemorgen.'

'Je lag al in bed toen ik gisteravond thuiskwam. Alles oké?'

'Ja,' zei Hester op het ritme van het bonken in haar hoofd. 'Prima.'

'Het spijt me als ik je wakker heb gemaakt. Een cliënt die hier in de buurt woonde, moest me spreken.'

'O, ik snap het.'

‘Er staat verse koffie in de keuken, als je daar trek in hebt.’

‘Je bent geweldig,’ zei Hester.

Laila glimlachte en pakte haar tas. ‘Ik moet opschieten voordat het druk wordt op de weg. Heb je nog iets nodig?’

‘Nee, Laila, dank je.’

‘Als het goed is, komt Matthew ook zo uit bed. Als je vanavond nog in de buurt bent, heb je dan zin om te komen eten?’

‘Laten we maar even kijken hoe het loopt.’

‘Goed.’

Laila trok de voordeur open en vertrok. Hester veegde de glimlach van haar gezicht en drukte beide handen voorzichtig tegen haar bonkende hoofd. Tegen beide slapen, om te voorkomen dat de beide helften van haar schedel open zouden vallen. Ze liep de trap af omdat het geen twijfel leed dat de koffie haar goed zou doen.

Door het raam naast de voordeur zag ze dat de jonge vrouw met haar blauwe auto nog niet was vertrokken. Laila liep naar haar toe. Hester keek nog even toe terwijl ze met elkaar praatten. Laila legde een troostende hand op de schouder van de vrouw. Dat leek haar te sterken. Ze knikte en drukte op de knop van de afstandsbediening om de portieren van de auto te ontgrendelen.

‘Hoi, Nana.’

Matthew stond bovenaan de trap.

‘Hoi.’ Hester stond nog steeds bij het raam naar buiten te kijken. ‘Ken jij die vrouw die met je moeder staat te praten?’

‘Wie?’

‘Die vrouw die in die blauwe auto stapt.’

Matthew daverde de trap af zoals alleen een puber dat kan. Hij tuurde door het raam naar buiten en zag de jonge vrouw in de auto stappen en wegrijden.

‘O,’ zei hij. ‘Dat is mevrouw O’Brien. Mama zal haar wel helpen bij een zaak.’

Waar, dacht Hester, deed die naam haar aan denken?

'Mevrouw O'Brien?'

'Ja,' zei Matthew. 'Ze geeft tekenles bij mij op school.'

Volgens de app heette de chauffeur van de Uber Mike en had hij een rating van 4.78. Hij was niet erg ingenomen met de mensen die zich hadden verzameld voor het hek dat toegang gaf tot het landgoed van de Maynards.

'Wat is dit in vredesnaam?' vroeg hij Hester.

Een handjevol demonstranten, hooguit tien, stond voor het hek met spandoeken waarop NEPNIEUWS! en SPIONNEN PLEGEN LANDVERRAAD! SLUIT ZE OP! stond. Ze scandeerden leuzen. Een even grote politiemacht was ook ter plekke aanwezig en maakte de weg vrij toen Mike 4.78 met zijn grijze Honda Accord aan kwam rijden. Van alle mensen die je er had kunnen verwachten, was het natuurlijk Oren in uniform die naar de auto liep, zich aan de passagierskant van de auto naar het raam boog en Mike 4.78 vroeg of hij een afspraak had.

'Ja,' zei Hester vanaf de achterbank.

Oren keerde zich naar haar. 'O, hoi.'

Die twee woorden waren genoeg om de geestverschijning van David op te roepen. Hij nam naast haar plaats op de achterbank.

'Hoi.'

Even wisten ze geen van beiden hoe het nu verder moest. Mike 4.78 verbrak de stilte. 'Kan ik doorrijden?'

'Je kunt mevrouw Crimstein achter het hek afzetten,' zei Oren. 'Een fijne dag verder.'

De geestverschijning van David loste op toen Oren zich terugtrok. Mike 4.78 reed door het hek, waar Wilde Hester opwachtte met een golfkarretje. Toen Hester naast hem had plaatsgenomen, zei Wilde: 'Naomi heeft me gebeld.'

'Wat? Wanneer?'

'Gisteravond.'

'Waarom heb je me niet gebeld?'

'Jij had een date.'

'Maar later?'

Wilde probeerde een glimlach te verbergen. 'Ik wist niet hoe geslaagd die date zou zijn.'

'Doe eens volwassen.'

'Sorry.'

'Wat had Naomi te zeggen?'

'Dat we niet meer naar ze moesten zoeken.'

'Ze? Ze was niet alleen?'

'Klopt.'

'Klonk het alsof ze onder druk stond?'

'Nee, niet in de zin van druk als gevolg van een ontvoering voor losgeld. Ze klonk eerlijk gezegd eerder opgewonden.'

'Alsof de populairste jongen op school er net samen met jou vandoor is gegaan.'

'Dat zou kunnen.'

Ze reden over de oprit.

'Ik heb ook iets,' zei Hester.

'Oké.'

'Ava O'Brien was vanochtend bij Laila.'

Wilde was verbaasd. 'Waarom?'

'Laila zei dat ze een cliënt was.'

'Op wat voor manier?'

Hester trok een grimas. 'Dat kunnen we niet vragen – en zij mag het niet zeggen. Zwijgplicht van de advocaat, weet je nog?'

Wilde keek op zijn horloge. 'Over niet al te lange tijd gaat Ava naar school. Als ik me haast, kan ik haar misschien nog te pakken krijgen voordat de lessen beginnen.'

'Wat wil je haar vragen? Ik heb erover nagedacht. Hoe zou een juridische kwestie met Laila iets met dit alles te maken kunnen hebben?'

Wilde had geen idee, maar met de deadline nog vijf uur in de toekomst, werd hij ongedurig.

‘Ik blijf niet lang weg,’ zei hij.

‘Waar zijn de Maynards?’

‘In hun bibliotheek. Ik zal je afzetten voordat ik wegga.’

Het was een lange nacht geweest. Wilde had niet geslapen, maar was nog een eind gaan hardlopen in de bossen. Hij hield ervan om ’s nachts hard te lopen door de bossen, om te ervaren hoe snel zijn ogen zich aanpasten aan het duister, hoe alle vijf zintuigen – want je had ze alle vijf nodig – alles combineerden en op de een of andere manier een geheel creëerden dat groter was dan de som van de delen. Hij was even bij zijn Ecocapsule gaan kijken, waar hij niet meer terug was geweest sinds het moment dat Gavin Chambers hem met zijn mannen had omsingeld. Hij wilde zeker weten dat niet stiekem een van hen was teruggekeerd om ermee te knoeien. Dat bleek niet het geval. Omdat hij er toch was, kon hij meteen even onder de douche en schone kleren aantrekken.

Daar bij zijn capsule had hij teruggedacht aan het spookleger, de afleidingsmanoeuvres, de tactische misleiding. Het militaire doel achter dat alles was eenvoudig: chaos en verwarring stichten. Afgaande op wat hij op tv had gezien, vond hij dat dat precies was wat Rusty Eggers op dat moment deed.

Het werkte. Als je op een bepaalde manier naar de geschiedenis keek, zag je dat het altijd loonde.

Hij reed in de Lexus van de Maynards naar de highschool in de hoop er Ava te pakken te krijgen. Waarschijnlijk zou hij niets nieuws te weten komen, maar Wilde mocht Ava graag. Hij wilde er niet echt helemaal aan, maar hij verlangde ernaar haar weer te zien. Sinds hun ontmoeting gisteren bij de 7-Eleven was ze steeds op de achtergrond in zijn gedachten aanwezig geweest. Het verbaasde hem nog steeds dat hij toen zomaar had voorgesteld dat ze elkaar nog weer zouden zien. Het zou niets serieus worden. Dat wist hij ook wel. Voor een deel keerde hij nooit naar vrouwen terug omdat hij bang was dat ze zich aan hem zouden hechten, terwijl hij zich niet aan hen hechtte. Dat leek hem niet goed, niet eerlijk. Dus geen herhalingen.

Maar, dat moest hij eerlijk bekennen, hij verlangde wel naar een herhaling met Ava.

Was deze rit naar de school dus eigenlijk gewoon een smoes om haar te kunnen zien?

Wilde parkeerde aan de overkant van de straat bij het parkeerterrein voor de leerkrachten, stapte uit en leunde tegen de auto. Een paar minuten later zag hij Ava het parkeerterrein op rijden, parkeren en uitstappen. Hij bleef even naar haar kijken. Ze was prachtig, dacht hij. Sterk, gepassioneerd, onafhankelijk, gevoelig.

Hij deed een stap in haar richting toen een auto hem de pas afsneed.

De chauffeur boog zich uit het raam en zei: 'Stap in.'

Het was Saul Strauss.

'Waarom is goddomme iedereen ineens naar mij op zoek, Wilde?'

'Dat moet jij mij vertellen.'

'Ik had er niets mee te maken dat die tape op tv kwam.'

'Dat weet ik,' zei Wilde.

'Maar waarom zoekt Gavin Chambers dan verdomme naar me? Waarom belde jij me?'

'Lang verhaal.'

'Stap in,' zei Strauss. Zijn ogen schoten van links naar rechts. 'Ik moet je iets laten zien.'

Wilde keek naar Ava. Ze liep het schoolgebouw in.

'Het is belangrijk,' zei Strauss, 'maar ik ga niet midden op straat staan wachten tot Chambers me in het vizier krijgt. Je stapt nu in of ik ben weg.'

Wilde aarzelde lang genoeg om Ava uit het zicht te zien verdwijnen. Toen bleven er niet zoveel mogelijkheden over. Hij stapte aan de passagierskant in de auto van Saul Strauss. Strauss trapte op het gaspedaal.

'Waar gaan we naartoe?' vroeg Wilde.

'Zou je het te melodramatisch vinden als ik zei: naar de waarheid?'

'Absoluut.'

'Dan wordt het antwoord: naar de gevangenis,' zei Strauss. 'We gaan naar de gevangenis.'

33

'Hoe bedoel je, gevangenis?'

Saul Strauss hield beide handen aan het stuur. 'Waarom is iedereen er zo op gebrand om mij te vinden?'

'Misschien zou een betere vraag zijn: waar heb je gezeten?'

'Ik heb vijanden, Wilde. Dat zal jou niet verrassen. Dus als een berekenende fascist als Gavin Chambers, die voor een pillenslikkende nihilist als Rusty Eggers werkt, aan mijn deur klopt, ben ik niet al te bereid die open te doen. Begrijp je wat ik bedoel?'

'Ik begrijp dat je niet gaat vertellen waar je hebt gezeten.'

'Wat maakt jou dat uit? Waarom wil Chambers dat weten?'

Wilde kon geen reden bedenken om het Strauss niet te vertellen. 'Crash Maynard wordt vermist.'

'Hoezo, vermist? Hé, wacht, hebben ze daarom die tape openbaar gemaakt?'

Wilde zei niets.

'O, en nu denken jullie dat ik daar iets mee te maken heb?'

'Is dat zo?'

'Ja… Natuurlijk, ik heb Crash Maynard ergens verstopt. Hoeveel gewapend tuig heeft Chambers ingeschakeld om dat gezin te bewaken?'

Dat was een rake gedachte, vond Wilde. 'Hoe heb je mij gevonden?'

'Nu net? Ik heb iemand die de boel bij de Maynards in de gaten houdt.

Welke idioot noemt zijn huis trouwens "Maynard Manor"? Wat een schreeuwerige, overdreven, vulgaire... Ik bedoel, als je bewijzen zoekt dat de rijken te rijk zijn, zou ik dat daar bewijsstuk nummer één maken. Maar goed, de man die daar de boel in de gaten houdt, is jou gevolgd hiernaartoe.'

'En jij was in de buurt?'

'Ik had je nodig.'

'Om me naar de gevangenis te brengen?'

'Ja.'

'Ik moet om half twaalf bij de Maynards terug zijn.'

'Dit kost weinig tijd. Ik heb gehoord dat Hester met Arnie Poplin heeft gepraat.'

'Jij hoort verrekte veel, Saul.'

'Dat is een feit. Ik neem aan dat Hester hem nu serieus neemt.'

Wilde sneed een ander onderwerp aan. 'Waarom was je de vorige keer in de bar van het Sheraton zo geïnteresseerd in Naomi Pine?'

'Dat was ik niet. Ik was geïnteresseerd in Crash Maynard.'

'Die nu wordt vermist.'

'Je wilde het niet geloven toen ik het zei, maar de Maynards hebben belastende tapes.'

'En die zijn nu openbaar gemaakt,' zei Wilde.

'Ja... Ik heb het nieuws gezien,' zei Strauss. 'En de reacties op het nieuws. Het interesseert niemand een hol dat Eggers een puber heeft gezoend, uitgezonderd het soort mensen dat sowieso niet op hem stemt.'

Ze reden over de Tapan Zee Bridge naar het noorden langs de Hudson. Als ze inderdaad onderweg waren naar een gevangenis, meende Wilde wel te weten waarnaartoe ze op weg waren.

'Sing Sing?' vroeg Wilde.

'Ja.'

'Waarom?'

'Ik wil dat je het zelf ziet, Wilde. Ik wil dat je het begrijpt.'

Niet meer dan een half uur rijden van New York lag de Sing Sing Correctional Facility, een van de beruchtste gevangenissen op de hele wereld. De Sing Sing was in het begin van de negentiende eeuw gebouwd en niet bepaald aan het oog onttrokken. Al die talloze forensen die iedere dag met de Metro North naar Grand Central reisden, passeerden de Sing Sing. Als je met een boot de Hudson op voer, zag je de Sing Sing liggen bovenaan een helling op een begerenswaardig mooi stuk land aan de rivier. Binnen de muren van de Sing Sing waren meer dan zeshonderd mensen geëxecuteerd op de elektrische stoel, 'Old Sparky', waaronder ook, in 1953, de vermeende Sovjet-spionnen Julius en Ethel Rosenberg. Naar verluidt is Julius als eerste van de twee met de riemen vastgesnoerd op Old Sparky en kwam zijn dood snel. Toen werd Ethel naar dezelfde elektrische stoel geleid waarop even tevoren haar echtgenoot was gestorven – wat een helse gang moet dat zijn geweest –, maar haar executie ging gepaard met complicaties. Getuigen hebben verteld dat er meerder pogingen moesten worden gedaan om het vonnis te voltrekken, dat haar hart bleef kloppen in weerwil van de elektrische schokken die ze kreeg toegediend, dat er rook van haar hoofd omhoog kringelde.

Wilde had geen flauw idee waarom Saul Strauss hem meenam naar de Sing Sing.

Strauss parkeerde de auto op de bezoekersparkeerplaats en zette de motor af. 'Kom op, we zijn zo klaar.'

Het was duidelijk dat Strauss een paar mensen om een gunst had gevraagd, want ze hoefden niet in de rij te staan. Ze maakten hun zakken leeg en liepen door de metaaldetector. De bezoekersruimte zag eruit als de kantine van een school waar werd gehandeld in anabole steroïden. Er stonden tafels en stoelen, het had niets van die ruimtes op tv waar alles van elkaar wordt gescheiden met dikke glasplaten. Gedetineerden werden openlijk omhelsd door geliefden. Je zou vooral echtgenotes, partners, broers en zussen verwachten, maar in werkelijkheid bestond het grootse deel van het bezoek uit gezinnen met kinderen. Heel veel kinderen. Sommigen brachten de tijd door in een veelkleurige gezinszaal, die veel weg had van een crèche of een lokaal voor groep één. Houten puzzeltjes, bordspelen, knutseltafels en speelgoed. Anderen vermaakten zich buiten op het 'schoolplein'.

Ze kregen van de cipiers een tafel toegewezen in een duidelijk als zodanig herkenbare Rij Vier, meteen bij de deur waardoor de gedetineerden de ruimte in kwamen. Ze moesten gaan zitten en wachten tot de gedetineerden zouden worden gebracht. Wilde zou het liefst Saul Strauss het hemd van het lijf vragen over wat hem te wachten stond, maar hij besloot af te wachten. Met een zoemend geluid ging de deur naar de daadwerkelijke gevangenis open. De gedetineerden stroomden de ruimte in en haastten zich naar hun gezinnen. Wilde keek vragend naar Strauss.

'Onze man komt als laatste,' zei Strauss.

Wilde wist niet wat dat te betekenen had, maar dat zou hem snel genoeg duidelijk worden. Even na de laatste man in de rij gedetineerden – Sing Sing Correctional huist alleen gevangenen van het mannelijke geslacht – kwam nog iemand de zaal binnen in een rolstoel.

Wilde begreep meteen waarom ze dicht bij de deur waren geplaatst. De plek waar zij zaten was goed bereikbaar met een rolstoel.

De man in de rolstoel was zwart. Hij had grijs, kortgeknipt haar, een gelooide huid. Zijn oogwit was geel. Wilde schatte dat de man in de vijftig was, misschien in de zestig. Het is een cliché om te zeggen dat de gevangenis je oud maakt, maar soms is het cliché maar al te zeer van toepassing.

Saul Strauss stond op en boog zijn lange gestalte naar de man toe om hem te omhelzen. 'Hé, Raymond.'

'Hoi, Saul.'

'Dit is Wilde. Wilde, dit is Raymond Starck.'

Wilde schudde de man de hand. Raymond Starcks handdruk was stevig. 'Het is me een genoegen met je kennis te maken, Wilde.'

'Aangenaam,' zei Wilde, want hij had geen idee wat hij anders zou moeten zeggen.

Raymond Starck glimlachte naar hem op. De glimlach deed zijn gezicht stralen. 'Ze hebben jou in de bossen gevonden toen ik in Red Onion zat,' zei Raymond. 'Dat is een extra beveiligde gevangenis in Virginia. Ik zat er net en ik had nog hoop. Ik dacht dat ze wel zouden beseffen dat ze een fout hadden gemaakt en dat ik elk moment weer kon worden vrijgelaten.'

Deze man, besefte Wilde, zat al meer dan dertig jaar in de gevangenis.

'Ik heb destijds alles over je gelezen... Het hele idee... Ik bedoel, geen familie, niemand die je kende. Geen verleden ook, toch?'

'Klopt.'

'Ik weet niet of dat een zegen is of een vloek.'

Saul Strauss ging zitten en gebaarde Wilde ook te gaan zitten.

'Dank je dat je bent gekomen,' zei Raymond tegen Wilde.

Wilde keek Raymond aan en toen Saul Strauss. 'Wil een van jullie me vertellen waarom ik hier zit?'

'In 1986 is Raymond gearresteerd voor de moord op een jonge man die Christopher Anson heette. Anson was doodgestoken in Washington DC, in de wijk Deanwood. Het verhaal was dat Anson in een foute wijk terecht was gekomen om drugs te kopen, al werd dat deel van het verhaal zo veel mogelijk uit de krant gehouden om de reputatie van het slachtoffer niet te bezoedelen. Hoe dan ook, hij was één keer in het hart gestoken en beroofd. Jij was nog te jong om het je te kunnen herinneren, maar het was een zaak met veel ophef. Anson was een blanke student uit een rijke familie. Er werd om het hardst geroepen om de doodstraf.'

Raymond legde zijn hand op Wilde's arm. Wilde keerde zich naar Raymond en keek in zijn gele ogen.

'Ik heb het niet gedaan.'

'Je kunt je voorstellen hoe hectisch het eraan toeging – de media, de burgemeester, alle druk om de zaak op te lossen. De politie kreeg naar men zegt een anonieme tip dat Anson drugs had gekocht van een zwarte jongen in Deanwood, dus sleepten ze elke zwarte jongen die ze maar konden vinden naar het bureau, waar ze werden opgesloten, geïntimideerd, wakker gehouden en eindeloos agressief werden ondervraagd – nou ja, je weet hoe dat werkt.'

'Ja,' zei Wilde. 'Maar wat ik niet weet, is waarom ik hier ben.'

Strauss ging verder. 'Uiteindelijk zei een van die jongens dat Raymond drugs verkocht aan rijke blanke studenten.'

'Marihuana,' zei Raymond. 'Dat is waar. Meestal was ik alleen maar koerier.'

'Een rechter tekende een huiszoekingsbevel en Shawn Kindler, rechercheur van DC Metro, vond een mes onder Raymonds matras. Uit onderzoek bleek dat het het moordwapen was. Je kunt je voorstellen hoe snel het daarna ging.'

'Het mes was niet van mij,' zei Raymond. Hij keek opnieuw Wilde aan. 'Ik heb het niet gedaan.'

'Meneer Starck?' zei Wilde.

'Zeg maar Raymond.'

'Raymond, ik ben vreselijke psychopaten tegengekomen die me zo aankeken en zeiden dat ze niets hadden gedaan.'

'Ja, ik weet het,' zei Raymond Starck. 'Ik ook. Ik kom ze iedere dag tegen. Ze zitten overal om me heen. Maar ik weet niet wat ik anders moet zeggen, Wilde. Ik heb hier al vierendertig jaar gezeten voor iets wat ik niet heb gedaan. Ik heb mijn best gedaan. Ik heb hard geleerd, ik heb een highschooldiploma gehaald. Ik heb opleidingen gedaan, zelfs één als juridisch assistent. Ik heb brieven en memo's geschreven voor andere gedetineerden en voor mezelf, maar er is nooit iets gebeurd. Er gebeurt nóóit iets.'

Raymond legde zijn gevouwen handen op de tafel en staarde in het niets. 'Stel je voor dat je hier dag in, dag uit zit en dat je de waarheid op alle manieren die je maar kunt bedenken de wereld in schreeuwt, maar dat niemand het ooit hoort. Zal ik je iets raars vertellen?'

Wilde wachtte.

'Ik droom regelmatig dat ik vrij kom,' zei Raymond met een vaag glimlachje. 'Dan droom ik dat iemand me eindelijk gelooft en dat ze me vrijlaten. Maar dan word ik weer wakker in dezelfde cel. Stel je dat even voor. Leef je even in in dat moment dat je beseft dat het maar een droom is en dat je probeert die vast te houden. Het is alsof je rook probeert vast te houden. Mijn moeder kwam me twee keer per week opzoeken. Dat heeft ze meer dan twintig jaar gedaan. Toen vonden ze iets in haar lever. Kanker. Die heeft haar opgegeten. En ik vraag me iedere dag, ieder uur, af of de aanblik van haar zoon, opgesloten in een cel voor iets wat hij niet heeft gedaan, haar immuunsysteem niet zo heeft aangetast dat ze daardoor kanker kreeg en eraan doodging.'

'Raymond,' zei Saul Strauss. 'Vertel Wilde hoe je in die rolstoel bent terechtgekomen.'

Raymond schudde traag zijn hoofd. 'Als het jou hetzelfde is, Saul, sla ik dat over. Een dergelijk triest verhaal heeft geen enkele waarde als overtuigingskracht, denk ik.'

Wilde zei niets.

'Dus ik vraag je niet om medelijden, en ook niet me te geloven om mijn mooie ogen,' zei Raymond. 'In plaats daarvan vraag ik je nog een paar minuten geduld. Meer niet. Ik ga mijn onschuld niet bepleiten. Ik hoef geen emoties. Geef Saul alleen even de tijd om uit te spreken.'

Wilde wilde zeggen dat hij op dat moment juist geen tijd had, dat hij zelf verwikkeld was in een megagroot probleem, dat het zelfs als hij ervan overtuigd zou raken dat ze Starck genaaid hadden, helemaal niets zou uitmaken. Als Saul Strauss en zijn organisatie niets voor Starck voor elkaar konden krijgen, zou dat hem zeker niet lukken.

Maar wat hem weerhield om dat allemaal te zeggen, was dat hij besefte dat er een goede reden voor dit alles moest zijn. Dat Strauss hem niet zomaar hiermee naartoe had genomen. Strauss had op zijn minst een vaag idee van wat er met Crash Maynard en Naomi Pine aan de hand was, en toch wilde hij per se hiernaartoe. Misschien was het dan beter om niet luid te protesteren, maar in te binden en nog een paar minuten geduld te hebben. Daar zou het in Maynard Manor – in deze omgeving iets als uit een sprookje – allemaal niet anders van worden.

Raymond Starck knikte naar Strauss dat hij moest doorgaan.

'Twee jaar geleden,' zei Saul Strauss, 'kwamen we er bij het Truth Program achter dat rechercheur Kindler op zijn minst in drie zaken bewijsmateriaal heeft ondergeschoven om zijn arrestatiescore op te krikken en zijn blazoen als misdaadbestrijder op te poetsen. Het Openbaar Ministerie van Washington DC is gedwongen het onderzoek in een aantal zaken waarbij Kindler betrokken was, te heropenen. Eén veroordeling is al teruggedraaid. Maar ze werken langzaam en niemand wil zijn vingers branden aan de moord op Christopher Anson.'

'Waarom niet?'

'Omdat de zaak zoveel publiciteit heeft gehad. Iedereen vond dat Raymond schuldig was – andere politiemensen, de officieren van justitie, de media, Ansons familie en vrienden. Het zou werkelijk gênant zijn als nu zou uitkomen dat dat mes daar door Kindler was neergelegd. Zelfs als we dat zouden kunnen bewijzen, zouden veel mensen nog steeds om het hardst roepen dat Raymond de moordenaar was. Het is een beetje zoals met O.J. Simpson. Er zijn mensen genoeg die denken dat Mark Fuhrman die bebloede handschoen daar heeft neergelegd, maar ze denken ook dat O.J. het heeft gedaan.'

Strauss gaf hem een korrelige foto van een jonge blanke man met een brede grijns en golvend haar. Hij droeg een blauwe blazer en een rode stropdas. 'Dat is Christopher Anson, het slachtoffer van de moord. Die foto is twee weken voor zijn dood gemaakt. Hij was twintig, tweedejaars student aan Swarthmore College. Hij was het schoolvoorbeeld van de jonge geslaagde Amerikaan. Aanvoerder van het basketbalteam en het debatteam en hij had een score van 3.8 voor de toelatingstest van het college. De Ansons zijn een voornaam geslacht in Massachusetts. Ze houden een buitenverblijf aan in Newport. Dat soort mensen.'

Wilde zei niets.

'Ik heb geprobeerd met de Ansons in contact te komen met wat we nu weten over rechercheur Kindler. Ze wilden het niet horen. Wat hun betreft is de moordenaar gepakt en berecht en heeft hij gekregen wat hij verdient. Dat is geen ongebruikelijke reactie. Als je al dertig jaar lang een bepaald verhaal gelooft, lukt het niet meer om er op een andere manier naar te kijken.'

'Saul?'

Het was Raymond.

'Wilde is heel erg geduldig geweest,' zei hij. 'Laat hem nu de andere foto zien.'

Strauss aarzelde. 'Ik ga liever eerst nog wat dieper in op de context.'

'Die begrijpt hij zo wel,' zei Raymond. 'Laat hem maar zien.'

Strauss haalde een tweede foto uit een gele envelop.

'Aanvankelijk konden we hier niet zoveel mee, maar na die opmerking van Arnie Poplin was dat heel anders.'

Hij gaf Wilde een foto waarop een groep jonge mensen stond, een veertigtal goed geklede, goed doorvoede, van levenslust blakende jongeren. De foto was in de openlucht genomen op een brede witte betonnen trap. Sommige gefotografeerden zaten, andere stonden. Het eerste gezicht dat Wilde herkende, was dat van Christopher Anson. Hij stond achteraan, op de bovenste tree links. Wilde zag meteen dat de andere foto die Strauss hem had laten zien een vergrote uitsnede was van deze foto.

Op de achtergrond, boven alle glimlachende gezichten, was de bekende koepel van het Capitool in Washington DC zichtbaar.

Een rilling kroop langs zijn rug omhoog.

'Christopher Anson liep die zomer stage bij een senator uit Massachusetts.'

Wilde's ogen kropen over de foto. Hij begreep het – hij begreep het helemaal – maar hij wachtte tot Saul Strauss het onder woorden zou brengen. Strauss wees naar een gezicht twee plaatsen rechts van Christopher Anson.

'Dat is Dash Maynard.'

Zijn vinger gleed over de foto omlaag naar een vrouw die in de loop van de jaren amper was veranderd. 'Dat is Delia Maynard, geboren Reese.' Zijn vinger gleed naar het gezicht naast haar. 'En dat, beste vriend, is de huidige senator voor de geweldige staat New Jersey, Rusty Eggers.'

34

Terug op de parkeerplaats van de Sing Sing belde Wilde de Maynards om te horen of er nog nieuws was. Geen nieuws. Er restten nog twee uur tot het moment waarop de ontvoerders hadden beloofd Crash Maynard vrij te laten.

Toen ze weer in Saul Strauss' auto zaten, zei Wilde: 'Oké, even kijken of ik jouw theorie goed heb begrepen.'

'Ga je gang.'

'Arnie Poplin beweert dat hij heeft gehoord dat Rusty Eggers bekende een moord te hebben gepleegd en dat Dash Maynard daarvan een soort bekentenis heeft op tape. Jij denkt dat ze het over Christopher Anson hebben.'

'Kort samengevat: ja. Maar er is meer.'

'Bijvoorbeeld?'

'Ze waren die nacht aan het stappen.'

'Wie?'

'Christopher Anson en Rusty Eggers. Het heeft een tijd geduurd om dat uit te zoeken. Die stagiaires waren stuk voor stuk nazaten uit rijke families, dus hun namen staan niet in het rapport dat is vrijgegeven.'

'In een zaak die zoveel aandacht kreeg?'

'Des te meer reden. "We werken alleen mee als de naam van ons geliefde kind niet door het slijk wordt gehaald." Ze hebben deals gesloten om zaken geheim te houden voordat de jongens een getuigenverklaring aflegden. De officier van justitie bleek het niet nodig te vinden hen op te roepen om te getuigen tijdens de rechtszaak. Hij had genoeg aan het gevonden mes. Maar goed, een barkeeper in een lokale kroeg, de Lockwood, had die avond een hele groep mannen, stagiairs, gezien. Het heeft even tijd gekost, we hebben er onze beste mensen op gezet. De meeste stagiairs wilden niets zeggen – shit, het is meer dan dertig jaar geleden – maar het beeld dat langzamerhand duidelijk werd, was dat Rusty Eggers en Christopher Anson niet met elkaar konden opschieten. Beiden zagen zichzelf als de alfa van de groep. Er was voortdurend sprake van competitie tussen de twee. Volgens de barkeeper hadden ze die avond ruzie en moest een van hun maten hen uit elkaar houden.'

'Rusty en het slachtoffer van de moord?'

'Ja.'

'Weet je wie dat was? Die tussenbeide kwam?'

'Dit is om te smullen. We lieten de barkeeper de foto zien op het bordes van het Capitool. En raad eens wie hij er zo uit haalde?'

Het begon Wilde te dagen. 'Dash Maynard.'

'Boeiend, hè?'

'Hoe ging het daarna verder?'

'Als we alle puzzelstukjes op de juiste plaats hebben gelegd, is Christopher Anson de kroeg uit gestormd – als eerste. Daarna, maar niemand weet precies hoeveel later dat was, het kan een half uur zijn geweest, maar ook een uur, vertrok Rusty Eggers als tweede.'

'En wist de politie dat?'

Strauss knikte. 'Hun theorie was dat Anson zo vroeg vertrok om drugs te kopen. Dat deed hij wel vaker. Hij fungeerde een beetje als... nou ja, dealer is een te groot woord. Leverancier of zo. De politie gaat ervan uit dat hij dronken was en in een foute buurt terechtkwam om drugs te kopen. Hij had keurige kleren aan – ze droegen allemaal nog hun pak met stropdas van het werk –, een makkelijke prooi. Raymond Starck krijgt hem in het oog, of misschien heeft Anson hem aangesproken om drugs te kopen. Hoe dan ook, de blanke student is en blijft een makkelijke prooi. Raymond trekt zijn mes om hem te beroven. Misschien heeft Anson zich verzet, maar misschien ook niet.'

'Raymond Starck steekt hem neer.'

'Juist, maar er zitten grote gaten in die theorie.'

'Bijvoorbeeld?'

'Het lichaam van Anson is in een steegje gevonden. De expert van ons Programma Onschuldig Veroordeelden heeft de foto's van de plaats delict bestudeerd. Hij is ervan overtuigd dat het lichaam daar is gedumpt.'

'Christopher Anson is ergens anders vermoord.'

'Dat zegt onze expert.'

'Heeft Raymonds advocaat dat aangevoerd bij het proces?'

Strauss schudde zijn hoofd. 'Het was een pro-Deoadvocaat die zich geen expert kon veroorloven.'

'En naar ik aanneem hield het Openbaar Ministerie zijn mond.'

'De kans bestaat dat hun expert niet tot diezelfde conclusie is gekomen, maar waarschijnlijk is het een typerend voorbeeld van onbehoorlijk gedrag van de kant van het Openbaar Ministerie, bedoeld om de zaak niet zwakker te maken dan hij is. Al denk ik dat het voor de jury weinig verschil gemaakt zou hebben. Als het aan de orde was gekomen, hadden ze gewoon gezegd dat Raymond Anson ergens anders had neergestoken en hem naar die steeg had gesleept, zodat niemand hem zou zien.'

Wilde zakte een beetje onderuit. Ze reden terug over de nieuwe Tapan Zee Bridge naar New Jersey. Er kwam een app van Hester binnen op zijn telefoon: *Misschien heeft Rola een spoor gevonden naar Naomi's moeder.*

Wilde tikte een antwoord: *Ben over een half uur terug.*

'Dus jij denkt dat Rusty Eggers Christopher Anson heeft vermoord?'

'Hij was daar die avond,' zei Strauss. 'Ze hadden ruzie gehad.'

'Dat zegt niets.'

'Op zichzelf? Nee. Maar jaren later hoort Arnie Poplin Rusty tegen Dash Maynard zeggen dat hij iemand heeft gedood en dat hij zich zorgen maakt over een tape.' Strauss haalde een hand van het stuur en hield die afwerend op naar Wilde. 'Ja, ik weet het, Arnie Poplin neemt het niet zo nauw met de waarheid, maar kijk eens naar wat Rusty Eggers doet. Hij dwingt de Maynards om Gavin Chambers in te huren, misschien wel de beste in het hele land op het gebied van beveiliging. Waarom?'

'Omdat er wel degelijk tapes zijn,' zei Wilde. 'Zoals die tape die nu gepubliceerd is.'

'Denk je dat Eggers Gavin Chambers heeft ingehuurd vanwege tapes waarop Kandi Pate en hij elkaar zoenen?'

'Het zou kunnen.'

'Het zou kunnen,' herhaalde Strauss. 'Maar het is niet zo, want er is nog iets wat we tot nu toe buiten beschouwing hebben gelaten.'

'En wat is dat?'

'Rusty Eggers is een psychopaat van de bovenste plank. Ik weet niet of hij zo is geboren, of dat hij het spoor is bijster geraakt na dat ongeluk waarbij zijn ouders zijn omgekomen, maar het ligt er dik bovenop. Hij is charmant en belachelijk slim – maar hij is zwaar beschadigd. Als je naar zijn verleden kijkt, zijn er te veel mensen die hem in de weg stonden, die nu dood zijn.'

Wilde trok een grimas.

Saul Strauss zag het vanuit een ooghoek. 'Wat?'

'Ik ben niet zo dol op complottheorieën,' zei Wilde.

'Het maakt niet uit,' zei Strauss. 'Wat belangrijk is, is dat het miljoenen mensenlevens kan kosten als Rusty Eggers tot president wordt gekozen. Zo gaat dat met charismatische leiders zoals hij. Jij hebt de geschiedenis bestudeerd. Doe niet net alsof je de gevaren niet herkent.'

Ze reden zwijgend een tijdje verder.

'Je klinkt als een zeer gemotiveerd man,' zei Wilde.

'Gemotiveerd? Waarvoor? Voor het ontvoeren van twee pubers?'

Wilde keek hem aan.

'Ik heb je verteld dat ik over bronnen beschik.'

'Kennelijk.'

'En je begrijpt het niet, man. Er zijn mensen die die tape écht in handen willen hebben. Het lijkt erop dat ze tot alles in staat zijn om dat voor elkaar te krijgen. Ook tot het ontvoeren van pubers. En het is maar de vraag of hun beweegredenen altruïstisch zijn. Dat probeer ik je duidelijk te maken. Als zij die tape in handen krijgen in plaats van wij, vernietigen ze hem misschien, of laten ze hem verdwijnen. Als dat gebeurt, blijft Raymond Starck in de gevangenis zitten voor een misdrijf dat hij niet heeft begaan. Dat is het microniveau. Op macroniveau blijft de kans bestaan dat Rusty Eggers wordt gekozen. Jij bent niet blind en je bent ook niet zo ongevoelig als je doet voorkomen. Jij weet donders goed dat Rusty Eggers in staat is om de poorten van de hel wagenwijd open te zetten.'

Wilde dacht aan de tape. Hij dacht aan Rusty Eggers. Hij dacht echter vooral aan Raymond Starcks droom om vrij te zijn. Wat een verpletterende teleurstelling moest het zijn om tegen het wakker worden aan te beseffen dat je vrijheid maar een droom was, om te voelen hoe de hoop van de droom wegvloeit, en je je cel weer zult zien als je je ogen opendoet.

'Hoe is Raymond in die rolstoel terechtgekomen?' vroeg hij.

Saul Strauss was een grote man met grote knoestige handen. Hij greep het stuur steviger vast. 'In zekere zin is dat waarom de Ansons nooit zullen accepteren dat Raymond het niet heeft gedaan, zelfs niet als we kunnen bewijzen dat het mes ondergeschoven bewijsmateriaal was.'

Wilde wachtte.

'De Ansons eisten de doodstraf. Na de uitspraak werd Christophers vader in de media geciteerd. Een verslaggever vroeg hem of hij vond dat er met het vonnis recht was gesproken. Nee, zei hij. Hij zei dat Raymond Starck gratis onderdak, kleding en drie keer daags een maaltijd werd verschaft, terwijl het lichaam van zijn prachtige zoon voer voor de wormen was.'

Strauss haalde een bevende hand van het stuur en wreef over zijn kin. Hij knipperde met zijn oogleden. 'Raymond had vier maanden gezeten toen hij door een paar jongens werd gepakt in de doucheruimte. Ze vloerden hem en legden hem plat op zijn buik. Twee man trokken aan zijn armen. Twee anderen trokken aan zijn benen. Alsof hij op het Middeleeuwse rad lag. Een vijfde drukte zijn gezicht op de tegels. Ze trokken hard aan zijn ledematen. Er was nog iemand, een grote kerel, zei Raymond, van meer dan honderdvijftig kilo, die erbij kwam staan en zei: "Met de complimenten van de familie Anson."'

Strauss haalde nu adem in horten en stoten. Wilde zat roerloos naast hem, bijna bang een beweging te maken.

'Die grote kerel stapt met één been over Raymonds gestrekte lichaam heen. Hij springt op alsof hij terugveert uit de touwen van de worstelring. Zo beschreef Raymond het. Die andere mannen trokken nog harder aan zijn ledematen, pijnlijk hard, en die grote kerel landde met beide voeten en zijn volle gewicht als een sloophamer op Raymonds onderrug. Hij hoorde zijn ruggengraat breken, zei hij, alsof je een oude droge tak van een eikenboom brak.'

Doodse stilte. Stilte zo intens, zo massief dat het tegen de ramen van de auto drukte. Een verstikkende stilte, een stilte die je geen lucht gunde. Een stilte die aanvoelde als een schreeuw.

'Saul?'

'Ja?'

'Over tweehonderd meter kun je rechts parkeren. Daar stap ik uit.'

Wilde moest alleen zijn, in de bossen.

Dat hoefde niet heel lang te duren, want hij moest terug naar de Maynards, maar dat treurige bezoek aan de Sing Sing en het inktzwarte verhaal van de beestachtige wijze waarop ze Raymonds ruggengraat hadden gebroken, gaven Wilde het gevoel dat de muren op hem afkwamen, zowel letterlijk als figuurlijk. Hij wist niet of hij leed aan een of andere vorm van claustrofobie – hij betwijfelde of het allemaal wel zo ernstig was dat je er een etiket op moest plakken – maar hij wist dat hij de bossen nodig had. Als hij te lang uit de bossen was, voelde het alsof hij niet genoeg lucht kreeg, alsof hij zou stikken, alsof zijn longen voorgoed zouden dichtklappen.

Stel je voor dat je hier dag in, dag uit zit en dat je de waarheid op alle manieren die je maar kunt bedenken de wereld in schreeuwt, maar dat niemand het ooit hoort...

Wilde sloot zijn ogen en haalde met lange teugen diep adem. Tegen de tijd dat hij in de buurt was van Maynard Manor voelde hij zich gesterkt, weer meer zichzelf. De Escalade van Hester stond bij het hek geparkeerd. Tim trok het achterportier open. Hester stapte uit.

Ze wees naar Wilde. 'Wat is er in hemelsnaam met jou gebeurd?'

'Hoezo?'

'Je ziet eruit als een kat die in de droger heeft gezeten.'

Inderdaad, gesterkt en veel meer zichzelf.

'Ik voel me prima.'

'Zeker weten?'

'Yep.'

'Rola heeft Naomi's moeder gevonden. Ze stemt ermee in om met me te praten.'

'Wanneer?'

'Als ik met haar wil praten, moet ik nu weg. Ze is in New York.'

'Ga maar,' zei Wilde. 'Ik red me hier wel.'

'Vertel me eerst waar je bent geweest. Ik wil weten hoe het komt dat je er zo uitziet.'

Hij gaf haar een sterk ingekorte versie van zijn wederwaardigheden met Saul Strauss in de Sing Sing. Dat bleek meer dan voldoende om Hester rood te doen aanlopen. Ze balde haar vuisten. Door alles wat er aan de hand was met Naomi Pine en Crash Maynard zou je bijna vergeten dat Hester nog altijd een van de meest vastberaden strafpleiters in het land was. Niets kon haar zo op de kast jagen als een falend Openbaar Ministerie.

'De klootzakken,' zei ze.

'Wie?'

'De politie, het Openbaar Ministerie, de rechters – noem maar op. Een onschuldige zo in het cachot smijten. Ze weten nu dat die Kindler niet deugt en ze halen het slachtoffer nog steeds niet uit zijn cel? Schandelijk. Heb je het telefoonnummer van Saul Strauss?'

'Ja.'

'Zeg tegen hem dat ik de zaak van Raymond pro Deo doe.'

'Je kent niet eens alle details.'

'Zie je dit?' Ze tikte met het puntje van haar vinger.

'Je neus?'

'Precies. Ik ruik het. De zaak stinkt als een dertig jaar oude zak vuilnis, en dat is het ook. Zeg maar tegen Strauss dat ik een paar telefoontjes zal plegen om een paar mensen het leven zuur te maken.'

'Nog één ding,' zei Wilde. 'Ken jij mensen in de Sing Sing?'

'Wat voor mensen?'

'Iemand die mij toegang kan geven tot de bezoekerslogboeken.'

Hester liep terug naar de auto. 'Stuur maar een app met de details, lieverd, dan ga ik ermee aan de slag.'

Tim stond bij het geopende portier. Hester ging op de achterbank zitten. Tim knikte naar Wilde, stapte in een reed weg.

Wilde liep de heuvel op. Rola had het hele team nu ingeschakeld, stuk voor stuk vrouwen met een harde blik in hun ogen.

'Weten de Maynards dat ik terug ben?' vroeg hij.

Rola knikte.

Nog een half uur te gaan tot het moment waarop Crash zou worden vrijgelaten. Nog geen reden om nu al naar binnen te gaan. Als de Maynards hem nodig hadden, wisten ze waar ze moesten zoeken. Hij zette koers naar het pad dat het bos in voerde, naar de plek waar Matthew de eerste keer een onderonsje had gehad met Naomi. Hij zou niet kunnen zeggen waarom hij ernaartoe ging. Vooral eigenlijk, dacht hij, omdat hij rust en stilte en buitenlucht nodig had. Hij wilde niet langer binnen zitten in die klotebibliotheek dan per se noodzakelijk was.

Hij keek op het scherm van zijn telefoon en constateerde verbaasd dat hij een app had gekregen via de DNA-website, afkomstig van 'PB', de onbekende die volgens de DNA-test zijn naaste bloedverwant was. Hij overwoog het bericht domweg te wissen, of het op zijn minst voorlopig maar even niet te openen. Waarschijnlijk was het niets. Genealogie was voor veel mensen een boeiende hobby, die op een 'aangename' manier sociale contacten bewerkstelligde. Zo ongeveer luidde het op de website. Een manier van vragen stellen die antwoorden opleverde waarmee ontbrekende takken aan de familiestamboom konden worden aangevuld.

Dat interesseerde Wilde niet. Aan de andere kant was het ook niet zijn stijl om onbeschoft de uitgestoken hand van anderen te negeren. Bovendien vond hij dat je niet tot morgen moest uitstellen wat je vandaag kon doen.

Hij tikte op de link naar het bericht van PB.

Hoi, excuus dat ik mijn naam niet noem, maar er zijn redenen waarom ik het niet prettig vind als mensen weten wie ik werkelijk ben. Mijn verleden zit vol gaten en hectiek. Jij bent de nauwste bloedverwant die ik op deze site heb gevonden en ik vraag me af of jij ook een verleden vol gaten en hectiek hebt. Als dat zo is, heb ik misschien antwoorden op een paar vragen.

Wilde las het bericht twee keer, en daarna een derde keer.

Gaten en hectiek, iets waaraan hij op dit moment absoluut geen behoefte had.

Wilde stopte de telefoon weg en keek omhoog, door de takken naar het diepe blauw van de lucht. In gedachten keerde hij terug naar Raymond Starck. Hij vroeg zich af wanneer die voor het laatst zo naar de lucht had gekeken. Wanneer was Raymond Starck voor het laatst omringd geweest door groen en blauw in plaats van grijs beton? Wilde haalde de foto met de stagiairs op Capitol Hill die Saul Strauss hem had gegeven uit zijn achterzak en vouwde hem open. Hij zocht de gezichten op, Rusty Eggers, Dash Maynard en Delia Maynard.

Verdomme.

Hij haastte zich terug naar het gazon opzij van Maynard Manor. Hij vloog de trap op met twee treden tegelijk en stormde de bibliotheek in.

Dash Maynard staarde naar het scherm van de computer, alsof het een kristallen bol was die hem de toekomst kon voorspellen. Delia ijsbeerde.

'We zijn blij dat je er weer bent,' zei ze.

Hij liep door het vertrek. 'Herkennen jullie deze foto?'

Hij hield de foto zo dat ze hem beiden konden zien. Hij wilde hun reactie peilen. Die was heftig. Ze krompen in elkaar als vampiers aan wie een kruis wordt voorgehouden.

'Hoe kom je daaraan?' snauwde Dash.

Wilde wees naar Christopher Anson. 'Herken je hem?'

'Wat is dit verdomme?'

'Hij heette Christopher Anson.'

'Dat weten we,' zei Delia. 'Maar jezus, Wilde, we zitten hier te wachten op nieuws van de ontvoerders. Snap je dat niet?'

Wilde vond het niet nodig daarop te reageren.

'Waarom kom je daar nu mee?'

'Omdat degene die jullie zoon heeft, heel duidelijk een zeer belastende tape in handen wil krijgen.'

'En die hebben we hem gegeven,' zei Dash.

'Arnie Poplin heeft verklaard dat hij jou en Rusty Eggers hoorde praten over een moord.'

'Arnie Poplin is gestoord,' zei Dash met een afwijzend handgebaar.

'Je denkt toch zeker niet dat wij iets te maken hebben met wat Christopher Anson is overkomen?' zei Delia.

'Misschien jullie tweeën niet,' zei Wilde.

'Rusty?' Delia schudde haar hoofd. 'Nee.'

'Je hebt er geen idee van hoe onbetrouwbaar Arnie Poplin is,' zei Dash. 'Toen we hem de laan uit stuurden bij ons programma, werd hij rancuneus. Tel daar verbittering en een voorkeur voor drugs bij op en...'

'Wat ik niet begrijp,' onderbrak Delia hem, 'is hoe je aan die foto bent gekomen.'

'Raymond Starck.'

Stilte.

Wilde wachtte. Hij wilde wel eens horen of een van de twee zo ver zou gaan om net te doen alsof ze nooit van Raymond Starck hadden gehoord. Dat gebeurde niet.

‘Mijn god,’ zei Dash na verloop van tijd.

‘Wat?’

‘Zegt Raymond Starck dat? Is dit wat hij nu probeert om uit de gevangenis te komen?’

Delia keek haar echtgenoot aan. ‘Zit hij erachter?’

‘Wat?’

‘Raymond Starck,’ zei Dash. Hij keerde zich weer naar Wilde. ‘Misschien verleent iemand die hij in de gevangenis heeft leren kennen hem een gunst. Hij ontvoert onze zoon en beweert dat het samenhangt met de moord op Christopher. Vervolgens eisen ze publicatie van een tape die Raymond Starcks onschuld moet aantonen.’

‘Misschien heeft Raymond Starck iemand het verhaal verteld,’ zei Delia, ‘en handelt die nu voor eigen rekening.’

‘Wilde,’ zei Dash. ‘Hoe ben je in contact gekomen met Raymond Starck?’

Voordat Wilde kon antwoorden, klonk een belletje op de computer.

Het was twaalf uur.

Delia vernieuwde de pagina. Er werd een bericht weergegeven.

Je vindt Crash op 41°07’17.5”N 74°12’35.0”W.

Wilde kreeg een droge keel.

Delia wees naar het scherm. ‘Zijn dat...’

‘Coördinaten,’ zei Wilde met een hoofdknik.

Het waren echter niet zomaar coördinaten.

Iemand probeerde hem op een geweldige manier te grazen te nemen.

‘Ik begrijp het niet,’ zei Delia. ‘Waar is dat?’

Wilde hoefde niet eens een kaart op het scherm van zijn telefoon op te roepen. Hij wist precies welke plek met die coördinaten werd aangeduid. 'Het is in de bossen, een kilometer of vijf hiervandaan, de kant op van de Ramapoughs. Lopend ben ik er het snelst. Geef Rola de coördinaten en zeg dat ze daarnaartoe moet komen met een auto.'

Hij legde verder niets uit. Hij denderde de trap af, de deur uit, de klamme warmte in. De eerste zweetdruppels vormden zich op zijn gezicht. Zou Crash daar echt zijn? In veel opzichten was het een uitstekende plek om iemand te dumpen – afgelegen, uit de buurt van camera's en wegen, diep in de bossen.

Maar waarom precies die coördinaten?

Omdat iemand probeerde hem door te laten draaien.

Zonder in te houden propte hij een AirPod in zijn oor en belde hij Hester. Toen ze opnam, zei hij: 'De ontvoerders hebben de coördinaten 41-07-17.5-N-74-12-35.0-W gestuurd.'

'Eh...'

'Dat is een afgelegen plek in de Ramapo Mountains. Bij de oude grafheuvels.'

'Wacht. Wou je beweren...?'

'Dat zijn de coördinaten van de plek waar de politie mij destijds heeft gevonden.'

'Goeie genade,' zei Hester. 'Wie kan dat nu weten?'

'Die coördinaten? De politie en misschien een enkele journalist. Ik weet het niet. Ze zijn niet geheim.'

'Maar het is niet toevallig.'

'Nee, het is niet toevallig.'

'Waar ben je nu?' vroeg Hester. 'Je klinkt buiten adem.'

'Ik ben op weg daarnaartoe. Te voet,' zei Wilde. 'Ik bel je straks weer op.'

Wilde kende de route natuurlijk. Hij wist dat het Rola en wie ze maar mee zou nemen meer tijd zou kosten om erheen te rijden, omdat er geen weg rechtstreeks naartoe was. Vanaf de weg moest je bijna twee kilometer lopen door het bos om er te komen.

Dus: waarom daar?

Wilde begon langzamerhand zicht te krijgen op wat zich waarschijnlijk afspeelde. Ze probeerden op allerlei manieren verwarring en chaos te stichten, maar hij zag de dingen voor het eerst heel helder.

Hij dook naar links, onder takken door en probeerde zijn snelheid vast te houden. Dertig jaar geleden toen hij werd omsingeld door parkwachten en politieagenten, bestond zijn kampement uit een Coleman-tent en een Eddie Bauer-slaapzak die hij had gestolen uit een huis in Ringwood. Hij kon zich niet meer herinneren hoelang hij op die plek had gekampeerd, ver weg van de wandelroutes, maar toen hij hen dichterbij zag komen, was vluchten het eerste wat bij de jonge Wilde – hoe had hij zichzelf eigenlijk destijds genoemd? Hij wist niet eens zijn eigen naam – was opgekomen. Dat had hij natuurlijk vaker gedaan als iemand hem in de gaten had gekregen of te dichtbij was gekomen.

Waarom?

Waarom was hij altijd op de vlucht geslagen? Was het een soort primitief instinct om te overleven? Was de mens van nature eerder geneigd zich angstig van andere mensen af te keren dan betrekkingen met hen aan te gaan? Hij vroeg het zich vaak af. Waarom was hij als kind zo sterk geneigd geweest om te vluchten? Was dat genetisch, de menselijke natuur? Of was er iets gebeurd dat hem zo had gemaakt?

Maar die frisse ochtend, toen de jonge Wilde nog in zijn tent zat en vier politieagenten en parkwachten zijn tent omsingelden, koos hij ervoor niet te vluchten. Misschien besefte hij dat het geen zin had. Misschien ook omdat een van de vier Oren Carmichael was, en zelfs toen al had Oren een kalmerende, vertrouwenwekkende uitstraling.

Nog een minuut of drie, vier te gaan naar de plek van de coördinaten. Hij bevond zich nu aan de noordkant van het deel van de bossen dat bekendstond als The Bowl, zo'n anderhalve kilometer van de grens met de staat New York. Oppervlakkig bekeken had deze locatie alle kenmerken van een hinderlaag. Wilde overwoog in te houden en een paar voorzorgsmaatregelen te nemen nu hij er bijna was. Tenzij ze heel goed waren, zou hij ze zelfs met een vluchtige verkenning al ontdekken. Als het professionals waren, als er scherpschutters in de bomen zaten, zou een verkenning geen enkele zin hebben. Ze zouden hem kunnen uitschakelen wanneer ze maar wilden.

Maar er was geen enkele reden voor dergelijke dramatische toestanden.

Natuurlijk was het geen hinderlaag. Het was een afleidingsmanoeuvre.

Het bos werd dichter, het werd moeilijker iets te zien wat zich op enige afstand bevond. Zelfs als kind had Wilde begrepen dat het slim was om je kampement niet op te slaan op een open plek, omdat je dan veel te gemakkelijk op te sporen was. Meestal legde hij 's avonds oude droge takjes of zelfs oude kranten om zijn tent. Als iemand of, veel waarschijnlijker, een dier dichtbij kwam, zou het geluid van brekende takken of het geritsel van krantenpapier hem waarschuwen. Wilde sliep heel licht, waarschijnlijk omdat hij de meeste nachten als kind had liggen luisteren naar roofdieren. Nog altijd kon je de toestand waarin hij 's nachts verkeerde als andere mensen diep in slaap verzonken waren, amper slapen noemen.

Nog honderd meter.

Hij zag iets roods.

Geen mens. Een paar seconden later zag hij, dichterbij gekomen, dat het rode vrij klein was, doosachtig, een kubus met zijden van een centimeter of dertig.

Het was een koelbox, zo een waarin je een sixpack bier en iets te eten meenam voor onderweg.

Wilde voelde dat de haren in zijn nek overeind gingen staan.

Hij had geen idee waarom. Het was gewoon een koelbox, maar instinct is iets geks.

Hij rende ernaartoe, klapte de handgreep om, tilde het deksel op en keek in de koelbox.

Hij had zich schrap gezet. Maar niet genoeg, al lukte het hem wel een kreet in te houden.

Zwijgend staarde hij naar de afgehakte vinger met de doodskopring.

35

Naomi's moeder Pia woonde in een rijkelijk versierde stadsvilla met drie verdiepingen in Renaissance Revival-stijl in een zijstraat van Park Avenue op Manhattan. Een vrouw in de zwarte uitrusting van een Franse dienstmeid deed de deur open en ging Hester voor over het in visgraatmotief gelegde parket, langs wanden met eikenhouten lambriseringen en een trap met barok houtsnijwerk naar een weelderig aangelegde binnentuin achter het huis.

Pia zat in een dekstoel. Ze droeg een zonnebril, een beige strandhoed en een zeeblauwe blouse die niet tot boven toe was dichtgeknoopt. Ze stond niet op toen Hester naar buiten kwam. Ze keerde zich niet eens om om haar aan te kijken.

'Ik begrijp niet waarom u mij zo achtervolgt.'

Haar stem klonk schril en beverig. Hester wachtte niet tot ze zou worden uitgenodigd, maar trok ongevraagd een stoel bij en ging zo dicht mogelijk naast Pia zitten. Ze wilde dat de vrouw zich een beetje ongemakkelijk zou gaan voelen.

'Leuk optrekje,' zei Hester.

'Dank u. Wat wilt u, mevrouw Crimstein?'

'Ik probeer je dochter te vinden.'

'Dat begreep ik van uw assistente.'

'Maar je weigerde er met haar over haar te praten.'

'Dit is de tweede keer dat u contact zoekt,' zei Pia.

'Dat klopt. De eerste keer heb je meegewerkt. Je vertelde me dat je van niets wist. Dus waarom nu die ommekeer?'

'Genoeg is genoeg, vond ik.'

'Pia... Dat gaat er bij mij niet in.'

Vanwege die donkere zonnebril was het onmogelijk te zien waarnaar de vrouw keek, maar ze keek Hester in ieder geval niet aan. De voormalige mevrouw Pine was zonder meer een verbluffend mooie vrouw. Hester wist dat ze in haar beste dagen een badpakmodel of zo was geweest. Die beste dagen lagen nog niet zo heel ver in het verleden.

'Zij is mijn dochter niet.'

'Hm, hm.'

'Ik heb al mijn rechten als ouder opgegeven. U bent advocaat. U weet wat dat betekent.'

'Waarom?'

'Waarom wat?'

'Waarom heb je afstand gedaan van je rechten als ouder.'

'U weet dat ze was geadopteerd.'

'Naomi,' zei Hester.

'Wat?'

'Je zegt steeds maar "zij". Je dochter heeft een naam. Ze heet Naomi. En wat maakt dat nu uit of ze geadopteerd is of niet? Wat heeft dat ermee te maken?'

'Ik kan u echt niet verder helpen, mevrouw Crimstein.'

'Heeft Naomi contact met je opgenomen?'

'Daar praat ik liever niet over.'

'Heb je uit vrije wil afstand gedaan van je rechten als ouder? Of ben je uit de ouderlijke macht ontzet?'

Pia keek nog steeds weg, maar om haar lippen plooide zich een flauw glimlachje. 'Het was vrijwillig.'

'Omdat er een aanklacht dreigde?'

'Ah,' zei Pia met een minieme hoofdknik. 'U hebt met Bernard gesproken.'

'Je zou in de gevangenis moeten zitten.'

Achter hen klonk een stem. 'Mevrouw Goldman?'

Het was een jonge vrouw met een wandelwagen.

'Het is tijd voor de wandeling met Nathan in het park.'

Pia keerde zich naar de jonge vrouw. Nu brak een brede glimlach door op haar gezicht. 'Ga maar vast, Angie. Ik haal jullie wel in bij de speelvijver.'

De jonge vrouw vertrok met de wandelwagen.

Hester probeerde te voorkomen dat de afschuw in haar stem zou doorklinken. 'Heb jij een zoon?'

'Nathan, hij is tien maanden oud. En ja, hij is het biologische kind van mij en mijn echtgenoot.'

'Ik dacht dat jij geen kinderen kon krijgen?'

'Dat dacht ik ook, maar dat was natuurlijk wat Bernard tegen me zei. Uiteindelijk bleek hij degene met problemen.' Ze hield haar hoofd scheef. 'Mevrouw Crimstein?'

Hester wachtte.

'Ik heb haar nooit mishandeld.'

'Naomi,' zei Hester. 'Ze heet Naomi.'

'Bernard heeft het allemaal verzonnen. Hij is een leugenaar, en nog veel erger. Ik had het meteen moeten zien. Dat zeggen ze toch altijd? Maar ik zag het niet. Of misschien ben ik zwak. Bernard mishandelde mij – verbaal, emotioneel en fysiek.'

'Heb je dat aan iemand verteld?'

'U klinkt sceptisch.'

'Maak je geen zorgen over hoe ik klink,' zei Hester, iets scherper dan haar bedoeling was. 'Heb je het iemand verteld?'

'Nee.'

'Waarom niet?'

'Wilt u echt het zoveelste verhaal van een mishandelde vrouw horen, mevrouw Crimstein?' Pia glimlachte en hield opnieuw haar hoofd scheef. Hester vroeg zich af hoeveel mannen ze met dat simpele hoofdgebaar het hoofd op hol had gejaagd. 'Bernard kan heel charmant zijn. Hij kan heel overtuigend overkomen, maar hij is ook extreem manipulatief. Heeft hij u het verhaal van het hete badwater verteld? Dat is zijn lievelingsverhaal. Als het echt gebeurd zou zijn, zou ze...' – dit keer onderbrak ze zichzelf – 'zou Naomi naar het ziekenhuis hebben gemoeten, toch?'

Daar zeg je wat, dacht Hester.

'Ik wil u niet mijn hele levensverhaal opbiechten. Ik kom uit een provinciestadje. Ik was... Ik denk dat ik "gezegend" moet zeggen, met een figuur dat te veel aandacht trok. Iedereen zei dat ik model moest worden, dus probeerde ik het. Om de waarheid te zeggen was ik te klein om tot de top door te dringen en had ik geen last van anorexia. Ik kreeg niettemin werk, vooral voor lingerieadvertenties. En vervolgens viel ik voor de verkeerde man. In het begin was Bernard heel lief voor me, maar na verloop van tijd werd hij opgevreten door onzekerheden. Hij was er vast van overtuigd dat ik hem bedroog. Als ik thuiskwam van een fotoshoot vroeg hij me het hemd van het lijf. Ben je ook aangesproken door mannen? Heeft er iemand met je geflirt? Kom nou, er moet toch wel iemand zijn die met je heeft geflirt? Had jij naar hem geglimlacht, had je ze een beetje gevoerd? Waarom ben je zo laat?'

Pia viel stil, zette haar zonnebril af en veegde met de rug van haar hand over haar ogen.

'Dus ben je vertrokken?'

'Ja, ik ben vertrokken. Ik had geen keus. Ik heb hulp gezocht. Heel veel. Toen ik weer een beetje recht op mijn voeten stond, ben ik Harry tegengekomen, mijn man. De rest van het verhaal kent u al.'

Hester probeerde haar stem zo vriendelijk mogelijk te laten klinken. 'Heeft Naomi contact met je opgenomen?'

'Waarom vindt u dat belangrijk?'

'Het is een lang verhaal, maar ik zal Naomi nooit verraden. Wat je me ook vertelt, je kunt erop vertrouwen dat ik mijn best zal doen om te helpen.'

'Maar als ik met u zou praten,' zei Pia, 'zou ik het vertrouwen beschamen dat Naomi in mij zou hebben gesteld.'

'Je kunt mij vertrouwen.'

'Werkt u voor Bernard?'

'Nee.'

'Erewoord?'

'Ik geef om je dochter, niet om je ex. Ja, je hebt mijn erewoord.'

Pia zette haar zonnebril weer op. 'Naomi heeft me gebeld.'

'Wanneer?'

'Een paar dagen geleden.'

'Wat zei ze?'

'Ze zei dat iemand die voor Bernard werkte me misschien weer zou opbellen om naar haar te vragen. Net zoals u de vorige keer hebt gedaan. Ze zei dat ik niets mocht zeggen.'

'Waarom zou ze dat zeggen?'

'Ik denk... Ik denk dat ze van plan was om weg te lopen voor haar vader. Ze dacht dat ze misschien het spoor bijster zouden raken als ze dachten dat ze bij mij was.'

'En daar stemde jij mee in? Dat ze wilde weglopen?'

'Ik was er blij om. Ze moest hem ontvluchten.'

'Ik begrijp het niet,' zei Hester. 'Je zegt dat hij een neiging tot mishandelen heeft. Je ex, bedoel ik.'

'U hebt geen idee hoe erg.'

'Maar toch,' zei Hester, 'laat je je dochter bij hem achter?'

Ze zette opnieuw haar zonnebril af. 'Ik heb veel therapie gehad. U hebt geen idee hoeveel, u hebt geen idee hoe zwak ik was, hoe groot mijn problemen waren. Er was niets wat ik had kunnen doen. En ik moest een keiharde waarheid onder ogen zien, mevrouw Crimstein, om te kunnen herstellen en me weer heel te voelen en verder te kunnen gaan.'

'Welke harde waarheid?'

'Bernard had in één opzicht gelijk. Om te beginnen wilde ik haar niet adopteren. De harde waarheid is dat ik geen band met Naomi kon voelen – en ik heb er heel lang over gedaan om met die waarheid te kunnen leven. Misschien kwam het omdat ze geen bloed van mijn bloed was.

Misschien was ik toen nog niet rijp om moeder te worden. Misschien is het een chemische reactie van mijn lichaam op haar of op de rampzalige situatie met Bernard. Ik weet het niet. Maar ik heb nooit een band gevoeld met het meisje.'

Hester voelde gal opkomen in haar keel. Ze slikte het weg. 'En dus liet je Naomi gewoon bij hem.'

'Ik had geen keus. Dat moet u begrijpen.'

Hester trok haar stoel achteruit en ging staan. 'Vraag Naomi mij meteen te bellen als ze van zich laat horen.'

'Mevrouw Crimstein?'

Hester keek neer op Pia.

'Wie gelooft u?'

'Bedoel je jou of Bernard?'

'Ja.'

'Maakt dat enig verschil?'

'Ik denk het wel.'

'Ik vind van niet,' zei Hester. 'Jij hebt je dochter mishandeld of je hebt haar achtergelaten omdat je alleen aan jezelf dacht. In beide gevallen heb je een klein meisje in de steek gelaten, achtergelaten bij een man die je net zelf als een monster hebt beschreven. Zelfs nadat je "hersteld" was, weer "heel", en getrouwd en verhuisd naar dit chique pand, heb je dat arme kind niet bij die man weggehaald. Je hebt haar niet beschermd. Je hebt je niet om haar bekommerd. Je hebt niet aan haar gedacht. Je bent gewoon weggelopen, Pia, en je hebt Naomi achtergelaten.'

Pia bleef met gebogen hoofd zitten. Ze staarde naar het tafelblad.

'Dus hoe je het ook wendt of keert, het interesseert me niet of hij liegt of jij. In mijn ogen ben je een stuk stront en ik hoop dat je geweten je de rest van je leven ongelukkig maakt.'

Toen Dash en Delia de afgehakte vinger van hun zoon zagen, reageerden ze beiden op een heel eigen wijze.

Dash zakte in elkaar op het gras, als een marionet waarvan alle touwtjes in één keer werden doorgeknipt. Dat gebeurde zo plotseling dat Wilde verbouwereerd een stap achteruit deed, voorzichtig, om te voorkomen dat de afgehakte vinger van zijn precaire positie boven op het bergje ijs zou rollen. Al zou dat na de gestrekte draf waarin Wilde van de plek in het bos waar hij de koelbox had aangetroffen naar Maynard Manor was gerend, weinig verschil meer maken.

Delia verstijfde. Even bleef ze roerloos staan. Ze reageerde niet eens op de dramatische ineenstorting van haar echtgenoot. Ze staarde alleen naar de vinger. Heel langzaam, bijna onmerkbaar, begon haar gezicht zijn vaste trekken te verliezen. Haar hoofd zakte scheef. Haar lippen trilden, ze knipperde met haar ogen. Ze stak een hand uit naar de vinger als een moeder die op een of andere manier wil troosten. Wilde trok de koelbox buiten haar bereik. Hij wilde niet dat zij iets zou aanraken of bewijsmateriaal zou besmetten.

'Het medische team kan er elk moment zijn,' zei Wilde zo behoedzaam mogelijk. Hij wierp een blik in de richting van het hek achter zich. 'Ze zullen hun best doen om hem zo goed mogelijk te bewaren.'

Toen hij de koelbox sloot, kreunde Delia. Wilde gaf de koelbox aan Rola en knikte. Rola nam de koelbox mee buiten het hek om hem mee te geven aan het ambulancepersoneel. Ze had al vernomen dat er een gerede kans was dat ze de vinger weer aan de hand zouden kunnen hechten als de juiste medische protocollen in acht werden genomen.

Dash drukte zich met zijn armen op het gazon overeind tot hij op zijn knieën zat.

Delia zei eindelijk iets. 'Wat willen ze? Wat willen ze?' Haar stem klonk aanvankelijk vlak, maar werd langzaam luider, heftiger. 'We hebben ze de tapes gegeven. Wat willen ze van ons? Wat wíllen ze?'

Er klonk een tingelend belletje.

Ze hadden allemaal even nodig om zich te realiseren wat er gebeurde, maar toen stak Dash, wiens ogen nog altijd in het niets staarden, zijn hand in zijn zak en haalde hij zijn telefoon tevoorschijn. Zijn hand beefde.

'Wat is er?' vroeg Delia.

Dash las het bericht, ging staan en gaf zijn vrouw de telefoon. Wilde kwam dichterbij om over haar schouder mee te lezen.

Stuur de tape die we willen hebben binnen een half uur, anders krijgen jullie de coördinaten waar je de hele arm van je zoon kunt vinden. Als jullie de politie inlichten zal hij onder vreselijke pijnen sterven.

'Welke tape?' riep Delia. 'Er is geen tape. We hebben geen…'

Dash begon haastig over de oprit naar het huis te lopen.

'Dash?' riep ze hem achterna.

Hij reageerde niet.

'Dash?'

Ze rende achter hem aan. Wilde volgde.

'Mijn god, wat heb je gedaan?'

Dash zei nog steeds niets, maar de tranen stroomden over zijn wangen.

'Dash?'

'Het spijt me,' zei hij.

'Wat heb je gedaan, Dash?'

'Ik dacht dat hij niet echt in gevaar was. Ik heb…'

Hij begon te rennen. Delia riep zijn naam, maar hij reageerde niet. Ze rende achter hem aan. Wilde, wiens shirt al doorweekt was van het zweet, volgde hen toen ze door een zijdeur het huis binnengingen en hun weg zochten naar het torentje met de bibliotheek. Dash stormde de trap op. Hij ging achter zijn bureau zitten en begon op het toetsenbord van de laptop te typen.

'Geef antwoord,' zei Delia.

Dash keek op. Hij zag Wilde en zei: 'Ga weg.'

'Nee.'

'Ik zei…'

'Ik heb je gehoord,' zei Wilde. 'Maar het gebeurt niet.'

'Je bent ontslagen.'

'Cool.'

Wilde bleef staan waar hij stond.

'Je hebt geen enkel recht om hier nog te zijn.'

'Gooi me er dan maar uit,' zei Wilde.

'Dash,' zei Delia, 'vertel het me, alsjeblieft.'

'Niet waar hij bij is.'

'Jawel, Dash,' zei Wilde. 'Waar ik bij ben. Hou op met tijd verspillen.'

Delia deed een stap dichter bij Dash en legde haar handen om zijn gezicht. 'Schat, kijk me aan,' zei ze. Ze dwong hem haar aan te kijken, al was de dwang uiterst liefdevol. 'Vertel het me, Dash. Alsjeblieft? Vertel het me.'

Dash slikte zijn tranen weg. 'Hij heeft het gedaan. Hij heeft hem gedood.'

'Waar heb je het...'

'Rusty heeft Christopher gedood.'

Haar handen gleden van zijn gezicht. Ze schudde haar hoofd. 'Ik begrijp het niet.'

'Die avond,' zei Dash. 'We hadden met z'n allen zitten drinken in de Lockwood. Je weet hoe het was, tussen Rusty en Christopher. Ze gingen bijna met elkaar op de vuist. Ik heb ze uit elkaar gehaald. Christopher ging ervandoor. Om... ik weet niet hoe laat het was, één uur, denk ik, werd ik gebeld. Dat was Rusty. Hij was in paniek en smeekte me naar hem toe te komen. Ik kon aan zijn stem horen dat het heel erg was. Dus ben ik naar hem toe gegaan en heb ik, nou ja, je kent me.'

Delia's stem klonk ver weg. 'Je hebt het opgenomen.'

'Dat doe ik nu eenmaal. Dat weet je.'

'Met welke camera?'

'Waarom wil je dat...'

'Welke camera, Dash?'

'Die in de pen.'

Delia sloot haar ogen.

Wilde haalde zijn telefoon tevoorschijn en opende een app. Alles leek langzamerhand op zijn plaats te vallen.

'Jij was die avond in Philadelphia,' zei Dash. 'Je deed onderzoek voor een project van die subcommissie van het Congres. Toen ik bij Rusty…'

Hij hield midden in de zin op.

'Wat is er?' vroeg Delia.

Het had er alle schijn van dat het Dash onmogelijk was om verder te spreken. Hij draaide de laptop naar Delia en Wilde zodat ze het scherm konden zien. Hij klikte op de knop Afspelen en zakte onderuit op zijn stoel.

Een paar seconden bleef het scherm korrelig zwart, toen vloog een deur open en werd een jonge Rusty Eggers zichtbaar. Afgaande op de zichtlijn had Dash de pen met de camera in een borstzak gestoken. Het beeld was een beetje vervormd, alsof er een fisheyelens was gebruikt, een beetje alsof je door een spionnetje keek.

Er waren een paar dingen die Wilde meteen opvielen. Allereerst natuurlijk het meest voor de hand liggende: Rusty Eggers zag er zo verdomd jong uit. Op de beelden was hij waarschijnlijk een jaar of twintig en om de een of andere reden was het vreemd om hem zo op die leeftijd te zien, op een moment 'voordat het allemaal fout begon te gaan', ook al kon je niet zeggen dat hij bij het ouder worden echt was aangetast door de tand des tijds.

Het tweede was dat Rusty Eggers een uitzonderlijk kalme en beheerste indruk maakte. Heel even keek hij direct in de lens, bijna alsof hij wist dat die in die pen verborgen zat.

In de derde plaats grijnsde hij breed. Te breed.

'Bedankt dat je bent gekomen,' zei Rusty.

'Je zei dat het dringend was?'

De stem van de jonge Dash.

Rusty deed een stap opzij en verdween uit het beeld. De camera deed twee stappen naar voren toen Dash naar binnen liep. Je hoorde het geluid van een grendel die werd verschoven. Wilde vermoedde dat Rusty de deur achter Dash op slot had gedaan.

'Wat is er aan de hand?' vroeg Dash.

Rusty verscheen weer in het beeld. 'Ik stel het echt op prijs dat je bent gekomen.'

'Hé, shit... Is dat bloed op je hand?'

Met die brede grijns nog altijd op zijn gezicht, reikte Rusty naar de lens met een geopende hand die onder het bloed zat.

'Rusty?'

De hand reikte over de camera heen, greep Dash, afgaande op het schokkerige beeld, bij de schouder en trok hem verder de flat in.

'Hé, shit, Rusty! Laat los.'

Rusty liet niet los en trok Dash verder. Het beeld op het scherm werd wazig. Het gezichtspunt vanuit een borstzak en de kwaliteit van de fisheyelens zorgden ervoor dat de bewegingen niet goed werden geregistreerd. Een paar seconden lang schoof alles wazig door het beeld. Wilde dacht een boekenplank voorbij te zien komen. Een vloerkleed. Een paar dingen die aan de muur hingen.

De bewegingen werden minder. Een tegelvloer. Een fornuis, een koelkast.

De keuken.

Wilde wierp een steelse blik in de richting van Delia. Ze staarde gebiologeerd naar het scherm.

Hij hoorde Dash op het scherm naar adem happen.

Rusty kwam dicht bij Dash staan en blokkeerde het beeld van de camera. Hij fluisterde, waarschijnlijk in Dash' oor. 'Ga niet gillen.'

Rusty liet Dash los en deed een stap achteruit. De camera werd op de vloer gericht, zwaaide iets naar rechts en registreerde toen wat er op de vloer te zien was.

In een plas bloed lag Christopher Anson met starende, wijd open ogen, op zijn rug. Het was alsof Dash even geen adem kreeg, zo bewegingloos was de camera op het tafereel gericht.

Toen zei Dash met een door afschuw verwrongen stem: 'O, mijn god.'

'Het was noodweer, Dash.'

'O, mijn god.'

'Christopher had bij me ingebroken,' zei Rusty. Hij sprak zacht en sereen, op een manier die ijzingwekkender was dan de afgrijselijkste gil had kunnen zijn. 'Ik had geen keus, Dash. Dash? Hoor je me?'

De camera zwiepte weg van het dode lichaam, terug naar Rusty, wiens gezicht reusachtige proporties kreeg door de fisheyelens. Er was nog steeds een vage glimlach te zien, maar Rusty's vervormde ogen waren koud en zwart.

'Christopher had bij me ingebroken,' zei Rusty opnieuw, alsof hij de situatie moest uitleggen aan een klein kind. Er klonk niets maniakaals door in zijn stem. Geen emotie, geen paniek, geen waanzin. 'Ik denk dat hij onder de dope zat, Dash, dat vermoed ik. Die heeft hij waarschijnlijk gekocht toen hij wegging uit de kroeg. Je hebt gezien hoe kwaad hij was, ja toch?'

Dash gaf geen antwoord. Misschien kon hij niets zeggen.

Rusty kwam dichterbij. Toen hij weer wat zei, klonk zijn stem – nog altijd kalm, nog altijd volledig beheerst – iets scherper: 'Dat heb jij gezien, toch?'

'Eh, ja... Ik denk het.'

'Dat denk je?'

'Ik bedoel, ja, natuurlijk.' Toen, alsof het ineens bij hem opkwam: 'We moeten de politie bellen, Rusty.'

'O, nee, daar komt niets van in.'

'Hè?'

'Ik heb hem gedood.'

'Je... Je zei dat het...'

'Noodweer, ja. Maar wie gaat dat geloven, Dash? Dat is mijn woord tegen dat van de Ansons en al hun contacten. Wie gelooft mij?' Rusty's gezicht werd groter toen het dichter bij Dash' borst kwam. Opnieuw fluisterde hij. 'Niemand.'

'Maar... Ik bedoel, we moeten de politie bellen.'

'Nee, dat moeten we niet.'

'Ik begrijp het niet.'

Rusty deed een stap achteruit. 'Dash, luister goed.'

De camera bewoog iets naar links. Heel ontspannen, bijna te nonchalant, hief Rusty zijn rechterhand. Dash slaakte een kreet. Hij wankelde achteruit, zodat het beeld verwerd tot een grijze waas. Een paar seconden later kreeg de camera weer greep op het beeld.

Nu kon Wilde zien wat Rusty in zijn hand hield.

Een mes waarop het natte bloed glansde.

'Rusty...' bracht Dash moeizaam uit.

'Ik heb je hulp nodig, vriend.'

'Ik... Ik denk dat ik moet weggaan.'

'Nee, Dash, dat kun je niet doen.'

'Alsjeblieft...'

'Je bent mijn vriend.' Rusty glimlachte weer. 'Jij bent de enige die ik kan vertrouwen, maar als jij me niet wilt helpen...' – Rusty keek naar het mes dat hij in zijn hand hield, niet overduidelijk dreigend, hij richtte het mes ook niet op Dash – 'dan weet ik niet wat ik moet doen.'

Stilte.

Rusty liet de hand met het mes langs zijn zij zakken. 'Dash?'

'Ja.'

'Help je me?'

'Ja...' zei Dash. 'Ik zal je helpen.'

Daarmee eindigde de opname.

Even stonden Wilde en Delia naar het zwarte scherm te staren. Niemand bewoog. In de verte hoorde Wilde een klok slaan. Hij keek om zich heen en nam de weelde van de bibliotheek in zich op en bedacht dat al die weelde een valse zekerheid bood. Weelde biedt geen enkele bescherming, het verhoogt de veiligheid niet, het houdt je alleen voor de gek en laat je denken dat je veilig bent.

Dash klemde zijn handen om zijn hoofd. Hij wreef over zijn gezicht.

'Vertel mij eens,' zei Dash. 'Als ik nee tegen hem had gezegd?'

Delia legde een bevende hand voor haar mond alsof ze een gil in de kiem wilde smoren.

'Delia?'

Ze schudde haar hoofd.

'Luister alsjeblieft naar me. Je kent Rusty. Je weet wat hij zou hebben gedaan als ik had geprobeerd om weg te gaan.'

Delia sloot haar ogen in een poging alles te ontkennen.

'Wat heb je wel gedaan?' vroeg Wilde.

Dash keek Wilde met holle ogen aan. 'Ik had een auto, Rusty niet. Daarom had hij mij nodig, denk ik. We hebben het lichaam van Christopher in de kofferbak gelegd en hem gedumpt in die steeg. Rusty heeft zijn vingerafdrukken van het mes gepoetst en het mes in die vuilcontainer gegooid. De politie zou wel denken dat er iets fout was gegaan bij een drugsdeal of dat het een beroving was geweest. Ik hoopte, denk ik, dat ik me later, ik weet het niet, beter zou voelen of zo en dan de tape naar de politie zou sturen, maar mijn stem staat er natuurlijk ook op. En als je goed luistert, hoor je dat Rusty mij niet echt bedreigt, toch?'

Delia vond haar stem terug. 'Rusty heeft jou uitgekozen omdat je zwak bent,' zei ze.

Dash knipperde met zijn betraande ogen.

Delia keek op hem neer. 'Dus je hebt die tape gewoon bewaard?'

'Ja.'

'En op een gegeven moment heb je Rusty van het bestaan van die tape verteld?'

Dash knikte. 'Als een verzekeringspolis. Ik was de enige die wist wat hij had gedaan. Maar ik heb hem duidelijk gemaakt dat als mij iets zou overkomen...'

'... dan zou de tape openbaar gemaakt worden.'

'Ja, hij vormde op een rare manier een band tussen ons beiden.'

'Je hebt mij nooit iets verteld,' zei Delia. 'Al die jaren samen. Alles hebben we gedeeld, maar je hebt mij nooit iets over die tape verteld.'

'Dat was een deel van de afspraak.'

'We zijn meteen daarna uit elkaar gegaan,' zei Delia. 'Rusty en ik.'

Dash zei niets.

'Was dat ook een deel van de afspraak, Dash?'

'Hij is een verschrikkelijk mens. Ik wilde gewoon dat je veilig was.'

Ze staarde hem aan zonder iets te zeggen.

'Delia?'

Haar stem klonk als ijs. 'Stuur ze die tape, Dash. Het leven van mijn zoon staat op het spel. Stuur ze die verdomde tape, nu.'

Wilde wachtte tot Dash op de knop klikte. Toen het gebeurd was, zakte Dash onderuit op zijn stoel, uitgeput. Delia stond naast hem. Ze verroerde zich niet. Ze legde geen hand op zijn schouder. Ze keek niet naar hem. Iemand had net een bom laten afgaan in het vertrek en deze beide mensen zaten nu versteend in het puin en de rotzooi van iets wat nooit meer herbouwd zou kunnen worden.

Ze waren kapotgemaakt en zouden nooit meer helen.

Er was geen enkele reden om daarnaar te blijven kijken.

Wilde draaide zich om en liep de bibliotheek uit. Ze vroegen niet waar hij heen ging, misschien konden ze niet meer spreken. Het maakte niet uit. Hij zou geen antwoord geven. Voorlopig niet, in ieder geval. Hij had gehoord wat hij van hen wilde horen.

Misschien had hij nu alle antwoorden, dacht hij.

36

Hij zat in de Honda Odyssey met Rola achter het stuur. Achterin waren drie kinderzitjes. Op de vloer bij zijn voeten stonden vijf roze drinkbekers met een schroefdeksel en handvatten. Resten chips en visvormige kaascrackers lagen overal. De stoffen bekleding voelde aan alsof iemand er stroop over had uitgesmeerd.

Rola glimlachte. 'Je wordt gek van de rommel, hè?'

Het lukte Wilde om 'Geeft niet' te zeggen.

'Ja hoor, vast. Wil je me ook vertellen waar we heen gaan?'

'Naar het noorden over de 87. Rij maar door.'

Wilde had overwogen om zelf te rijden, maar om een aantal redenen had hij bedacht dat hij misschien een chauffeur nodig zou hebben. In de allereerste plaats natuurlijk omdat hij zelf niet per se een vaardig bestuurder was. Lokale wegen en straten lukten nog wel, maar grote snelwegen vol vrachtwagens en auto's die in- en uitvoegden, vond hij maar niets. Bovendien had hij zijn telefoon in zijn hand en hield hij zijn oog op de twee gps-trackers. Dat wilde hij niet combineren met het rijden op een drukke snelweg.

En hij had tijd nodig om over zijn volgende stap na te denken.

'Neem afslag zestien,' zei hij.

'De afslag naar Harriman?'

'Ja.'

'Gaan we naar Woodbury Commons?' vroeg Rola.

'Wat?'

'Dat is een gigagrote mall met outlets net voorbij de tolpoorten. Nike, Ralph Lauren, Tory Burch, OshKosh B'Gosh en nog honderd andere merken. Fabriekswinkels. De kinderen zijn dol op de ballenbak. Ben je er ooit geweest? Ze beweren dat je er geweldige kortingen krijgt, maar mijn vriendin Jane, die meer van shoppen weet dan wie ook, zegt dat je als je de benzine en het gebrek aan kwaliteit...'

'Nee, we gaan niet winkelen.'

'Dat weet ik, Wilde. Ik zit alleen maar te kletsen. Je weet dat ik aan één stuk door begin te kletsen als jij de grote zwijgende man uit de bergen speelt.'

'Dat doe je ook als ik dat niet doe,' antwoordde hij.

'Grappig.'

'Rechtsaf, Route 32 naar het noorden.'

'Hoelang is het geleden dat je pa en ma hebt gebeld?'

Ze bedoelde de Brewers. 'Zo noem ik ze niet.'

'Noem je mij jouw zuster?'

Hij zei niets.

'De Brewers zijn goed voor ons geweest, Wilde.'

'Heel erg goed.'

'Ze missen je, weet je. En ik mis je. Nu ik hier zo met je in een auto zit, begrijp ik natuurlijk niet waarom ik je zo mis. Het komt in ieder geval niet door dit geweldige gesprek.'

'Heb je je pistool bij je?'

'Dat heb ik je al verteld voordat we vertrokken. Ja. Waar gaan we heen?'

'Ik denk dat ik een spoor heb naar de plek waar ze de jongen vasthouden.'

'Meen je dat?'

'Nee, grapje, Rola. Mijn grappen zijn altijd ijzersterk.'

Rola grijnsde. 'Dat lijkt er meer op, broer. En zo noem ik je trouwens wel. Mijn broer.'

‘Er is een tankstation een paar kilometer verderop. Ik wil graag dat je daar stopt op een plek waar we alles kunnen overzien zonder dat mensen ons kunnen zien.’

‘*Capito.*’

Wilde plande de volgende stappen. Ze zouden parkeren en ze zouden wachten. Het zou niet lang duren. Hooguit twintig minuten, en dan...

‘Kijk,’ zei Rola.

Verdomme, dacht Wilde.

Een blauw bord met duidelijke witte letters.

RESTAURANT – 1 KM

Maar dwars eroverheen hing een bord met knipperende rode neonletters.

GESLOTEN

Gesloten? Daar had Wilde geen rekening mee gehouden.

‘En wat nu?’ vroeg Rola.

‘Rij maar door. Ga maar een beetje langzamer rijden, maar niet te opvallend.’

Het tankstation annex restaurant was zo te zien al een tijdje dicht. Over de toerit was een hekwerk geplaatst dat met een hangslot was afgesloten. Door scheuren in het asfalt schoot onkruid omhoog. De ramen van het kleine winkeltje waren dichtgetimmerd. Een overkapping liep van het kantoortje naar drie niet functionerende benzinepompen. Ernaast was een garage met ruimte voor twee auto’s. Aan de gevel van een fantasievol vormgegeven kiosk rechts hing nog net een verbleekt bord met DUNKIN’ DONUTS.

Wilde zag geen auto’s.

Dat was niet logisch.

‘En wat nu?’

Wilde opende een standaard navigatieapp op zijn telefoon en zoomde met zijn vingers in op de plattegrond. 'Neem de volgende afrit.'

'Capito.'

Aan het einde van de afrit liet Wilde Rola rechts en even later nog een keer rechts afslaan. Hij keek uit het raam en liet haar langzamer rijden.

'Zie je die Dairy Queen aan de rechterkant?'

'Heb je zin in een Oreo Blizzard?' vroeg Rola.

'Je timing,' zei Wilde, 'deugt voor geen meter.'

'Dan is het maar goed dat ik zo aantrekkelijk ben.'

'Ja ja. Rij achterom. Het terrein zou direct aan dat van het tankstation moeten grenzen.'

Rola reed om de Dairy Queen. Op het terrein erachter stonden geen auto's. Wilde drukte op de knop om het raam aan zijn kant te openen. Hij keek langs de helling omhoog en zag de achtergevel van het gesloten tankstation.

'Wacht hier,' zei hij. Hij tastte naar de portiergreep.

'Dat had je gedacht.'

'Ook goed, ga maar een Oreo Blizzard kopen dan.'

Rola fronste haar wenkbrauwen. 'En jij zegt dat míjn timing niet deugt?'

'Als ik me niet elke tien minuten meld, moet je de politie bellen.'

'Ik ga mee.'

'Jij moet...'

'... de politie bellen als jij je niet elke tien minuten meldt,' zei Rola. 'Ik heb je gehoord. Ik zal ervoor zorgen dat Zelda dat met haar telefoon doet. Ik weet niet wat er aan de hand is, maar ik wil niet dat jij daar ongewapend op afgaat.'

'Ook goed, geef me je pistool maar.'

'Ik bedoel het niet verkeerd, Wilde, maar jij bent hopeloos met een pistool,' zei Rola. Ze had gelijk.

'Misschien wordt het gevaarlijk.'

'Ik hou van gevaar.'

'Jij hebt ki...'

'Stop,' zei Rola en ze stak een hand op. 'Als je gaat zeggen dat ik kinderen heb, of een gezin, of allerlei ander seksistisch gelul uitkraamt, schiet ik je eigenhandig neer.'

Wilde zei niets.

'Ik ga mee, Wilde. Daar valt niet over te onderhandelen, dus laten we niet langer tijd verknoeien.'

Rola stapte uit. Wilde volgde snel en legde een hand op haar schouder. Ze begreep het. Autorijden was misschien niet zijn sterke kant, maar iets of iemand besluipen moest je aan hem overlaten. Zij moest hem volgen.

Gebukt begonnen ze aan de helling. Rola haalde haar pistool tevoorschijn en hield het in haar rechterhand, voor het geval dat. Eenmaal boven op de heuvel bevonden ze zich nog een meter of dertig achter het tankstation. De achtergevel van betonblokken zat onder de graffiti, waarbij vooral de tags SPOON en ABEONA, gespoten in vette, opbollende letters, opvielen.

Wilde sloop dichterbij. Zijn ogen tastten voortdurend de omgeving af, maar hij ontwaarde geen enkel teken van leven. Geen auto's. Hij wierp een blik op de gps-tracker op zijn telefoon. Er was geen twijfel mogelijk, de auto moest hier vlakbij zijn.

Hij sloop naar de achtergevel. Op het stuk zonder begroeiing versnelde hij zijn pas en hoopte hij dat niemand hem zou zien. Rola volgde hem op de voet. Ze drukten zich met hun rug tegen de betonblokken.

Rola keek hem vragend aan. *Wat nu?*

Geluidloos zei hij: *Wacht hier*. Hij glipte langs de muur naar de hoek. Het gras stond hoog genoeg om er een kleuter in kwijt te raken. Hier en daar lagen oude autobanden, een paar breekijzers en verroeste onderdelen. Op de zijgevel had iemand lang geleden met rode verf het woord BANDENSERVICE gezet. De letters waren verbleekt, verweerd door weer en wind, en bladderden af.

Wilde sloop gebukt langs de zijgevel naar voren. Beide garageboxen waren dicht. Hij keek naar de grond vlak voor de roldeuren. Bij de ene deur had de wind vuil tot onder de deur geblazen, deur en vuil sloten naadloos op elkaar aan. Bij de andere roldeur gaapte een duidelijke kier.

Iemand had de roldeur niet helemaal dichtgetrokken.

De grond ernaartoe vertoonde bandensporen.

Dat het wegrestaurant en het tankstation waren gesloten, had Wilde aanvankelijk in verwarring gebracht. Hij was ervan uitgegaan dat dit een vergaderhol was, een plek waar ze konden komen en gaan zonder op te vallen, waar ze de ontvoering konden plannen zonder aandacht te trekken. Hij was van plan geweest om met Rola te wachten en de ontvoerders te volgen als ze zouden opdagen, naar de plek waar Crash verborgen werd gehouden.

Dit was natuurlijk veel beter.

Plat op zijn buik kroop hij naar de garagedeur. Hij gluurde eronderdoor. Yep, precies zoals hij had gedacht.

De auto.

Hij stond er.

Wilde kroop terug naar de zijkant van de garage. Hij gluurde om de hoek en nam het hele beeld in zich op. Hij zag niets bijzonders tot hij zich concentreerde op de kiosk van Dunkin' Donuts. Die viel ook eigenlijk niet op, alle ramen waren dichtgetimmerd met platen. Het bord met de naam hing nog slechts aan één spijker. De kiosk was vervallen en verkrot en op een goede dag zou de sloopkogel moeiteloos een genadig einde maken aan verder lijden. Er was maar één opvallende uitzondering op al dat verval.

De airconditioning in het raam aan de achterkant.

Hij zag er nieuw uit.

Wilde's hart begon sneller te kloppen. Hij keerde terug naar Rola. Ze begroette hem met een hoofdgebaar wat zoveel als *Wat heb je ontdekt?* uitdrukte. Hij gebaarde dat ze hem moest volgen. Ze slopen langs de achtergevel. Toen ze de Dunkin' Donuts in het zicht kregen, wees Wilde naar de airconditioning. Rola fronste haar wenkbrauwen en dacht even na. Toen begreep ze het en stak ze haar duim omhoog.

Wilde keek opnieuw naar wat de gps-tracker aangaf. Ze hadden nog tien minuten. Toen hij de telefoon weer in zijn zak stak, keek Rola hem opnieuw vragend aan. *Wat deed je?* Hij schudde zijn hoofd. Geen tijd nu om het uit te leggen.

Ze moesten over open terrein. Daaraan viel niet te ontkomen. Rola controleerde haar pistool. Wilde gaf aan dat hij als eerste zou gaan. Als iemand op hem zou schieten, moest ze meteen kunnen reageren. Rola stemde er aarzelend mee in. Wilde sprintte naar de kiosk. Terwijl hij dat deed, hoorde hij iets wat het bloed sneller door zijn aderen deed gaan. Boven het geluid van auto's op de weg uit hoorde hij het geluid van de airconditioning.

Hij was ingeschakeld.

Er bevond zich iemand in de achterkamer van die kiosk.

Tegen de achtergevel van de kiosk gedrukt keek hij over zijn schouder naar Rola. Het liefst zou hij haar gebaren te blijven waar ze was, maar als het feit dat die airconditioning was ingeschakeld er inderdaad op wees dat er iemand binnen was – hij kon natuurlijk ook per ongeluk aan gebleven zijn – moest hij er rekening mee houden dat die persoon gewapend kon zijn.

Rola had het pistool.

Hij wuifde dat ze de oversteek moest wagen. Rola hield het wapen langs haar zij, omlaag gericht. Ze was atletisch en snel als altijd. Toen ze naast hem stond, hurkten ze beiden om zich zo klein mogelijk te maken. Ze wachtten roerloos af of iemand hen misschien had gezien of gehoord.

Niets.

Wilde kroop naar de airconditioning. Hij gebaarde met zijn hand dat ze laag moest blijven. Ze knikte. Zelf kwam hij overeind. Hij voelde de vuile lucht die achter uit het toestel kwam.

Iemand had een rolgordijn neergelaten achter het raam.

Hij kon binnen niets zien.

Wat nu?

De klok tikte onverbiddelijk door. Hij hurkte weer neer bij Rola.

'Er is iemand in die kamer,' fluisterde hij. 'Maar misschien is er ook iemand in het kantoortje van het tankstation. Hou je pistool in de aanslag. Ik schuif dat raam een beetje verder open en trek die airconditioning eruit. Zo stil mogelijk. Ben je er klaar voor?'

Rola knikte. 'Begrepen.'

Hij ging rechtop staan en inspecteerde het raam. Het zag er niet uit alsof het airconditioningstoestel was vastgeschroefd of iets dergelijks. Hij hoefde alleen maar het raam een paar centimeter omhoog te schuiven en het toestel eruit te trekken, allemaal in één vloeiende beweging. Hij voerde de actie in gedachten een keer helemaal uit terwijl hij zijn handen op de vensterbank zette.

Rola stond met haar rug tegen de gevel, het pistool in de aanslag.

Geluidloos telde Wilde af.

Eén, twee…

Bij drie duwde Wilde het raam verder open en greep hij de airconditioning eruit. Zonder aarzelen zwiepte Rola het pistool naar de ontstane opening.

Toen ze zag wie zich in de achterkamer van de kiosk bevond, liet ze haar pistool zakken. Wilde liet het airconditioningstoestel vallen en keek naast haar naar binnen.

Crash Maynard was aan een bed geketend.

Zijn hand was omwikkeld met een dik verband. Hij keek hen verbijsterd aan. Wilde handelde razendsnel. Hij legde een vinger tegen zijn lippen en klom door het raam naar binnen. Hij haastte zich naar de puber en fluisterde: 'Kalm blijven, Crash. We komen je helpen.'

Tranen stroomden over Crash' wangen. 'Ik wil naar huis.'

Hij klonk als een klein jongetje.

'We brengen je naar huis,' fluisterde Wilde. 'Dat beloof ik. Met hoeveel man zijn ze?'

Crash hield zijn verbonden hand omhoog. 'Kijk eens wat ze hebben gedaan.'

'Ik weet het. We zorgen voor een dokter. Concentreer je, Crash. Met hoeveel man zijn ze?'

'Dat weet ik niet. Ze praten niet. Ze hebben bivakmutsen op. Alsjeblieft. Alsjeblieft, ik wil gewoon naar huis. Alsjeblieft.'

Hij begon te snikken. Wilde bekeek de ketting waarmee de jongen geketend was. Hij liep van een ring om diens enkel naar een stalen plaat met een oog in de muur. Hij keek over zijn schouder naar Rola buiten bij het raam en was verbaasd haar niet te zien.

Twee seconden later verscheen ze weer bij het raam, met een van de breekijzers die hij eerder had zien liggen. Ze gaf hem het breekijzer aan.

'Alsjeblieft...' smeekte Crash.

'Het komt goed, Crash, hou vol.'

Wilde bewerkte de plaat in de muur met het breekijzer. Het kostte hem weinig moeite. Na twee keer kracht zetten kwam de plaat los van de muur.

Met zijn zestien jaar was Crash praktisch een volgroeid man. Wilde zou hem kunnen dragen als het moest, maar de puber rolde van het bed en stond ogenschijnlijk zonder problemen stevig op zijn eigen benen.

'Weet je waar ze zitten?' vroeg Wilde.

Crash schudde zijn hoofd. 'Ik wil naar huis. Alsjeblieft...'

'En Naomi?'

Hij wist eigenlijk al lang wat het antwoord zou zijn, maar de verbouwereerde uitdrukking op het gezicht van Crash bevestigde het. 'Naomi Pine?'

'Laat maar.'

Ze liepen naar het raam. Crash klom als eerste naar buiten. Rola hielp. Daarna klom Wilde naar buiten. Ze doken in elkaar en maakten zich zo klein mogelijk.

'Neem hem mee naar de auto,' zei Wilde.

'Jij ook,' zei Rola.

'Nee, ik moet nog meer doen.'

'Denk je dat Naomi ook...?'

'Ga maar, en neem hem mee.'

Rola keek hem diep in de ogen. 'We kunnen ook gewoon de politie bellen, Wilde. Ze hebben de boel hier binnen tien minuten met honderd man omsingeld.'

'Nee,' zei Wilde opnieuw.

'Ik begrijp niet...'

'Ik heb geen tijd om het uit te leggen. Neem hem maar mee, ik red me wel.'

Rola bestudeerde zijn gezicht. Wilde vond het vervelend, maar vertrok geen spier. Ze fronste haar wenkbrauwen en gaf hem haar pistool. 'Voor het geval je het nodig hebt.'

'Bedankt.'

'Je krijgt vijftien minuten. Als ik dan nog niets van je heb gehoord, bel ik de politie.'

'Wacht niet op me. Breng hem meteen naar het Valley Hospital als je bij de auto bent. Daar hebben ze de vinger. Elke seconde telt.'

'Ik vind dit maar niks, Wilde.'

'Vertrouw me, zus.'

Rola's ogen vulden zich met tranen toen hij dat zei. Ze keek Crash aan. 'Denk je dat je naar de auto kunt rennen?'

Crash huilde niet langer. 'Ja.'

Rola begon te rennen. Crash volgde haar terwijl hij zijn verbonden hand met de andere koesterde. Wilde keek hen na tot ze uit het zicht waren verdwenen. Hij keek opnieuw op zijn telefoon naar de metingen van de tracker.

Hij had geen tijd te verliezen.

37

Wilde haastte zich terug naar de achtergevel van het tankstation en daarlangs naar de zijgevel met de verweerde tekst BANDENSERVICE. Een paar seconden later kroop hij naar de roldeur van de garagebox die net niet helemaal afgesloten was. Hij ging op zijn buik liggen, en maakte zich zo plat als maar kon.

Hij moest opschieten.

Hij gluurde door de kier. Het was duidelijk dat het een roldeur was die met wieltjes over rails liep. Handmatig, niet elektrisch aangedreven. Goed zo. Hij ging op zijn knieën voor de roldeur zitten, klemde zijn handen om de rand en trok hem twee centimeter omhoog.

De roldeur piepte.

Zo hard dat iemand het zou horen? Geen idee, hij ging ervan uit dat er niemand daadwerkelijk in die garagebox was. Het was veel waarschijnlijker dat de ontvoerder zich in de enige ruimte zou bevinden waar hij nog niet had gekeken – het kantoortje van het tankstation.

Wilde bleef roerloos op zijn knieën zitten luisteren of er iemand aan kwam. Hij hoorde niets anders dan de zo langzamerhand vertrouwde kakafonie van voorbijrazende auto's. Hij hoopte maar dat niemand hem van de weg af kon zien. Hij zat er niet op te wachten dat een brave burger de politie zou bellen met de mededeling dat er iemand bezig was in te breken.

Voorlopig niet in ieder geval.

Hij trok de deur nog een paar centimeter omhoog. En daarna nog een paar centimeter.

Steeds het piepende geluid.

Toen nog een laatste keer vijftien centimeter. Meer ruimte had hij niet nodig. Hij ging weer op zijn buik liggen en wurmde zich onder de deur door. Binnen was het donker. Stof dwarrelde op en drong zijn neus binnen, maar dat hinderde hem niet. De garage stonk naar geknoeide benzine en schimmel. Wilde kwam half overeind en sloop in elkaar gedoken naar de zijkant van de auto die het verst weg stond van de muur die de garagebox scheidde van het kantoortje.

Hij hoorde de klikkende geluiden van iemand die op een toetsenbord typte.

Wilde had niet gelogen tegen Rola, maar hij had haar evenmin de volle waarheid verteld. Hij had haar niet verteld dat hij dit tankstation had gevonden op de eenvoudigste manier die je maar kon bedenken – met behulp van de gps-trackers die Rola hem zelf had gegeven. Hij had haar niet verteld dat de auto die hij in de garagebox had gezien – dezelfde auto waarachter hij zich nu verschool – de Chevrolet Cruze was waarin Gavin Chambers had gereden toen hij met hem had afgesproken bij de 7-Eleven.

Daarmee had Chambers een flinke steek laten vallen.

Wilde's aanvankelijke vermoedens hadden plotseling de kracht van een vette neonreclame gekregen toen Chambers daar voor die 7-Eleven verscheen zonder chauffeur en niet in de gebruikelijke SUV. Waarom kwam hij ineens alleen? Waarom zou een man die zo goed in de slappe was zat, een man die eigenaar was van Cadillacs en Audi's, nu ineens in een Chevrolet Cruze rijden – zo'n auto die je alleen bij autoverhuurbedrijven zag?

Op zich betekende dat allemaal niets. Maar toch.

Nog steeds weggedoken achter de Chevrolet, met het geluid van het toetsenbord in zijn oren, keek Wilde opnieuw naar de meting van de tracker op zijn telefoon.

Over twee minuten zou de tweede auto arriveren.

Hij moest zorgen dat hij er klaar voor was.

Wilde kroop van het achterwiel naar het voorwiel, en vandaar naar de voorbumper. Hij keek naar links, naar de deur in de tussenwand met het kantoortje. De deur stond open. Hij keek een man op de rug. Hij dacht de man te herkennen, maar wilde zekerheid. Hij sloop iets bij de auto vandaan, in de richting van de stelling met van alles en nog wat. Hij maakte zich zo klein mogelijk. Een halve meter van de achterwand kon hij het profiel van de typende man zien.

Gavin Chambers.

Zonder enige waarschuwing draaide Chambers zijn hoofd in de richting van Wilde.

Wilde liet zich plat op de grond vallen. Het pistool zat op zijn rug achter zijn broeksband. Hij trok het voorzichtig tevoorschijn. Ongetwijfeld was Gavin Chambers gewapend. Als de man hem had gezien, als hij op dat moment naar hem toe liep…

Maar nee.

De andere auto was gearriveerd. Bij het passeren van het afgesloten hek was een sensor geactiveerd. Dat had Chambers gealarmeerd. Daarom had hij zijn hoofd gedraaid.

Wilde kroop terug, zodat hij zich opnieuw kon verschuilen achter de Chevrolet. Een minuut later hoorde hij gerommel bij de roldeur van de andere garagebox. Gavin Chambers ging staan. Onder de Chevrolet door zag Wilde Chambers' voeten langslopen. Chambers trok de garagedeur omhoog. Er reed een auto naar binnen, en Chambers trok de roldeur onmiddellijk weer omlaag.

De bestuurder van de net aangekomen auto stapte uit.

'Heeft Maynard de tape gestuurd? Heb je hem bekeken?'

Saul Strauss.

'Ik zat er net naar te kijken,' zei Gavin Chambers.

'En?'

'Het is puur goud,' zei Chambers. 'Rusty Eggers bekent dat hij

Christopher Anson heeft gedood, al beweert hij dat het zelfverdediging was.'

'Mijn god.'

'Ja.'

'We moeten hem nu versturen. Geen risico's lopen.'

'Dat vind ik ook.'

De beide mannen verdwenen in het kantoortje. Wilde bleef zitten waar hij zat.

'Ik wist het,' zei Strauss met iets zangerigs in zijn stem. 'Ik wist dat die tape bestond. Ik had niet zover willen gaan als nu, maar...'

'Ik begrijp waarom Dash aarzelde om de tape vrij te geven,' zei Chambers. 'De tape is het einde voor Rusty Eggers, maar Dash komt er ook niet ongeschonden van af. Ik weet niet of ze Maynard kunnen aanklagen voor hulp bij het wegwerken van het lichaam. Waarschijnlijk is dat verjaard. Maar iedereen die het hoort, weet wat hij heeft gedaan.'

'En hij heeft Raymond Starck ervoor op laten draaien.'

'Precies.'

'Er valt misschien nog iets voor te zeggen als je een maat helpt, maar onderuitgezakt achteroverleunen terwijl iemand anders de rest van zijn leven de bak in gaat...'

'Tuig,' stemde Chambers in. 'Kom op, we maken de tape klaar.'

Wilde verroerde zich niet. Hij zou hen natuurlijk op dat moment kunnen tegenhouden. Hij kon gaan staan, het pistool op ze richten en ze weghouden van de computer, maar hij deed het niet.

Hij wachtte.

'Ik heb alle links op een rijtje,' zei Chambers.

'Alle grote zenders?' vroeg Strauss.

'En een aantal bloggers en Twitter-accounts.'

'Oké dan, vriend. Druk maar op de knop.'

Het was de laatste kans voor Wilde om in actie te komen.

Hij hoorde het klikken van één enkele toets.

'Zo,' zei Chambers. Je hoorde de opluchting in zijn stem.

'We moeten de jongen vrijlaten,' zei Strauss. 'Heb je de coördinaten die je naar de Maynards moet sturen?'

'Moeten we niet eerst wachten?' vroeg Chambers.

'Waarop?'

'Ik weet het niet. Misschien hebben ze nog meer.'

'Nog meer?'

'Nog meer tapes,' zei Gavin Chambers. 'Misschien houden ze nog iets voor ons achter.'

'Dat gaat niet,' zei Strauss. 'Dit... We zijn al ver genoeg gegaan, Gavin. Die jongen...'

'Ja...' Wilde hoorde de verslagenheid in Chambers' stem. 'Ja... Je hebt gelijk.'

'Geef me de bivakmuts. Er moet een einde aan komen.'

Wilde kwam tevoorschijn en richtte het pistool op beide mannen. 'Dat hoeft niet meer.'

Chambers en Saul Strauss draaiden zich razendsnel om. Wilde maakte een gebaar met het pistool om er de aandacht op te vestigen.

'Eén keer verkeerd ademhalen en ik schiet jullie allebei neer,' zei hij. 'Gavin, ik neem aan dat je gewapend bent?'

'Ja.'

'Holster onder de linkeroksel?'

'Ja.'

'Je weet hoe het moet. Met duim en wijsvinger. Gooi hem maar voor me op de vloer. Langzaam. Saul?'

'Ik ben ongewapend.' Saul hief zijn handen boven zijn hoofd en draaide een keer langzaam om zijn as.

'Handen op het bureau waar ik ze kan zien. Gavin, je pistool.'

Gavin Chambers plukte het pistool uit de holster en gooide het op de vloer voor Wilde's voeten. Wilde bukte zich, raapte het op en stopte het weg achter zijn broeksband.

'Hoe ben je erachter gekomen?' vroeg Chambers.

'Door een heleboel dingen, maar eigenlijk was het heel eenvoudig. Ik vroeg me steeds maar af hoe het mogelijk was dat Crash zo dicht bij huis ontvoerd kon worden terwijl hij werd bewaakt door iemand die zo goed is als jij bent. Het eenvoudigste antwoord op die vraag is natuurlijk dat dat niet mogelijk was en dat jij er dus bij betrokken moest zijn.' Wilde keek Chambers en Strauss beurtelings aan. 'Ik neem aan dat jullie dit bekokstoofd hebben nadat Naomi was weggelopen?'

'Ja,' zei Chambers.

'Dat klinkt logisch. Naomi raakt zoek. Er bestaat een onduidelijke band tussen haar en Crash. Dus weet je dat iedereen zal denken dat ze samen zijn als Crash plotseling ook zoekraakt. Dat geeft jullie tijd. Een prachtige afleidingsmanoeuvre. Je hebt het eigenlijk letterlijk tegen me gezegd, Gavin.'

'Wat heb ik gezegd?'

'Bij mijn Ecocapsule. Het spookleger. Alles wat je deed, paste in het kader van tactische afleidingsmanoeuvres.'

'Maar kijk ons nu eens.'

'Kijk ons nu eens.'

Chambers glimlachte zuur. 'We hebben het overdreven, hè?'

'Nogal.'

'Ik had niet verwacht dat de Maynards jou en Hester Crimstein erbij zouden halen.'

'Precies, dat bracht je van je stuk. Daarom bleef je er maar op aandringen dat ik me op Naomi Pine zou concentreren. Je wist dat ik nog geen stap dichter bij de waarheid met betrekking tot Crash zou zijn als ik haar zou vinden. Het probleem is alleen dat jullie het er te dik bovenop legden.' Hij keek Strauss aan. 'Op de avond dat Crash verdween, zocht jij me op in de bar van het Sheraton om naar Naomi te vragen. Waarom? In het begin begreep ik het niet, maar waarom zou je, zelfs als je dacht dat Crash en Naomi een verbond hadden gesloten, mij vragen jou te helpen? Je probeerde me alleen op een dwaalspoor te brengen.' Hij keek Chambers aan. 'En daarna verschijn jij plotseling bij de 7-Eleven met een plotseling ontrafeld geheim bericht dat ook weer bedoeld was om mij te laten denken dat Naomi iets te maken had met de verdwijning van Crash.'

Chambers knikte. Het begon hem te dagen. 'Je vroeg of je met me mee kon rijden naar de Maynards.'

'Precies.'

'En toen heb je die gps-tracker in mijn auto verstopt.'

'Jij bent een vermogend, succesvol man. Je laat je rondrijden, of rijdt op zijn minst zelf in een peperdure wagen. Plotseling zit je in een Chevrolet Cruze? Dat moest een huurauto zijn, leek me.'

'Maar je wist het niet zeker?'

'Ik was op zoek naar feiten. Vandaag zag Saul mij ineens bij de school – dat kwam nog eens goed uit. Hij beweerde dat hij me had laten volgen en dat hij een bron had in Maynard Manor, maar wie zou dat moeten zijn? Hester doet haar mond niet open. Mijn mensen evenmin. De Maynards? Uitgesloten. Dus moest het wel de ontvoerder zijn. Jij, Gavin.'

'Sluit al het mogelijke uit en dat wat overblijft, hoe onwaarschijnlijk ook, is de waarheid,' citeerde Saul Strauss Arthur Conan Doyle.

'Precies. Dus toen Saul me naar de Sing Sing reed, heb ik ook een gps-tracker in zijn auto verborgen. Nadat je mij had afgezet bij de Maynards, reed je naar dit tankstation. Je bent maar heel even gebleven, alleen om de jongen eten te brengen, denk ik. Om even poolshoogte te nemen. Maar gisteren was Gavin hier volgens de gps-tracker in zijn auto ook geweest. Wat hadden jullie hier beiden te zoeken in zo'n vrij afgelegen tankstation? Jullie moesten er wel samen in zitten. O, en die plek waar ik die vinger moest zoeken, juist waar ik destijds ben gevonden? Ook overkill. Iemand zou die plek alleen maar uitkiezen als hij wilde proberen het mij onmogelijk te maken de dingen vanuit het juiste perspectief te zien. Er waren natuurlijk ook zaken die ik niet bij het rechte eind had. Zo dacht ik dat jullie elkaar hier alleen maar ontmoetten. Een rendez-vous, een plek om te overleggen, en toen ik hier net aankwam, was ik verbaasd dat het tankstation gesloten was.'

'Hoe ben je ongemerkt op het terrein gekomen? We hebben sensoren bij alle ingangen.'

'Maar niet aan de achterkant. Die grenst aan een Dairy Queen.'

'En toen heb je Crash gevonden in de Dunkin' Donuts-kiosk.'

'Ja.'

'Waar is hij nu?'

'Waarschijnlijk in het ziekenhuis. Rola heeft hem meegenomen.'

'Dus Rola weet hier ook van?'

Daarop verkoos Wilde niet te reageren.

'Je begrijpt hopelijk waarom we dit doen,' zei Strauss. 'Jij ziet hopelijk ook de gevaren?'

'Het heeft me tijd gekost om de oogkleppen van mijn eigenbelang kwijt te raken,' zei Chambers. 'Je raakt zo in de ban van een charismatische leider, je wordt zo verleid door alles wat hij je te bieden heeft, dat je niet door alle onwaarachtige kletspraatjes heen kunt kijken. Maar toen begon Saul op me in te praten.'

'Het was niet zo moeilijk om je te overtuigen,' zei Strauss. 'Je begon het zelf ook al te zien.'

'Misschien – de pillen, de wispelturigheid, de manipulaties. Ik vond zijn idee om de sociale orde af te breken en die op een andere manier opnieuw op te bouwen aantrekkelijk, maar hoe langer ik met hem omging, des te duidelijker werd het me dat hij helemaal niets opnieuw wil opbouwen. Rusty Eggers wil dit land kapotmaken. Hij wil ons met de grond gelijk maken.'

'Wij zijn twee oude kerels die het over weinig dingen eens zijn,' zei Strauss. 'Ik sta aan de ene kant van het politieke spectrum, Gavin staat aan de andere kant, maar we zijn allebei Amerikanen.'

'Onze standpunten mogen dan mijlenver uit elkaar liggen, het zijn normale standpunten.'

'Dat is niet wat Rusty Eggers wil. Rusty Eggers wil dat iedereen een kant kiest, hij wil van iedereen een extremist maken.'

'Daar lijkt hij in te slagen,' zei Wilde. Hij hield het pistool nog altijd op beide mannen gericht.

‘Wat bedoel je?’

‘Jullie hebben een puber ontvoerd. Jullie hebben hem een vinger afgehakt. Als dat niet extremistisch is...’

Chambers en Strauss keken verslagen.

‘Denk je dat we dat wilden?’

‘Het maakt niet uit wat jullie wilden.’

‘Luister,’ zei Saul Strauss. ‘Denk jij dat we anders die tape hadden losgekregen van Dash Maynard?’

‘Nogmaals: dat maakt niet uit. Jullie hebben een keuze gemaakt,’ zei Wilde. Hij stopte na elk woord om het te benadrukken: ‘Jullie hebben een puber zijn vinger afgehakt.’

Gavin Chambers liet zijn kin op zijn borst zakken. Strauss hield zijn hoofd geheven, maar hij trok met zijn mond.

‘Crash zat onder de drugs toen we dat deden. Hij was buiten bewustzijn,’ zei Strauss. ‘We hebben hem zo veel mogelijk pijn en trauma bespaard.’

‘Jullie hebben hem verminkt. Jullie hebben gedreigd dat je hem een arm zou afhakken. Veronderstel dat de Maynards de tape niet hadden gestuurd. Hadden jullie het dan gedaan? Zouden jullie hun dan zijn arm hebben gestuurd?’

Gavin Chambers hief langzaam zijn hoofd weer en keek Wilde aan. ‘Wat zou jij ervoor overhebben om een miljoen mensenlevens te redden, Wilde?’

‘Dit gaat niet over mij.’

‘We zijn allemaal soldaten in deze strijd, dus het gaat verdomme ook over jou,’ zei Chambers. ‘Het slagveld is misschien niet zo heel duidelijk zichtbaar, maar er staan miljoenen levens op het spel. Dus de vraag is gerechtvaardigd of je één enkele puber zou verminken, of zelfs doden, als je hiermee miljoenen mensenlevens zou kunnen sparen.’

‘U begeeft zich op heel erg glad ijs, kolonel.’

‘De troepen aan het front staan altijd op glad ijs. Dat weet jij. Hadden we liever onze eigen vingers afgehakt om al die levens te redden? Natuurlijk, maar die keuze was er niet. Het leven is geen kwestie van zwart en wit, Wilde. Dat denken mensen tegenwoordig wel graag, online worden voortdurend extreme standpunten ingenomen. Iets is goed of slecht. Maar het leven speelt zich vooral af in grijstinten. Het leven is een kwestie van nuances.'

'Zelfs nu,' voegde Saul Strauss eraan toe, 'nu we hier staan met jouw pistool op ons gericht, zijn Gavin en ik bereid de prijs te betalen voor wat we hebben gedaan. We hadden het idee dat we geen keus hadden, maar we hebben nu in ieder geval Raymond gered...'

'Een groot kwaad rechtzetten,' zei Gavin Chambers, 'heeft niets hypothetisch.'

'... terwijl we op een heel andere schaal misschien dit land van de ondergang hebben gered. Die tape die we net de wereld in hebben gestuurd, kan heel goed de loop van de geschiedenis hebben veranderd.'

Beide mannen zwegen en wachtten tot Wilde iets zou zeggen.

Toen er enige seconden voorbij waren gegaan, legde Chambers ineens zijn hand op Strauss' arm. 'O, man.'

'Wat is er?' vroeg Strauss.

'Wilde snapt het.'

Strauss fronste zijn wenkbrauwen. 'Wat bedoel je?'

Chambers keek Wilde aan. 'Wat ik bedoel is dat Wilde hier de hele tijd verborgen heeft gezeten in de garage, al voordat jij kwam.'

'Nou, en?'

'Hij heeft gewácht, Saul. Hij heeft op jou gewacht. Hij heeft gewacht tot we de tape hadden verstuurd.'

Stilte.

Het begon nu ook tot Strauss door te dringen. Hij keek Wilde ook aan. 'Je had ons kunnen tegenhouden. Je had twee minuten eerder met dat pistool tevoorschijn kunnen springen.'

'Dan zou niemand die tape ooit onder ogen hebben gekregen,' zei Chambers.

'Maar dat heb je niet gedaan, Wilde.' Beide mannen stonden te knikken. 'Je hebt je samen met ons op dat gladde ijs begeven.'

Wilde zei niets.

'Als puntje bij paaltje komt,' zei Chambers, 'zijn we alle drie soldaten.'

'Een laatste missie en jij hebt ons de ruimte gegeven om die uit te voeren.'

'In mijn geval,' zei Chambers, en hij ging voor Strauss staan, 'een zelfmoordmissie.'

Eindelijk zei ook Wilde weer iets. 'Hé, wacht.'

'Ik red me wel in de gevangenis,' zei Saul Strauss. 'Daar kan ik nog steeds zeggen wat ik te zeggen heb. Daar heb ik nog steeds een stem.'

'Maar ik ben een oude man en ik wil dat gevecht niet meer aangaan,' zei Chambers. Hij stak zijn hand uit. 'Geef me mijn pistool terug, Wilde. Krijgers onder elkaar. Laat me hier op mijn eigen manier een einde aan maken.'

'Nee,' zei Wilde.

'Dan val ik je aan. Dan zal ik je dwingen me neer te schieten.'

'Dat zal ook niet gebeuren,' zei Wilde. 'Luister goed. Jullie hadden een eigen missie, ik ook. Mijn missie was twee zoekgeraakte pubers opsporen. Ik heb er een gered. Daarna ben ik hier gebleven om naar de tweede te zoeken. Dat ga ik Rola vertellen. Naomi is niet hier, hè?'

'Nee,' zei Strauss, in de war gebracht. 'Daar weten we niets van.'

'Dan is mijn missie hier voltooid.'

'Ik begrijp het niet,' zei Strauss.

'Jawel,' zei Wilde. 'Ik denk dat je het wel begrijpt.'

Hij liet het pistool langs zijn zij zakken en liep weg.

DEEL 3

38

Drie weken later

Hester rondde een gesprek af met Simon Greene, de rijke financieel adviseur die in Central Park een man met alle kenmerken van een dakloze in zijn gezicht had gestompt, iets wat door omstanders op video was vastgelegd en vervolgens viraal was gegaan op internet. Ze mocht Greene graag en was van mening dat hem onrecht werd aangedaan. Het telefoontje van de officier van justitie van Manhattan dat ze Greene niet zouden vervolgen, hoofdzakelijk omdat het slachtoffer nergens te vinden was, had haar goedgedaan.

Ze liep met Greene naar de deur.

Hij bedankte haar. Hester kuste de lucht naast zijn wang. Dat was het moment dat ze haar zag zitten in de wachtkamer. Hester stormde naar haar assistente Sarah McLynn en zei: 'Wat doet Delia Maynard hier?'

'Ze vroeg om een kwartiertje. Ze zei dat het belangrijk was.'

'Dat soort dingen moet je meteen aan me doorgeven.'

'Dat heb ik gedaan.'

'Wanneer?'

'Heb je naar je whatsappjes gekeken?'

'Dat is wat anders.'

'Hoe vaak hebben we dit gesprek nu al gevoerd? Je hebt me opgedragen je niet te storen en je op de hoogte te brengen van wijzigingen in de agenda via WhatsApp.'

'Is dat zo?'

'Ja. Je hebt nu een kwartier voor je volgende klant komt. Dat zijn vijftien minuten die in rekening kunnen worden gebracht en Delia is een cliënt. Moet ik tegen haar zeggen dat het niet doorgaat? Of...'

'Stop maar. Je bent nog vervelender dan ik. Laat haar maar verder komen.'

Hester had Delia niet meer gezien na die vreselijke dag in Maynard Manor drie weken eerder – pal voordat de vinger werd gevonden. Sarah begeleidde haar naar Hesters kantoor en sloot de deur achter haar. De twee vrouwen stonden tegenover elkaar en keken elkaar een tijdlang zwijgend aan.

'Hoe gaat het met je zoon?' vroeg Hester.

'Beter. Ze hebben zijn vinger er weer aan kunnen zetten.'

'O, mooi.'

'Fysiek gaat het goed met hem.'

'En mentaal?'

'Hij heeft nachtmerries. Het lijkt erop dat de ontvoerders, wie het ook zijn geweest, hem goed behandeld hebben, maar...'

'Ik begrijp het. Jullie hebben besloten om de politie er niet bij te halen?'

'Dat klopt.'

'Niemand heeft gevraagd wat er met die vinger was gebeurd?'

'De behandelende arts natuurlijk wel. We hebben gezegd dat het een ongeluk is geweest tijdens het vissen. Dat zal ze vast niet hebben geloofd omdat er uren zaten tussen het moment dat de vinger in het ziekenhuis arriveerde en het moment dat Crash daar kwam, maar er valt niets te bewijzen.'

'Dus niemand weet iets van de ontvoering.'

'Nee, niemand.'

Delia had er geen flauw benul van dat Chambers en Saul Strauss haar zoon hadden ontvoerd. Dat wist Hester natuurlijk wel. Drie weken eerder had Wilde haar in vertrouwen genomen. Ze was de enige die hij het had verteld. Ze was niet blij met de manier waarop Wilde uiteindelijk had gehandeld. Je werkt niet buiten het systeem. Het systeem vertoont weliswaar gebreken, maar je hakt pubers geen vingers af, zelfs niet om een onschuldig veroordeelde vrij te krijgen, en zelfs niet om – gatver, hoe dramatisch – de wereld te redden.

Ze had Wilde de afgelopen drie weken ook niet meer gezien.

'En wat brengt je hier, Delia?'

'Ik kom afscheid nemen.'

'O?'

'We gaan met het hele gezin een tijd naar Europa.'

'Juist.'

'Je kunt je niet voorstellen hoe het voor ons is sinds het moment dat die tape op tv te zien was.'

'Ik denk van wel.'

'We worden constant bedreigd door aanhangers van Rusty Eggers. Ze denken dat Dash die video in elkaar heeft gezet of heeft gemanipuleerd om hun held kapot te maken.'

'Nepnieuws,' zei Hester.

'Ja. Jij bent onze advocaat, jij weet dat Dash geen commentaar kan geven en dat hij ook niet kan bevestigen dat die tape echt is.'

Hester slikte moeizaam. 'Juist. Dat zou zelfbeschuldiging zijn.'

Dash Maynard had die avond een misdrijf begaan door Rusty Eggers te helpen het lichaam te dumpen. Hester was van plan geweest om de zaak van Raymond Starck pro Deo op zich te nemen, maar had daarvan af moeten zien omdat ze dan als raadsvrouw van Dash Maynard tegengestelde belangen zou moeten vertegenwoordigen. Zij kon evenmin als Dash Maynard iets doen. Ze wilde het liefst dat Dash Maynard zich zou uitspreken, maar als zijn advocaat moest ze hem adviseren te zwijgen.

Het systeem vertoonde weliswaar gebreken, maar het was nog altijd een systeem.

Ze was sowieso van mening dat Dash zich niet zou uitspreken. Ze was ook van mening dat het niet zou helpen. Dat was het ergste. In het begin leek de tape voor eens en voor altijd een einde te maken aan de aspiraties van Rusty Eggers.

In het begin.

Maar mythische monsters sterven niet, toch? Als je ze probeert te doden, komen ze des te sterker terug. Dus: die tape was nep. Niet compleet gefabriceerd, nee, er was mee geknoeid. En als er niet mee geknoeid was, was het allemaal dertig jaar geleden en dus niet belangrijk meer. En als het nog wel belangrijk was, dan kon je duidelijk op die tape zien dat Rusty Eggers iemand had gedood uit noodweer en dat is geen misdrijf. En als het wel een misdrijf was, was het immers dertig jaar geleden, toen Rusty Eggers nog maar een jonge student was, en nou ja, iemand probeerde hem te vermoorden en dus verdedigde hij zich. Hij had geen keus. En dat de moord later een onschuldige zwarte man in de schoenen was geschoven, was de fout van de politie, dat kon je Rusty Eggers niet aanrekenen. Die corrupte rechercheur Kindler was daaraan schuldig. Het was de schuld van het racistische systeem. En als het geen racisme was, die Raymond Starck had een strafblad, ook al was hij pas zeventien jaar oud, dus de kans was levensgroot dat hij voor een ander vergrijp de bak in zou draaien. Misschien had die Starck die nacht nog wel andere zaken op zijn geweten. Wie zal het zeggen? Misschien was die Raymond Starck wel degelijk betrokken bij de moord op Christopher Anson. Als het echt zelfverdediging was, zoals Rusty Eggers beweerde, moest hij zich misschien wel verdedigen tegen Christopher Anson en Raymond Starck die hem samen aanvielen. Misschien probeerden ze Rusty Eggers met z'n tweeën te beroven en ging Raymond Starck ervandoor met het mes. Misschien hebben ze daarom wel dat mes bij hem gevonden.

Zoiets.

In de media werd over het algemeen korte metten gemaakt met dergelijke theorieën, wat er juist weer voor zorgde dat de aanhangers van Rusty Eggers, die je zowel bij extreemrechts als extreemlinks moest zoeken, hun hakken nog dieper in het zand zetten om hun held te steunen.

'Je zei dat je het nooit zou vertellen,' zei Delia.

'Pardon?'

'Wat er ook zou gebeuren. Zelfs niet om Hitler een halt toe te roepen. Als je iets verteld zou worden dat onder je zwijgplicht valt, zou je erover zwijgen.'

'Dat klopt.' Hester was niet erg gelukkig met de manier waarop het gesprek zich ontwikkelde. 'En jij vertelde mij dat er niets op die tapes stond.'

'Van die tape was mij niets bekend,' zei Delia. 'Ik had er geen idee van dat hij bestond. Ik had er geen idee van dat Dash Rusty heeft geholpen het lichaam in die steeg te dumpen.'

'Oké.'

'Omdat ik toen al weg was.'

Hester voelde een ijskoude hand langs haar ruggengraat omlaag glijden. 'Pardon?'

'Ze hadden vaak ruzie, die twee. Rusty en Christopher. Vaak ging het over mij. Dertig jaar geleden. Je weet hoe dat werkt. Alles draaide om meisjes. Schitterende sieraden om mee te pronken. Dus ik denk dat ze die avond in die kroeg ook vreselijk ruzie hadden. In die tijd ging ik uit met Rusty. Het werd serieus. Rusty had een prachtige opdracht gekregen van de senator. Ze hadden Christopher genegeerd. Ik weet het niet. Wie kan dat nog iets schelen? Dus Christopher klopte bij mij aan. Ik liet hem binnen. Hij was dronken. Hij probeerde me te zoenen. Ik zei nee, maar hij hield niet op. Meisjes wezen Christopher Anson niet af, en al helemaal niet de vriendin van zijn rivaal. Je kunt je wel voorstellen wat er vervolgens gebeurde. Ik heb een hekel aan de suggestie die termen als "verkrachting tijdens een afspraakje" of "verkrachting door een kennis" wekken, dat er wel iets van instemming zal zijn geweest. Dertig jaar geleden hadden ze er de jammerlijke uitspraak "jongens zijn nu eenmaal jongens" voor. Toen ik riep dat hij moest ophouden, sloeg hij me in mijn gezicht. Ik rende naar de keuken en hij verkrachtte me daar op de keukenvloer. Hij stond op het punt me een tweede keer te verkrachten. Eerlijk gezegd kan ik me niet eens herinneren dat ik de la opentrok en het mes pakte.'

Hester stond als aan de grond genageld. 'Jij hebt hem vermoord?'

Delia liep naar het raam. 'Ik zat op de keukenvloer naast hem. Het mes stak nog in zijn borst. Ik geloof dat hij nog niet dood was, maar ik kon me niet bewegen. Hij produceerde een tijdlang borrelende geluiden. Toen hield dat op. En ik zat daar maar. Ik weet niet hoeveel tijd er voorbijging. Zo heeft Rusty me gevonden. Op de keukenvloer, naast het lichaam. Hij nam het initiatief. Hij waste me, kleedde me aan en reed me naar Union Station. Er reed een late Amtrack van Washington naar Philadelphia. Hij zette me in die trein en ik mocht pas terugkomen als hij me zou bellen. Ik heb drie dagen in een kamer in een Marriott-hotel gezeten. Geleefd op roomservice. Rusty heeft me verteld dat hij het lichaam had verplaatst, zodat niemand argwaan zou koesteren. Toen ik weer terug was in Washington, was niets meer hetzelfde tussen ons. Kun je je dat voorstellen?'

Hester voelde haar hart tegen haar ribben bonzen.

'We zijn uit elkaar gegaan. Vanaf toen zijn Dash en ik uitgegaan.'

Was dat, vroeg Hester zich af, misschien iets wat de beide mannen zo geregeld hadden? Was Delia nog steeds niet meer dan een schitterend sieraad om mee te pronken, verkregen in ruil voor een vriendendienst? Of had Rusty echt van haar gehouden? Had Rusty zoveel van haar gehouden dat de politicus die volgens ingewijden het land kapot zou maken, zijn eigen geluk had opgeofferd om haar te beschermen?

Of ging het nog dieper dan dat?

Was het wat Rusty die nacht had moeten doen – het dumpen van dat bloederige lijk, het moeten leren leven met al die afschuwelijke leugens en alles wat er daarna nog gebeurde, het verlies van zijn grote liefde en daarna nog het verlies van zijn ouders – was dat het wat Rusty Eggers had gecorrumpeerd? Had dat allemaal de jonge student van het rechte pad gevoerd en hem gemaakt tot de onherstelbaar beschadigde man die hij nu was?

Delia hief haar handen. Ze glimlachte droevig. 'De rest is geschiedenis.'

'En na alles wat er is gebeurd, blijf je bij hem?'

'Dash? Wij hebben samen een leven. Een gezin, kinderen – en vooral een jongen die een groot trauma te verwerken heeft gekregen en behoefte heeft aan stabiliteit. We hebben allebei onze geheimen voor elkaar. Ik weet nu in ieder geval zijn geheim.'

'Ga je hem jouw geheim ook vertellen?'

'Dat ik degene ben die Christopher Anson heeft gedood?' Delia schudde haar hoofd. 'Nee, nooit.'

'Dat is nogal wat om mee te leven,' zei Hester.

'Dat heb ik al dertig jaar gedaan,' zei Delia. Ze keek met veel plichtplegingen op haar horloge. 'Ik moet gaan.'

'Niemand zou het je kwalijk nemen,' zei Hester. Ze deed haar uiterste best om niet wanhopig te klinken. 'Je werd verkracht. Je kunt nog altijd doen wat je moest doen.'

'Ik doe wat ik moet doen. Voor mij. Voor mijn gezin.'

Ze draaide zich om, op het punt te vertrekken.

'Er was één geheim dat Dash en jij samen deelden,' zei Hester.

'En dat is?'

'Wat dacht je toen je hoorde dat Raymond Starck was gearresteerd voor de moord op Christopher?'

Delia zei niets.

'Jullie wisten allebei wat er werkelijk was gebeurd, Dash en jij. Jullie hebben er samen niet over gepraat, maar jullie wisten allebei dat een onschuldige man was gearresteerd, maar toch hebben jullie allebei gezwegen.'

'Wat hadden we dan moeten zeggen?' vroeg Delia.

'Dat je het uit noodweer had gedaan.'

'Denk je dat iemand ons zou hebben geloofd?'

'En dus lieten jullie Raymond Starck ervoor opdraaien.'

'Ik hoopte dat hij vrijgesproken zou worden.'

'En toen dat niet gebeurde?' Hester liep door het kantoor, ging pal voor Delia staan en keek haar diep in de ogen. 'Toen hij tot levenslang werd veroordeeld voor iets wat hij niet had gedaan? Toen hij in elkaar geslagen werd en mishandeld?'

'Ik heb hem niet veroordeeld. Ik heb hem niet geslagen en mishandeld. Zal die tape hem nu niet vrijpleiten?'

'Nee, Delia. Die tape is niet genoeg. Raymond Starck blijft achter de tralies.' Hester haalde diep adem en probeerde redelijk te blijven. 'Maar luister alsjeblieft naar me...'

'Nee, ik ga nu weg.'

'Jij hebt meegeholpen hem op te sluiten. Je kunt niet zomaar...'

'Vaarwel, Hester.'

'Ik zou mijn mond open kunnen doen.'

Delia glimlachte en schudde haar hoofd. 'Nee, Hester, dat kun je niet.'

Hester stond machteloos, met gebalde vuisten, sidderend van woede.

'In de eerste plaats,' zei Delia, 'is er geen bewijs. Ik zou het gewoon ontkennen. Maar wat veel belangrijker is, je zou nooit je zwijgplicht schenden, zelfs niet als je daarmee de wereld zou kunnen behoeden voor Hitler. Zelfs niet als daardoor een onschuldig man opgesloten blijft.'

Het systeem vertoonde weliswaar gebreken, maar het was nog altijd een systeem.

Delia Maynard liep het kantoor uit. Een paar minuten lang bleef Hester als aan de grond genageld staan. Sarah McLynn liep haar kantoor binnen en zei: 'Je volgende afspraak...'

'Annuleren.'

'Ik kan hem niet zomaar annuleren. Hij...'

'Annuleren.'

De toon waarop ze dat zei liet geen ruimte voor tegenspraak. Hester liep om haar bureau heen, pakte met een bevende hand de hoorn van de haak en koos het nummer.

De stem aan de andere kant van de lijn klonk aarzelend. 'Hallo?'

'Oren?'

Ze had hem in drie weken niet gesproken, niet meer sinds ze samen bij de pizzeria hadden gezeten. Ze had niet gereageerd op telefoontjes en appjes van zijn kant.

'Is er iets, Hester?'

'Ik wil dat je me meeneemt ergens naartoe. Nu.'

39

Twee uur later parkeerde Oren de patrouillewagen in de berm van Mountain Road. Hij zette de motor af. Een tijdje zaten ze zwijgend naast elkaar.

'Weet je zeker dat je dit wilt?'

Toen Hester knikte, stapte Oren uit en maakte hij het portier aan de passagierskant voor haar open. Verderop zag Hester het verweerde geïmproviseerde kruis. Ze vond het raar dat daar te zien. Haar zoon was opgevoed door een agnost en een Joodse, een mengeling van twee culturen die niet christelijk waren, maar om de een of andere reden nam Hester er geen aanstoot aan. Iemand had de moeite genomen. Iemand had een poging gedaan.

'Dus dit is waar…?'

'Ja.'

Hester had nooit de moed kunnen opbrengen, als je moed het juiste woord kon noemen, om hier te komen. Ira wel. Hij was hier heel vaak geweest. Dat vertelde hij haar niet. Hij zei dat hij een eindje ging rijden, of dat hij melk ging halen bij de 7-Eleven, maar ze wist dat hij zijn auto hier in de berm zette, misschien wel op dezelfde plek waar ze nu stonden, om naar dat kruis te staren en smartelijk te snikken.

Ira had het haar nooit verteld. Had hij dat maar gedaan.

'Waar is de auto terechtgekomen?'

'Daar beneden,' zei Oren. Hij wees langs de helling omlaag.

'Jij was er als een van de eersten bij.'

Oren kon niet uitmaken of dat een vraag was of een constatering. 'Ja.'

'De auto stond in brand.'

'Ja.'

'Wilde had David al uit de auto gesleurd.'

Dit keer knikte Oren alleen.

'Wilde heeft me verteld dat hij reed,' zei Hester.

'Dat heeft hij ons ook verteld,' zei Oren. 'Maar we hebben geen vervolging ingesteld. Hij had geen alcohol in zijn bloed en de wegen waren nat.'

'Reed Wilde echt?'

'Dat stond in ons proces-verbaal.'

Hester keerde zich naar Oren toe. 'Ik vroeg je niet wat er in het proces-verbaal stond.'

Oren bleef langs de helling omlaag staren. 'Als de enige overlevende van een auto-ongeluk zegt dat hij achter het stuur heeft gezeten, wordt het moeilijk om te bewijzen dat het anders was.'

'Wilde loog, of niet?'

Oren antwoordde niet.

Hester ging naast Oren staan. Als ze even groot waren geweest zouden hun schouders elkaar hebben geraakt. 'Wilde en David waren boezemvrienden. Dat weet je, hè?'

Oren knikte. 'Ja.'

'Ze waren die avond naar Miller's Tavern geweest. In de auto van David. David dronk niet heel veel en was ook niet zo'n kroegloper – dat was meer iets voor Wilde, denk ik – maar hij had onenigheid met Laila. Niets belangrijks, niets wat ze niet zouden kunnen oplossen. Maar de twee boezemvrienden waren dus naar de kroeg geweest om stoom af te blazen of wat mannen dan ook maar doen. David had te veel gedronken. In het ziekenhuis hebben ze meteen zijn bloed onderzocht toen hij werd binnengebracht, toen ze nog hoopten zijn leven te kunnen redden. Wilde

wilde niet dat David problemen zou krijgen. Daarom zei hij dat hij had gereden.'

Oren zei nog steeds niets.

'Is het zo gegaan, Oren?'

'Heb je Wilde ernaar gevraagd?'

'Hij houdt vol dat hij reed.'

'Maar jij gelooft hem niet.'

'Nee, ik geloof hem niet. Heb ik gelijk?'

Oren staarde nog altijd langs de helling omlaag. Hester bestudeerde zijn ogen. Ze waren zo helder, zo eerlijk, zo prachtig. 'Oren?'

Toen zei hij iets wat haar verbaasde. 'Ik geloof niet dat je het helemaal bij het rechte eind hebt.'

Even stond Hester met de mond vol tanden. 'Wat bedoel je?'

'Wilde zou nooit hebben toegestaan dat David dronken achter het stuur was gaan zitten.'

'Dus...' Hester wist niet wat ze moest zeggen. 'Ik begrijp het niet.'

'We hebben de mensen bij Miller's Tavern ondervraagd. Wilde was inderdaad een stamgast, zoals je zei. David niet, maar die avond dronk hij zich een stuk in de kraag. Alles met elkaar niets wat we konden bewijzen, maar er was één stamgast die beweerde dat Wilde minstens een half uur eerder was vertrokken dan David. Alleen.'

'Waarom?'

'Dat weet ik niet. Het enige wat Wilde kwijt wilde, was dat hij had gereden.'

'Dus David was alleen?'

'Hij was alleen en hij dronk. Dit is allemaal puur giswerk, Hester, maar in die tijd woonde Wilde in een tent hier in de buurt.' Hij wees naar links. 'Een meter of driehonderd die kant op. En alweer heb ik geen enkel bewijs. Wilde houdt vol dat hij reed, maar inderdaad, dat heb ik nooit geloofd. Ik denk dat Wilde in de buurt was. Ik denk dat hij het lawaai heeft gehoord of de vlammen heeft gezien. Ik denk dat hij zijn vriend in bescherming wilde nemen. En ik denk dat hij zich schuldig voelde, en nog steeds schuldig voelt, dat hij die avond eerder is weggegaan.'

Hester voelde iets met een doffe dreun in haar binnenste neerkomen. 'Dus jij denkt dat David alleen in die auto zat?'

Toen Oren knikte, zakte ze op haar knieën. Ze zakte op haar knieën en huilde.

Oren liet haar begaan. Hij stond roerloos naast haar, zo dichtbij dat hij er was als ze hem nodig zou hebben. Maar hij raakte haar niet aan. Godzijdank. Godzijdank wist deze door en door goede man zich in te houden en probeerde hij haar niet te omhelzen en te troosten met hopeloos gebazel.

Hij liet haar huilen.

Het duurde een tijd. Ze had geen idee hoelang. Vijf minuten. Misschien wel tien. Misschien duurde het wel een half uur. Oren Carmichael stond domweg roerloos naast haar en bewaakte haar als een uit steen gehouden wachter. Uiteindelijk ging ze weer in zijn patrouillewagen zitten. Hij begon te rijden. Zwijgend daalden ze Mountain Road weer af.

'Oren?'

'Ja?'

'Het spijt me dat ik je niet meer heb teruggebeld.'

Oren zei niets.

'Toen je overhaast weg moest uit de pizzeria vanwege dat auto-ongeluk, besefte ik dat er voor ons geen toekomst was, want wat er ook gebeurt, als ik jou zie moet ik aan dat ongeluk denken. Als ik jou zie, zie ik mijn dode zoon. Je zult me altijd aan David herinneren, dus hebben we geen toekomst.'

Hij hield zijn ogen op de weg.

'Maar toen begon ik je erg te missen. Het was net of ik een gigantisch gat in mijn hart had. Ik weet hoe dat klinkt. Ik begon te denken dat ik ondanks al die pijn toch niet zonder je verder wilde – en ik wilde ook helemaal niet ophouden aan David te denken, nooit, want dat zou het ergste verraad zijn dat ik zou kunnen plegen. Ik zal nooit ophouden aan hem te denken. Begrijp je dat?'

Oren knikte. 'Ja.'

Ze legde haar hand op de zijne.

'Zou je het nog een keer willen proberen. Oren?'

'Ja...' zei hij. 'Ja, dat zou ik best willen.'

40

Wilde kocht een retourticket voor de shuttle tussen LaGuardia Airport in New York en Logan in Boston. Zonder bagage. Hij was niet van plan lang in Boston te blijven, hooguit een paar uur. Daarna zou hij weer terugvliegen naar huis.

In feite was hij niet eens van plan in Boston ook maar een voet buiten de luchthaven te zetten.

Toen het vliegtuig was geland, liep Wilde van Terminal A naar Terminal E. Hij zocht een plekje bij gate E7 waar hij de passagiers kon bestuderen die zouden boarden voor vlucht 374 van America Airlines naar Costa Rica.

Hij zou twee uur moeten wachten.

Om de tijd te doden, surfte hij naar de genealogiewebsite en opende hij het bericht van 'PB'. Hij herlas het bericht, dacht erover na en tikte toen een antwoord: *Ik zou meer willen weten, PB, kunnen we een afspraak maken?*

Hij stond op het punt zijn telefoon weer in zijn zak te stoppen toen het toestel rinkelde. Wilde keek op het scherm en zag dat hij werd gebeld door Matthew. Hij nam het gesprek meteen aan.

'Alles goed?' vroeg hij.

'Ja, Wilde… ik heb je alleen al weken niet meer gezien.'

'Het spijt me. Hoe gaat het op school?'

'Alles komt weer tot rust. Crash is alweer terug. Hij laat maar steeds de littekens op zijn vinger aan iedereen zien en schept er dan over op dat een paar boeven die hadden afgehakt. Mama beweert dat het een ongeluk is geweest tijdens het vissen. Hé, Wilde?'

'Ja?'

'Iedereen denkt dat Naomi is weggelopen. Ze denken dat ze ergens op een eiland zit of dat ze iets heel cools doet, of iets bijzonders – nogal ironisch, omdat ze haar altijd zo'n loser hebben gevonden.'

'Ja...'

'Ben je nog altijd naar haar op zoek?'

Wilde wist niet zo goed wat hij daarop moest zeggen, dus hield hij het eenvoudig. 'Ja.'

'Cool.' Even bleef het stil. 'Waar ben je nu? Ik hoor een heleboel lawaai.'

'In Boston.'

'Waarom?'

'Op bezoek bij een vriend.'

Matthew moest iets vreemds hebben gehoord in zijn stem. 'Oké.'

'Hoe gaat het met je moeder?' vroeg Wilde.

'Ze is nog steeds met Daryll.'

Daryll. Designkleding had nu een naam. Daryll.

'Volgens mij wordt het serieus,' zei Matthew.

Wilde sloot even zijn ogen. 'Is hij aardig?'

'Gaat wel,' zei Matthew. Dat betekende dat hij hem mocht.

'Goed, wees aardig voor hem.'

'Whatever.'

'Je moeder verdient het.'

'Prima.'

De vlucht naar Costa Rica stond op het punt te boarden. Passagiers die speciale hulp nodig hadden, passagiers met kinderen jonger dan twee jaar en militairen in actieve dienst mochten zich melden.

'Verder nog iets?' vroeg Wilde.

‘Nee, alles oké.’

‘Bel me als je iets nodig hebt.’

‘Wat dan ook?’

‘Ja.’

‘De nieuwste Grand Theft Auto is net uit, maar mama wil hem niet voor me kopen omdat ze het te gewelddadig vindt.’

‘Grappig.’

‘Tot ziens, Wilde.’

‘Ik spreek je.’

Hij verbrak de verbinding op het moment dat Groep 1 zich mocht melden om te boarden. Wilde keek toe hoe de passagiers zich verzamelden bij de gate.

Niets.

Daarna volgden de Groepen 2, 3 en 4.

Nog steeds niets.

Even vroeg Wilde zich af of hij er dan helemaal naast zat, of dat opnieuw iemand hem op een dwaalspoor probeerde te brengen. Misschien hadden ze meerdere vluchten geboekt om hem van zich af te schudden. Misschien was het nooit hun bedoeling geweest om vandaag te vliegen.

Maar toen de grondstewardess de call deed voor de laatste groep, zag Wilde een meisje in de rij staan dat, inderdaad, een honkbalpetje droeg en een zonnebril.

Naomi Pine.

Pal voor haar stond Ava O’Brien met de tickets voor beide passagiers in haar handen.

Een paar seconden lang bleef Wilde staan kijken. Hij hoefde niets te doen. Hij hoefde hen niet te benaderen. Hij zou net als Chambers en Saul Strauss in het niets kunnen verdwijnen en oplossen.

Maar dat deed hij niet.

Lang genoeg getreuzeld. Hij liep naar de rij en tikte Naomi op haar schouder.

Ze schrok. Toen ze zich omdraaide en zag dat hij het was, sloeg ze haar hand voor haar mond. 'O, mijn god, Wilde?'

Ava draaide zich nu ook om.

Even stonden ze daar zonder te weten hoe het nu verder moest.

'Hoe...' begon Ava.

'Weet je nog dat je bij die 7-Eleven vertrok en dat ik je vroeg om je raam open te maken?'

'Hè?' Ava keek verbaasd. 'Wat is daarmee?'

'Toen leunde ik naar binnen. En heb ik een gps-tracker in je auto gestopt.'

Het was hetzelfde oude liedje. Net als Gavin Chambers en Saul Strauss had Ava O'Brien de tactische afleidingsmanoeuvres overdreven. Toen Wilde Ava had verteld dat Crash werd vermist, had Ava zich plotseling herinnerd dat Naomi had gesuggereerd dat er iets zou zijn tussen haar en Crash, zodat het ineens heel aannemelijk werd dat ze samen zouden zijn weggelopen.

Ava had ook geprobeerd hem op een dwaalspoor te zetten.

De vraag was: waarom?

Het was duidelijk dat ze niets met Crash Maynard te maken had.

'Jij komt uit Maine,' zei Wilde.

'Ja, dat heb ik je verteld.'

'Waarom zou je naar New Jersey zijn verhuisd om daar een baan aan te nemen waarvoor je overgekwalificeerd bent?'

Ava haalde haar schouders op. 'Ik wilde iets anders.'

'Nee,' zei Wilde. 'Je bent in de afgelopen drie weken ook vier keer terug geweest in Maine.'

'Daar woont familie van me.'

'Nogmaals: nee. Je had een kamer in Howard Johnson's in South Portland, waar je Naomi verborgen hield. Maar daarnaast ben je ook nog twee keer naar het adoptiebureau Hoop Doet Leven geweest, in Windham.'

Ava sloot haar ogen.

'Je hebt die baan als onderwijsassistent niet aangenomen omdat je in New Jersey wilde wonen,' zei Wilde, 'maar omdat je dichter bij de dochter wilde zijn die je had afgestaan voor adoptie.'

Heel even leek het erop dat Ava alles wilde ontkennen. Heel even.

'Je moet begrijpen,' zei Ava, 'dat ik Naomi nooit kwijt wilde.'

Dat was het dan.

'Ik was nog maar zeventien. Ik wist niet beter. Maar ik had… Ik weet het niet, een akelig gevoel, een voorgevoel, of… Dus ben ik naar het bureau teruggegaan. Ik heb ze gesmeekt me te vertellen wat er met mijn dochter was gebeurd. Dat wilden ze niet. Tenminste, in het begin, dus heb ik iemand omgekocht. Ze hebben me Naomi's nieuwe achternaam gegeven en haar adres, maar ze zeiden erbij dat ik geen rechten had. Dat vond ik niet erg. Ik wilde haar alleen zien. Dus ik dacht…'

'… dat het een goed idee was om die baan aan te nemen, want dan kon je dicht bij haar zijn.'

'Precies. Dat kon toch geen kwaad?'

'Wilde?' vroeg Naomi. 'Dwing me niet om terug te gaan.'

'Ik wilde alleen maar zien hoe het met haar ging,' zei Ava. 'Meer niet. Ik wilde haar leven niet overhoop halen, maar toen zag ik onder welke helse omstandigheden ze zich staande moest houden. Dag in, dag uit moest ik me inhouden en toekijken hoe mijn kind werd kapotgemaakt zonder dat ze thuis enige steun kreeg.'

'Dus werd je haar vriendin,' zei Wilde. 'Haar vertrouwelinge.'

'Was dat dan verkeerd?'

Wilde keerde zich tot Naomi. 'Wanneer heeft Ava je de waarheid verteld?'

'Dat zij mijn echte moeder is?'

'Ja.'

'Nadat ik de Challenge had gedaan,' zei Naomi. 'Eerst dacht ik dat ze maar wat verzon. Het leek meer op een droom die werkelijkheid werd, snap je? Weet je nog van die keer dat we in de kelder hebben gepraat? Dat ik alles wilde veranderen?'

Wilde knikte.

'Dat ging niet alleen over school. Het ging over alles. Mijn vader...'

Haar stem stierf weg. Bernard Pine zou er niet met ongeschonden blazoen vanaf komen. Rola werkte aan een manier om hem betaald te zetten wat hij had aangericht.

'Dus besloten jullie met z'n tweeën om ervandoor te gaan,' zei Wilde.

'Dat wilde ik niet,' zei Ava. 'Ik wilde alles legaal doen.'

'En daarom kwam je bij Laila terecht.'

'Ja. Ik vertelde haar hoe afschuwelijk Naomi's adoptieouders waren, maar daarmee had ik mijn rechten nog niet terug. Laila zei dat het maanden, misschien wel jaren zou duren om verwaarlozing of mishandeling aan te tonen, en dat het dan nog steeds twijfelachtig zou zijn of zo'n zaak te winnen was.'

'En toen hebben jullie dit plan bedacht,' zei Wilde. 'Weglopen en verstoppen.' Hij keek Ava aan. 'Jij zorgde voor een valse identiteit voor Naomi, terwijl je het schooljaar afmaakte. Als je voor het einde van het schooljaar plotseling zou vertrekken, zou het argwaan wekken. Jullie hebben gewacht en nu is het tijd om met z'n tweeën het land uit te vluchten.'

Ava keek hem alleen maar aan met haar grote bruine ogen.

Alle passagiers waren aan boord van het vliegtuig. De grondstewardess verzocht verlate passagiers te boarden.

Naomi deed een stap naar Wilde toe en legde haar hand op zijn arm. 'Alsjeblieft, Wilde, als we gepakt worden, moet ik naar hem terug. Misschien sluiten ze Ava op.'

'Ze is mijn dochter,' zei Ava met meer overtuigingskracht dan ooit. 'Ik hou van haar met hart en ziel.'

Ze stonden naast elkaar en keken hem afwachtend aan.

'Ik weet het,' zei Wilde.

'Dus...?'

'Ik ben alleen gekomen om zeker te weten dat alles in orde is,' zei Wilde. 'En om afscheid te nemen.'

Naomi sloeg haar armen met zoveel geweld om hem heen dat ze hem bijna omver gooide. Meestal vervulden dergelijke omhelzingen hem met afgrijzen, maar dit keer niet. Hij liet het toe en het voelde goed.

'Dank je,' fluisterde Naomi.

Wilde knikte. 'Als je ooit iets nodig hebt...'

De grondstewardess deed de laatste call voor vlucht 374 naar Liberia, Costa Rica.

'Jullie kunnen beter gaan,' zei Wilde.

Naomi keek Ava aan. Ava keek terug. Toen keerde ze zich naar Wilde, pakte zijn hand en zei iets dat hem volkomen verraste: 'Ga met ons mee, Wilde.'

'Hè, wat?'

Naomi vouwde haar handen. 'Alsjeblieft?'

Wilde schudde zijn hoofd. 'Dat gaat niet.'

Ava liet zijn hand niet los en zei nogmaals: 'Ga met ons mee, Wilde.'

'Nee,' zei hij.

'Waarom niet?' vroeg Ava.

'Dat is waanzin,' zei Wilde.

'Nou, en?' Ava glimlachte hem stralend toe. 'Dit hele gedoe is waanzin.'

Wilde schudde opnieuw zijn hoofd. Tegelijkertijd voelde hij in zijn borstkas iets tot leven komen. 'Jullie moeten instappen.'

'Ga met ons mee, Wilde,' zei Ava voor de derde keer. 'Naomi heeft je nodig. Misschien heb ik je ook wel nodig, ik weet het niet. Als het niet werkt, kun je gewoon weer terug.'

'Het gaat niet,' zei Wilde.

De stewardess liep naar hen toe, schraapte haar keel en zei: 'Ik sluit de gate over een halve minuut.'

'Ze stappen nu in,' zei Wilde op een toon die geen ruimte meer liet voor tegenspraak.

Naomi's ogen vulden zich met tranen. Ze sloeg nog een keer haar armen om hem heen. De grondstewardess scande de tickets die Ava haar overhandigde. Wilde keek toe toen Ava en Naomi op het punt stonden te verdwijnen in de vliegtuigslurf. Naomi keek over haar schouder naar hem en wuifde. Wilde wuifde terug.

Ava's ogen rustten nog iets langer op hem. Toen verbrak ze het oogcontact en draaide ze zich om. Wilde voelde hoe het nog iets verder opwelde in zijn borstkas.

Ze verdwenen uit het zicht.

De grondstewardess reikte naar de deur van de vliegtuigslurf. Toen ze op het punt stond die te sluiten, vroeg Wilde: 'Zijn er nog plaatsen vrij op die vlucht?'

'Hoezo, wilt u een ticket kopen?'

'Ja.'

De stewardess tuurde naar haar computerscherm.

'Hoe is het mogelijk,' zei ze. 'Er is nog één stoel vrij.'

LEES MEER VAN

Harlan Coben

Als zijn dochter Paige aan de drugs raakt en van huis wegloopt, doet Simon er alles aan om haar te vinden. Zijn zoektocht voert hem naar een duistere onderwereld vol drugs en criminaliteit. Dan blijkt dat Paige niet de enige verdwenen jongere is. Samen met privédetective Elena Ramirez komt Simon op het spoor van een sekte-achtige organisatie: de Schitterende Waarheid.

Kunnen Simon en Elena de schimmige praktijken van de Schitterende Waarheid ontmaskeren? Zal hij zijn dochter ooit levend terugzien? En waarom lijkt er een verband te bestaan tussen de sekte en zijn eigen vrouw?

Verkrijgbaar als
e-book
& papieren boek

LEES MEER VAN

Harlan Coben

Een vreemde spreekt Adam aan in de kroeg en haalt met een paar woorden zijn hele leven overhoop. 'Je had niet bij haar hoeven blijven. Corinne heeft het allemaal verzonnen. Ze was helemaal niet zwanger.'

Adam is in shock en durft zijn vrouw niet direct te confronteren. Maar eigen onderzoek maakt het steeds waarschijnlijker dat de man de waarheid sprak. Wat te doen? Hij houdt van zijn kinderen, ze zijn van hem. Wil hij wel meer weten? Dan zegt Corinne dat ze tijd voor zichzelf nodig heeft en laat ze Adam achter met de kinderen. Ze komt niet meer terug. Adam zet alles op alles om zijn vrouw terug te vinden en duikt in een uiterst gevaarlijke wereld.